DER BERGISCHE KRIMI
6

Rotts Karte

Usenau
UPPERSBERG
Odenthal
Nittum
Rothbroich
Küchenbg.
Schallemich
Schildgen
Kalmünten
Voiswinkel
126
Seelsheide
Holz
BERGISCH
Altehufe
WALD
Romaney
Hardt
PAFFRATH
GLADB.
Aue
Heide
Hand
Dombach
506
Herkenrath
15
Sand
Gronauer-wald
Kaltenbroich
Straßen Hardt
DELLBRÜCK
Gronau
Gierath
Strunden
BENSBERG
Lückerath
MOITZFD
WEIDE
REFRATH
Pennings-
Köln-Merheimfeld
Kaule
Hackbg.
(162)
FRANKENFORST
LUSTHEIDE
U54
55
Refrath
Moitz-feld
Bensberg
Mittel-
NEUBRÜCK
Wildpark
Ohlenbroch
Königsforst
Dreieck Heumar
Lehmbach
Gr. Stein-B.
132
RATH-
Forsbach
HEUMAR
Königsforst
Alt-volberg
Forsths.
St. Nikolaus
Kleineichen
Dreieck Porz
Königsforst
Stumpen
kotten
REMBG.
Leidenhsn.

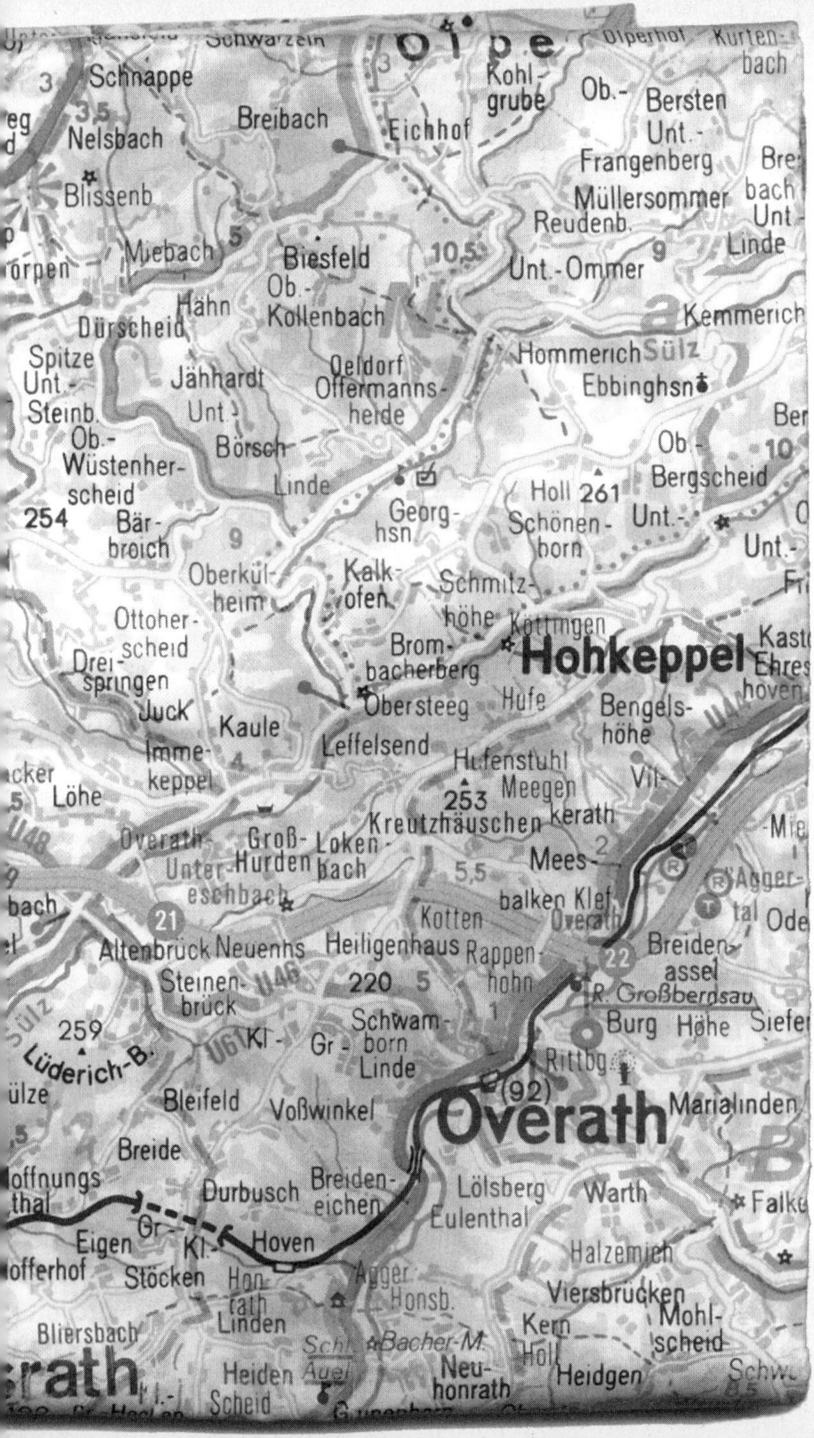
Schwarzein
Olpe
Olperhof
Kurtenbach
Schnappe
Kohlgrube
Ob.- Bersten
Breibach
Eichhof
Unt.- Frangenberg
Nelsbach
Blissenb
Müllersommer
Reudenb.
Unt. Linde
Miebach
Biesfeld
Unt.-Ommer
Ob.- Kollenbach
Hähn
Dürscheid
Kemmerich
Hommerich
Sülz
Spitze
Unt.- Steinb.
Jähhardt
Oeldorf
Offermannsheide
Ebbinghsn
Unt.- Börsch
Ob.- Wüstenherscheid
Ob.- Bergscheid
Linde
Holl
261
254
Bärbroich
Georghsn
Schönenborn
Unt.-
Oberkülheim
Kalkofen
Schmitzhöhe
Ottoherscheid
Köttingen
Hohkeppel
Brombacherberg
Dreispringen
Obersteeg
Hufe
Juck
Kaule
Bengelshöhe
Leffelsend
Immekeppel
Hufenstuhl
Löhe
253
Meegen
Vilkerath
Kreutzhäuschen
Overath
Groß- Hurden
Lokenbach
Unter-eschbach
Mees-
5,5
balken
Klef
Overath
Agger-tal
21
Kotten
Altenbrück
Neuenhs
Heiligenhaus
Rappenhohn
22
Breidenassel
Steinenbrück
220
R. Großbernsau
Sülz
259
Kl.-
Schwamborn
Gr.-
Linde
Burg
Höhe
Siefen
Lüderich-B.
Rittbg.
(92)
Bleifeld
Voßwinkel
Overath
Marialinden
Breide
Hoffnungsthal
Durbusch
Breideneichen
Lölsberg
Warth
Eulenthal
Eigen
Gr.-
Kl.-
Hoven
Halzemich
Stöcken
Honrath
Agger
Hoffnungsthal
Hohnsb.
Viersbrücken
Linden
Bliersbach
Kern
Mohlscheid
Schl. Auel
Bacher-M.
Holl
rath
Heiden
Neuhonrath
Heidgen
Scheid

Oliver Buslau, 1962 geboren, lebt in Bergisch Gladbach. Studium der Musikwissenschaft und Germanistik, seit 1994 freier Autor, Redakteur und Journalist. Chefredakteur und Mitherausgeber der Zeitschrift »TextArt – Magazin für kreatives Schreiben«. Im Emons Verlag erschien sein Kriminalroman »Die Tote vom Johannisberg«.

Dieses Buch ist ein Roman. Handlung, Personen und manche Orte sind frei erfunden. Ähnlichkeiten mit lebenden oder toten Personen sind rein zufällig.

Oliver Buslau

Flammentod

Emons Verlag

Umschlaggestaltung: Atelier Schaller, Köln
Umschlagzeichnung: Heribert Stragholz
Umschlaglithografie: Media Cologne GmbH, Köln
Druck und Bindung: Clausen & Bosse GmbH, Leck
Printed in Germany 2001
ISBN 3-89705-214-8

www.emons-verlag.de

Für alle, die auf Rotts Rückkehr hofften.
Und ganz besonders für Claudia.

Wo die Mägdlein so wahr und so treu und so gut,
Ihr Auge so sonnig, so feurig ihr Blut,
Wo noch Liebe und Treue die Herzen verband:
Da ist meine Heimat, mein Bergisches Land!

Aus dem »Bergischen Heimatlied«
von Rudolf Hartkopf

Prolog

Es dämmerte bereits, als sie den Platz erreichte. Eine Kreuzung zweier Wege, die einsam mitten im Wald zu liegen schien. Doch der Autolärm erinnerte beständig daran, daß sich nur wenige Schritte weiter die Hauptstraße befand. Ein unablässiges Rauschen und Dröhnen, aus dem manchmal das Donnern einzelner schwerer Lastwagenmotoren herausragte, hing in der Luft wie eine unsichtbare Masse. Kein Spaziergänger hätte auf den Baumstämmen, die am Wegrand lagen, Rast gemacht. Waldromantik erstickte bei dieser Geräuschkulisse sofort im Keim.

Doch sie war hier am Ziel. Seit ihrer Kindheit liebte sie diesen Ort; besonders den kleinen Teich, der hinter Büschen versteckt in der Nähe lag.

Wer kannte schon das Geheimnis, das den kleinen Weiher umgab?

Sie wußte, was dort vor langer Zeit geschehen war. Und sie wußte auch, daß die Geister an einem solchen Ort nicht ruhten. Sie waren noch immer hier; auch wenn die geheimnisvolle Aura hinter dem Lärm der nahen Straße verborgen war und nur Eingeweihte die besondere Atmosphäre spürten. Und sie war eine Eingeweihte. Vielleicht die letzte Eingeweihte überhaupt. Sie lächelte bei dem Gedanken, daß das Schicksal sie so bevorzugt hatte.

Sie betrat das weiche Gras seitlich des Weges und folgte dem kaum zu erkennenden Pfad zwischen den Büschen und niedrigen Bäumen. Immer wieder mußte sie über dicke Äste und querliegende Stämme steigen.

Wenn ein Spaziergänger vorbeigekommen wäre, hätte er sich wahrscheinlich gewundert. Eine elegant gekleidete Dame, die nicht brav den Waldwegen folgte, sondern abseits im Unterholz unterwegs war – was hatte das zu bedeuten?

Sie blickte sich kurz um. Niemand war zu sehen. So schnell sie in ihren hochhackigen Schuhen konnte, folgte sie weiter dem schmalen Weg, bis die stille grünliche Wasserfläche des Teiches erschien. Wie lange kam sie schon hierher? Solange sie denken konnte.

Ein großer Stein ragte aus der lehmigen Erde, kaum einen Schritt vom Wasser entfernt. Er war gerade groß genug, daß man darauf Platz nehmen und den Teich überschauen konnte. Schon als Kind hatte sie hier stundenlang gesessen und auf die Oberfläche gestarrt, auf die die Bäume ihre Schatten warfen.

Hier unten im Gebüsch war der Lärm der Straße kaum noch zu hören. Eine Weile betrachtete sie das von Schatten, Blättern und spiegelndem Himmel gemusterte Wasser. Dann schloß sie die Augen. Und wie so oft, wie so viele hundert Male zuvor, nahm sie Kontakt auf.

Nach und nach verschwand der letzte Rest des fernen Rauschens, die Bilder in ihrem Kopf veränderten sich. Wie im Zeitraffer wurde der Wald dichter, wilder. In Sekundenschnelle füllten sich die ordentlichen Wege mit wuchernden Sträuchern, bis nur noch ein handbreiter Pfad hindurchführte. Und es wurde kälter. Viel kälter.

Sie fröstelte, als sie sah, wie ihr Atem kleine Wölkchen in die Luft schlug. Zwischen den Bäumen lagen schmutzigweiße Schneehaufen, unterbrochen von blanker Erde, abgefallenen Ästen und nassem Laub. Kein Laut war zu hören. Selbst die Krähen, die zu dieser Jahreszeit zu Hunderten über die nahen Felder herfielen, kamen nicht hierher. Und sie wußte genau, warum. Der Ort war verrufen.

Plötzlich drang der Frost des Januars mit aller Macht tief in ihr Innerstes vor. Unendliche Trauer erfaßte sie, und sie konnte nichts dagegen tun. Es hatte keinen Sinn, sich dagegen zur Wehr zu setzen. Im Gegenteil: In all den Jahren hatte sie gelernt, die Trauer dieses Tages zu genießen. Tränen liefen ihr über die Wangen. Und so schrecklich das Ereignis war, das sie bald erleben würde, so stolz war sie, dabei sein zu dürfen.

Noch immer war es still im tiefen Wald. Unendlich lange schien sie reglos hier auf dem Stein an dem kleinen Teich zu sitzen und zu warten. Zu warten, bis das Ereignis wieder lebendig wurde.

Und dann begann es. Ein feines Beben in der Luft war das erste, was sie spürte. Sie lauschte angestrengt. Das ferne Geräusch kam von den Häusern her, die weiter nordöstlich auf einem Hügel lagen. Ferne Rufe waren es, dazu ein dunkles Pochen, wohl von einer Trommel.

Da waren Menschen unterwegs. Viele Menschen; eine Prozession. Und sie kamen näher. Bald konnte sie einzelne Stimmen unterscheiden. Man skandierte etwas, und die Trommel schlug mit ihrer bedrohlichen Klangfarbe den Takt dazu.

Wieder lächelte sie, dann wischte sie sich die Tränen vom Gesicht. Es würde nicht mehr lange dauern. Ihr Herz schlug wild vor angespannter Erwartung. All diese Menschen wollten zu ihr. Es war ihr Tag. Und es war ihre Stunde.

Bald war das Trommeln ganz nah.

Sie öffnete die Augen, als die Prozession zwischen den Bäumen erschien.

1.

Tick, tick, tick, machte der Sekundenzeiger meiner Wanduhr und spazierte stetig in kleinen Schritten weiter. Ich behielt ihn genau im Auge, denn ich wollte den richtigen Moment nicht verpassen. Und von dem war ich nur noch eine Minute entfernt. Der schwarze lange Strich löste sich von der 12 und marschierte auf der rechten Seite des Zifferblattes abwärts.

Als er zwischen der 15 und der 20 war, schweifte mein Blick ab. Auf meinem Schreibtisch lagen bunte Prospekte einiger Autofirmen. Die Fotos zeigten glänzende bunte Karosserien, blitzende Felgen, Stoßstangen in edlem Chrom und wuchtige schwarze Reifen. Mir war klar, daß so ein Wagen ganz anders aussah, wenn man damit an einem typischen Regentag durch Wuppertal gefahren war. Aber die Bilder gefielen mir trotzdem. Welche Nobelkarosse ich kaufen wollte, wußte ich noch nicht. Das würde ich entscheiden, wenn ich das Geld hatte. Viel Geld, von dem mich nur noch eine sehr kurze Zeitspanne trennte.

Der Sekundenzeiger hatte den tiefsten Punkt hinter sich, und es ging wieder bergauf. Tick, tick, tick – unaufhaltsam auf die nächste volle Minute zu. Das Starren auf die Uhr machte mich nervös. Ich lenkte mich ab, indem ich meine neue Stereoanlage betrachtete. Neben ihr befand sich der Fernseher mit extragroßer Bildröhre. Alles Dinge, die ich mir endlich hatte leisten können. Aber das war natürlich gar nichts gegen den fahrbaren Untersatz, in dem ich bald herumgondeln würde.

Es war jetzt genau 8 Uhr 59 und 42 Sekunden. Ich streckte die Hand aus, um zum Telefon zu greifen, ließ sie jedoch einige Zentimeter über dem Apparat schweben.

Die Nummer der Bank hatte ich den ganzen Morgen vor mich hingemurmelt und kannte sie jetzt auswendig. Zwei Sekunden vor neun beschloß ich, den Wählvorgang zu starten. Ich tippte gerade die zweite Zahl in die Tastatur des Mobilteils, als das Display aufleuchtete. Eine Nummer erschien, und das Telefon begann mit seiner jodelnden Melodie.

Ich nahm mir in Gedanken vor, den Klingelton des Geräts endlich zu ändern, und sah mir die Nummer genau an. Ich unterdrückte einen Fluch, tippte auf den Knopf mit dem Telefonhörer und meldete mich.

»Jutta, du hast mir gerade noch gefehlt. Ich muß gleich dringend mit der Bank telefonieren und brauche eine freie Leitung.«

»Na das ist ja eine Begrüßung! Wenn du schon eine ISDN-Anlage hast, mit der du deine Anrufer erkennst, dann solltest du auch deine Telefontermine geregelt kriegen.« Sie klang pikiert.

»Na ja – ist halt alles noch ein bißchen neu«, brummelte ich. »Ich mußte meine immensen Gewinne ja investieren.«

»Brav. Ich sehe, du lernst den Umgang mit Geld doch noch. Was hast du dir denn außer einem modernen Telefon noch gekauft?«

»Hm – einen Fernseher, ein nobles Messingschild unten am Eingang, einen Computer, eine Stereoanlage ... Jedenfalls stellt die Detektei Rott nun wirklich was dar.«

»Soso. Und wie viele Aufträge haben dir all diese Neuanschaffungen bisher gebracht?«

Sie hatte meinen wunden Punkt getroffen. »Was soll das denn jetzt? Willst du meinen Aufstieg etwa wieder madig machen?«

»Ist mir doch egal, wenn du dein Geld für Messingschilder verpulverst. Ich wollte dich eigentlich nur über etwas informieren.«

»Ist gut, aber mach schnell. Wie gesagt: Ich habe keine Zeit.«

»Warum? Anscheinend hat lange kein Kunde mehr bei dir angerufen, warum sollte sich das so plötzlich ändern?«

Ich seufzte. »Es geht nicht um einen Kunden. Ich will um neun die Bank anrufen und meine Aktien flüssig machen.«

»Moment mal, was soll das denn heißen? Geht die Investiererei etwa noch weiter? Brauchst du wieder mal Geld?«

»Klar. Weitere Betriebsausgaben sind vonnöten. Erinnerst du dich noch an meinen letzten großen Fall – die ›Tote vom Johannisberg‹?« Das war natürlich eine rhetorische Frage, aber Jutta nahm sie wörtlich.

»Wie könnte ich den vergessen? Ich habe eine Nacht als Geisel in einem Bunker verbracht und hatte hinterher zwei Wochen lang eine Blasenentzündung.«

»Na siehst du. Und wie habe ich mich damals durch Wuppertal bewegt, um die Bösewichter zu verfolgen?«

»Zu Fuß, mit der Schwebebahn, mit meinem BMW, mit meiner KTM Enduro ... Mensch Remi, mach keine Sachen, du willst dir doch nicht am Ende ein Auto kaufen?«

»Genau das ist der Fall«, sagte ich und sah wieder auf die Uhr. »Vor einer Minute hat die Börse in Düsseldorf aufgemacht, und ich werde mir von den fünfzigtausend Mark, die von damals noch übrig geblieben sind, einen Wagen zulegen. Wahrscheinlich einen BMW. Mindestens 7er Serie.«

Jutta klang komischerweise gar nicht begeistert. »Für fünfzigtausend?«

»Aus denen wahrscheinlich mittlerweile hundert- oder zweihunderttausend geworden sind.«

»Wie bitte?«

»Aktien. Neuer Markt. Bombensicher.«

»Oh, oh«, machte Jutta und war plötzlich sehr schweigsam.

»Bist du noch dran?«

»Ja, ja – sag mal, wie heißen die Papiere, in die du fünfzigtausend investiert hast?«

Ich sah auf den geöffneten Aktenordner, der neben den Autoprospekten auf dem Schreibtisch lag. Links oben prangte die Depotnummer, etwas weiter unten stand in unpersönlicher Computerschrift der Name des Wertpapiers.

»Money-from-nowhere.com«, sagte ich, fuhr mit dem Zeigefinger in die rechte Spalte und packte in einem Satz alles zusammen, was ich jemals über Aktiengeschäfte gelernt hatte. »Sie haben vor einem halben Jahr 134,1 Euro pro Stück gekostet. Ich bin der stolze Besitzer von – äh – genau einhundertvierundachtzig Stück. Da staunst du, was?«

»Da gibt's keinen Grund zum Staunen. Was sind die Dinger denn so wert?«

»Das wollte ich gerade durch einen Anruf bei der Bank herausfinden. Du bist mir dazwischengekommen.«

»Na, wenn das so ist. Viel Spaß mit deiner Geldvermehrungsmaschine. Aber du scheinst mir ein ziemliches Aktiengreenhorn zu sein.«

»Na und? Auf den Erfolg kommt es an, nicht auf die Erfahrung.«

»Ist ja okay – aber du kannst dich ganz leicht im Internet oder im Fernsehen über die Kurse informieren. Versuch's mal auf n-tv. Viel Erfolg. Und tschüs.«

Es knackte unmißverständlich in der Leitung. Ich legte ebenfalls auf.

Meine Finger wollten wieder die Nummer der Bank eintippen, doch irgend etwas sagte mir, daß das vielleicht falsch war. Jutta hatte so einen komischen Klang in der Stimme gehabt …

Ich griff nach der Fernbedienung und suchte den Nachrichtensender. Während ich mich durch die zweihundert Kanäle arbeitete, fiel mir ein, daß Jutta gar nicht den Grund ihres Anrufs gesagt hatte. Egal – das würden wir nachholen. Die Geschäfte gingen vor.

Eine Blondine erschien auf dem Fernsehschirm. Sie verlas gerade Nachrichten, aber die interessierten mich nicht. Ich blickte nur auf das Band von Aktienwerten, das unter ihrem Oberkörper entlangwanderte. Es ging alphabetisch, wir waren erst bei BASF. Ich lehnte mich zufrieden in meinem Sessel zurück. Am liebsten hätte ich eine dicke Zigarre geraucht. Aber ich hatte nur meine Camel und steckte mir eine an. Das mit den Zigarren würde noch kommen.

Wer hätte vor einem guten Jahr gedacht, daß ich einmal Geld zum Anlegen haben würde? Damals war ich ein armer Schlucker gewesen, der sich für die Aufträge krumm machen mußte und trotzdem von Erbsensuppe aus der Dose lebte. Der Fall der Toten aus der Stadthalle am Johannisberg hatte alles verändert. Am Ende der Geschichte waren mir auf juristisch nicht ganz geraden Wegen herrenlose Hunderttausend zugeflossen, von denen ich nach einem guten halben Jahr noch die Hälfte übrig hatte. Das andere hatte ich auf den Kopf gehauen, investiert, und dabei hatte ich kaum gearbeitet. Zwischendurch hatte mich eine mahnende Stimme in meinem Kopf daran erinnert, daß das Geld ja irgendwann zu Ende sein würde – und ich wieder als Erbsensuppenesser mein Dasein fristen müßte. Ich hatte die Stimme mit den todsicheren Aktienkäufen zum Schweigen gebracht. Money-from-nowhere.com war ein Internet-Dienstleistungsunternehmen, auf das mich mein alter Kumpel Manni gebracht hatte – Computerexperte und, wie ich mir sicher war, absoluter Insider.

Das Aktienband wanderte weiter, und ich rechnete im Kopf ein bißchen herum. Für gut 134 Euro hatte ich die Aktien gekauft. Wenn sie jetzt zum Beispiel 270 kosteten, war das eine Wertsteigerung von einhundert Prozent. Da konnte man sie ganz gut verkaufen. Auch wenn sie nur bei 200 standen, würde ich sie losschlagen. Man sollte ja nicht kleinlich sein, wenn es um das große Geld ging. Auch schon bei 180? Nein, auf keinen Fall. Eine Zwei mußte schon vorne stehen. Bei 180 würde ich nur die Hälfte flüssig machen und mir erst einmal einen Gebrauchten zulegen. Den konnte man dann schließlich als Betriebsvermögen in die Firma einbringen.

Auf dem Bildschirm wanderte das Band weiter und kam schließlich bei M an: MAN, Mannesmann. Alles hatte ein bißchen plus gemacht, drei, vier Prozent. Da konnte ich nur müde lächeln. Endlich war die Firma an der Reihe, in die ich investiert hatte.

Da tauchte die Zahl hinter dem Namen auf, und gleich daneben eine Prozentangabe. Ich sah eine Acht und wollte schon jubeln, da fiel mir auf, daß es keine zweite und keine dritte Stelle gab. Nur eine Acht – und die auch noch hinter dem Komma. Und vor dem Komma ein kreisrundes Zeichen, das wie ein Ei aussah! Ein Ei, das aufrecht stand und den Wert meiner Aktien auf weniger als einen Euro pro Stück drückte.

Anders gesagt: Die Dinger waren null Komma acht wert.

Bevor die katastrophale Meldung unter dem Busen der Sprecherin vorbeiwanderte, nahm ich noch die Abstiegsquote in Prozentangaben wahr: minus 101 Prozent. Seit gestern.

Wie versteinert sah ich der Blondine weiter beim Verlesen der Nachrichten und den Kursen beim Entlanglaufen zu. Ich glotzte auf das Laufband, bis meine Money-Aktie nach dem ganzen Alphabet wieder erschien. Die Zahlen hatten sich bis dahin nicht verändert.

Erst nach und nach formte sich ein Gedanke in meinem Kopf. Es war nur ein Wort. Und es hieß: ruiniert.

Instinktiv faßte ich nach meiner Geldbörse und untersuchte meine Barschaft. Ein Fünfziger und etwas Kleingeld – insgesamt knapp sechzig Mark.

Ziemlich schlapp für einen angehenden BMW-Fahrer.

*

»Soso, ich soll dir also helfen, die Karre wieder aus dem Dreck zu ziehen. Das hätte ich mir ja denken können.« Jutta machte eine Kopfbewegung, um ihre schulterlangen, grasgrün gefärbten Haare aus den Augen zu schleudern. Dann bückte sie sich und wühlte weiter in ihrem Kleiderschrank herum.

Das Möbel war mindestens vier Meter breit, aber es stand nur eine der sechs Türen offen. Rechts neben sich hatte Jutta einen aufgeklappten schwarzen Koffer stehen – ein Riesenmaul, in das sie unablässig Kleidungsstücke warf und das nicht satt zu werden schien.

Wir befanden uns in Juttas Schlafzimmer, dem Allerheiligsten ihrer noblen Wohnung auf dem Wuppertaler Brill. Wie so oft hatte ich den steilen Berg zu Fuß erklommen und war naßgeschwitzt hier heraufgelangt.

»Es ist doch nur, bis die Aktien wieder steigen«, sagte ich lahm. »Du bekommst das Geld ganz sicher zurück.« Ich suchte in meinen Taschen nach Zigaretten, steckte mir eine in den Mund und tastete nach dem Feuerzeug.

»Du willst doch wohl nicht in meinem Schlafzimmer rauchen?« Jutta mußte mich aus den Augenwinkeln beobachtet haben, denn sie machte unbeirrt mit dem Kofferpacken weiter. Ich ließ die Zigarette kalt.

»Wenn ich solche Sprüche glauben würde«, sagte Jutta, »wäre ich arm wie eine Kirchenmaus.«

»Jetzt hör auf. Als ob ich nicht wüßte, daß du so gut wie nie Geld verleihst.«

»Was willst du dann eigentlich, wenn du weißt, daß es keinen Zweck hat? Verdien deine Mäuse selbst – wie jeder normale Mensch.«

Bei all meinem Ärger mußte ich grinsen. Jutta hatte ihr Geld nämlich nicht verdient – zumindest nicht durch Arbeit. Jutta hatte einfach das Glück gehabt, Herrn Doktor Heinz Bayersdorf zu heiraten. Er war ein hohes Tier der Wuppertaler Stadtverwaltung gewesen. 1981 standen er und Jutta vor dem Traualtar – Jutta noch keine dreißig, der glückliche Ehemann zweiundsechzig Jahre alt. Einen guten Monat später segnete der Doktor das Zeitliche. Es gab keine anderen Verwandten und damit keine Erben. Jutta, kurz zuvor noch einfache Sekretärin in verschiedenen Firmen und dort der Schrecken ihrer Vorgesetzten, war plötzlich eine vermögende Witwe. Neben den etwa achttausend Mark Pension und Renten ihres verstorbenen Mannes kassierte sie Mieteinnahmen von drei Top-Wohnungen und diverse Einkünfte aus Geldanlagen. In einer stillen Stunde hatte sie mir einmal gestanden, daß sie über ein Nettoeinkommen von dreißig Mille im Monat verfügte.

Ich versuchte, diese Gedanken aus dem Kopf zu verdrängen und mich auf mein eigentliches Problem zu konzentrieren. Erst mal Schönwetter machen, sagte ich mir.

»Mal was anderes«, sagte ich. »Was machst du da eigentlich?«

Jutta hatte gerade einen Berg von Buntem, Seidigem in das Koffermaul verfrachtet und drehte mir ihr Gesicht zu – zum ersten Mal, seit sie mir die Tür geöffnet hatte.

»Ich gönne mir Urlaub«, sagte sie in einem Ton, als müsse sie einen Ehemann von der Notwendigkeit des Schminkens überzeugen. »Das war auch der Grund, warum ich vorhin bei dir angerufen habe. Geh mal weg, ich muß den Koffer beiseite stellen.«

»Laß mich das machen«, sagte ich und schleppte das Ungetüm durch das Zimmer, das als Schlafsaal für ein ganzes Mädchenpensionat hätte durchgehen können. Der weiße, tiefe Teppichboden dämpfte meine Schritte, so daß mein Geschnaufe deutlich zu hören war.

»Der ist ganz schön schwer, was? Und davon kommt gleich noch einer.«

»Wo willst du überhaupt hin?« fragte ich.

»Jamaica. Montego Bay. Der Flieger geht in dreieinhalb Stunden ab Düsseldorf. Stellst du mir mal eben den anderen Koffer hier hin?«

Ich ging um das Bett herum und holte ihn – genauso riesig wie der erste, aber zum Glück noch leer und damit leicht. Ich beschloß, wieder zum Thema zu kommen.

»Schau mal, ohne Auto kann ich nicht arbeiten, und ich wollte doch, daß meine Detektei jetzt mal so richtig nach vorne kommt.«

Es klang natürlich lahm. Und es war zwecklos. Jutta hatte mir noch nie Geld gegeben, warum sollte sie es jetzt tun? Ihre Hilfe bestand immer nur darin, in den unmöglichsten Momenten in meine Ermittlungen zu platzen und sich einzumischen. Als Hobby-Detektiv-Assistentin sozusagen.

»Wer mit seinem Reichtum nicht umgehen kann, ist selbst schuld. Ich an deiner Stelle hätte mich auf diese Neue-Markt-Aktien nicht eingelassen. Hättest du mal mich gefragt. Wer hat dir eigentlich den Tip gegeben?«

»Manni«, sagte ich kleinlaut, denn ich wußte, was nun folgen würde.

Jutta brach in Gelächter aus. »Manni? Dieser Loser? Wie kommst du dazu, auf so einen zu hören?«

Ich druckste herum und suchte nach den Vokabeln, mit denen Manni mir einige Monate zuvor das Geschäft schmackhaft gemacht hatte.

»Na ja. Ich hatte das Geld zuerst auf dem Sparbuch. Dann auf einem Festgeldkonto. Da gab's aber nur drei Prozent. Und diese Money-from-nowhere-Sache war eine Neuemission, du weißt schon. Die Aktien kamen gerade heraus. Und bei Neuemissionen steigen sie doch normalerweise gleich am Anfang, weil ja alle Aktien kaufen wollen. Die sind dann überzeichnet, und Manni sagte, ich sollte mir das nicht entgehen lassen.«

»Du spinnst.« Jutta machte weiter mit der Kofferfütterung. Diesmal war Unterwäsche dran. Stapel von kleinen gefalteten Höschen in weiß, schwarz, rot und grün verschwanden. Die Männer in Jamaica würden etwas geboten bekommen.

»Keiner kann wissen, wie sich Aktien entwickeln. Auch am Anfang nicht. Das sollte einem normalen Menschen eigentlich klar sein. Jetzt bleibt dir nur noch, den Rat von André Kostolany zu beherzigen.«

»Wer ist das denn?«

Jutta hielt wieder inne und sah mich spöttisch an. »Du willst mit Aktien das große Geld machen und kennst noch nicht mal die berühmtesten Börsengurus?«

Ich hatte das Spiel satt. Jutta behandelte mich wie einen kleinen Jungen. Warum ließ ich mir das eigentlich bieten? »Nein, kenne ich nicht«, sagte ich, »und es ist mir auch egal, was der gesagt hat.«

Jutta erzählte es mir trotzdem, während sie weiterpackte. »Wenn die Aktien sinken, muß man Schlaftabletten nehmen.«

»Wie bitte? Soll man sich vielleicht umbringen?«

»Nein, aber man soll erst wieder aufwachen, wenn die Aktien gestiegen sind, und sie dann verkaufen. Die Schlaftabletten helfen, daß man sich nicht verrückt macht.«

»Toller Witz«, sagte ich. »Dieser Kostodingsbums ist sicher stinkreich, und dem ist es völlig egal, was mit fünfzigtausend passiert, die er falsch angelegt hat.«

»Das ist eben dein Problem, Remi. Denk immer dran: Wer den Tausi nicht ehrt, ist der Million nicht wert. Aber im Ernst: Eigentlich bist du doch auf die fünfzig Mille überhaupt nicht angewiesen. Hättest du mal ein bißchen die Werbetrommel gerührt, hättest du an den Erfolg mit der Johannisberg-Toten gut anknüpfen können.«

Ich kratzte mich am Kopf. »Ich hab's ja versucht. Ich habe Anzeigen in den Gelben Seiten geschaltet. Aber ich kann ja schlecht ins Telefonbuch unter meine Nummer schreiben lassen: ›Der Detektiv, der den aufsehenerregendsten Kriminalfall in der Wuppertaler Geschichte gelöst hat – kommen auch Sie!‹. Vielleicht denken die Leute nach dieser Sache auch, ich sei zu teuer.«

»Vielleicht hast du bei dem Fall die Wuppertaler Unterwelt komplett beseitigt. Schließlich war Wuppertal vorher die sicherste Stadt Deutschlands, und jetzt ist sie es eben wieder.«

Ein elektronisches Geräusch unterbrach unsere Ausführungen. Es war mein Handy – ebenfalls eine neue Investition, die sich allerdings noch nicht so ganz gelohnt hatte, denn mich hatte bisher kaum jemand angerufen. Dabei hatte ich die Nummer nicht nur auf der Ansage des Anrufbeantworters, sondern sie stand sogar auf dem neuen Messingschild am Eingang des Hauses, in dem sich meine Detektei befand.

»Rott«, meldete ich mich und versuchte geschäftsmäßig, beschäftigt, aufmerksam und empfindlich gestört zugleich zu klingen.

Es war eine Männerstimme. »Bin ich mit der Detektei Rott verbunden?«

»Ja, Rott am Apparat, was kann ich für Sie tun?« Ich wandte mich dem Fenster zu, das einen Panoramablick über Wuppertal bot. Die Stadt, ein Sammelsurium von Betonklötzen und dunklen Dächern, lag im Tal und schien unter dem viel zu grauen Aprilhimmel dumpf dahinzudämmern.

»Hier Rechtsanwalt Vogt aus Bensberg. Entschuldigen Sie die Störung, Herr Rott, aber ich habe in Ihrem Büro niemanden erreicht.«

Unwillkürlich sah ich auf die Uhr. »Ja, es ist bereits nach fünf. Da ist jetzt niemand mehr.« Als ob in meiner Detektei jemals jemand gewesen wäre, wenn ich nicht da war.

»Wie dem auch sei«, sagte Vogt, »könnten Sie morgen vormittag nach Bensberg kommen?«

»Um welche Art Auftrag handelt es sich denn?« fragte ich etwas zu schnell.

»Das würde ich gern mit Ihnen persönlich besprechen. Wäre das möglich?«

Ich tat, als würde ich nachdenken. »Gut. Wäre elf Uhr recht?«

»Sehr gut. Bitte notieren Sie sich die Adresse.« Ich nahm meine Zigarettenschachtel, holte einen Stift hervor und kritzelte zwischen die Beine des Dromedars, was mir Anwalt Vogt diktierte. »Ich danke Ihnen sehr, Herr Rott. Bis morgen.« Wir verabschiedeten uns, und er legte auf.

Jutta hatte mir beim Schreiben zugesehen. »Hm – Bensberg, Schloßstraße. Keine schlechte Anschrift. Siehst du, es geht doch aufwärts. Auch wenn du dafür ausgerechnet in dieses Kaff mußt.« Sie lächelte mich an, und ich hatte wieder mal das Gefühl, als sei sie zehn Jahre jünger als ich und nicht umgekehrt. »Immer, wenn du denkst, es geht nicht mehr, kommt von irgendwo ein Lichtlein her. Hilf dir selbst, dann hilft dir Gott. Hätte ich dir jetzt Geld gegeben ...«

»... hätte dieser Vogt aus Bensberg auch angerufen«, beendete ich die Litanei und steckte meinen Stift wieder ein. »Spar dir deine Sprüche. Was meintest du eigentlich eben mit Kaff?«

»Na ja – Bergisch Gladbach ist nicht gerade der Bringer. Wahrscheinlich fällst du da ins Koma vor Langeweile. Da passiert doch nichts. Du bist nicht zu beneiden.«

»Wie dem auch sei, ich muß zusehen, daß ich an ein Auto komme. Apropos – kannst du mir deins leihen? Ach, laß mich raten, ich glaube, ich weiß die Antwort schon.«

Jutta nickte. »Richtig – sie heißt nein. Und zwar deswegen, weil ich keins mehr habe. Ich fahre jetzt nur noch mit der Enduro durch die Gegend. Der Sommer kommt – wer braucht da ein Auto? Willst du vielleicht mit dem Motorrad fahren?«

Ich malte mir aus, wie ich bei meinem potentiellen Auftraggeber mit einer Geländemaschine vorfuhr, und verwarf den Gedanken gleich wieder.

»Nein.«

»Dann mußt du dir jemand anderen suchen, der dir ein Auto leiht. Apropos helfen.«

»Was kommt jetzt?«

»Als perfekter Kavalier könntest du mir die Koffer runterbringen.«

Ich tat ihr den Gefallen und schleppte die beiden Riesenkisten bis an den Eingang. Gleichzeitig dachte ich über das Autoproblem nach.

Wahrscheinlich hatte die körperliche Betätigung mein Gehirn angekurbelt, denn plötzlich hatte ich eine Idee.

»Schönen Urlaub«, sagte ich und verließ die Wohnung.

*

»Manfred Hecking Computer Support« stand großkotzig auf dem Messingschild an seiner Klingel. Ich drückte dreimal kurz hintereinander auf den Knopf. Es dauerte ziemlich lange, bis der Türöffner summte.

»Ich dachte schon, Gott weiß wer das ist«, sagte Manni. Er war unrasiert, trug einen Bademantel und hatte völlig verwuschelte Haare. Ein miefiger Geruch ging von ihm aus. Ich hatte ihn offensichtlich aus dem Nachmittagsschlaf gerissen. Er wirkte gereizt.

»Was willst du hier? Laß mich in Ruhe.«

»Aufstehen, die Geschäfte rufen. Nur der frühe Vogel fängt den Wurm. Seit du nicht mehr fest angestellt bist, verkommst du total.«

»Laß den Blödsinn. Ich habe zu tun«, sagte er und wollte die Tür seiner Wohnung zudrücken. Schon auf dem Flur merkte man, daß da drin unbedingt mal gelüftet werden mußte. Es stank nach altem Rauch und nach Bier. Offenbar hatte Manni am Abend zuvor mal wieder eine seiner Video-Orgien veranstaltet. Dafür lud er irgendwelche Freunde ein, und sie glotzten zwei oder drei Streifen hintereinander – vorzugsweise solche, die aus der Erwachsenenabteilung kamen. Er hatte mich auch mal dazu eingeladen, aber ich hatte dankend abgelehnt.

Ich war schneller als er und flutschte in seine Privatgemächer.

»Na gut, dann geh rüber ins Wohnzimmer«, sagte Manni. »Ich zieh mir nur was an. Oder kann ich jetzt gleich was tun, damit du wieder abhaust?«

»Kannst du. Gib mir deinen Wagenschlüssel und die Papiere. Ich brauche dringend einen Wagen, sonst geht mir ein wichtiger Fall durch die Lappen.«

Manni grinste und tippte sich an die Stirn. »Sonst noch was? Du hast sie ja nicht alle.« Damit verschwand er im Bad.

Manni war mein Berater in Computerangelegenheiten. Wenn ich, ein absoluter EDV-Idiot, im Laufe meiner Ermittlungen mal eine Diskette öffnen oder eine Datenbank anzapfen mußte, fragte ich ihn. Ich war noch nie bei Manni zu Hause gewesen. Normalerweise hatte ich ihn in der Firma besucht, wo er bis vor kurzem noch angestellt gewesen war. Oder er war in mein Büro gekommen.

Das sogenannte Wohnzimmer war wohl der größte Raum in Mannis Behausung. Auf der einen Seite standen zwei Böcke mit einer Tischplatte darauf, die sich vor Computerteilen bog. Ich sah aufeinandergestapelte Tastaturen, auseinandergeschraubte Gehäuse mit grünlichen Steckkarten, Kabel hingen herum, aus einem Drucker kam Endlospapier, das sich auf dem Boden sammelte, wo die Unordnung weitergewuchert war und langsam in einen dreckigen schwarzen Berg überging, der einmal ein ockerfarbenes Sofa gewesen war. Der Cordbezug wies dunkle Flecken auf, die Sitzpolster waren fadenscheinig.

Keinen Meter davor prangte ein Fernseher, aus dem ebenfalls Kabel hingen. Sie führten zu einem Videorekorder, der neben der Glotzkiste auf dem Boden stand. Ich drückte auf die Taste, die den Kassettenauswurf in Gang setzte, und zog eine Kassette heraus. »Lolitas 2000« prangte in oranger Leuchtschrift darauf. Direkt darüber klebte ein Zettel der Videothek, auf dem darauf hingewiesen wurde, daß man vor dem Zurückgeben die Filme zurückspulen soll. Die waren ziemlich genau mit ihrer Verleihware.

Auf dem Fernsehgerät stapelten sich noch mehr Videos. Ich nahm ein paar und holte mit der rechten Hand mein Feuerzeug hervor. Dann blickte ich kurz aus dem Fenster. Unten auf der Straße stand Mannis Golf. Ein mindestens fünfzehn Jahre alter Diesel. Der knallrote Lack war von Rostflecken übersät. Aber immerhin ein Auto.

»Dir scheint's ja geschäftlich ziemlich gut zu gehen, wenn du dir Videos ausleihen kannst«, rief ich.

»Machst du Witze?« sagte Manni, der aus dem Schlafzimmer nebenan kam. Der Geschäftsführer von Hecking Computer Support stopfte sich ein T-Shirt in die Hose und fragte: »Hast du irgendwo meine Socken gesehen? Und was die Videos betrifft – die kosten nur ein paar Mark am Tag. Und die Kumpels beteiligen sich. Ich bring sie gleich wieder zurück.«

»Oder auch nicht«, sagte ich, entflammte das Feuerzeug und hielt es in die Nähe der Plastikkassetten. Meine Hand zitterte.

»Hey, was soll das«, rief Manni. »Wenn die kaputt gehen, muß ich sie bezahlen.«

»Eben«, sagte ich.

»Spinnst du?« Manni blieb stocksteif stehen. »Hast du 'n Knall oder was?«

»Mitnichten.« Meine Stimme war ganz ruhig. »Also paß auf. Entweder du hast gleich einen Mordsärger in der Videothek, oder du machst den Schaden gut, den du verursacht hast.«

»Du meinst wohl den Schaden in deinem Kopf. Gib die Bänder her, sonst ...«

Er machte einen Schritt nach vorne, doch sofort war die Feuerzeugflamme wieder da. »Bleib stehen, Manni. Ich meine es ernst. Hör mir genau zu.«

»Okay, sag mir, was du zu sagen hast. Geisteskranke soll man bekanntlich lassen.« Er ließ sich in das Sofa fallen und senkte beschwichtigend die Hände.

»Schon besser«, sagte ich. »Da du ja noch so verpennt bist, hast du die Börsenkurse der von dir so hochgelobten Aktien sicher noch nicht verfolgt. Deine Scheißpapiere, die du mir so wärmstens empfohlen hast, sind um über hundert Prozent gesunken. Seit gestern.«

»Mann, das ist doch völlig normal. Die kommen wieder. Aktionäre müssen in langen Zeiträumen rechnen, das weißt du doch. Wenn ich gewußt hätte, daß du dich aufführst wie ein kleines Mädchen.«

»Erzähl keinen Scheiß, Manni. Du hast die Aktien in den Himmel gelobt. Du hast gesagt, ich könnte mit meinen fünfzig Mille glatt das Doppelte machen. Und das sofort. Jetzt kann ich von dem, was mal fünfzigtausend Mark waren, nicht mal mehr meine Miete bezahlen. Und bald ist wieder der Erste.«

»Na und, es dauert eben noch ‘ne Weile, kapierst du das denn nicht?«

»Nein, das kapiere ich nicht.«

»Schau mal, ich hab ja selbst Gewinne mit Papieren vom Neuen Markt gemacht. Alles, was du hier siehst, habe ich davon bezahlt.«

»Du meinst diese Bruchbude hier?«

»Dir mag es wie eine Bruchbude vorkommen. Aber immerhin bin ich meine Schulden los und hab in den letzten drei Monaten fast zehntausend Mark Umsatz gemacht. Und das ist erst der Anfang. Die Kunden kommen ja nicht hierher. Ich nehme bei denen vor Ort die Bestellungen für die Rechner auf, besorge die Dinger und installiere sie. Das ist ein Geschäft mit Zukunft. Was deine Ermittlungen ja nicht gerade zu sein scheinen.«

Ich setzte mich neben Manni. Am liebsten hätte ich losgeheult. »Du hast gesagt, die Sache wäre bombensicher. Ich müßte mich um die Papiere nicht kümmern, hast du gesagt. Statt dessen sind sie seit der Neuemission Stück für Stück gesunken. Ich habe bei der Bank angerufen und mich erkundigt. Ich bin pleite, Manni.«

»Was willst du denn? Soll ich dir vielleicht dein Geld zurückgeben? Das kann ich nicht.«

Ich schüttelte den Kopf. »Kein Geld. Aber wie ich schon sagte: deinen Golf.«

»Mach alles flüssig, was du hast. Und kauf dir einen Gebrauchten.«

»Hast du es immer noch nicht geschnallt? Ich habe absolut nichts mehr. Her mit dem Schlüssel und den Papieren. Ich hab nicht so viel Zeit.«

Ich schnickte das Feuerzeug wieder an und hielt die Flamme gegen die eine Ecke der Videokassette.

»Ist ja gut, verdammt noch mal. Hör auf damit. Ist ja schon gut.« Manni sprang auf, ging zur Garderobe, nahm eine Jacke vom Haken und suchte in den Taschen. »Wie lange brauchst du das Auto?«

»Keine Ahnung. Bis ich einen Fall gelöst habe. Einen Tag, zwei, wer weiß das schon?«

Er dachte nach. »Bis Anfang Mai habe ich eh nicht so viel zu tun. Gute Gelegenheit, den Laden mal dicht zu machen. Wenn du ein bißchen was springen läßt ...«

»Wovon denn, Mensch?«

»Jetzt mach mal halblang, du wirst doch Honorar kriegen, oder?« Manni warf den Autoschlüssel mit den Papieren auf die Couch. Ich nahm die Sachen, steckte sie ein und drückte mich an ihm vorbei zur Tür. Als ich dort angekommen war, drehte ich mich noch mal um.

»Danke«, sagte ich. »Du kriegst dein Auto wohlbehalten zurück. Und aufgetankt! Das ist doch was bei den heutigen Benzinpreisen!«

2.

Mannis Auto war genauso versifft wie seine Wohnung. Im Fußraum tummelten sich leere Zigarettenschachteln verschiedener Marken; dazwischen kugelte zusammengeknülltes Papier von Schokoriegeln herum. Der Rücksitz war von Styroporstücken bedeckt – offensichtlich Verpackungsmaterial von Computerlieferungen. Immerhin gab es ein Radio mit Kassettenrekorder. Ich blickte ins Handschuhfach; es war mit undefinierbarem Kram vollgestopft. Ein Stoß Zettel fiel heraus. Dahinter steckten ein paar Kassetten. Die Zettel entpuppten sich als Mannis Visitenkarten – durch die Lagerung in all dem Müll ziemlich verdreckt.

Weiter unten im Fahrerraum befand sich etwas, das geschickte Werbestrategen von heute als Navigationssystem bezeichnen würden: ein Kompaß, der in einer tennisballgroßen Klarsichtkugel schwamm. Das Ding war auf einem kleinen Fuß auf dem Aschenbecherdeckel hinter dem Schaltknüppel befestigt. So wußte ich am nächsten Morgen gleich, daß ich nun nach Westen fuhr. Am Kreuz Hilden wechselte ich die Autobahn. Es ging jetzt auf der A3 nach Süden, an Langenfeld vorbei.

Ich war noch nie in Bensberg gewesen, aber ich hatte mich auf der Autokarte ein bißchen kundig gemacht. Als in Höhe der Raststätte Ohligser Heide der Verkehr zäher wurde und sich dann zu Stop-and-Go verlangsamte, holte ich eine der Kassetten aus dem Handschuhfach und steckte sie in den Player. Schlagartig umgab mich Discostampf. Harpo sang mir einen uralten Oldie vor: »I'm looking, I'm searching, I read my horoscope«, dröhnte aus den vier Boxen, die Manni in seinem Auto installiert hatte. Nicht übel. Das Stück erinnerte mich an meine Jugend. Von wann war das wohl? 1975? Ich wußte es nicht genau.

Langsam löste sich der Stau auf, ich erreichte das Kölner Ostkreuz, und die A4 führte mich hinein ins Bergische Land in Richtung Osten – aber nur ein kleines Stück. An der dritten Ausfahrt, wußte ich, mußte ich abfahren.

Leider gab es schon vorher ein Problem: Harpo, dem anscheinend Mannis gesamte Kassette gewidmet war, sang gerade seinen Riesenhit »Movie Star«, da bemerkte ich unter dem Tacho ein rotes Blinken. Neben dem Lämpchen befand sich ein kleines Symbol: ein Ölfläschchen. Das sah nicht gut aus.

Ich drehte die Musik leiser und achtete auf das nächste Ausfahrtsschild. »Refrath« hieß die Anschlußstelle, und sie war noch tausend Meter entfernt. Ich beschloß, hier abzufahren, um nicht womöglich auf der Autobahn stehenzubleiben. Und ich hatte Glück im Unglück. Gleich an der Abfahrt gab es eine Tankstelle.

Ich bat einen der Mitarbeiter um Hilfe. Der Mann prüfte den Ölstand und schüttelte den Kopf.

»Sie müssen den Wagen durchchecken lassen. Was anderes kann ich Ihnen nicht sagen.«

So weit kam es noch. Ich hatte wirklich keine Lust, in Mannis Kiste Geld zu investieren!

»Wann haben Sie denn zuletzt nach dem Ölstand gesehen?« fragte er.

»Keine Ahnung. Das Auto ist von einem Freund. Geliehen.«

Der Mechaniker beugte sich über die geöffnete Motorhaube und inspizierte das Gewirr von Kabeln, Leitungen und Motorteilen.

»Sagen Sie Ihrem Freund, daß er sich ein bißchen mehr um seinen Wagen kümmern soll. Im Moment können wir nur eins gegen den Ölverlust tun.«

»Und das wäre?« fragte ich.

Der Mann grinste. »Öl nachfüllen. Mindestens anderthalb Liter. Am besten kaufen Sie zwei, dann haben Sie noch was in Reserve.«

Ich ging hinein und erstand den Schmierstoff. Die Tankstelle war wie die meisten heutzutage. Von außen gaukelten sie vor, ein Benzinabgabegeschäft zu sein. Innen fand man sich in einem Supermarkt wieder. An der Kasse lag ein Stapel Tageszeitungen – darunter der Express, dessen Schlagzeile gleich ins Auge sprang. »DER TOTE VOM RENNWEG«, stand da in den typischen Lettern der Boulevardpresse. »WAR ES EIN RACHEAKT?« Daneben war das Foto eines Mannes um die fünfzig zu sehen.

»Was ist das denn für eine Geschichte?« fragte ich die Frau an der Kasse, während ich nach meiner Geldbörse suchte.

»Ach, da ist einer im Wald gefunden worden«, sagte sie und nahm meine letzten Scheine in Empfang. »Ganz hier in der Nähe.«

»Ein Toter?« fragte ich.

»Und wie tot. Wahrscheinlich hat den sogar einer umgebracht.« Sie zählte das Wechselgeld zusammen und legte es auf die oberste Zeitung. »Quittung?«

»Ja bitte.«

Sie riß den Bon ab und gab ihn mir. »Sagen Sie mal, Sie sind nicht von hier, was?«

»Nein, bin ich nicht. Können Sie mir sagen, wie ich von hier aus nach Bensberg komme? Ich bin eine Abfahrt zu früh von der Autobahn gefahren.«

»Ganz einfach. Hier weiter die Lustheide geradeaus. An der zweiten Ampel dann nach links. Ist ausgeschildert.«

»Ist das hier eigentlich schon Bensberg?« fragte ich.

Die Frau schüttelte den Kopf. »Nee, das ist Refrath. Das heißt – eigentlich ist es Bergisch Gladbach. Bensberg ist aber auch Bergisch Gladbach.«

»Aha«, sagte ich. »Vielen Dank – und ich nehme das hier noch mit.« Ich griff nach einer Zeitung und ließ vom Wechselgeld den entsprechenden Betrag liegen.

Der Mechaniker füllte draußen das Öl ein und ließ die Motorhaube herunterkrachen.

»Haben Sie's noch weit?« fragte er.

»Nur nach Bergisch Gladbach, in die Schloßstraße.«

»Ah so«, sagte er und wischte sich die Hände an seinem ölverschmierten Overall ab. »Also nicht nach Gladbach, sondern nach Bensberg.«

Ich schüttelte den Kopf und fuhr los.

Die Straße, die Lustheide hieß, führte durch eine gesichtslose Vorortgegend. Mietshäuser und kleine Firmengelände wechselten sich ab. Im weiteren Verlauf wurde die Lage etwas hübscher. Rechts erstreckte sich Wald, auf der linken Seite war die Straße von Bäumen begrenzt – unterbrochen von breiten Einfahrten, die wahrscheinlich zu etwas nobleren Privathäusern führten. Dann kam die Abzweigung nach Bensberg.

Es war schon zehn vor elf. Höchste Eisenbahn. Doch die Blechlawine hatte ihr eigenes Tempo, und das war nun mal langsam. Die Straße führte in schnurgerader Linie den Berg hinauf. Auf dem Gipfel erkannte ich einen Kirchturm, der aus der Ansammlung von Dächern herausragte und auf den ich geradewegs zufuhr. Plötzlich änderte sich das Licht; die Sonne brach durch und sorgte irgendwo dort oben in Bensberg für einen blitzenden Reflex. Frühling, dachte ich. Frühling im Bergischen Land.

Wenn das kein gutes Willkommenszeichen war!

Ich irrte mich gewaltig. Bensberg war zumindest in einer Hinsicht eine Katastrophe; nämlich für Parkplatzsucher. Die Schloßstraße, wo Vogt seine Kanzlei hatte, war eine Einkaufsgegend mit allerlei Geschäften, großem Gedränge und hoffnungslos zugestelltem Seitenstreifen. Ich bog in ein kleines Sträßchen ein, das noch weiter bergauf führte. Der Wagen rumpelte auf Kopfsteinpflaster einem altmodischen eisernen Tor entgegen. Weiter hinten erkannte ich einen kolossalen weißen Gebäudekomplex mit protzigen Türmen, auf denen schwarzer Schiefer glänzte. Die Straße führte am Fuß der Schloßmauer wie ein Ring um den Berg herum und dann wieder hinunter.

Ich hatte die Hoffnung, mein Auto legal abstellen zu können, schon aufgegeben, da tauchte ein Schild auf: »Anwaltspraxis Vogt«, mit einem Pfeil nach rechts. Ich folgte dem Hinweis und kam auf einen abschüssigen Parkplatz, auf dem einige Parktaschen für Vogts Besucher vorgesehen waren.

Das Büro befand sich im obersten Stock des angrenzenden Gebäudes. Das erste, was ich hinter der Tür sah, war ein Aquarium an der gegenüberliegenden Wand. Gelbe und knallrote Fische schwammen zwischen wedelnden Pflanzen herum. Mein Blick ging nach links zu einer Theke, hinter der ein höchstens siebzehnjähriges Mädchen saß und mich anlächelte. Ich erklärte, daß ich einen Termin hätte. Sie sah in einen Kalender, nickte und deutete auf die andere Seite des Raumes, wo sich ein paar orangefarbene Plastikschalen befanden, die an einer Leiste an der Wand befestigt waren. Die Stühle für die Wartenden – alle leer.

»Nehmen Sie bitte einen Augenblick Platz«, sagte sie.

Ich tat es und zog die Zeitung heraus, die ich zusammengefaltet in der Tasche gehabt hatte.

Ich überflog den Artikel über den Toten. Ein gewisser Achim Diepeschrath war umgekommen. Seine Leiche hatte man im Wald gefunden. Anscheinend hatte die Boulevardpresse ihre Leser schon gestern mit Informationen über diesen Fall versorgt, so daß manche Details nicht zur Sprache kamen. Immerhin verstand ich, daß dieser Diepeschrath am Montag, also vorgestern, morgens tot im Wald gefunden worden war, und zwar auf einer Straße oder einem Waldweg, der »Rennweg« hieß. In dem aktuellen Bericht stürzte man sich auf das, was man eine sensationelle Neuigkeit im »Rennweg-Fall« hielt: Der Tote war Bauunternehmer gewesen, was die Zeitung zu der Mutmaßung brachte, ein Konkurrent könnte dahinterstecken. Ein konkreter Verdacht wurde nicht geäußert. Ich faltete die Zeitung ordentlich zusammen und legte sie auf einen Zeitschriftenstapel, der sich auf einem der Stühle befand.

Ich sah auf und bemerkte, daß mich die junge Vorzimmerdame beobachtet hatte. Ich lächelte ihr zu, und sie wandte sich irritiert ab. In diesem Moment wurde die Tür aufgerissen, und ein Mann mit schütteren Haaren, Brille und Spitzbart sah heraus. Er beachtete mich nicht und sagte zu dem Mädchen: »Herr Rott kann jetzt hereinkommen.« Dann verschwand er wieder, ließ aber die Tür offen.

Das Mädchen nickte mir zu, immer noch mit dem stereotypen Lächeln. »Herr Vogt erwartet Sie.« Hier ging offensichtlich alles den Dienstweg.

Ich spazierte an dem Aquarium vorbei und gelangte in das Büro. Vogt stand hinter einem gigantischen Schreibtisch aus hellem Holz; dahinter erhob sich eine Regalwand.

»Guten Tag, Herr Rott«, sagte er und hielt mir quer über den Tisch die Hand hin.

Mein Blick fiel auf die Fensterfront des Raumes, hinter der es eine fulminante Aussicht zu bewundern gab. Was ich vom Auto aus nur kurz zu Gesicht bekommen hatte, präsentierte sich hier in aller Herrlichkeit. Man sah von Bensberg in die Rheinebene in Richtung Köln. Am Fuß des Berges erstreckte sich wie ein gekräuseltes grünes Meer eine Waldfläche. Dahinter ragten graue Gebäudewürfel auf. Am äußersten Ende des Horizonts sah ich schemenhaft Umrisse weit entfernter Industrieanlagen. Weißer Dampf stieg von ihnen auf und verband sich mit der dunstigen Wolkenschicht am Himmel. Winzigklein dazwischen stach etwas Gezacktes nach oben. Es waren die Türme des Kölner Doms.

»Diese Aussicht hat schon Goethe bestaunt«, sagte Vogt.

»Damals gab es wahrscheinlich nichts zu sehen als den Kölner Dom«, erwiderte ich.

»Falsch. Der war damals noch eine Baustelle«, sagte Vogt oberlehrerhaft. »Bekanntlich war Goethe längst tot, als er vollendet wurde. Dafür war damals noch der Rhein zu sehen. Nehmen Sie bitte Platz.«

Vogt war nicht nur dünn, sondern geradezu hager. Sein grauer Anzug schlotterte ihm um den Körper; sein weißes Hemd war zwar bis obenhin zugeknöpft, aber der Kragen hatte mindestes einen Zentimeter Platz; sein Hals hätte eine besonders kleine Kragenweite gebraucht. Ich bemerkte, daß er nicht nur einen Spitzbart hatte, sondern auch spitze Augenbrauen. Seine Haare schimmerten rötlich-blond. Wären sie schwarz gewesen, hätte er gut als Teufelchen durchgehen können.

Ich entschuldigte mich, weil ich ein paar Minuten zu spät gekommen war. »Leider habe ich Ihren Kundenparkplatz etwas zu spät bemerkt.«

Vogt war schon mit etwas anderem beschäftigt. Er wandte mir den Rücken zu und suchte in dem Bücherschrank, der die Wand hinter ihm bedeckte, nach Unterlagen. »Machen wir es kurz«, sagte er und wuchtete einen Aktenordner auf den Tisch. Er setzte sich und sah mich an. »Es hat einen Mordfall gegeben, der für viel Furore gesorgt hat.«

»Der Fall Diepeschrath?« tippte ich.

Vogt war überrascht. »Ja genau. Machen die Zeitungen in Wuppertal auch so eine Sensation daraus?«

»Ich habe es am Rande mitbekommen. Die Zeitungen haben heute geschrieben, es könnte ein Konkurrent aus dem Baugewerbe dahinterstekken.«

Er machte eine wegwerfende Geste. »Möglich ist alles.«

»Was haben Sie mit dem Fall zu tun? Entschuldigen Sie, daß ich so direkt frage, aber ich denke, deswegen haben Sie mich herbestellt.«

Vogt deutete ein Lächeln an. »Sie haben recht. Ich habe einen Mandanten, der von der Polizei verdächtigt wird, Diepeschrath umgebracht zu haben. Der Name tut im Moment nichts zur Sache.«

»Darüber stand aber nichts in der Zeitung. Daß es einen bestimmten Verdacht gibt, meine ich.«

»Die Polizei hat ihn erst einmal zurückgehalten.«

»Ist Ihr Mandant verhaftet worden? Ich meine, sitzt er in Untersuchungshaft?«

Vogt schüttelte den Kopf. »Er ist zwar verdächtig, das heißt, er hatte ein Motiv und war wahrscheinlich als letzter mit Diepeschrath am Sonntagabend zusammen, doch das reicht noch nicht für einen sogenannten dringenden Tatverdacht. Und solange der nicht besteht –«

»Gibt es keinen Haftbefehl. Ich habe auch ein paar Semester Jura studiert. Wo liegt nun genau das Problem?«

Vogt führte die Handflächen zusammen und rieb sie hin und her. »Mein Mandant beteuert, daß er unschuldig ist. Er möchte so schnell wie möglich aus dieser Sache herauskommen. Im Moment dauern die Ermittlungen der Polizei noch an, und er befürchtet, es könnte weiteres belastendes Material zutage treten.«

»Weiteres? Welches gibt es denn jetzt schon?«

»Am Montagmorgen rief jemand anonym bei der Polizei an und meldete den Fund von Diepeschraths Leiche. Dabei beschuldigte er meinen Mandanten.«

»Aber wenn er wirklich unschuldig ist, wird sich seine Unschuld doch herausstellen.«

Vogt hob den Zeigefinger der rechten Hand in die Höhe. »Das sagen Sie. Sie haben Vertrauen in die Arbeit der Polizei.«

»Sie nicht?«

»Das steht nicht zur Debatte. Mein Mandant nicht.«

»Was heißt das?«

»Er ist vorbestraft. Allerdings aufgrund einer Straftat, die lange zurückliegt.«

»Hat er mal jemanden umgebracht?«

»Das nicht«, sagte Vogt. »Es ging aber um schwere Körperverletzung. Sagt Ihnen der Name Brokdorf etwas?«

»Ja. Der hat irgendwas mit Kernkraft zu tun, oder?«

»Vor allem mit der Geschichte der Atomkraftgegner. In Brokdorf hat es 1976 die ersten Demonstrationen gegen den Bau eines Kernkraftwerkes gegeben. Die Demonstranten besetzten den Bauplatz und lieferten sich Schlachten mit der Polizei.«

»Und Ihr Mandant war dabei.«

»Er war einer der militanten Atomkraftgegner. Er hat einen Polizisten niedergeschlagen und kam vor Gericht. Er wurde schuldig gesprochen, ist aber auf Bewährung freigekommen.«

»Das ist ja wirklich lange her. Spielt das heute tatsächlich noch eine Rolle?«

»Für meinen Mandanten auf jeden Fall. Er hält das Ganze nach wie vor für einen Justizirrtum und ist sehr mißtrauisch gegen den Staat und seine Organe.«

Auch wenn wir einen ehemaligen Straßenkämpfer als Außenminister haben? dachte ich. Ich nahm meine Zigaretten aus der Tasche. »Darf ich rauchen?«

Vogt zog eine Schublade auf, holte einen schweren gläsernen Aschenbecher hervor und stellte ihn mir hin. Ich zündete mir eine Zigarette an.

»Immerhin hat ihm der Richter Auflagen verpaßt«, sagte Vogt. »Das konnte ich nicht verhindern. Mein Mandant muß sich jeden Tag bei der Polizei melden und empfindet das bereits als extreme Zumutung.«

»Und das hat nur geklappt, weil keine Fluchtgefahr besteht.«

»Und weil der Mann hier in Bensberg eine Existenz hat. Er besitzt einen Laden. Außerdem hat er eine behinderte Frau, um die er sich kümmern muß.«

Ich nahm einen tiefen Zug. Der Rauch wanderte in Richtung des Anwalts, doch das schien ihn nicht zu stören.

»Und wenn ich Sie recht verstehe«, sagte ich, »soll ich in Ihrem Auftrag Ihren Mandanten entlasten. Und möglichst den Schuldigen finden.«

Vogt nickte. »Wären Sie dazu bereit?«

»Was ist, wenn er es doch war?«

»Was schlagen Sie vor?«

Ich sagte, was ich in diesen Fällen immer sage. »Ich arbeite drei Tage an dem Fall. Dann bekommen Sie einen Bericht und entscheiden, ob Sie mich weiterbeschäftigen wollen. Sie zahlen einen Tagessatz von siebenhundert Mark plus Spesen, den ersten Tag kriege ich im voraus bezahlt.« Normalerweise verlange ich nur vierhundert, aber ich war der Ansicht, daß mein Marktwert gestiegen war. »Vorher wüßte ich aber gern noch etwas«, fügte ich hinzu.

»Was?«

»Wie sind Sie auf mich gekommen?«

»Mein Mandant schlug Sie vor. Er hat von einem Ihrer Fälle in Wuppertal erfahren und bat mich, Sie zu beauftragen. Offensichtlich ist es da um Neonazis gegangen. Das hat ihm wohl imponiert.«

Ich streifte die Asche ab und grinste. »Komplimente hört man gern.«

»Ihre Konditionen sind happig«, stellte Vogt fest. »Ich bin trotzdem einverstanden. Für die Spesen müssen Sie allerdings selbst aufkommen. Wenn Sie den Fall annehmen, gebe ich Ihnen weitere Informationen. Später können Sie dann mit meinem Mandanten sprechen. Und den Bericht kriege ich schon übermorgen. Außerdem halten Sie mich ständig auf dem laufenden. Wir haben nicht viel Zeit.«

»Alles klar. Geben Sie mir die Infos, und Sie können mit meiner Hilfe rechnen.«

Vogt griff in eine Klarsichthülle, die in dem Aktenordner eingeheftet war, und entnahm ihr einen Umschlag. Aus diesem wiederum holte er ein paar Fotos, die er vor mir auf den Tisch legte. Sie waren schwarzweiß. Ich sah etwas Unförmiges, Dunkles, das sich auf hellerem, rissigem Untergrund befand, offenbar Asphalt. Das schwarze Ding war eine verbrannte Leiche.

»Das ist Achim Diepeschrath – oder das, was von ihm übrig ist. Er wurde erwürgt, mit Benzin übergossen und angezündet.« Vogt legte noch einige computergeschriebene Seiten neben die Bilder. Es war ein vorläufiger Obduktionsbericht. »Nach den ersten Untersuchungen geschah die Tat an der Stelle, an der man die Leiche fand.«

»Ich lese das später«, sagte ich. »Erzählen Sie bitte weiter.«

»Erwürgt wurde er wahrscheinlich mit seinem Gürtel. Außerdem hat man ihm eine Wunde am Kopf zugefügt«, erläuterte Vogt. »Der Tod trat am Sonntagabend ein, der Zeitpunkt des Todes lag zwischen zweiundzwanzig und vierundzwanzig Uhr.«

»Sie sagten, Ihr Mandant sei als letzter mit ihm zusammengewesen. Übrigens – jetzt, wo sie mich am Haken haben, ist die Geheimnistuerei ja sinnlos. Der Ex-AKW-Kämpfer und heutige Geschäftsmann hat doch sicher einen Namen?«

»Er heißt Volker Becker.«

»Ist er ein hohes Tier? Ich meine, weil Sie so geheimnisvoll taten.«

Vogt warf mir einen strengen Blick zu. »Kein hohes Tier. Nur ein Bürger, der nach dem Gesetz noch unschuldig ist und seine Privatsphäre wahren möchte.«

»Ich verstehe. Was hatte er mit Diepeschrath zu tun?«

»Er hat sich gegen acht Uhr am Sonntagabend mit ihm getroffen.«

»Sind die beiden befreundet gewesen?«

»Gott bewahre, im Gegenteil. Die beiden waren geschäftlich im Clinch. Diepeschrath, wie gesagt Bauunternehmer, wollte meinem Mandanten – ich meine Becker – ein Grundstück abkaufen. Über dieser Sache lagen sich die beiden seit Monaten in den Haaren. Becker steht Baumaßnahmen sehr kritisch gegenüber.«

»Und sie haben sich wegen des Grundstücks am Sonntag getroffen?«

»Genau. Becker sagt, Diepeschrath habe am Sonntagabend einen letzten Vorstoß unternommen, das Grundstück zu kriegen. Er hat Becker zu sich bestellt. Sie sind bei Diepeschrath zu Hause gewesen und haben noch einmal darüber gesprochen.«

»Haben sie sich gestritten?«

»Zuerst nicht. Im Gegenteil. Becker und Diepeschrath einigten sich sogar. Becker wollte jetzt verkaufen, er brauchte Geld. Gestritten haben sie sich dann aber doch noch, das haben Nachbarn bezeugt. Allerdings sei es – so Becker – dabei nur noch um den Preis gegangen.«

»Haben die Nachbarn das auch bezeugt?«

»Nein, nur den Streit.«

»Dort, wo man Diepeschrath gefunden hat, war aber nicht sein Haus?«

»Nein, das liegt etwa zwei Kilometer vom Fundort der Leiche entfernt. Ich gebe Ihnen gleich einen Stadtplan und die Akten – Adressen von Zeugen und die Kopien der Protokolle. Aber weiter: Sie haben sich also auf den Kauf geeinigt und stritten sich über den Preis. Nach Beckers Aussage ist Diepeschrath dabei im Laufe der Verhandlungen handgreiflich geworden. Becker sagt, der Mann sei allgemein sehr jähzornig und reizbar gewesen. Becker wollte sich nicht weiter mit ihm auseinandersetzen, verließ das Haus und fuhr nach Hause. Mit dem Fahrrad, denn er benutzt sein Auto nur, wenn es unbedingt sein muß. Becker behauptet, Diepeschrath sei ihm nachgefahren, und sie hätten sich wieder getroffen, auf der Straße, und zwar –« Vogt unterbrach sich. »Ich hole jetzt doch einen Plan, sonst verlieren Sie die Übersicht.«

Er suchte in den Schubladen seines Schreibtisches, fand aber nichts. Schließlich ging er hinaus. »Fräulein Schmidt? Wo haben wir einen Stadtplan? Ah – hier.«

Der Plan paßte aufgefaltet auf den Schreibtisch neben die bereits ausgebreiteten Akten.

»Waren Sie schon einmal in Bergisch Gladbach?« fragte er.

»Ehrlich gesagt nicht.« Ich drückte die Zigarette aus.

»Na, dann brauchen Sie ja sowieso eine kleine topographische Einweisung. Also: Bergisch Gladbach besteht eigentlich aus zwei Städten, Bergisch Gladbach und Bensberg. Im Norden haben Sie Gladbach; südöstlich davon Bensberg. Links, also östlich neben Bensberg, gibt es noch den großen Ortsteil Refrath; ansonsten besteht die Stadt aus allerlei ehemaligen Dörfern, die zum Teil mit der Zeit zusammengewachsen sind –«

»Unter anderem durch Diepeschraths Schuld«, unterbrach ich, und Vogt schaute irritiert von dem Plan auf.

»Wie bitte? Ach so, ja. Ich verstehe. Sie haben recht. Es wird eben gebaut in Gladbach, alle wollen hier im Grünen wohnen – auch viele, die in Köln arbeiten. Manche sagen sogar, Bergisch Gladbach sei die Schlafstadt von Köln. Oder der Parkplatz. Die üblichen Scherze zwischen Nachbarstädten.« Er wandte sich wieder der Karte zu. »Also, weiter im Text. Zur Orientierung ist es gut zu wissen, daß westlich des Stadtgebietes Köln liegt und daß sich unterhalb der Stadt als Querachse die A4 befindet – sozusagen eine Ost-West-Verbindung zwischen Köln und dem Bergischen Land. Südlich der A4 befindet sich der Königsforst.« Er zeigte auf eine riesige grüne Fläche, die einen deutlichen Kontrast zu den besiedelten Gegenden nördlich der Autobahnachse darstellte.

»Kapiert«, sagte ich, obwohl das nicht ganz der Wahrheit entsprach. »Und wo ist Diepeschrath nun gefunden worden?«

Vogt öffnete wieder eine Schublade, holte einen dicken schwarzen Filzstift heraus und kringelte eine Stelle auf der Karte ein. »Hier.«

Ich sah mir die Markierung an. Die Stelle lag südlich der Autobahn an einer Hauptstraße, die auf der Karte einen Zentimeter weiter zur Autobahnauffahrt wurde. Ich las auf dem Grün, das das Waldgebiet markierte, eine Flurbezeichnung. »Da steht ›Ohlenbruch‹«, sagte ich.

»Ja, so heißt das da. Aber insgesamt gesehen ist es der Rand des Königsforstes. Dieser kleine Weg, der von der Hauptstraße in den Wald mündet, heißt ›Rennweg‹. Dort lag die Leiche.«

»Und wo haben sich Becker und Diepeschrath getroffen, als Becker mit dem Fahrrad unterwegs war?«

»An der Hauptstraße. Genau da, wo der Rennweg in den Wald abzweigt. Sie haben sich da weiter gestritten. Doch Becker sagt, er habe sich auf nichts eingelassen und sei weiter nach Hause geradelt. Er wohnt am Ende dieser Hauptstraße hier; im Kölner Stadtteil Rath-Heumar.«

»Gibt es Zeugen, die gesehen haben, wie er heimradelte?«

»Nein.«

»Und wo wir gerade bei Verkehrsmitteln sind: Diepeschrath hat doch sicher ein Auto benutzt, als er Becker folgte.«

»Exakt. Das Auto stand an der Straße. Wo der Rennweg in den Wald abgeht, gibt es einen Seitenstreifen. Dort wurde das Fahrzeug gefunden.«

»Das heißt, für die Staatsanwaltschaft sieht die Sache so aus: Becker, einschlägig aktenkundig wegen Kampfes gegen die Staatsgewalt, trifft den Bauunternehmer Diepeschrath in dessen Haus. Sie streiten sich. Becker, will man ihm darin Glauben schenken, macht sich davon. Diepeschrath kommt hinter ihm her, und am Rennweg, vielleicht aber auch im nahen Wald, tötet Becker Diepeschrath. Um Spuren zu verwischen, zündet er die Leiche an.«

»Sie haben es erfaßt.«

»Gut«, sagte ich. »Wo kann ich diesen Volker Becker finden?«

»In seinem Laden. Der befindet sich in Refrath. Ich markiere Ihnen alles auf der Karte.«

Quietschend zog Vogt einen Kreis in das rötliche Häusermeer, das sich nördlich der A4 erstreckte. »Da ist der Laden.« Etwas weiter rechts, zwischen Refrath und Bensberg, kam ein weiterer Kringel hin. »Und da ist das Haus von Diepeschrath.«

»Hatte der Tote Familie?« fragte ich.

»Eine Frau, Angelika Diepeschrath, die seit einiger Zeit von ihm getrennt lebt, und einen fünfundzwanzigjährigen Sohn, Gerd. Er lebt bei der Mutter. In Moitzfeld – das ist hier.«

Er schwang den Stift, und die Karte war wieder um einen Kringel reicher, diesmal etwas weiter ab vom Schuß; etwas nordöstlich. »Ach ja, und es gibt noch einen Bruder. Rudolf Diepeschrath. Er wohnt in Overath, das ist noch weiter östlich von Bensberg.«

»Danke«, sagte ich. »Aber ich suche mir die anderen Adressen lieber nach und nach selbst zusammen. Noch eine Frage: Hat die Polizei die Alibis von Diepeschraths Verwandtschaft geprüft?«

»Ja, Sie finden alles in den Berichten. Zur mutmaßlichen Tatzeit war der Sohn mit Diepeschraths Bruder und einem Bekannten unterwegs. Die Mutter war laut Aussage in Köln im Kino.«

Vogt packte den Stift weg, faltete die Karte zusammen und reichte sie mir. »Bitte schön. Dann erwarte ich Ihren Bericht.«

»Wenn Sie Ihre Vorauszahlung geleistet haben.«

Vogt nickte, stand auf und ging wieder zu Fräulein Schmidt. Dann kam er mit sieben Hundertmarkscheinen zurück und hielt mir ein kleines Formular hin. »Wenn Sie hier bitte quittieren würden.«

Vogt packte die signierte Quittung weg, während ich die Fotos des Toten wieder in den Umschlag und diesen in den Ordner verfrachtete.

»Weiß man eigentlich, woher das Benzin stammt, mit dem die Leiche übergossen wurde?« fragte ich.

»Wohl aus Diepeschraths Auto«, sagte Vogt. »Wie wollen Sie jetzt vorgehen?«

»Als erstes werde ich mit Becker reden und dann noch mal die Zeugen abklopfen.«

»Sicher. Setzen Sie da an«, sagte Vogt. Er zog seine Augenbrauen in die Höhe, so daß die Zacken noch spitzer erschienen. »Aber um eines möchte ich bitten: Gehen Sie unbedingt diskret vor. Das letzte, was wir gebrauchen können, ist, daß die Presse Wind von Ihren Ermittlungen bekommt. Und beeilen Sie sich. Ich bin sicher, daß die Polizei im Moment Himmel und Hölle in Bewegung setzt, um mehr gegen Becker in die Hand zu bekommen. Ich kenne den zuständigen Staatsanwalt. Bei dessen politischer Gesinnung würde er alles tun, um einen ehemaligen Brokdorf-Aktivisten ans Messer zu liefern.«

Ich setzte mich in Mannis Wagen, nahm den Ordner und blätterte mich durch die Aussagen der Zeugen. Die Polizei hatte gute Vorarbeit geleistet, und das in sehr kurzer Zeit. Anscheinend machte die Staatsanwaltschaft wirklich Dampf. Es gab auch ein Foto des Ermordeten – in lebendem Zustand, wohl aus seinem Personalausweis. Das Bild war dementsprechend nichtssagend. Immerhin sah ich, daß Diepeschrath ein fettes, rundes Gesicht gehabt hatte und ein eher grober Typ gewesen war. Die Haare waren auf dem Schwarzweißfoto hell, in natura dürften sie blond gewesen sein. Diepeschrath trug keine Brille und sah ziemlich grimmig drein.

Nachdem ich mir das Bild eine Weile angesehen hatte, machte ich mich an die Vernehmungsprotokolle von Ehefrau und Sohn. Wie Vogt erklärt hatte, war Angelika Diepeschrath am fraglichen Abend in Köln im Kino gewesen. Die Polizei hatte das überprüft, so weit es möglich war. Diepeschraths Frau hatte eine entsprechende Kinokarte gehabt. In der Vernehmung gab sie an, »Die Hochzeit meines besten Freundes« in einem Programmkino gesehen zu haben. Ich fragte mich, wo die Zeiten hin waren, als man sich in Programmkinos noch weigerte, Hollywoodreißer zu zeigen. Nach eigener Aussage war sie zwischen zweiundzwanzig und dreiundzwanzig Uhr nach Hause gekommen. Damit war sie allerdings nicht entlastet – zumal sie keine Zeugen angeben konnte, die sie in Köln gesehen hatten.

Schließlich konsultierte ich noch einmal den Stadtplan und prägte mir ein, wie ich zu Beckers Laden kam. Ich hatte vergessen, Vogt zu fragen, was für ein Laden das war. Außerdem mußte ich mich nach einer Unterkunft umsehen. Wie es aussah, würde ich ein paar Tage in dieser Stadt bleiben. Ich hatte vorgesorgt und eine Reisetasche mit dem Nötigsten dabei.

Ich startete den Golf und fuhr die Straße in Richtung Refrath hinunter. Es war derselbe Weg, den ich gekommen war, allerdings bog ich jetzt rechts in den Stadtteil ein, der zu Füßen Bensbergs lag.

Die Straße kreuzte die Straßenbahnschienen; das Signal stand auf Rot, und der Verkehr staute sich. Ich hatte also ein bißchen Zeit, um mich umzusehen. Wohnhäuser, teilweise regelrechte kleine Mietsilos, daneben eine Tankstelle, ein Pizzaservice, vor dem aufgereiht drei kleine Autos mit offener Heckklappe warteten, dazwischen ältere Häuser, manche mit Gartenzäunen. Vielleicht war es hier einmal idyllisch gewesen; jetzt brummte der Schwerverkehr vorbei. Wie sich die Leute in den Häusern wohl fühlten? Ob sie Lust verspürten, einen Bauunternehmer umzubringen? Vor allem, wenn er Straßen baute?

Als es weiterging, tauchte auf der rechten Seite ein langer Block mit Geschäften auf. Links gab es am Rande eines Parkplatzes eine gigantische Imbißbude – ein Vieleck aus Holz, das sich »Grillhütte« nannte. Davor ein paar Stehtische, an denen Leute in leicht gebückter Haltung irgend etwas in sich hineinschaufelten.

Ich mußte der Straße weiter folgen. Nach dem Parkplatz mit der Grillhütte zeigte sich etwas grüner Rasen, dahinter zurückgesetzt ein niedriges altes Gebäude mit rundem, spitz bedachtem Turm, das wie der Rest einer kleinen Burg oder einer Hofanlage wirkte. Kurz darauf fingen die kastenförmigen Silos wieder an, dazwischen lagen ein Autohaus und andere Geschäfte.

Ich bog noch um ein paar Ecken, dann tauchte Beckers Laden auf. Er war nicht zu übersehen. Jemand hatte mitten in die Wohngegend eine Art Gartenhaus gebaut, vor dem sich Kisten mit Obst und Gemüse stapelten. Das Ding erinnerte an eine der Almhütten, wie sie auf Ansichtspostkarten aus den Alpen abgebildet waren. Nach Refrath paßte die Hütte wie eine Kokospalme auf den Nordpol. »Beckers Obstkiste« stand in großer Schreibschrift auf einem weißen Schild.

Mittlerweile war es nach zwölf, und ich war früh aufgestanden. Vielleicht konnte ich mir ja ein paar Äpfel zum Mittagessen gönnen – obwohl mir mehr nach einem Erzeugnis aus der Grillhütte der Sinn stand.

Zum Glück fand ich gleich einen Parkplatz. Mir fiel ein, daß ich nachher unbedingt nach dem Öl schauen mußte. Die erste Flasche von den beiden, die ich an der Tankstelle erstanden hatte, war zum Nachfüllen draufgegangen. Von der zweiten war noch ein halber Liter übrig. Ich war gespannt, wieviel ich von dem Schmierstoff schon auf den Straßen dieser Stadt verteilt hatte. Jetzt ging aber erst mal der Job vor. Ich überquerte die Straße im Laufschritt zwischen dem rollenden Verkehr und enterte Beckers Laden.

An dem langen Tresen, hinter dem sich weitere Kisten mit verschiedenen Obstsorten befanden, stand ein Mann. Er hatte schwarzes, krauses Haar, das ihm bis auf die Schultern reichte und das sich in großen Geheimratsecken bereits zu lichten begann. Er war schlecht rasiert und trug ein großkariertes Hemd, darüber eine blaue Schürze. Aus den Akten wußte ich, daß Becker achtundvierzig Jahre alt war. Er wirkte deutlich älter. Als er mich sah, kam er langsam herübergeschlurft.

Er sagte nichts, sondern blickte mich nur fragend an. Kein anderer Kunde war zu sehen.

»Rott«, stellte ich mich vor. »Ich komme von Rechtsanwalt Vogt.«

Becker behielt seine ausdruckslose Miene. Er wirkte nicht wie ein Ladeninhaber, sondern mehr wie ein fauler Azubi im fünfzigsten Lehrjahr. Ich versuchte mir vorzustellen, wie dieser Mann einen Polizisten verprügelte oder einen Bauunternehmer würgte. Es gelang mir nicht. Außerdem – ich hatte vielleicht nicht gerade erwartet, daß er mir gleich um den Hals fallen würde, aber ein bißchen mehr Begeisterung wäre bei meiner Ankunft schon angebracht gewesen. Immerhin war ich gekommen, um seinen Kopf aus der Schlinge zu ziehen.

»Waren Sie schon in Bensberg?« fragte er müde.

»Ich komme gerade von dort und würde jetzt gern kurz mit Ihnen reden.«

»Ruth, kannst du mal eben herkommen?« rief er in den hinteren Bereich des Ladens. Eine Frau im Rollstuhl kam herein. Sie war deutlich jünger als Becker.

»Das ist Herr Rott. Wir gehen nach hinten, um uns zu unterhalten. Kannst du eine Weile im Laden bleiben?«

Die Frau sah mich an und sagte nichts. Dann wandte sie sich wieder an ihren Mann. »Ich ruf dich, wenn jemand kommt«, sagte sie.

»Sie kann die Kisten nicht heben, und sie kommt an die oberen Regale nicht ran«, erklärte Becker. »Kommen Sie, hier hinten können wir in Ruhe reden.«

Becker ging vor, und ich folgte ihm. Er schien es nicht eilig zu haben.

Der Raum war klein, aber ganz gemütlich. Es gab eine kleine Eckbank, wie sie meine Mutter in der Küche gehabt hatte. Auf der anderen Seite stapelten sich Papiere und Aktenordner auf einem winzigen Schreibtisch. Es war kühl. Ich merkte, daß es von irgendwoher zog.

»Normalerweise bediene ich die Kunden«, sagte Becker, »und meine Frau kümmert sich hier um die Buchhaltung und die Bestellungen. Setzen Sie sich.«

Ich nahm auf der Bank Platz und bemerkte neben mir ein Schwarzweißfoto an der Wand. Es zeigte eine idyllische Hofanlage im hellen Sonnenlicht. Die weißen Mauern und die Giebel der Hauptgebäude waren gesäumt von hohen Bäumen. Am runden Holztor führte eine schmale Straße vorbei. Gegenüber lag eine ausgedehnte Wiese, die ebenfalls von Bäumen begrenzt wurde. Kein Mensch war zu sehen. Nur die Stromleitungen, die über den Dächern verliefen, zeigten, daß das Foto noch nicht so alt sein konnte.

»Die Gebäude kommen mir irgendwie bekannt vor«, sagte ich. Becker hatte mitbekommen, daß ich das Bild musterte.

»Wenn Sie von Bensberg kommen, sind Sie gerade daran vorbeigefahren. Das ist die sogenannte Steinbreche. Ein alter Herrensitz.«

»Das Anwesen neben dem Parkplatz. Wie alt ist denn das Bild?«

»Ich glaube, es stammt aus der Vorkriegszeit. Erschreckend, wie sich die Gegend verändert, nicht? Was der Krieg nicht zerstört hat, haben die Stadtplaner auf dem Gewissen. Möchten Sie einen Kaffee?«

Becker ging einen Schritt auf den kleinen Schreibtisch zu. Dahinter gab es ein Regalbrett mit einer Kaffeemaschine. Die Kanne war voll.

»Gern«, sagte ich. Becker schenkte uns zwei Tassen ein, drückte mir eine in die Hand und setzte sich neben mich.

»Was wollte denn Diepeschrath auf dem Grundstück bauen, das Sie ihm beinahe verkauft hätten?«

Becker nippte an dem Kaffee. »Eigentumswohnungen. Gleich so einen ganzen Bunker. Das ist ja ziemlich beliebt heutzutage.«

»Da sind Sie Ihrer Gesinnung aber fast untreu geworden, was? Hatten Sie sich nicht lange geweigert, ihm den Grund zu verkaufen?«

Er stellte die Tasse hin. »Wie man's nimmt. Früher oder später wäre ich ihn sowieso los geworden. Wenn man nicht den gewünschten Erfolg hat, kriegt einen die Bank am Wickel. Und dann macht die das Geschäft.«

»Sie waren sich also wirklich mit Diepeschrath einig am Sonntagabend?«

»Im Prinzip ja. Er hat mir allerdings nur einen Bruchteil dessen geboten, was ich brauche.«

»Wozu?«

Becker zögerte. Ich trank von meinem Kaffee. Er war zum Tote aufwecken.

»Sie müssen mir natürlich nichts erzählen, wenn Sie nicht wollen. Aber ich versuche, mich in die Sache hineinzuversetzen.«

Beckers Blick wurde prüfend. Offensichtlich überlegte er. »Also gut.« Er seufzte. »Der Laden hier läuft nicht besonders. Ich weiß nicht, was Ihnen Vogt erzählt hat, aber ich bin nicht der Besitzer des Geschäfts. Es gehört zu einer Kette von Gemüseläden, und ich muß ziemlich Umsatz machen, damit für uns überhaupt etwas übrigbleibt. Und was mit meiner Frau los ist, haben Sie ja gesehen. Sie hatte vor drei Jahren einen schweren Unfall. Sie hat bis dahin in einer Fabrik in Leverkusen gearbeitet und ist von einem Gerüst gestürzt. Es war eindeutig Schlamperei seitens der Firma, aber sie hat bis heute keinen Pfennig gekriegt. Wenn ich jetzt tot umfalle oder ins Gefängnis gehe, ist sie ein Sozialfall. Wir brauchen die finanzielle Absicherung.«

»Verstehe«, sagte ich. »Tun Sie mir einen Gefallen?«

»Klar.«

Ich holte den Stadtplan hervor. »Zeichnen Sie bitte ein, wo das Grundstück liegt, auf das Diepeschrath so versessen war.«

Ich faltete den Plan auseinander. Becker stellte seine Tasse auf dem kleinen Schreibtisch ab, nahm einen Kuli und machte ein Kreuz. »Da hat aber vor mir schon einer ziemlich viel markiert«, sagte er.

»Ich bin nicht von hier, wie Sie wissen«, sagte ich, »und Herr Vogt hat mich ein bißchen eingewiesen.« Ich sah mir die Gegend an, wo Diepeschrath hatte bauen wollen. Sie lag genau zwischen Gladbach und Bensberg – an einer Stelle, wo zwischen den beiden bebauten Stadtteilen noch Freiraum war. »Irre ich mich, oder ist das eine der letzten Gegenden hier, die man in Immobilienangeboten so gern als ›zentral und doch im Grünen‹ bezeichnet?«

»Das sehen Sie richtig. Aber Sie sollten sich das mal genau anschauen; dann fällt Ihnen auch auf, wie gefährdet diese Gegend ist. Direkt daneben gibt es an der unteren Grenze von Bergisch Gladbach das Industriegebiet Zinkhütte. Gleich darunter liegt Lückerath, wo sich auch mein Grundstück befindet. Wenn man dort alles zubaut, ist die letzte Lücke zwischen den Zentren Gladbach und Bensberg geschlossen. Und was das bedeutet, kann man sich denken.«

»Die Lücke in Lückerath. Der Name paßt. Ist das denn Bauland?«

»Bald. Die Interessen sind groß. Manche Firmen im Industriegebiet würden sich gern weiter nach Süden ausbreiten.«

»Kann es sein, daß Diepeschrath in dieser Richtung spekuliert hat?«

»Mir hat er was von Eigentumswohnungen erzählt, aber möglich ist alles. Er hat ja noch ein Grundstück da oben gekauft. Eins, das etwas abseits liegt, weiter der Zinkhütte zu.«

»Interessant. Was wissen Sie darüber?«

»Ich habe da einen alten Bekannten. Daniel Manscheit. Der hat Diepeschrath vor ein paar Jahren dieses Grundstück verkauft. Diepeschrath hat aber nichts damit gemacht.«

»Liegt Diepeschraths Firma auch in diesem Gebiet?«

»Nein, das nicht. Er hat nur so ein Grundstück, wo er Baufahrzeuge unterstellt und Material lagert.«

»Können Sie mir Adresse und Telefonnummer von diesem Manscheit aufschreiben?«

»Klar.« Becker nahm einen Block und notierte die Anschrift. »Eigentlich hätte ich erwartet, daß Sie mich ganz andere Sachen fragen.«

Ich steckte den Zettel ein. »Welche?«

»Zum Beispiel, ob es nicht doch irgendwelche Zeugen geben könnte, die mich entlasten. Ob es nicht jemanden gibt, der mich am Sonntag gegen elf nach Hause kommen sah.«

»Wenn es welche gibt, werde ich sie vielleicht finden. Vielleicht auch nicht. Mich würde aber noch was anderes interessieren. Wer war dieser Diepeschrath eigentlich? Ich meine, was für ein Typ war er?«

Becker sah mich an. »Was Diepeschrath für ein Mensch war? Einer der Brüder, die sich auf Kosten der natürlichen Ressourcen bereichern. Ein Kapitalist. Cholerisch, geldgierig. Ein Prolet. Als ich am Sonntagabend bei ihm war, wurde er wütend und gab mir ohne Vorwarnung eins auf die Nase. Das sagt doch alles.«

»Zu diesem Mittel haben aber auch andere schon gegriffen, wenn Sie verstehen, was ich meine.«

Beckers Blick wurde stechend. »Wenn Sie auf meine Vergangenheit anspielen, muß ich Sie korrigieren: Ich habe nie etwas mit Körperverletzung oder Ähnlichem zu tun gehabt. Ich war Opfer eines Justizirrtums. Ich war immer für gewaltfreien Widerstand. Obwohl ich das Grundgesetz genau kenne.«

»Was meinen Sie denn damit? Steht im Grundgesetz, daß Gewalt gegen den Staat erlaubt ist?«

»Alle Gewalt geht vom Volke aus. Das steht im Grundgesetz. Und wer ist denn das Volk? Atom- und Baubonzen oder wir, die wir um unseren Lebensraum kämpfen?«

»Interessante Interpretation«, sagte ich.

»Hören Sie, Herr Rott. Ich habe Vogt davon überzeugt, daß er Sie engagieren soll, weil ich über Ihren großen Fall in Wuppertal gelesen habe. Sie haben da einen Nazi überführt, und das hat mir gefallen.«

»Soll das vielleicht heißen, daß Sie hier auch einen politischen Hintergrund vermuten?«

»Was denn sonst?«

»Na, da gibt es doch noch ein paar andere Möglichkeiten.«

»Alles ist politisch.«

»Wer sagt das denn?«

»Gudrun Ensslin. Sagen Sie bloß, Sie kennen das Zitat nicht!«

Ich sagte nichts und schüttelte den Kopf. Mir wurde klar, daß er mich aufgrund meines letzten Falls wohl für einen 68er oder so etwas gehalten hatte.

»Eigentlich orientiere ich mich bei meinen Fällen mehr am Gesetzbuch und nicht an der Gesinnung der Mandanten. Ich gebe zu – Sympathie spielt hin und wieder auch eine Rolle.«

»›Alles ist politisch. Sogar, wenn ich Sex habe.‹ So lautet das Zitat im Zusammenhang.« Becker verzog keine Miene.

»Na, auf der Basis können wir weiterarbeiten«, erwiderte ich grinsend. Ich stand auf und ging in den Verkaufsraum. »Wiedersehen. Ich melde mich wieder, wenn ich weitere Fragen habe.« Ich nickte seiner Frau zu, die mit unbewegter Miene hinter dem Tresen saß. Dann drehte ich mich noch mal zu Becker um, der an der Tür zu dem Hinterkämmerchen stehengeblieben war.

»Ach, noch etwas. Könnten Sie mir ein preiswertes Hotel empfehlen? Oder vielleicht eine Pension?«

Becker wollte etwas sagen, doch es war seine Frau, die antwortete.

»Gästehaus Heilig«, sagte sie. »Gierather Straße. Das Haus gehört einer ehemaligen Arbeitskollegin. Sie hat sich gerade selbständig gemacht und vermietet seit Anfang April Zimmer.«

Ich bedankte mich und überquerte die Straße. Ich wendete den Wagen und fuhr zurück zu dem Parkplatz, der einmal eine romantische abgelegene Wiese neben einem idyllischen Herrenhaus gewesen war. Dort verdrängte ich die Sentimentalität und bestellte an der Grillhütte eine Currywurst mit Fritten. Doppelte Portion.

3.

Auf dem Seitenstreifen, wo Diepeschraths Wagen gefunden worden war, gab es keinen Zentimeter Platz. Die Spur war mit Lkw und Anhängern vollgestellt, und nach knapp hundert Metern war sie schon wieder zu Ende. Links und rechts grenzte die Straße an Waldgebiete, und ich wußte nicht, wo ich das Auto lassen sollte. So fuhr ich erst einmal ein Stück weiter.

Zum Glück war nach einem knappen Kilometer ein Parkplatz für Spaziergänger ausgeschildert. Ich bog in die markierte Einfahrt ein. Mannis Golf holperte über den Waldboden. Es standen noch ein paar andere Wagen da – kreuz und quer zwischen den Bäumen geparkt. Vermutlich gehörten sie Spaziergängern, die möglichst nah an den Königsforst heranfahren wollten, um ja keinen Zentimeter zuviel per Pedes zurückzulegen.

Die Karte zeigte, daß man auch von hier zu der markierten Stelle gelangen konnte. Laut Plan folgte man einem Waldweg, der von dem Parkplatz abging, bog dann links ein und näherte sich dem Seitenstreifen vom Wald her. Ich entschied, diesen Weg zu gehen, und machte mich auf die Socken. Vorher suchte ich aus dem Ordner die Fotos von Diepeschraths Leiche heraus und steckte sie in die Tasche.

Der Weg vor mir zog sich wie eine mit dem Lineal gezogene Schneise geradeaus durch den Wald. Der Boden war matschig; immer wieder waren große Pfützen im Weg. Meine Halbschuhe versanken im Dreck; ich hätte Gummistiefel tragen müssen.

Ich begegnete keiner Menschenseele. Irgendwann kam die Abzweigung auf den Rennweg. Hier änderte sich der Baumbewuchs, und der Wald erhielt dadurch einen ganz anderen Charakter. Die Nadelbäume machten Mischwald Platz. Birken und kleine Büsche wuchsen auf sumpfigem Gelände zwischen hohem, gelblichem Gras, das ab und zu von dunklen Wasserlöchern unterbrochen wurde. Der Wald sah längst nicht mehr so aufgeräumt aus wie am Beginn meines Spaziergangs. Mit der Bezeichnung »Ohlenbruch« war wohl diese moorige Gegend gemeint. Ein paarmal verlief der Weg über kleine Brücken, unter denen Bäche flossen; dann kam ich wieder an eine Kreuzung. Noch ein paar Meter weiter, und ich war am Ziel.

Nichts deutete mehr darauf hin, daß hier ein Mord geschehen und eine Leiche gefunden worden war. Ich holte die Fotos heraus und versuchte mir klarzumachen, wo der Tote genau gelegen hatte. Der Weg, der von der Waldkreuzung aus wieder in Richtung der Hauptstraße führte, war asphaltiert. Er ging über eine weitere Brücke und verwandelte sich dann in einen schlammigen Pfad.

Auf dem Bild lagen Diepeschraths Überreste auf Asphalt. Neben dem Körper sah man eine Betonkante, die wie ein Bürgersteig aussah, allerdings von dickem Moos überzogen war. Ich ging wieder zurück bis zur Brücke. Die Kante war die Brückenbegrenzung.

Um den Weg zur Hauptstraße abzugehen, mußte ich durch den Schlamm waten. Ich gelangte an einen kleinen Erdwall, den ein ausgetretener Pfad umrundete. Dahinter markierte ein Alu-Zaun die Waldgrenze. Maschendrahtzaun, dachte ich und sah direkt hinter den Maschen einen der Lkw stehen. Noch bevor ich mir Gedanken darüber machen konnte, wie Diepeschrath und sein Mörder dieses Hindernis von der Straße aus überwunden hatten, entdeckte ich eine kleine Metalltür. Ich drückte die Klinke, und die Tür schwang auf. Ein paar Schritte, und ich stand am nächsten Lkw. Er parkte genau an der Stelle, wo Diepeschrath am Sonntagabend seinen Wagen abgestellt hatte. Dahinter donnerte unablässig der Verkehr.

Ein Eingang in den Wald, dachte ich. Fehlt nur noch, daß sich einer hinstellt und Eintrittskarten verkauft.

Ich ging ein Stück weit an den Lkw entlang. In einem der Führerhäuser sah ich eine aufgeschlagene Zeitung, die fast die ganze Windschutzscheibe bedeckte.

Ich stieg auf den Tritt und klopfte an das Fenster. In dem Laster saß ein Mann und machte offensichtlich Pause. Er riß die Zeitung zur Seite und ließ die Scheibe hinunter.

»Was ist?«

»Eine Frage«, sagte ich. »Gibt's hier Frauen?«

»Was?«

»Frauen. Weiber. Sie wissen schon. Straßenstrich.«

»Ach, laß mich doch in Ruhe.« Er wandte sich wieder der Zeitung zu.

»Ist ja nur 'ne Frage. Wäre doch genug Kundschaft hier, oder?«

»Was bist du«, fragte er, ohne mich anzusehen. »Zuhälter, Freier oder von der Sitte?«

»Ehrlich gesagt nichts von alledem. Ich interessiere mich nur für den Mord, der hier passiert ist.«

Der Mann legte die Zeitung weg. »Also doch Polizei. Du bist wohl Anfänger, was? Nein, hier gibt's keinen Strich. Solltet ihr eigentlich wissen.«

»Und was könnte hier einer abends im Wald verloren haben?«

»Was weiß ich? Pinkeln. Was sonst?«

»Danke«, sagte ich, stieg von dem Laster und wanderte zum Wagen zurück.

Aus den Boxen von Mannis Wagen dröhnte gerade »Dancing Queen« von Abba, als ich etwas später in eine Straße einbog, die laut Stadtplan »Im Hain« hieß. Hier hatte ich das Gefühl, in einer ganz anderen Stadt zu sein. »Im Hain« war eine Stichstraße, die in eine wahre Nobelgegend führte.

Der Ortsteil hieß Frankenforst. Die Häuser standen hier nicht gleich an der Straße, sondern am Ende großzügiger Einfahrten. Drumherum erstreckten sich weitläufige Rasenflächen, auf denen gutgepflegte hohe Bäume standen. Ich sah Tannen, Fichten, Birken und Buchen; es war wie in einem lichten Wald. Natürlich wußten die Besitzer, daß sie ihren so gut sichtbaren Luxus sichern mußten. Manche beließen es äußerlich bei schmiedeeisernen Zäunen und gestutzten Hecken; andere zogen hohe Tore mit Videokameras auf den Pfosten vor. Das hier war also die Welt des Bauunternehmers Achim Diepeschrath.

Ich ließ den Wagen weiter in eine Straße rollen, die ganz monopolymäßig Parkstraße hieß und in der sich sowohl das Haus von Diepeschrath als auch das der wichtigsten Zeugen befand: die Leute, die den Streit mit Becker beobachtet hatten. Die lieben Nachbarn.

Ich fuhr noch ein Stück weiter und stellte den Wagen ab. Als ich ausstieg, umgab mich herrlicher Duft. Die Erde der großen Gärten, die ersten Blüten und geschnittenes Gras sorgten dafür, daß hier der Frühling schon in vollem Gange war. Die Vögel zwitscherten in den hohen Bäumen, und das Rauschen des Verkehrs auf der Hauptstraße und der nahen Autobahn trat ein wenig zurück. Es wurde gewissermaßen mit frischen Farben überpinselt – zumindest in einer dünnen, aber um so farbigeren Schicht.

Aus einer Seitenstraße erklang Gejohle. Ein paar Kinder mit bunten Schulranzen kamen vorbei.

Ich rief mir die Adressen ins Gedächtnis, die ich in den Akten gelesen hatte. Zuerst suchte ich das Haus von Diepeschrath.

Das Grundstück war von einem weißgestrichenen Metallzaun begrenzt, der mindestens zwei Meter hoch war und in ein noch höheres Tor überging. Trotzdem war alles gut einsehbar. Die Einfahrt beschrieb eine ausgiebige Linkskurve; sie war von gläsernen Ballonlampen flankiert. Das Haus wirkte wie ein weißer Würfel auf der Wiese; der Schatten hoher Fichten tauchte es in ein dämmriges Licht. Es war ein Bau mit Flachdach, und obwohl das ganze Anwesen sicher nicht gerade billig gewesen war, wirkte der Kasten erbärmlich primitiv. An einigen Stellen war die weiße Farbe in einen grünlichen Ton übergegangen. Auf der Zufahrt und dem Bereich vor dem kleinen Eingang häufte sich Laub. Der trostlose Eindruck wurde noch durch die herabgelassenen grauen Rolläden verstärkt. Ich ging ein Stück weiter und bekam den hinteren Bereich des Grundstücks ins Blickfeld: eine kleine Terrasse mit schmutzigen Plastikstühlen, daneben ein verlassener Sandkasten.

Das Nachbargrundstück fiel in die Kategorie Festung. Die Straße säumten Lorbeer- und Rhododendronbüsche. Dahinter erhob sich eine hohe verwitterte Natursteinmauer, die vor neugierigen Blicken schützte. Der Eingang bestand ebenfalls aus einem Tor. Eine massive Barriere aus hellem Metall, mindestens vier Meter breit. Daneben eine kleine Tür aus demselben Material.

Ich fand eine Klingel. Es stand kein Name daneben. Aus den Unterlagen wußte ich, daß das Ehepaar, das hier wohnte und die Aussage über Diepeschraths Streit mit Becker gemacht hatte, Kürten hieß. Ich drückte den Knopf und wartete. Es dauerte ziemlich lange, bis sich jemand meldete.

»Hallo?« krächzte es aus der Sprechanlage. Ich entschied, daß es sich bei dem Gekrächze um eine Frauenstimme handelte.

»Frau Kürten? Guten Tag. Mein Name ist Rott. Ich hätte ein paar Fragen an Sie.«

»Worum geht es?«

»Ich ermittle im Fall Diepeschrath. Sie haben eine Zeugenaussage gemacht. Ein paar Dinge sind dabei unklar geblieben. Entschuldigen Sie die Störung.«

Die Stimme schwieg kurz und fragte dann: »Wie heißen Sie? Rott? Sind Sie von der Polizei?«

Ich nahm mir vor, alles, was mit Vogts Auftrag zu tun hatte, unter dem Deckel zu halten. »Ich komme von der Staatsanwaltschaft.«

»Bitte warten Sie einen Moment.«

Es knackte. Anscheinend hatte Frau Kürten den Hörer aufgelegt. Die Tür öffnete sich trotzdem nicht. Ich blieb vor dem Eingang stehen und lauschte den Vögeln, die in den Bäumen zwitscherten. Nach ein paar Minuten ging ich auf und ab, um mir die Beine zu vertreten. Niemand war zu sehen. Ich überlegte, ob ich ein zweites Mal klingeln sollte. Dann ließ ich es doch. Vielleicht hatte sich Frau Kürten zu Fuß auf den Weg zum Eingang gemacht. In dieser Gegend waren die Leute sicher sehr mißtrauisch.

Ich zündete mir eine Zigarette an und ließ meinen Blick die dunkle Mauer entlangschweifen. Es dauerte eine Weile, bis ich die Videokamera entdeckte, die ziemlich weit oben am Stamm einer Birke befestigt war. Die Linse zielte genau auf die Stelle vor dem Eingang.

Ein merkwürdiges Gefühl kroch in mir hoch. Ich dachte bereits daran, wieder zu gehen, da krachte es, und die Stimme kehrte zurück.

»Was wollen Sie wissen?« fragte sie.

»Äh – Frau Kürten, also ich glaube, das sollte man nicht auf der Straße besprechen. Wäre es nicht besser, wenn ich hineinkommen dürfte? Ich störe Sie auch nicht lange.«

Frau Kürten ging nicht darauf ein. »Hat man diesen Becker endlich verhaftet? Diesen Kommunisten?«

»Frau Kürten, ich –«

»Schützen Sie uns vor solchen Chaoten wie diesem Becker, junger Mann. Und belästigen Sie ehrbare Menschen nicht weiter.«

Es knackte wieder. Ich streckte den Arm aus, um noch mal zu klingeln, da hörte ich ein anderes Geräusch. Ein Wagen näherte sich.

Ich drehte mich um und blickte die Parkstraße entlang. Das Auto war eins von der Art, die man kilometerweit erkennt. Es war eine Polizeistreife. Zum Glück rollte sie langsam heran, und sie war noch ziemlich weit weg. Immerhin blieb mir ungefähr eine Sekunde Zeit, um zu überlegen, was ich tun sollte.

Ich überdachte Vogts Hinweis, diskret zu ermitteln. Und ich dachte auch an den Staatsanwalt, der offenbar ein passionierter Demonstrantenjäger war. Dann zog ich in Erwägung, daß ich mich gerade der Amtsanmaßung schuldig gemacht hatte. Darauf folgte der Entschluß: schneller Rückzug!

Ich ließ die Zigarette fallen und ging rasch weiter. Nach wenigen Schritten führte die Straße auf einen kleinen Platz. In der Mitte gab es ein Rondell mit Rasen und gepflegten Büschen. Ich überlegte kurz, ob ich mich dort verstecken sollte, doch das war zu gefährlich. Erstens hätte ich praktisch in der Falle gesessen, und zweitens wäre das zu auffällig gewesen. Ich hatte plötzlich das Gefühl, daß aus den prächtigen Villen ringsherum tausend Augen auf mich gerichtet waren. So ging ich um den Platz herum, bis ich zu einer weiteren Querstraße kam.

Als ich um die Ecke war, riskierte ich einen Blick zurück. Der Polizeiwagen hatte das Tor des Kürten-Anwesens erreicht. Zwei Beamte stiegen aus. Der eine klingelte, und der andere bückte sich. Er hatte meine brennende Zigarettenkippe gesehen und hob sie auf. Ich mußte grinsen. Die Beamten nahmen es ja sehr genau mit der Spurensuche. Sein Kollege schien sich bereits mit Frau Kürten zu unterhalten. Mit Sicherheit hatte sie durch ihre Videokamera gesehen, in welche Richtung ich abgehauen war. Beide Polizisten blickten plötzlich zu mir hin und stiegen eilig wieder in den Wagen.

Ich folgte weiter der Straße. Wieder kam mir eine Kinderschar entgegen, und nun wurde mir auch klar, warum. Die Straße mündete auf eine Straßenbahnhaltestelle. Und ich hatte Glück: Gerade hielt eine Bahn. Ich überlegte nicht lange und stieg ein. Als sie anfuhr, kamen die beiden Beamten am Bahnsteig an und sahen sich suchend um.

Ich fuhr nur zwei Stationen. An der Haltestelle gab es einen kleinen Park-and-Ride-Platz und einen Kiosk, wo ich mir eine Cola genehmigte und frische Zigaretten kaufte. Nirgendwo war Polizei zu sehen. Frau Kürten hatte die Freunde und Helfer wohl nicht zu einer Ringfahndung überreden können.

Mein Auto konnten sie sicher nicht identifizieren. So wartete ich eine Weile, konsultierte den Stadtplan und marschierte nicht zu schnell und nicht zu langsam an der Bahn entlang in das Villenviertel zurück. Den Teil der Parkstraße, wo die Kürtens wohnten, umging ich großräumig. Ich ließ mir viel Zeit. Um halb fünf war ich wieder am Wagen. Ich sah zu, daß ich möglichst schnell wegkam, und hielt erst wieder an, als die Gegend etwas unansehnlicher geworden war. Schon am Rande von Frankenforst gab es keine großzügigen Villen mehr, sondern ockerfarbene Reihenhäuschen mit ärmlichen Rasenstückchen davor. Hier war Leben auf der Straße: In einer Einfahrt reparierten zwei junge Männer ein Auto, Kinder spielten auf dem Gras zwischen vollgehängten Wäschespinnen Fußball.

Wenn alle Zeugen so reagierten wie Frau Kürten, würden meine Ermittlungen bald im Sande verlaufen. Ich nahm mir vor, es beim nächsten Punkt auf der Liste besser zu machen. Zu Daniel Manscheit würde ich nicht einfach rausfahren, sondern ich würde ihn vorher anrufen. Ich suchte die Nummer heraus, tippte sie ins Handy und ließ es lange klingeln. Niemand hob ab.

Ich zog mein ledergebundenes Notizbuch heraus, das ich mir ebenfalls vor kurzer Zeit geleistet hatte, und notierte meine bisherigen Erkenntnisse:

Benzin?

Unbekannter Anrufer bei der Polizei?

Grundstücke in Lückerath?

Rache der Konkurrenz?

Welche Geschäfte hat Diepeschrath gemacht?

Ich überblickte eine Weile, was ich geschrieben hatte. Dann klappte ich das Buch zu, steckte es in die Tasche und startete den Wagen.

Ich mußte mich noch um eine Bleibe kümmern.

*

Nichts an dem Haus zeigte, daß es sich um eine Pension handelte. Es reihte sich in vergleichbare ältere Einfamilienhäuser der Gierather Straße ein. Ich war aber sicher, daß ich an der richtigen Adresse war. So öffnete ich das niedrige Gartentörchen und ging die paar Stufen zum Eingang hinauf. »Heilig« stand auf einem Messingschild an der Tür. Ich klingelte.

Die Person, die öffnete, war ungefähr so groß wie ich und ziemlich massig. Sie trug einen fleckigen Blaumann und eine Baseballmütze. Die rechte Hand umschloß eine Bohrmaschine, deren Spitze auf mich gerichtet war. Ich wußte nicht, ob ich einen Mann oder eine Frau vor mir hatte.

»Ja bitte!« klang es mir harsch entgegen. Die Stimme erinnerte mich an tiefes Glockengeläute, und als sie erklang, zitterten unter dem Kinn der Person kleine Fettwülste.

»Rott«, stellte ich mich vor. »Ich habe Ihre Adresse von Volker Becker.«

»Wer ist Volker Becker?« Die Stimme war zwar dunkel und voll, aber eindeutig weiblich.

»Eigentlich von Ruth Becker, seiner Frau«, sagte ich. »Sie erzählte, Sie seien eine ehemalige Arbeitskollegin. Ich meine – sind Sie das? Ruth Becker sagte, Sie hätten eine Pension, in der man ein Zimmer mieten kann.«

Sie kratzte sich mit der linken Hand am Kopf. Die Baseballmütze verschob sich ein wenig. »Ruth, ja, ja, ich weiß.«

»Ich habe geschäftlich in Bergisch Gladbach zu tun und suche für ein paar Tage eine Unterkunft. Ruth Becker hat mir Ihr Gästehaus empfohlen.«

Das Gesicht unter der Mütze grinste. »Na ja, weit ist es mit dem Gästehaus noch nicht her.« Sie ließ die Bohrmaschinenspitze sinken.

»Ich wollte nicht stören«, sagte ich. »Ich kann auch gern wieder gehen.«

»Ach Unsinn, kommen Sie mal rein.«

Sie ging vor. Von hinten erinnerte sie mich an Oliver Hardy. Ihr massiger Körper bewegte sich jedoch ziemlich behende durch ein Chaos aus schmutzigen Eimern, beiseite gerückten Möbeln unter Plastikplanen und Dreck.

Wir passierten einen kleinen Flur, von dem aus eine Holztreppe nach oben ging. Weiter hinten gelangten wir in eine Küche – jedenfalls sollte es offenbar mal eine werden. Bis jetzt war nur eine gekachelte Fläche zu sehen, aus der an einer Stelle ein einsamer Wasserhahn herausragte. Der Fußboden war mit milchiger Folie bedeckt. In der Mitte stand ein Tisch, der mit getrockneten Farbflecken übersät war und auf dem Bohrer, Schraubenzieher und Elektrokabel kunterbunt durcheinanderlagen. An der Wand lehnte eine Leiter; daneben stand auf der Plane ein angeschlossener Kühlschrank.

»Ich bin noch am Renovieren«, sagte die Frau überflüssigerweise, als wir in der Küche standen. »Ich bin übrigens Theresa Heilig.« Sie nahm die Bohrmaschine in die linke Hand und hielt mir die rechte hin.

»Rott«, sagte ich. »Remigius Rott.« Ich ergriff ihre Hand. Sie fühlte sich hart und rissig an, wie von einem Bauarbeiter.

»Na, das ist ja ein lustiger Name«, sagte sie und ließ ein dröhnendes Lachen hören.

»Theresa Heilig ist auch nicht gerade von schlechten Eltern. Klingt ein bißchen nach –«

»Mutter Theresa, das haben Sie richtig erfaßt. Das ist auch mein Spitzname. Ich mag ihn aber nicht besonders.«

Ich sah mich weiter in dem Raum um. »Das wird mal eine schöne Küche«, sagte ich. »Sogar mit Fensterfront und Austritt in den Garten.« Ich blickte durch eine Tür mit großem Glaseinsatz und sah hinter einer kleinen Terrasse verwildertes Grün.

»Wird es mal, ja. Aber keine Sorge. Das Gästezimmer liegt oben. Dort ist schon alles fertig. Hier unten gibt's nur die Küche und das Wohnzimmer. Gucken Sie mal.«

Sie ging zurück auf den Flur, und ich folgte ihr in einen großen Raum. Ich blickte auf frisch verlegten Dielenboden. Und leuchtend weiße Rauhfasertapete Es fehlte nur noch die Einrichtung.

»Wie lange haben Sie das Haus schon?« fragte ich.

»Ein halbes Jahr. Das war 'ne Menge Arbeit.« Theresa Heilig klang stolz. Sie nahm die Baseballkappe ab, und tiefschwarze Haare fielen ihr auf die Schultern. Wenn ich jemals Zweifel daran gehabt haben sollte, ob ich eine Frau vor mir hatte – sie waren spätestens jetzt wie weggeblasen. Sie registrierte mein Erstaunen und lächelte kurz.

»Wenn Ihnen das hier nicht zu viel Chaos ist, können Sie das Zimmer oben haben. Das ist schon fertig. Sagen wir fünfzig Mark die Nacht, und frühstücken können Sie mit mir zusammen. Es ist sozusagen ein Einführungsangebot. Schließlich sind Sie mein erster Gast.« Sie grinste. »Kommen Sie, ich zeige es Ihnen.«

»Woher genau kennen Sie eigentlich Ruth Becker? Ich meine – wo haben Sie zusammen gearbeitet?« fragte ich, als wir die schmale Treppe hinaufgingen. Das Holz war offensichtlich alt. Die Stufen knarrten bei jedem Schritt.

»Wir waren in einer Leverkusener Baufirma. Sie hatte ja diesen schlimmen Unfall.«

»Was haben Sie dort gemacht?«

»Mann, Sie sind ganz schön neugierig für jemanden, der einfach herkommt und hier übernachten will. Hier ist jedenfalls das Zimmer.« Wir waren oben angekommen und standen wieder in einem Flur. Sie öffnete eine Tür, und ich sah in einen hellen, einladenden Raum. Auch hier gab es Holzdielen und dazu passende Möbel: ein Bett, einen Schrank und einen kleinen Schreibtisch.

»Das Zimmer geht nach hinten raus«, sagte Theresa. »Und hier ist noch ein kleines Bad.« Sie öffnete eine Tür.

»Haben Sie das alles selbst renoviert?«

»Logisch. Schließlich ist man vom Fach. Wie lange wollen Sie bleiben?«

»Ich kann es nicht genau sagen. Ein paar Tage, denke ich.«

»Sie wissen noch nicht, was Sie hier zu tun haben – ich meine, wie lange?«

»Das kann man tatsächlich nicht genau wissen.«

»Kein Problem. Was machen Sie denn beruflich?«

»Ich führe Ermittlungen durch.«

Ihre Miene hellte sich auf. »Was? Sie sind Detektiv? Und ich dachte, so was gäbe es nur im Fernsehen! Sie kommen mir wie gerufen.«

»Wieso das denn?«

Theresa Heilig ging weiter den Flur entlang und betrat das Zimmer, das ganz an dessen Ende lag. »Hier ist mein Reich«, sagte sie. »Sie müssen mir unbedingt helfen.«

O nein, dachte ich. Nicht noch ein Auftrag.

Der Raum war etwas größer als das Gästezimmer. Es standen ebenfalls ein Bett, ein Schrank und ein Schreibtisch darin – allerdings gab es noch ein riesiges Bücherregal, das die Längsseite des Zimmer ausfüllte. Der Schreibtisch war mit einer Unmenge von Papieren und Büchern bedeckt. Dazwischen ragte der aufgeklappte Deckel eines Laptops auf.

»Ich habe vor einem halben Jahr bei der Baufirma gekündigt. Ich mache jetzt was anderes.«

»Eine Pension führen. Das sehe ich.«

»Und Bücher schreiben. Zum Beispiel Krimis. Klären Sie auch Mordfälle auf?« Begeistert quetschte sie sich hinter den Tisch und schaltete den Computer ein.

Ich hatte keine Lust, darüber zu reden. »Manchmal. Ich würde jetzt ganz gern mein Gepäck aus dem Auto holen.«

Sie gab nicht auf. »Wie viele Fälle haben Sie schon gelöst?« fragte sie und ließ mich nicht aus den Augen.

»Ein paar.«

»Und jetzt arbeiten Sie sicher an etwas ganz Dickem, was?«

»Wie man's nimmt.« Ich drehte mich zur Tür, um wieder hinunterzugehen.

»An einem Fall vom Kaliber Diepeschrath.«

Ich blieb stehen und nickte. »Von dem Kaliber – vielleicht.«

Ich ging zum Wagen, holte meine Reisetasche und stellte sie auf das Bett im Gästezimmer. Theresa saß noch immer am Schreibtisch und gab in ihrer Maurermontur ein komisches Bild ab.

»Glauben Sie nicht, daß Sie als Bauarbeiter mehr Talent haben?«

»Als Arbeiterin, wenn überhaupt«, sagte sie und betonte die letzte Silbe. »Arbeiten Sie wirklich an diesem Fall?« fragte sie.

»Ich kann darüber nichts sagen.«

»Setzen Sie sich doch mal hin.« Sie wies auf einen Ledersessel, der vor der Bücherwand stand. Ich ließ mich nieder. Sie platzte immer noch vor Neugier. Ihr rundes Gesicht war rot vor Eifer. »Haben Sie eine richtige Detektivlizenz?«

Ich seufzte, holte das Ding hervor und zeigte es ihr. Theresa Heilig sah sich die Lizenz genau an und tippte ein paar Notizen in ihr Laptop.

»Ich habe über den Mordfall alles in der Zeitung gelesen. Die Polizei ermittelt ja noch.« Sie machte eine Pause und wartete anscheinend auf eine Reaktion. Als keine kam, sprach sie weiter. »Wissen Sie, das ist ganz schön schwer: einen Krimi zu schreiben, in dem ein Detektiv ermittelt. Man fragt sich sofort: Warum ermittelt der eigentlich? Warum überläßt er den Job nicht der Polizei? Ich habe mal darüber nachgedacht. So ein Typ muß eben schlauer sein als die Polizei, und er muß einen haben, der ihn bezahlt. Aber wer tut das schon, wo es doch die Polizei gibt? Es muß also einer mit der Polizeiarbeit unzufrieden sein und glauben, der Detektiv habe mehr auf dem Kasten – dabei können die bei der Polizei doch viel mehr machen, schon wegen all der technischen Möglichkeiten –«

»Es gibt auch Todesfälle, die zuerst gar nicht nach Mord aussehen«, warf ich ein.

»Stimmt«, sagte Theresa, »irgend jemand ist aber davon überzeugt, daß hinter einem scheinbaren Unglücksfall –«

»Oder Selbstmord.«

»Oder Selbstmord, genau, ein Mord steckt. Und der holt sich dann einen Detektiv. Super! Daraus kann man etwas machen.« Sie tippte eine Weile.

»Wie viele Bücher haben Sie schon geschrieben?« wollte ich wissen.

»Noch keins.« Sie klapperte weiter auf der Tastatur. »Das hier wird mein erstes.«

»Es gibt noch andere Möglichkeiten«, sagte ich.

Sie hob den Kopf; das Geklapper erstarb. »Nur raus damit.«

Ich bereute meine Hilfsbereitschaft schon. Worauf hatte ich mich hier eigentlich eingelassen?

»Na ja – manchmal kommt es vor, daß jemand als Mörder verhaftet wird. Die Polizei glaubt, er sei der Schuldige. Und der Detektiv muß dann seine Unschuld beweisen.«

»Und von wem wird er beauftragt? Moment, ich komm drauf – von dem Verdächtigen.« Sie schrieb eifrig weiter.

Unten ertönte eine Klingel.

»Ah, das wird Willi sein.« Sie stand auf. »Er holt ein paar Werkzeuge ab, die ich mir geliehen hatte. Wir wollten dann zusammen zu Abend essen. Kommen Sie doch auch dazu. Wir können uns dabei ein bißchen weiterunterhalten.«

Das Klingeln wiederholte sich. Theresa kam hinter dem Tisch hervor und lief eilig hinunter.

Ich wollte ihr gerade folgen, da fiel mein Blick auf einen Stapel Papier, der im Regal neben der Tür lag. Ich hätte ihn kaum beachtet, wäre mir nicht der Name Diepeschrath ins Auge gesprungen. Ich nahm die Blätter und sah sie durch. Es waren fotokopierte Zeitungsausschnitte; alle Artikel betrafen den Diepeschrath-Fall. Nichts Besonderes. Diese Theresa Heilig war eine angehende Krimiautorin und sammelte wohl Material.

Dann kam ich zum unteren Blatt. Das war nichts aus der Zeitung; es war noch nicht einmal etwas Gedrucktes. Jemand hatte so etwas wie eine Todesanzeige entworfen: Ein mit schwarzem Filzstift gezeichneter Kasten umrahmte Diepeschraths Namen; darunter standen wie auf einem Grabstein die Lebensdaten: »1945–2001«. Und noch weiter unten stand ein einziger Satz: »Auge um Auge, Zahn um Zahn.«

Ich hörte Geräusche von der Treppe. Schnell legte ich den Stapel zurück.

Zehn Minuten später saßen wir zu dritt an dem provisorischen Küchentisch und aßen Brot, Butter, kalte Frikadellen und Käse. Dazu gab es Früh Kölsch aus der Flasche. Es hatte sich alles in dem Kühlschrank befunden, der einsam in der Küche stand.

Ich erfuhr, daß Willi Witwer war und ein paar Häuser weiter in derselben Straße wohnte. Ich schätzte ihn auf Anfang sechzig.

»Herr Rott hat geschäftlich in Gladbach zu tun«, sagte Theresa Heilig. »Stell dir vor, er hat von meinem Gästehaus per Mundprogaganda erfahren. So hab ich jetzt meinen ersten Gast.«

Willi spritzte eine Ladung Senf aus der Tube neben seine Frikadelle. »Darauf sollten wir trinken«, sagte er und hob das Glas. Wir stießen an. »Und in welcher Branche sind Sie tätig? Doch hoffentlich nicht in der Baubranche?« Er lachte Theresa zu; ich verstand den Witz nicht.

»Warum?« fragte ich.

»Na ja – weil Sie sich dann sicher schlecht mit Theresa verstehen würden.« Er grinste weiter vor sich hin, seine Augen funkelten schelmisch.

»Das verstehe ich nicht«, sagte ich und wandte mich an die Pensionswirtin. »Ich denke, Sie haben in einer Baufirma gearbeitet.«

»Das ist es ja gerade«, sagte Willi. »Theresa findet, daß überall zu viel gebaut wird, und hat deswegen da aufgehört.«

Theresa verzog den Mund. »Willi, nun übertreib nicht. Mich nervt es nur, wenn überall Straßen und Häuser aus dem Boden schießen – vor allem da, wo so was nicht hingehört. Man muß sich nur mal ansehen, was hier in der Stadt passiert. Gar nicht weit von hier, an der Gierather Mühle, haben sie auf einen kleinen Hof gleich am Landschaftsschutzgebiet mal eben fünfzehn Wohneinheiten hingesetzt – und damit die historische Mühle praktisch zugebaut.«

»Ganz recht«, sagte Willi schnippisch und schnitt seine nächste Frikadelle an. »Am Landschaftsschutzgebiet. *Am* wohlgemerkt. Aber eben nicht *auf*. Das ist der Unterschied.«

»Hat das auch Achim Diepeschrath gebaut?« warf ich ein.

Willi sah mich erstaunt an. »Ach, Sie haben die Zeitung gelesen, was? Nein, der Diepeschrath, der war doch so gut wie pleite. Vielleicht noch nicht mal mehr so gut wie, sondern wirklich. Nee, der hat an der Gierather Mühle nichts gemacht. Das Geschäft haben sich andere unter den Nagel gerissen.«

»Pleite?«

Willi nickte. »Wie der Finanzminister. Das hört man jedenfalls.«

Ich dachte an den geplanten Grundstückskauf. Wo hätte Diepeschrath dafür das Geld hergenommen?

»Fünfzehn Wohneinheiten, direkt an den Wald gequetscht«, sagte Theresa, und ihre Stimme nahm einen scharfen Ton an. »Weißt du, was das bedeutet? Die enge Sackgasse, die zu der alten Mühle führt, verwandelt sich über kurz oder lang in eine Mini-Autobahn. Dazwischen ist alles zugeparkt, und wenn sich mal zwei Autos begegnen, wird das zum Hindernisrennen.«

»Trotzdem sind alle Auflagen eingehalten worden«, wandte Willi ein. »Das ist eben das Dilemma – alle wollen am Wald wohnen, aber keiner will Nachbarn haben, die es auch tun.«

Sie fuhr erbost auf. »Quatsch. Man muß nicht jedes Grundstück bis zum letzten ausnutzen. Wenn ich dieses Wort schon höre – Wohneinheiten. Denen geht es nur um den Profit. Es hätte auch gereicht, wenn nur fünf sogenannte Einheiten gebaut worden wären. Und apropos Mini-

Autobahn.« Sie hielt ein Messer in der Hand, und die Spitze wies genau auf Willi. »Da wohnen dann bald noch mehr Leute, die morgens im Berufsverkehr nach Köln müssen, und um so größer wird die angebliche Notwendigkeit für die Autobahnzufahrt, die sie hier bauen wollen.«

»Was für eine Autobahnzufahrt?« fragte ich.

»O nein, nicht schon wieder«, stöhnte Willi und trank einen Schluck. Dann wandte er sich mir zu. »Das ist ein alter Plan, der schon tausendmal verworfen wurde«, sagte er abfällig, als ginge es um etwas, das so wenig zur Debatte stand wie die Besiedelung des Meeresgrundes.

»Sie haben vor, von der Gierather Straße aus eine Abzweigung zu bauen, die das letzte Stück Wald hier vor der Haustür brutal durchschneidet und dann den ganzen Stadtverkehr zur A4 lenkt«, sagte Theresa Heilig düster.

»Jetzt mal den Teufel nicht an die Wand«, rief Willi und goß sich aus der Flasche Kölsch ein.

Sie sah ihn giftig an. »Liest du keine Zeitung?«

»Theresa sieht das viel zu dramatisch«, wiegelte Willi ab.

»Zu dramatisch, ja?« sagte sie verächtlich. »Dann paß mal auf.«

Willi sah mich kauend an, hob den Zeigefinger und ließ ihn neben seiner rechten Schläfe kreisen.

»Das habe ich gesehen, Willi«, rief sie und wandte sich mir zu. »Also kurz gesagt ist das so: Seit Jahrzehnten dümpelt im Gladbacher Stadtrat der Plan eines Autobahnzubringers vor sich hin. Es gibt verschiedene Möglichkeiten, wo so eine Stadtautobahn gebaut werden könnte, auf der dann Tausende von Brummis und Pkw am Tag vobeidonnern. Eine davon sieht so aus, daß der ganze Verkehr nur wenige Meter von hier vorbeiführen würde. Die bauen eine Abzweigung in den Wald rein; dann geht die Straße über die letzten Stückchen Wiese und Weide und stößt hier hinten in der Nähe von Köln-Merheim auf die Autobahn. Und umgekehrt geht's natürlich gleichzeitig stadteinwärts in die Gladbacher Innenstadt.«

»Aber man muß doch was gegen den Stau tun«, meldete sich Willi vorsichtig. »So geht das schließlich nicht weiter.«

»Natürlich muß man gegen den Stau was tun«, sagte Theresa etwas ruhiger. »Aber der Bau einer Straße ist genau das Falsche. Jede Straße in der Geschichte der Menschheit ist mal gebaut worden, um irgendwo hinzukommen oder eine andere Straße zu entlasten. Irgendwann wird auch die neue Straße mal verstopft sein. Und was dann?«

»Das erlebe ich nicht mehr«, stellte Willi so zufrieden fest, als freue er sich darüber.

Theresa Heilig stierte mürrisch vor sich hin. Ich nippte an meinem Bier und dachte nach.

»Was ist mit der anderen Variante?« fragte ich nach einer Weile.

»Es gibt eine alte Güterbahnstrecke zwischen Gronau und Frankenforst. Die Gleise verlaufen von Nordwesten nach Südosten – praktisch aus dem Gladbacher Zentrum in Richtung A4. Die will man als Straße ausbauen. Das ist auch im Gespräch.«

»Davon wären Sie hier nicht betroffen«, sagte ich.

»Das stimmt. Aber viele andere Menschen. Bei beiden Varianten würde man ganzen Stadtteilen die Luft abschneiden.«

»Die Strecke ginge genau am Frankenforst vorbei«, stellte ich fest.

Sie nickte. »Da wohnen reiche Leute. Die haben Einfluß. Die lassen sich das nicht bieten. Lieber macht man Gegenden, wo Normalsterbliche wohnen, kaputt.«

»Aber es gibt ja noch das Industriegebiet Zinkhütte«, sagte ich und erinnerte mich an das Gespräch mit Becker.

»Richtig. Und die Unternehmer dort wären natürlich auch scharf darauf, einen Autobahnanschluß vor das Werksgelände zu kriegen.«

»Einen, der die Frankenforster aber wieder stören würde. Da stoßen viele Interessen zusammen.«

»Am Ende nehmen sie die Merheim-Variante. Davon sind ja nur kleine Leute betroffen. ›Nur‹ in Anführungsstrichen.«

Willi erhob sich. »Ich hab keine Lust, über Politik zu diskutieren. Macht, was ihr wollt. Ich finde, das ist alles übertrieben. Sogar wenn es dazu kommt – mir ist das egal.«

»Das ist natürlich ein Argument«, sagte Theresa Heilig trocken. »Trotzdem danke für das Werkzeug. Willst du nicht doch noch etwas bleiben?«

Willi schüttelte den Kopf. »Ich will morgen früh raus. Meine Kinder kommen zu Besuch. Bevor die da sind, will ich noch ein bißchen in die Werkstatt.«

Theresa begleitete ihn zur Tür.

Ich nahm den Stadtplan heraus und sah mir die erwähnte Bahnstrecke an. Sie kam manchen Markierungen, die Vogt und Becker in der Karte eingezeichnet hatten, ziemlich nah. In Frankenforst, ganz am unteren Ende dieser Bahnstrecke, lag Diepeschraths Haus. Das Grundstück, das Diepeschrath von Becker hatte kaufen wollen, befand sich etwas weiter nördlich – gleich neben dem Stück, das Diepeschrath schon besaß. Das ihm dieser Manscheit verkauft hatte. Ob das Zufall war?

Ich fügte in meinem Notizbuch eine Bemerkung an: »Diepeschrath – Autobahninvestor? Woher hatte er sein Investitionskapital?«

Dann klappte ich das Buch zu.

4.

Piep, piep, machte am nächsten Morgen mein Reisewecker. Ich schaltete ihn ab und drehte mich noch einmal um. Kurz darauf – so schien es mir – schlug ich die Augen auf. Es war zehn Uhr. Seit dem Piepen waren zweieinhalb Stunden vergangen. Die Sonne schien hell ins Zimmer. Ich stand auf und sah aus dem Fenster.

Unten lag der Garten – ein von hohen Tannen umgrenztes Stück verwilderter Rasen. Im Schatten der Bäume dämmerte eine verwitterte Bank vor sich hin. Es fehlte eigentlich nur noch das Vogelgezwitscher. Ich öffnete das Fenster in der Hoffnung, das Frühlingskonzert der gefiederten Freunde hereinzulassen. Es funktionierte prächtig, und gleichzeitig enterte ein Schwall frischer Luft den Raum. Mit ihr ein etwas unpassender Duft. Schokolade. Ziemlich penetrant.

»Das ist von der Instantpulver-Firma an der Zinkhütte«, klärte Theresa mich auf, als ich hinuntergegangen war und ihr von der ungewohnten Duftnote berichtete. »Manchmal machen sie auch Vanillepulver. Dann ändert sich das Aroma entsprechend. Möchtest du Kaffee oder Tee?«

Ich rief mir den gestrigen Abend noch mal ins Gedächtnis. Wann war ich schlafen gegangen? Halb zwei? Zwei?

Wir hatten, kurz nachdem Willi gegangen war, von der Variante Vorname plus Sie zur Variante Vorname plus Du gewechselt und noch so manches Fläschchen Kölsch gekillt. Im Keller hatte sich ein weiterer Kasten befunden.

Theresa war nicht nur eine ausgezeichnete Handwerkerin, sondern auch ausgesprochen trinkfest. Wir hatten uns über Gott und die Welt unterhalten – das hieß, hauptsächlich über Theresa. Sie hatte tatsächlich ihren Job in der Baubranche aus Überzeugung geschmissen. Immer wieder hatte ich an die ominöse Zeichnung aus ihrem Arbeitszimmer gedacht und versucht, sie mir als Diepeschrath-Mörderin vorzustellen. Aber das war schwer. Zumal sie wirklich sympathisch war. Trotzdem verschwieg ich ihr immer noch, weshalb ich in Bergisch Gladbach war. Das schien sie nicht zu stören.

Das Geschirr war gespült und die Flaschen weggeräumt. Ich sah mich in der Küche um. Noch etwas hatte sich verändert.

»Da guckst du, was?« sagte Theresa. »Ich habe heute morgen schon gestrichen und das Stück hier an der Wand gekachelt. Ich bin seit halb sechs auf.«

Ich setzte mich an den Tisch, der ordentlich gedeckt war. Es gab Butter, Marmelade und frische Brötchen in einem kleinen Korb.

»Ich nehme Kaffee, wenn's geht«, sagte ich.

Auf dem Kühlschrank stand eine Kaffeemaschine; die Kanne war gut gefüllt. Theresa sah mich mit Verschwörermiene an. »Ich dachte mir schon, daß Detektive Kaffee trinken.« Sie schenkte mir ein.

»Willst du nicht auch was essen?« fragte ich. »Ich komme mir blöd vor, so allein am Tisch.«

»Ich setze mich dazu«, sagte sie. »Was machst du heute?«

Ich schnitt ein Brötchen auf. »Mal sehen.« Die Erdbeermarmelade war phantastisch.

»Arbeitest du eigentlich allein, oder hast du ein ganzes Büro?« wollte sie wissen.

»Im Grunde allein. Manchmal mischt noch meine Tante ein bißchen mit.«

Sie machte ein ungläubiges Gesicht. »Eine Tante? So was wie Miss Marple?«

Ich grinste. »Du würdest dich wundern. Sie ist zehn Jahre älter als ich, könnte aber glatt als meine jüngere Schwester durchgehen. Im Moment macht sie Urlaub in Jamaica. Und da soll sie auch schön bleiben. Ich kann sie hier nicht gebrauchen.«

»Mann, du mußt ja gute Geschäfte machen, wenn deine Angestellten sich so teuren Urlaub leisten können.«

»Fehlanzeige«, sagte ich und nahm mir das zweite Brötchen vor. »Ich zahle ihr gar nichts. Die ist finanziell gut dabei – ganz im Gegensatz zu mir. Dabei könnte sie ruhig mal was springen lassen. Immerhin bin ich sozusagen ihr Sohn.«

»Kapiere ich nicht.«

»Ist ganz einfach: Als ich fünfzehn war, kamen meine Eltern bei einem Verkehrsunfall ums Leben. Sie waren schon ziemlich alt – eigentlich waren sie für mich wie Großeltern. Sie waren schrecklich konservativ. Mein Vater war Polizist im Innendienst und spielte sonntags im Polizeiorchester Tuba.«

»Und was passierte dann?«

»Er guckte Fußball.«

Sie lachte. »Quatsch, ich meine – was passierte nach dem Tod deiner Eltern?«

»Ich kam zu meiner Tante – Tante Jutta eben. Die war damals fünfundzwanzig, arbeitete in irgendwelchen Werbeagenturen als Sekretärin und feierte am Wochenende in ihrer Wohnung Haschpartys.«

»Wow – das muß ja ein Kontrast für dich gewesen sein.«

»Das kann man wohl sagen. Ich hab mich von dem Schock bis heute nicht erholt. Manchmal frage ich mich, ob es auch normale Leute gibt. Leute, die keine Drogen nehmen und für die trotzdem nicht der Musikantenstadl der musikalische Nabel der Welt ist. Und für die es trotz alledem noch Überraschungen im Leben gibt. Und die keine Materialisten sind –«

»Ich habe auch eine Tante«, unterbrach mich Theresa.

»Sieh an.«

»Sie ist Psychologin. Weißt du, was sie sagen würde?«

»Was Hänschen nicht lernt, lernt Hans nimmermehr. Das sagte mein Vater immer.«

»Nein. Sie würde sagen, daß du ein Suchender bist.«

»Typisch Psychologen. Die sagen immer, was man sowieso schon weiß. Man wäre nur im Moment nicht draufgekommen.« Ich stand auf. »Im Augenblick bin ich tatsächlich ein Suchender«, sagte ich und steckte die Hände in die Taschen.

»Siehst du.«

Ich nickte. »Ich suche nämlich meine Autoschlüssel.«

*

Achim Diepeschraths Baufirma lag im Ortsteil Gronau – nicht weit von Theresas Haus.

Ich fuhr ein Stück den Wald entlang, der vielleicht demnächst einem Autobahnzubringer weichen würde, und stellte fest, daß sich das Wetter etwas verschlechtert hatte. Der Himmel war bedeckt, und das graue Licht verlieh dem Vorort etwas Trostloses.

Nach einer Weile wich der Wald unbebautem Brachland. An der rechten Straßenseite parkten Lkw. Ein paar Anhänger waren ohne Zugmaschine abgestellt, und dazwischen stand ein Wohnmobil. Schließlich fand ich eine Einfahrt zwischen dem Gras- und Strauchgestrüpp. Ein großes rostiges Schild ließ einen Pfeil nach rechts erkennen, darüber in dunklen Lettern den Namen der Firma. Die Farbe war abgeblättert und kaum lesbar.

Ich folgte dem Wegweiser und fuhr über Rollsplit auf einen kleinen Platz. Ich hätte eigentlich erwartet, daß sich eine Baufirma in festen Gebäuden befindet. Statt dessen gab es eine verschachtelte Ansammlung von einstöckigen Bürocontainern, daneben eine lange, hohe Garagenreihe. Einige Tore standen offen; ein paar Lkw standen darin. Niemand war zu sehen.

Ich stieg aus und warf einen Blick durch die schmutzigen Fenster in die Container. Da standen leere Schreibtische, darauf Schreibmaschinen und andere Bürogeräte, die mit Plastikhauben abgedeckt waren. Ich drückte eine Türklinke hinunter; es war abgeschlossen. Die anderen Türen auch. Soweit ich sehen konnte, gab es im Inneren keine Akten oder ähnliche Unterlagen, dafür aber jede Menge leere Regale. Ich hätte gern mal einen Blick in Diepeschraths Papierkram geworfen. Wenn sich das Zeug nicht hier an der offiziellen Firmenadresse befand, dann mußte es bei dem Unternehmer zu Hause sein. Vielleicht fand ich ja eine Möglichkeit, in das Haus in der Parkstraße zu kommen.

Ein Hund bellte. Es war ziemlich nahe. Kurz darauf waren knirschende Schritte zu hören. Ich drehte mich um und sah einen Mann, der hinter einer der langgezogenen Garagen hervorkam. Er führte einen Schäferhund an der Leine.

»He – was wollen Sie hier?« rief er.

Ich gab mich gelassen. »Ah, da ist ja doch jemand«, sagte ich jovial. Ich ging auf den Mann zu. Der Hund begann wieder zu bellen.

»Still«, rief der Mann.

Ich war höflich und hielt ihm die Hand hin. Er guckte verwirrt. Ich schätzte, es war einer von Diepeschraths Arbeitern. Er trug eine blaue Maurerhose und ein schwarzrotgewürfeltes Hemd. Ich roch eine deutliche Bierfahne und spürte, wie mich leichte Übelkeit anflog. Um elf Uhr vormittags war es für so was eindeutig zu früh.

»Guten Morgen«, sagte ich.

»Morgen.« Er nickte kurz.

»Vielleicht können Sie mir helfen. Ich habe da einen Tip gekriegt, wissen Sie, wegen dem Office Equipment hier.«

»Wegen was?«

»Office Equipment – ich meine die Büroeinrichtung.«

Er nickte wieder, schien aber immer noch nichts zu verstehen.

»Man sagte mir, die Firma hier würde ihre Büromöbel und so weiter verkaufen. Und da wollte ich natürlich der erste sein, ist doch klar, oder?«

Er kratzte sich mit der einen Hand am Kopf. Mit der anderen hatte er die Leine gelockert. Der Hund hatte sich hingesetzt, ließ hechelnd die rosa Zunge heraushängen und sah mich freundlich an.

»Sie meinen, das wird alles verkauft?« Der Mann blickte ungläubig in die Runde, als würde er das Firmengelände zum letzten Mal begutachten.

»Nicht das Grundstück. Darüber weiß ich nichts. Nur die Schreibtische da aus den Containern. Und die Schreibmaschinen und so. Ich würde das gern gebraucht aufkaufen, wenn das ginge. Hier arbeitet doch keiner mehr, oder?«

Er schüttelte den Kopf. »Nee, schon 'ne ganze Weile nicht mehr. Ich bin als einziger übrig.«

»Keine Aufträge mehr«, stellte ich fest.

»Kann man sagen. Alles scheiße, sage ich Ihnen. Irgendwie hat's der Chef aber auch schleifen lassen. Und jetzt – wo diese schreckliche Sache passiert ist ...«

Ich nickte. »Habe ich gelesen. So bin ich auch drauf gekommen. Wird ja sicher nicht mehr gebraucht, das Zeug. Kann man ja nicht verkommen lassen.«

»Da sagen Sie was. Ist ja noch gut.«

»Dann sind wir uns also einig. Und? Wie ist es nun damit?«

Er machte ein ratloses Gesicht. »Ich weiß davon nichts. Vielleicht ruf ich mal den Chef an.«

»Wer ist denn jetzt der Chef?«

»Der Bruder vom Chef ist jetzt der Chef«, erklärte er.

»Rudolf Diepeschrath.«

»Genau. Und der war sowieso zum Schluß mehr hier als der Chef – also als der Chef, der vorher der Chef war, meine ich. Kommen Sie mit nach hinten. Da ist ein Telefon.«

Er wandte sich zu den Garagen. Der Hund sprang sofort auf. Wir gingen ein Stück auf die hohen Tore zu.

»Und was ist mit der Chefin?« fragte ich. »Ich meine, mit der Frau vom Chef?«

Der Mann schüttelte den Kopf. »Der Chef hat keine Frau. Der ist ledig.«

»Ich denke, der hat eine Frau und einen Sohn? Stand jedenfalls in der Zeitung.«

»Ach so, Sie meinen den alten Chef. Ja, der hatte eine Frau. Und einen Sohn auch. Der Sohn hat sogar mal hier gearbeitet.«

»Und warum tritt er das Erbe nicht an? Er könnte doch vielleicht die Firma wieder hochbringen!«

Der Mann schüttelte den Kopf. »Nee, nee. Der war nicht so begabt. Hatte zwei linke Hände. Stand eigentlich nur im Weg rum. Liest lieber Bücher, statt zu arbeiten, wenn Sie verstehen, was ich meine. Außerdem –« Er blieb stehen, sah mich an und dämpfte seine Stimme. »Der ist nicht ganz echt.«

»Nicht ganz echt?«

»Bei dem müssen Sie im Winter den Kühlschrank anschalten.« Er brach in schallendes Gelächter aus und klopfte mir mehrmals auf die Brust. Der Hund bellte. Offenbar fand er sein Herrchen wahnsinnig witzig.

Wir gingen an der Mauer der Garage entlang. Als wir auf die Rückseite gelangten, kriegte sich der Mann langsam wieder ein. Mitten durch das Brachland führte zwischen Büschen und Gras ein kleiner Pfad auf einen weiteren Container zu. Von hier aus gab es eine prächtige Aussicht auf die Zufahrtsstraße. Der Mann hätte mich bemerken müssen, bevor ich überhaupt ausgestiegen war.

Als wir das provisorische Büro erreichten, wurde mir klar, warum er so lange gebraucht hatte. In der Ecke stand ein Fernseher. Er war leise gestellt. Auf dem Bildschirm überschlug sich gerade ein Auto und ging in Flammen auf. Dann war ein Hubschrauber zu sehen, der einen dramatischen Bogen flog. Es folgte eine Nahaufnahme des Piloten, wie er eine Meldung über Funk durchgab.

Auf einem kleinen Schreibtisch lag eine aufgeschlagene Bild-Zeitung, daneben standen eine angebrochene Bierflasche und ein Telefon. Der Mann nahm den Hörer ab und wählte.

»Ja. Maier. Hier ist einer, der will die Möbel von der Firma kaufen ... Ja, tatsächlich. Hat von jemandem gehört, daß sie zu verkaufen sind.« Er blickte in meine Richtung, sah aber durch mich hindurch. Seine Stirn war gerunzelt. Ich konnte die Männerstimme hören, die aus dem Hörer kam, doch ich verstand sie nicht. Nach einer Weile begann der Arbeiter zu nicken. »Ja, Chef ... alles klar, Chef ...« Schließlich legte er auf. »Der Chef sagt, das Zeug bleibt hier.«

»Schade. Und da kann man nichts machen?«

Er schüttelte den Kopf.

»Danke für Ihre Mühe.«

»Schon klar.«

»Ach, da fällt mir was ein. Ich würde gern doch noch mal mit dem Chef persönlich sprechen. Können Sie mir vielleicht seine Adresse geben?«

Der Mann ließ sich in einen abgewetzten Bürostuhl fallen. »Puuh, die kann ich Ihnen nicht genau sagen. Das ist irgendwo in Overath.« Er nahm einen Schluck aus der Flasche. »Der hat noch einen anderen Job, wissen Sie«, setzte er hinzu, als ob das irgend etwas erklären würde. »Und da ist er viel unterwegs. Ich hab nur seine Telefonnummer.«

Mir fiel ein, daß ich ja alle Adressen der vernommenen Personen fein säuberlich in den Akten von Vogt versammelt hatte.

»Alles klar, ich finde den Namen bestimmt im Telefonbuch«, sagte ich und ging zum Wagen zurück.

Plötzlich hörte ich eine Polizeisirene und zuckte zusammen. Dann wurde mir klar, daß Maier offensichtlich den Fernseher wieder laut gestellt hatte.

*

»Rechtsanwaltskanzlei Vogt.«

»Guten Tag, Fräulein Schmidt. Hier ist Rott. Könnte ich bitte mal Herrn Vogt sprechen?«

»Einen Moment.«

Ich fuhr gerade auf einer Straße, die man durch einen wunderschönen Wald gebaut hatte, von Refrath in Richtung Bensberg. Rechts wurde hinter den Bäumen ein Teich mit Spazierwegen sichtbar, dann machte die Straße eine scharfe Rechtskurve und führte unter einer Bahnlinie durch. Gerade als ich eigentlich beide Hände zum Autofahren gebraucht hätte, meldete sich der Anwalt.

»Einen Moment«, rief ich in den Hörer, ließ das Handy auf den Beifahrersitz fallen und folgte der Straße weiter, die nun durch ein Wohngebiet führte – geradeaus und steil nach oben.

»Machen Sie sich nicht unglücklich«, sagte Vogt, als ich wieder dran war. »Freisprechanlagen sind gar nicht teuer und außerdem Pflicht.«

»Danke für den Hinweis. Ich hätte nur eine kurze Frage: Hat Rudolf

Diepeschrath die Firma mit dem Tod seines Bruders eigentlich offiziell geerbt?«

»Das glaube ich nicht. Eher seine Frau. Wie ich schon sagte: Diepeschrath war ja noch verheiratet; seine Frau hat aber die Scheidung eingereicht.«

»Die Scheidung?«

»Ja – ich sagte doch, daß sie getrennt gelebt haben.«

»Und sie hat vor kurzem die Scheidung eingereicht?«

»Im vergangenen Jahr.«

»Wissen Sie das wirklich so genau? Ich meine, wer die Firma erbt? Es kann doch sein, daß es da testamentarische Klauseln gibt.«

»Im Vertrauen: Ich kenne den Scheidungsanwalt von Frau Diepeschrath. Er hat mir einen entsprechenden Tip gegeben.«

»Na, na – ob das so legal ist.« Das Fahren wurde wieder schwierig, weil auf einer Seite Autos parkten und ich wegen des Gegenverkehrs aufpassen mußte.

»Glauben Sie denn«, fragte Vogt, »daß Rudolf Diepeschrath etwas mit dem Mord zu tun haben könnte? Immerhin hat er ein Alibi. Sie haben die Unterlagen in den Akten.«

Das mit dem Alibi war mir im Moment nicht so präsent. »Ein Alibi?«

»Na ja, er war doch am Mordabend mit Diepeschraths Sohn unterwegs. Sie haben noch jemanden getroffen. Einen Geschäftspartner von Rudolf Diepeschrath. In den Akten steht alles.«

»Wissen Sie eigentlich, was Diepeschrath geschäftlich so treibt?«

»Ich glaube, er arbeitet als Vertreter für irgendeinen Vertrieb. Mehr weiß ich leider auch nicht.«

»Wissen Sie etwas darüber, daß Diepeschraths Firma praktisch pleite war? Ich frage mich, wo er das Geld für Beckers Grundstück hergenommen hätte.«

»Finden Sie es raus.«

»Was ist eigentlich mit Diepeschraths Haus in der Parkstraße? Ist das von der Polizei versiegelt, oder darf man da rein?«

»Die Polizei hat die Spuren gesichert, und nun darf derjenige rein, dem es gehört.«

»Angelika Diepeschrath«, sagte ich.

»Genau. Wenn Sie sie nett bitten, haben Sie vielleicht Glück.«

Keine Sorge, dachte ich. Ich bin ja schon unterwegs.

Angelika Diepeschrath wohnte in Moitzfeld. Ich mußte durch Bensberg durch und dann auf einer Straße noch weiter Richtung Nordosten. Links erhob sich ein bewaldeter Hügel, und nach einer Weile kam ich an einem Schild vorbei, auf dem eine gewisse »Erdenburg« ausgeschildert war. Ein kulturhistorisches Denkmal. Es war offensichtlich geschichtsträchtiges Gelände, auf dem ich mich bewegte. Schade, daß ich keine Zeit für Besichtigungen hatte.

Moitzfeld war eines der vielen Dörfchen, aus denen Bergisch Gladbach insgesamt bestand. Der Rotdornweg befand sich gleich neben einer Kirche im Zentrum. Als ich an dem mächtigen Kirchenschiff vorbei war, kam ich an eine Freifläche. Ein holzgeschnitztes Schild wies darauf hin, daß das der »Dorfplatz« sei. Hier wurden wahrscheinlich regelmäßig Volksfeste gefeiert. Im Moment war jedoch alles zugeparkt. Ich fand noch eine Lücke für den Golf.

Die Wohngegend war heimelig. Es gab ordentliche kleine Vorgärten. Ich passierte eine sauber gefegte Einfahrt und überprüfte die Klingelschilder. Von Diepeschrath war nichts zu lesen.

Noch ehe ich lange darüber nachdenken konnte, wo ich am besten klingelte, öffnete sich neben der Haustür ein Parterrefenster, und ein kahlköpfiger Mann in Unterhemd und mit grauen Hosenträgern über den Schultern sah heraus.

»Na wo wollen wir denn hin?« fragte er im Feldwebelton.

»Wo Sie hinwollen, weiß ich nicht. Ich hätte jedenfalls gern Angelika Diepeschrath gesprochen. Könnten Sie mir freundlicherweise sagen, ob sie hier wohnt?«

»Oben«, sagte der Mann. »Auf der Klingel steht Hommerich. Was wollen Sie denn von ihr?«

»Geht Sie gar nichts an«, sagte ich und klingelte.

Die Tür ging summend auf, und ich erklomm eine Treppe mit gefliestem Boden. Jemand stand im Rahmen einer Wohnungstür und beobachtete mich, während ich noch die letzten Stufen schnaufend hinter mich brachte. Es war ein junger Mann von etwa Mitte zwanzig mit blonden, kurzen Haaren und rötlicher Gesichtsfarbe. Er trug eine schwarze Hose und darüber ein geöffnetes weißes Hemd, unter dem ein nackter, sehr schmaler Brustkorb mit hervorstehenden Rippen sichtbar war.

Als ich oben ankam, stellte ich fest, daß der Mann deutlich kleiner war als ich. Der kugelrunde Kopf wirkte jedoch im Verhältnis zum Körper ziemlich groß. Seine Haut war glatt wie die eines Babys. Ich fragte mich, wie andere Männer es schafften, sich zu rasieren, ohne daß man den geringsten Schatten eines Bartes sah. Mir gelang das mit dem elektrischen Rasierer nie. Wenn ich es dann mit einer Naßrasur versuchte, schnitt ich mich, und es gab eine mordsmäßige Sauerei im Waschbecken.

»Sie sind sicher Herr Diepeschrath«, sagte ich und ging auf den Mann zu. Er wich zurück und verzog den Mund. Er wirkte ängstlich.

»Gerd Diepeschrath, ja. Was wollen Sie? Sind Sie von der Presse?«

Diese Tarnung hatte ich eigentlich benutzen wollen. Dabei hätte mir klar sein müssen, daß die Familie des Toten schon intensiv von den Medienvertretern bearbeitet worden war. Ich beschloß, bei der Wahrheit zu bleiben.

»Ist Frau Diepeschrath zu Hause? Ihre Mutter?«

Er schüttelte den Kopf. »Die arbeitet. Außerdem heißt sie Hommerich. Sie ist nicht mehr verheiratet.«

»Da habe ich aber andere Informationen.«

»Wenn für Sie die Ehe nur aus einem Blatt Papier und einer Unterschrift besteht ...«

»Wann kann ich sie sprechen? Wann hat sie Dienstschluß?«

»Der Laden macht um sechs zu. Und so lange bleibt sie auch da. Vor halb sieben ist sie nicht hier.«

»Vielleicht können Sie mir auch helfen. Ich arbeite für einen Bensberger Rechtsanwalt. Wir ermitteln im Todesfall Ihres Vaters. Dürfte ich Ihnen ein paar Fragen stellen? Es ist doch sicher auch in Ihrem Interesse ...«

Gerd Diepeschrath blickte ängstlich die Treppe hinunter. Offensichtlich wollte er nachprüfen, ob ich auch wirklich allein war.

»Keine Presse?« fragte er.

»Nein.«

Er zögerte noch einen Moment und sah mich hilflos an. »Na gut, kommen Sie rein.«

Der Flur war eng, die Wohnung schien winzig. Er führte mich in ein schmales, miefiges Zimmer, wo er sich auf ein ungemachtes Bett setzte und mir einen kleinen Schreibtischstuhl anbot. Es war fast ein Kinderzimmerambiente. Aber irgend etwas paßte nicht. Ich kam zuerst nicht drauf, was es war. Dann fielen mir die sauber gerahmten Bilder auf, die an der Wand über dem Bett hingen. Es waren Fotos in Postkartengröße. Auf manchen war nichts als Wald auf hügeligem Gelände zu sehen. Auf anderen ein paar

Fachwerkhäuser am Rand ausgedehnter Weiden. Ich fragte mich, was daran so interessant sein mochte.

Im Regal über dem Kopfende des Bettes drängten sich Bücher mit bunten Rücken. Auch auf dem Schreibtisch waren ein paar Bände abgelegt. Ich sah Titel wie »Die Päpstin«, »Der Assyrer« und »Der Medicus«. Dazwischen Blätter mit handschriftlichen Notizen.

»Sie lieben historische Romane?« fragte ich. Er ging nicht darauf ein, ließ aber plötzlich unsicher seinen Blick hin- und herwandern. Offensichtlich bereute er es, mich in sein Allerheiligstes gelassen zu haben.

»Was wollen Sie? Ich habe nicht viel Zeit.«

»Können Sie mir ein paar Geschäftspartner Ihres Vaters nennen?«

»Nein«, sagte er, und es klang genervt und nervös.

»Gab es da einen, dem er so richtig im Weg war – vielleicht nicht jetzt, sondern früher?«

»Weiß ich nicht.« Er stützte sich mit den Händen ab und schlug die Beine übereinander.

»Aber Sie haben doch mal bei ihm gearbeitet.«

Er blickte mich erstaunt an. »Ich habe schon jahrelang keinen Kontakt mehr zu meinem Vater.«

»Und davor?«

Er zuckte mit den Achseln. »Ich glaube, es ging ihm geschäftlich nicht so gut.«

»Und trotzdem hat er sich am Abend seines Todes mit jemandem getroffen, der ihm ein Grundstück verkaufen wollte. Können Sie sich vorstellen, wo er das Geld dafür herhatte?«

Gerd Diepeschrath schüttelte den Kopf.

»Hat er mal was mit einer Firma in Leverkusen zu tun gehabt?«

»Vielleicht. Ich weiß es nicht.«

»Kennen Sie eine Theresa Heilig?«

Er verzog den Mund zu einem Grinsen. »Sie nehmen mich auf den Arm.«

»Ganz und gar nicht.«

»Nie gehört, den Namen.«

Er stierte vor sich hin, und ich sah, wie die Schlagader an seinem Hals vibrierte. Sein Blick wirkte verschleiert. Auf seiner Stirn stand Schweiß. Er verlagerte sein Gewicht nach vorne und legte die Hände auf die Knie. Es gelang ihm nicht, die Finger ruhig zu halten.

»Geht's Ihnen nicht gut?« fragte ich.

Er winkte ab und setzte sich gerade. »Kein Problem. Hoher Blutdruck, das ist alles.«

»In Ihrem Alter?«

»Das geht Sie ja wohl nichts an.«

»Geht es nicht. Stimmt. Kommen wir wieder zur Sache.«

Er wurde wütend. »Mann, Sie machen es sich aber einfach. Geschäftspartner meines Vaters! Was soll das überhaupt? Wenn Sie von einem Anwalt kommen, dürfen Sie mich doch so was gar nicht fragen. Das ist doch Sache der Staatsanwaltschaft.« Er wischte sich über die Stirn. Seine Hand zitterte.

Ich versuchte, ruhig zu sprechen und ihn nicht noch weiter aufzuregen. »Wenn Sie möchten, kann ich gleich wieder gehen. Aber ich denke, es muß doch auch in Ihrem Interesse sein, daß man sich darum bemüht herauszufinden, wie Ihr Vater ums Leben gekommen ist.«

Gerd Diepeschrath ließ den Oberkörper auf das Bett sinken, als sei er zu schwach, sich weiter aufrecht zu halten. Er starrte teilnahmslos an die Decke. Dabei mahlte er mit seinen Kieferknochen, hatte aber den Mund geschlossen. Seine Lippen wirkten eigenartig wulstig, als seien sie entzündet.

»Vielleicht hilft es ja, wenn Sie mir einfach ein paar Bekannte Ihres Vaters nennen. Dann gehe ich wieder.«

»Tun Sie das.« Er schwieg, formte aber mit den Lippen Worte, die ich nicht verstand. Dabei starrte er immer noch nach oben.

»Auch wenn Sie Ihren Vater offensichtlich nicht gemocht haben –«

»Er war ein Mistkerl.« Gerd Diepeschrath setzte sich auf und sah mich mürrisch an. Ich bemerkte, daß er trotz seiner blonden Haare braune Augen hatte.

»Wissen Sie, wozu er das Grundstück von Volker Becker kaufen wollte?«

»Keine Ahnung. Wer ist Volker Becker?«

»Das Grundstück befindet sich in Lückerath. Ihr Vater hat da noch mehr Grund gekauft in der letzten Zeit.«

Er schüttelte den Kopf.

»Oder kennen Sie vielleicht Ruth Becker, seine Frau?«

»Nein. Ich habe doch gesagt, Sie sollen gehen. Sie haben gesagt, Sie gehen, wenn ich es will. Warum tun Sie es nicht?«

»Hat Ihr Vater was mit Autobahnprojekten zu tun gehabt?«

Gerd Diepeschrath blickte mich verwundert an. »Was? Welche Autobahn?«

»Sagen Sie mir wenigstens, was er überhaupt gebaut hat. Irgendwas wird es doch geben.«

»Mann, was soll die Fragerei? Häuser. Siedlungen. An der Gierather Mühle gibt's so eine. Ist aber schon Jahrzehnte her. Da war ich glaube ich noch gar nicht auf der Welt.«

»Gierather Mühle?« Das kam mir bekannt vor.

»Die Adresse heißt Gierather Wiese. Fahren Sie hin. Da sehen Sie, was mein Vater gebaut hat. Haben Sie noch nie ein Haus gesehen? Es gibt doch nun wirklich genug davon. Und jetzt hauen Sie ab.« Er wischte sich wieder über die Stirn und stand auf.

»Schreiben Sie mir wenigstens noch auf, wo ich Ihre Mutter erreichen kann?«

Er machte eine abwehrende Geste. »Ich hab doch gesagt, sie arbeitet.«

»Und was machen Sie beruflich?«

»Ich bin Kellner. Im Restaurant Salzmühle in Gladbach. Ist das wichtig?«

Ich holte mein Notizbuch hervor, riß eine Seite heraus und hielt ihm den Zettel hin. Er sah mich fragend an.

»Die Adresse. Der Arbeitsplatz Ihrer Mutter. Bitte.«

»Es ist ein Laden«, sagte er. »In Hoffnungsthal.« Er notierte etwas. Seine Schrift war kaum zu entziffern.

»Morganas Hexentruhe«, las ich. Diepeschrath nickte.

»Auf Wiedersehen«, sagte ich und stand ebenfalls auf. Ich verließ die Wohnung, eilte die Treppe hinunter und wäre beinahe in das Parterrefenster gelaufen, das sperrangelweit aufstand.

»Na, wenn das die Bauaufsicht genehmigt hat, heiße ich Hugo«, sagte ich entrüstet.

»Ich heiße Hugo, und das ist kein Witz«, sagte der alte Mann, der wieder aus dem Fenster hing und wie ein pensionierter Berufssoldat wirkte. Irgendwo hinter ihm sah ich eine Eichenschrankwand, wie meine Eltern sie besessen hatten. Ein monströses Gemälde zeigte eine weitläufige Landschaft. Ob es ebenfalls ein Stück des Bergischen Landes war, konnte ich nicht erkennen, denn der kahlrasierte Schädel des Mannes war im Weg.

»Sind Sie von der Polizei?«

»Sie fragen ja sehr direkt«, stellte ich fest.

»Nun machen Sie mal 'nen Punkt! Ich hab doch Zeitung gelesen. Seit Tagen geht das hier hin und her. Wird mal langsam Zeit, daß sich einer um uns hier unten kümmert.«

Er grinste, als hätte er gerade einen IQ-Test mit einem Quotienten von 200 bestanden. Aus der Wohnung drang abgestandener Bratenduft. Es drehte mir den Magen um.

Ich nahm mich zusammen und versuchte, wie ein Beamter zu wirken. »Und wie ist Ihr Name, wenn ich fragen darf?«

»Keller. Deswegen wohnen wir ja auch unten!« Er lachte über seinen Riesenwitz.

»Na, wir wollen doch mal ernst bleiben«, sagte ich streng und zückte mein Notizbuch.

»Daß die Behörden noch nicht einmal einen Spaß verstehen«, murrte er.

»Nur nach Dienstschluß, Herr Keller. Sie sind der Hausbesitzer, wenn ich das richtig sehe?«

Er nickte. Ich hatte richtig geraten. »Und ich habe was zu melden.«

So siehst du auch aus, dachte ich, wie einer, der was zu melden hat. Er setzte zu einer Erklärung an.

»Ihre Kollegen, die haben ja Frau Diepeschrath, die sich jetzt wieder Hommerich nennt, ist ja ihre Sache, also die haben sie ja vernommen, nach der Sache mit ihrem Mann. Und da habe ich gehört, wie sie gesagt hat, sie sei in Köln gewesen, als das passierte. Also in der Nacht, als ihr Mann umgekommen ist.«

»Das ist richtig. Das hat sie gesagt. Und?«

Er winkte mich mit einem Finger heran. »Das muß nicht jeder mitkriegen«, sagte er etwas leiser und grinste.

»Wäre es nicht vielleicht besser, ich käme zu Ihnen hinein, anstatt hier halb auf der Straße …?« Er schüttelte den Kopf, und das war mir eigentlich auch lieber so. Der Mief war hier draußen schon schlimm genug. Neben mir auf der Straße kam eine Frau vorbei, die einen Kinderwagen schob.

»Tag, Frau Blissenbach«, rief Keller laut, aber die Frau sah zu, daß sie schnell weiterkam, und grüßte nicht zurück.

»Das stimmt alles nicht«, sagte er etwas zusammenhanglos, als sie außer Hörweite war.

»Eins nach dem anderen. Woher kennen Sie eigentlich die Aussage von Frau Diepeschrath?«

»Ich habe das hier.« Er tippte auf sein rechtes Ohr. »Und das Haus hat dünne Wände. Ich weiß alles. Ich habe auch mitbekommen, daß der Sohn an dem Abend bei seinem Onkel war.«

»Verstehe. Und was stimmt nun nicht? Daß sie in Köln war? Können Sie etwa bis zum Kölner Dom hören?«

»Nun werden Sie aber witzig, junger Mann. Also es war so. Als Frau Diepeschrath angeblich in Köln war und sich ihr Sohn woanders befand, hätte die Wohnung ja leer sein müssen.«

»Theoretisch ja.«

»War sie aber nicht. Da waren ganz bestimmt zwei Personen drin. Die haben sich den ganzen Abend unterhalten.«

»Personen?«

»Frauen, nehme ich an. Eine davon ist schon am Spätnachmittag mit dem Auto gekommen.«

»Haben Sie sie gesehen?«

Er schüttelte den Kopf. »Ich hab nur Frau Hommerich gesehen, wie sie nach Hause kam. So gegen elf. Aber ich habe dieses Auto gesehen. Das gehörte nicht hier in die Siedlung.«

»Soso. Sie kennen also jedes Auto von jedem, der hier in der Siedlung jemanden besuchen will. Das soll ich Ihnen abnehmen?«

»Aber klar doch«, sagte er entrüstet. »Jedes. Und so ein Auto gab's hier noch nie.«

»Was war es denn für eins?«

»Eins von diesen ganz Kleinen, die fast wie die alten Isettas aussehen. Wissen Sie, was ich meine?«

»Ein Smart«, tippte ich, und er nickte.

»Er war blau.«

»Haben Sie das Kennzeichen aufgeschrieben?«

»Bin ich hier von Polizei oder Sie?«

»Haben Sie die Frau gesehen, als sie gegangen ist?«

»Nein. Aber das Auto, dieser Smart, das war am Montag frühmorgens weg.«

Ich notierte etwas in mein Buch und sah ihn streng an. »Warum haben Sie das den Beamten eigentlich nicht früher erzählt?«

»Sagte ich doch: Keiner hat mich gefragt. Das heißt: noch nicht. Anfang der Woche waren wir nicht da. Besuch bei Verwandten. Und heute habe ich diesen Wisch hier im Kasten.« Er griff neben sich und zeigte mir ein graues Blatt Papier. »Vorladung« stand ganz oben. »Seien Sie froh, daß es noch Leute gibt, die ihre staatsbürgerliche Pflicht ernst nehmen«, sagte er. »So habe ich Ihnen und mir Arbeit erspart. Sie waren sowieso hier im Haus, und ich brauche nicht zur Polizeibehörde. Und eins sage ich Ihnen.« Er winkte mich noch näher heran. »Mit denen da oben«, er zeigte mit dem Finger aufwärts, »mit denen stimmt so manches nicht. Kann ja auch nicht. Frau und Sohn hauen dem Mann ab. Und sie lassen ihn nicht mal in die Wohnung. Muß der Mann hier vor dem Haus warten, wenn er mal mit ihr reden will. So. Ende der Durchsage.«

»Alles klar«, sagte ich.

»Bitte schön.« Er richtete sich auf und zeigte mir seinen Schwabbelbauch, der durch das abgewetzte Unterhemd nur unzureichend im Zaum gehalten wurde. »Das ist ja jetzt wohl erledigt.« Er riß die amtliche Vorladung mitten durch und zerknüllte die Papierfetzen. Ich konnte gerade noch meinen Kopf in Sicherheit bringen, als er klirrend das Fenster schloß.

Kopfschüttelnd machte ich mich auf den Weg zum Dorfplatz.

»Nein, ein gewisser Keller ist tatsächlich nicht von der Polizei vernommen worden«, sagte Vogt. Als ich wieder im Wagen saß, um nach Rösrath zu fahren, hatte ich ihn sicherheitshalber angerufen und von meiner letzten Ermittlung berichtet.

»Ich weiß nicht, ob dieser Zeuge zuverlässig ist«, sagte ich. »Der wollte womöglich nur den dicken Max markieren.«

»Wenn Sie meinen. Übrigens – wir hatten ja vereinbart, daß Sie mir morgen einen Bericht abliefern.«

Irgend etwas in mir zuckte zusammen. »Morgen schon?«

»Könnten Sie um zehn Uhr dreißig bei mir sein?«

»Kein Problem«, sagte ich, dabei hatte ich keine Ahnung, was ich Vogt morgen erzählen sollte. »Gibt es eigentlich was Neues in der Presse? Ich bin nicht dazu gekommen, die Zeitungen zu lesen. Ich mußte heute morgen schon ganz früh weg«, log ich.

»Na, Sie sind ja tüchtig. Nein, heute stand nichts in der Zeitung. Allerdings habe ich vor einer Stunde die neuesten Untersuchungsergebnisse bekommen – und zwar bezüglich des Autos und der Leiche.«

»Und? Hat sich was verändert? Weiß man vielleicht mehr über das Benzin?«

»Nein, das nicht. Es war ganz sicher normales Benzin.«

»Moment – Normalbenzin oder normales Benzin, wie meinen Sie das?«

»Wenn Sie es genau wissen wollen: Es war Benzin, und zwar Super. Dasselbe, mit dem auch Diepeschraths Auto fährt. Und die Polizei nimmt an, daß Diepeschrath einen Kanister im Kofferraum hatte, aus dem das Benzin wahrscheinlich stammte.«

»Woher weiß das die Polizei?«

»Spuren im Kofferraum. Benzin hinterläßt immer eine Spur – auch, wenn der Kanister dicht ist. So etwas kann man feststellen – vor allem wenn der Kofferraum mit einer Textiloberfläche ausgelegt ist. Der Kanister fehlte jedenfalls nach der Tat.«

»Ich muß also einen Kanister suchen. Das ist ja schon mal ein Anhaltspunkt. Weiß man etwas darüber, wie der Kanister genau aussah? Farbe oder so was?«

»Fehlanzeige. Es wird ein normaler Kunststoffkanister gewesen sein.«

»Und welche Neuigkeit gibt es aus der Gerichtsmedizin?«

»Es hat sich herausgestellt, daß Diepeschrath zwar gewürgt wurde. Aber daran ist er nicht gestorben.«

»Das heißt?«

»Er wurde bei lebendigem Leibe verbrannt.«

*

Mannis Kompaß zeigte, daß die Straße stracks nach Süden ging. Nach einigen Wohngebieten wies ein Schild den Weg zu einem sogenannten »Technologiepark«. Ich fuhr jedoch vorbei und folgte der Straße weiter, die nun die Richtung nach Osten änderte. Es ging also weiter ins Bergische Land hinein. Ich kurvte an kleinen Fachwerkhäuschen vorbei, die neben der modernen Teerpiste geradezu zerbrechlich anmuteten. Um so pompöser erhob sich plötzlich ein gewaltiger Knauber-Baumarkt. Grüne Fahnen an der Straße sollten vorbeikommende Autofahrer heranwinken. Die Wimpel hingen bei der Windstille jedoch lasch herunter.

Dann kam ein weiteres Ortszentrum: Untereschbach. Der Verkehr wurde durch eine Unterführung unter der Autobahn durchgeführt. Es folgte eine zentrale mächtige Kreuzung mit Ampeln und Abbiegerspuren, die den Anschein erweckte, als befände sie sich mitten in einer großen Stadt. In Wirklichkeit besaß Untereschbach, wie ich von der Karte wußte, durchaus noch ländlichen Charakter – zumindest, was die Größe des Ortes betraf. Nach all dem, was ich bis jetzt mitbekommen hatte, war es aber nur eine Frage der Zeit, bis die fehlende Stadt dazugebaut sein würde. Auch hier gab es einen Baumarkt. Die Ampel stand auf Rot, und ich konnte auf vertikalen Aufstellern mindestens fünfzig verschiedene Fliesenmuster aussuchen. Vielleicht hatten die Selbsthausbauer Diepeschrath in die Pleite getrieben?

Als die Häuser wieder Weiden und kleinen Wäldchen wichen, erhob sich auf der linken Seite ein merkwürdiger Bergrücken. Er war eigenartig flach und besaß die Form eines riesigen Brotlaibs. Die vordere Spitze war steil; hier sah es aus, als habe man von dem Laib etwas abgeschnitten. Auf dem Zenit des vorderen Abhangs reckte sich ein Kreuz in die Höhe, das so mächtig war, als wolle es den Gipfel des Mount Everest markieren. Gleich daneben, im Verhältnis recht klein, stand ein eisernes Gerüst mit einem großen Rad obendrauf: ein alter Förderturm. Wo das Kreuz eingepflanzt war, war der Hügel kahl. Doch je weiter ich unten im Tal weiterfuhr, desto bewaldeter wurde er. Ich hätte mir das etwas triste Panorama gern genauer angesehen, aber ich wollte keine Zeit verlieren.

Ich fragte mich, wie ich weiter vorgehen sollte. Ich dachte an den morgigen Termin, überschlug in Gedanken meine bisherigen Erkenntnisse. In mir meldete sich mal wieder der Advocatus diaboli: die andere Seite meines Ichs, die alle meine beruflichen Aktivitäten überkritisch unter die Lupe nahm. Diesmal nahm diese Seite meines Ichs sogar konkrete Gestalt an. Sie sah Anwalt Vogt zum Verwechseln ähnlich.

»Was haben Sie denn schon groß erreicht?« wollte Vogt wissen, während ich auf der Hauptstraße gemächlich durch das sanfte Tal dahinfuhr. »Diepeschrath hat etwas getan, was alle Bauunternehmer tun. Er hat sich mit Bauen und mit Grundstückskäufen beschäftigt. Außerdem hat er einen etwas sensiblen Sohn, der vielleicht Drogen nimmt oder psychische Störungen hat. Was ist daran schon Besonderes?«

»Und dessen Alibi vielleicht nicht stimmt«, warf ich ein. »Wenn man Herrn Keller Glauben schenkt, dann hat sich an dem Abend, an dem Diepeschrath ums Leben kam, etwas in der Wohnung zugetragen, das nicht zu den offiziellen Vernehmungen paßt.«

Vogt wischte den Einwand mit einer Handbewegung weg. »Und Sie glauben diesem Wichtigtuer? Da wäre ich aber vorsichtig.«

Mir war klar, daß er recht hatte, und mein anderes Ich, das an meine Fähigkeiten glaubte, wagte nichts dagegen zu sagen. Das war auch nicht nötig, denn es ging weiter. Mein Teufelsanwalt hieb immer weiter in die gleiche Kerbe. »Und was wollen Sie jetzt machen? Zu Angelika Diepeschrath in den Laden spazieren und sie nach Feinden ihres Mannes ausfragen?«

»Ruhe jetzt«, sagte ich in mich hinein. Ich versuchte, die innere Stimme zu übertönen, indem ich das Radio einschaltete. Aber die erhoffte Musik blieb aus. Eine Frau, die sich Petra Porta nannte und rheinischen Putzfrauendialekt sprach, erzählte mir etwas über ein bekanntes Möbelhaus hier in der Gegend. Ich drehte den Knopf, und es herrschte Schweigen im Wagen.

Da kam mir die Idee. »Und was ist mit dem blauen Smart?« fragte ich in die Stille hinein, doch Vogt grinste nur müde. Seine Augenbrauen wurden noch etwas spitzer. »Wenn Sie das eine Spur nennen, sind Sie ein noch größerer Versager, als ich dachte.« Er schwieg pikiert.

Ich schob eine von Mannis Kassetten in den Player. Wieder beteuerte Harpo, daß er ein eifriger Horoskopleser war. Bei stampfenden Pop-Klängen kam ich in Hoffnungsthal an.

Das Örtchen war malerisch. Schieferfassaden, eine Brücke, die über ein Flüßchen führte. Alte Natursteinhäuser. Der Laden befand sich gleich an der Hauptstraße. Gegenüber gab es einen Parkplatz. Ich rollte gemächlich dahin, um eine freie Parktasche zu finden. Die meisten Plätze waren für Belegschaften der nahegelegenen Geschäfte und Arztpraxen reserviert. Unter anderem auch für »Morganas Hexentruhe«.

Der Laden nahm drei Plätze in Anspruch. Auf einem davon stand ein dunkelgrüner Fiat. Daneben parkte ein Smart. Ein blauer.

»Vogt, was sagen Sie nun?« fragte ich.

Aber er war längst nicht mehr da. Ich hatte ihn zum Schweigen gebracht.

Die Glöckchen an der Glasscheibe spielten klirrend verrückt, als ich die Ladentür öffnete. Drei Frauen sahen mich erschreckt an. Sie saßen auf einem Sofa, Tassen in den Händen. Vor ihnen stand ein Rattantisch, darauf eine kleine Kanne. Die Hexen machten offenbar gerade Teestunde.

Mein Blick glitt über ein Sammelsurium von Büchern, Batterien von Fläschchen, Kerzen, eigenartigen geknüpften Taschen und Glasfiguren. In

Vitrinen lagen Stückchen von irgend etwas herum, ich tippte auf Halbedelsteine, daneben spitz geformte weiße und bläuliche Kristalle. Von der Decke hingen metallene Röhren, die im Windzug leise zu klingen anfingen. Es duftete süßlich. Der Geruch erinnerte mich an die Partys, die Jutta früher gefeiert hatte.

Mein Blick blieb an einem abstrakten Gemälde hängen, das über den drei Damen an der Wand hing. Es war ein Aquarell mit wuchtigen kreuz und quer verlaufenden Pinselstrichen in Lila, Gelb, Rot und Grün. In der Mitte formten sich schwarze Linien zu einem beherrschenden Kreis. Für einen Moment erkannte ich etwas Gegenständliches darin – etwas, was ich schon mal gesehen hatte. Ich kam aber nicht darauf, was es war.

»Gehört jemandem von Ihnen der blaue Smart?« fragte ich.

Eine der Frauen erhob sich. Sie war etwas größer als ich und trug ein verwaschenes Kleid aus Baumwollstoff, das bis auf den Boden reichte. Es sah aus, als hätte sie sich das Kleidungsstück aus einem Bettbezug genäht. Zwischen den Erhebungen ihrer Brüste baumelte ein Amulett aus Holz. Sie sah mich mit eigentümlich hellen Augen an. Ihren Kopf bedeckte eine eng anliegende Wollmütze. Ich vermutete, daß sie sich die Haare darunter vollständig abrasiert hatte.

»Was gibt es?« fragte sie und sah mich mit stechendem Blick an.

»Entschuldigen Sie, aber ich habe den Wagen beim Einparken aus Versehen gerammt. So weit ich sehen kann, ist kein Schaden entstanden. Aber man sollte mal nachsehen. Der Smart steht auf einem Parkplatz, der zu diesem Geschäft gehört. Sind Sie der Besitzer des Autos?«

»Ich bin die Besitzerin«, korrigierte sie mich böse. »Hätten Sie nicht aufpassen können?«

Ich tat so, als sei mir die Sache peinlich, und wunderte mich gleichzeitig über ihre starke Abwehr. Etwas Bedrohliches ging von dieser Frau aus – schwer zu fassen. »Kann ja mal passieren«, sagte ich kleinlaut. »Sehen Sie doch einfach nach, ob die Beleuchtung was abbekommen hat. Ich komme mit.«

»Da können Sie Gift drauf nehmen, daß ich nachsehen werde. Und Sie bleiben schön in Reichweite«, stellte sie klar, als ob ich etwas anderes gesagt hätte.

Sie ging zu dem Tisch, auf dem jetzt die dampfenden Tassen standen, und hob ein Schlüsselbund auf. »Ich bin gleich zurück«, sagte sie zu den beiden anderen Frauen. Eine davon war blond und wirkte sehr jung. Die andere war um die fünfzig, dunkelhaarig und hatte dieselben eigentümlich wulstigen Lippen wie Gerd Diepeschrath. Das mußte Angelika Diepeschrath sein, die Mutter. Ihr Blick war furchtsam, unsicher. Die große Frau dagegen war eindeutig der Boß hier. Morgana, der die Hexentruhe gehörte. Wahrscheinlich hätte sie aber den Ausdruck Bossin lieber gehabt.

Wir verließen den Laden und überquerten die Straße. Die große Frau untersuchte die Rückseite des Smart und fand natürlich nichts.

»Lassen Sie uns das Licht probieren«, schlug ich vor.

»Ich weiß selbst, was ich zu tun habe«, sagte sie, stieg ein und schaltete die Beleuchtung ein. Sie sah in dem kurzen Auto aus wie ein Gorilla im Rollstuhl.

»Es funktioniert alles«, rief ich von hinten.

»Was dagegen, wenn ich das selbst nachprüfe?« Sie stieg aus und überzeugte sich; dann testete sie die beiden Blinker.

»Wenn Sie noch das Bremslicht ausprobieren wollen, müssen Sie allerdings mit meiner Hilfe vorlieb nehmen«, sagte ich. »Sie können schlecht gleichzeitig das Pedal treten und hinten gucken, ob es funktioniert.«

»Wir wär's, wenn Sie die Luft anhalten? Und schön hierbleiben!« Sie schloß das Auto ab, ging hinüber in den Laden und kam kurz darauf mit der dunkelhaarigen Frau zurück. Beide sahen mich an, als hätte ich der Oberhexe gerade unter das Gewand gegrabscht.

»Andra, setz dich doch bitte in den Wagen und tritt ein paarmal auf die Bremse«, sagte Morgana und begab sich in Beobachtungsposition. Alles war in Ordnung. Ich registrierte, daß Angelika in Insiderkreisen Andra genannt wurde.

»Na, sehen Sie«, sagte ich und wollte in den Golf steigen.

Die Frau winkte mich zurück. »Moment mal, bleiben Sie gefälligst hier. Wir haben die Rückwärtsgangbeleuchtung noch nicht getestet. Andra, leg doch mal den Rückwärtsgang ein.«

Sie tat es, und die weiße Lampe leuchtete auf.

»Glück gehabt«, sagte die Frau, als wäre ich gerade meiner Hinrichtung entronnen. »Zeigen Sie mir Ihren Personalausweis. Ich notiere mir Ihre Adresse. Falls Sie doch was kaputtgemacht haben.«

Sie sah mich herausfordernd an. Ich ging an den Wagen und holte aus dem Handschuhfach eine von Mannis schmutzigen Visitenkarten hervor.

»Das muß reichen«, sagte ich. Sie riß sie mir aus der Hand, und beide kehrten zum Laden zurück.

»He«, rief ich, doch ein Lastzug, der gerade vorbeidonnerte, hinderte mich daran, die Straße zu überqueren. Als ich an der Glastür ankam und hindurchblickte, sah ich das Frauentrio wieder bewegungslos auf dem Sofa sitzen. Alle drei starrten mich an, daß mir ein kalter Schauer über den Rücken lief.

Unten an der Tür klebte von innen ein weißes Schild, auf dem die Besitzerin des Ladens und die Adresse aufgeführt war. Unter den stechenden Blicken der Damen schrieb ich säuberlich ab, was da stand. Ich mußte grinsen, als ich erfuhr, wie Morgana mit bürgerlichem Namen hieß: Marianne Müller.

Als ich zum Wagen zurückging, spürte ich Erleichterung. Diese Morgana strahlte tatsächlich so etwas wie eine negative Energie aus. Ich setzte mich hinter das Lenkrad, fuhr aber nicht los. Statt dessen blickte ich vor mich hin, genau in einen kleinen Park. Im Rückspiegel nahm ich eine Bewegung wahr. Die drei Frauen standen hinter der Eingangstür des Ladens und sahen herüber.

Ein Gespräch mit Angelika Diepeschrath konnte ich mir jetzt abschminken. Dafür wußte ich, daß Kellers Aussage stimmte. Und ich wußte, wem der Smart gehörte.

Ich startete den Wagen und fuhr vom Parkplatz. Eine Querstraße weiter parkte ich wieder. Die schöne Aussicht war ich zwar jetzt los, dafür hatte ich meine Ruhe. Ich holte den Aktenordner vom Rücksitz und ging noch einmal die Aussagen von Gerd Diepeschrath, seinem Onkel Rudolf Diepeschrath und dem dritten Typen durch, der sich mit den beiden in der Mordnacht getroffen hatte.

Gerd Diepeschrath hatte ausgesagt, er sei mit seinem Onkel zusammengewesen, weil er mit ihm über berufliche Dinge gesprochen habe. Ich erfuhr, daß Rudolf Diepeschrath Vertreter eines Süßwaren- und Tabakvertriebes in Overath war – eine dieser Firmen, die den Kioskhandel belieferten. Vogt hatte die Aussagen wohl auch nicht so genau gelesen, sonst hätte er das bei unserem letzten Telefonat gewußt, dachte ich ärgerlich.

»Gegen acht Uhr hat mich mein Onkel abgeholt«, lautete das Protokoll von Gerd Diepeschraths Vernehmung. »Er war sowieso in Bensberg gewesen und nahm mich auf dem Rückweg mit. Ich hatte an diesem Abend frei. Ich habe mich mit meinem Onkel und Herrn Schmitz getroffen, weil sie mir etwas über die Arbeit in dem Vertrieb erzählen wollten. Ich habe mir davon neue berufliche Möglichkeiten versprochen.«

Ich blätterte zur Aussage Rudolf Diepeschraths: »Der Junge kam zu mir und fragte, ob er in der Firma, in der ich arbeite, vielleicht einen Job kriegen könnte. Ich habe ihm angeboten, ein entsprechendes Gespräch zu führen. Bevor ich ihn auf die Personalabteilung unserer Firma loslasse, wollte ich, daß er erst mal einen Kunden kennenlernt.«

Das ergab in meinen Augen ein komisches Bild. Rudolf Diepeschrath hatte seinen Vertriebsjob, andererseits mischte er in der Baufirma seines Bruders mit, die keine Aufträge mehr ausführte. Was hatte er da eigentlich zu tun? Das beste war, ich fragte ihn selbst.

Die Adresse lautete Siegburger Straße in Overath. Ich holte den Stadtplan und stand vor einem Problem: Overath war nicht mehr drauf. Der Ort lag rechts vom rechten Rand, der gerade noch anzeigte, wie man nach Hoffnungsthal und in die Richtung von Overath kam, doch es war gar nicht daran zu denken, eine bestimmte Straße zu finden. Ich mußte mir erst einmal einen anderen Plan besorgen. Oder nach Overath fahren und dort fragen. Bei dem mysteriösen Herrn Schmitz sah es nicht anders aus. Der wohnte ebenfalls in einem Ort, der außerhalb des Stadtplans lag: Engelskirchen. Wo sich das wohl befand? Es klang für mich wie Klein-Kleckersdorf. Aber immerhin gab es da jemanden, der Zigaretten und Süßigkeiten verkaufte. Womöglich sogar Zeitschriften! Aus der großen, weiten Welt.

Ich ärgerte mich, daß ich mir kein vernünftiges Kartenmaterial besorgt hatte. Diese Probleme hatte Marlowe sicher nie, dachte ich. Der ermittelte ja auch in Los Angeles – einer Stadt, die er wie seine Westentasche kannte. Einen Moment lang bekam ich fast so etwas wie Heimweh nach Wuppertal. Reiß dich zusammen, sagte ich mir und überflog noch einmal meine Notizen. Ich blieb an einem Namen hängen.

Manscheit! Den hatte ich fast vergessen. Ich mußte mit Manscheit reden. Einer der wenigen hoffentlich normalen Menschen, die mir zur Verfügung standen, die mit Diepeschrath Geschäfte gemacht hatten und die höchstwahrscheinlich bereit waren, etwas dazu zu sagen. Ich tippte die Nummer in mein Handy und ließ es eine Weile klingeln. Doch es war genau wie gestern. Niemand hob ab.

Ich sah auf die Uhr. Es war halb fünf. Ich hatte noch nichts gegessen. Mir fiel ein, daß ich gleich in der Nähe einen Imbiß gesehen hatte.

»Grillstube am Rathaus« hieß der Laden, und ich bestellte ein großes Gyros mit allem drum und dran.

Während ich auf mein Essen wartete, blickte ich gelangweilt aus dem

Fenster. Von hier aus war der kleine Parkplatz, auf dem ich vorhin gestanden hatte, gut einsehbar. Auch die Parkplätze von Morganas Hexentruhe waren deutlich zu sehen, dahinter die Spazierwege an der Sülz.

Jemand überquerte die Straße. Es war eine aus dem Hexentrio. Angelika Diepeschrath – in einen weißen Trenchcoat gekleidet. Einen Moment lang beobachtete ich sie, dann machte sich in meinem Kopf ein Gedanke breit, der mir gar nicht gefiel. Eine Bemerkung, die heute gefallen war. Während sie auf der anderen Seite ankam und zu den reservierten Plätzen ging, kam ich drauf. Gerd Diepeschrath hatte gesagt, daß sie ganz sicher bis um sechs arbeiten würde.

Er hat eben gelogen, dachte ich, oder er hat es nur so dahingesagt.

Aber wenn nicht?

Mittlerweile suchte sie in einer schwarzen Umhängetasche etwas, wahrscheinlich den Autoschlüssel. Sie stand neben dem dunkelgrünen Ford Fiesta, anscheinend ihr Wagen.

Was konnte es schaden, sie ein bißchen unter die Lupe zu nehmen?

»Einmal Gyros komplett«, wurde ausgerufen, und ich stand auf.

»Tut mir leid, aber ich muß weg«, rief ich dem verdutzten Griechen hinter der Theke zu, friemelte einen Zwanzigmarkschein heraus und legte ihn auf die Glasplatte. Dann machte ich, daß ich in mein Auto kam.

Als ich um die Ecke bog, rollte Angelika Diepeschraths Fiesta vom Parkplatz.

Sie schien nicht zu bemerken, daß ich sie verfolgte, dabei waren wir ganz allein auf der Landstraße. Es ging zuerst durch ein Waldstück den Berg hinauf, dann öffnete sich der Blick mit Wiesen, Weiden und kleinen Wäldchen.

Mir war sofort klar, daß Angelika Diepeschrath nicht nach Bensberg fuhr. Es ging weiter Richtung Osten, an kleinen Weilern vorbei. Einmal bogen wir ab, und ich sah das Ortsschild Honrath. Dann ging es in ein weiteres Tal hinunter. Ein gelber Wegweiser zeigte an, daß wir uns auf der Bundesstraße in Richtung Overath befanden.

In diesem Moment passierte es, und ich hätte mir wirklich in den Hintern beißen können, daß ich nicht früher daran gedacht hatte. Die Ölwarnung begann zu blinken, und mir war klar, daß ich sofort anhalten mußte. Es gab keinen Seitenstreifen, und so hielt ich nach der nächsten Abbiegung Ausschau. Alles, was ich sah, war ein malerisches Wiesental, auf dem sich ein unförmiger schmutziger Backsteinbau erhob. Das Anwesen sah aus, als hätte ein Riesenbaby mit seinen gigantischen Bauklötzen gespielt und sie auf der schönen Wiese in dem Flußtal vergessen. Ich entzifferte auf der Mauer den verwitterten Schriftzug »Defa Folien«. An der Einfahrt der alten Fabrik brachte ich den Wagen zum Stehen. Ärgerlich blickte ich dem grünen Fiesta hinterher, der auf der geraden Strecke beschleunigte und hinter der nächsten Kurve verschwand.

Die Plastikflasche mit dem Öl war unter den Beifahrersitz gerutscht, aber dicht geblieben. Ich öffnete die Motorhaube und füllte den Rest ein. Sicher war das zu wenig, aber ich konnte wenigstens ein Stück weiterfahren. Angelika Diepeschrath würde ich natürlich nicht mehr einholen.

Gemütlich fuhr ich auf der Landstraße weiter und fand kurz vor dem Ortseingang von Overath eine Tankstelle.

»Das Auto muß dringend in die Werkstatt«, sagte der Tankwart, nachdem er prüfend den Ölmeßstab begutachtet hatte. »Damit würde ich nicht spaßen.«

Ich ließ ihn eine neue Flasche einfüllen und kaufte noch eine dazu. An der Kasse befand sich neben Süßigkeiten, Zeitschriften, Feuerzeugen und anderem Kram ein kleiner Ständer mit Stadtplänen. Ich griff zu, fragte aber trotzdem, wo die Siegburger Straße war.

»Sie stehen praktisch drauf«, sagte der Mann an der Kasse und tippte den Preis für den Stadtplan ein. »Die Bundesstraße hier. Das ist sie.«

Als ich wieder im Freien war, sah ich mich um. Ein Stück von der Tankstelle entfernt befand sich ein zweistöckiges Wohnhaus, dessen weißer Rauhputz in ein schmutziges Grau übergegangen war. Es war von der Straße nur durch einen Parkplatz getrennt. Nach vorne raus gab es ein einziges kleines Fenster, daneben bestand ein Stück der Mauer aus Glasbausteinen. Auf dem Parkplatz befanden sich zwei Wagen. Ein kleiner Kombi mit der Aufschrift »Tabak & Süß GmbH«, und daneben ein Ford Fiesta. In Dunkelgrün.

Es dauerte verdammt lange, bis Angelika Diepeschrath den Besuch bei ihrem Schwager beendet hatte. Zum Glück gab es in einem Seitensträßchen eine gute Beobachtungsposition, und ich hatte mich mit einer eingeschweißten Wurst aus der Tankstelle über den ärgsten Kohldampf hinweggerettet. Ich hoffte, daß die Batterie von Mannis Wagen in Ordnung war, denn ich vertrieb mir die Zeit damit, seine Kassetten weiter durchzuhören. Er hatte wirklich einen erlesenen Musikgeschmack. Neben Harpo und

Abba fand ich die nicht mehr totzukriegende Stöhnnummer »Je t'aime« sowie Songs von Barry White und sogar von Udo Jürgens. Wahrscheinlich befanden sie sich nur im Wagen, um eine angenehme Atmosphäre für weibliche Fahrgäste zu schaffen. Manche Typen hatten solche Tricks natürlich nötig. Selbstverständlich war Manni nicht klar, daß sie nur funktionierten, wenn man vorher ein paar andere Maßnahmen ergriff. Das Auto aufräumen und den Innenraum säubern zum Beispiel.

Irgendwann ging bei Rudolf Diepeschrath die Tür auf, und zwei Personen traten auf den Treppenabsatz, der hinunter zum Parkplatz führte. Ich registrierte, daß Angelika ihren Schwager nicht besonders herzlich verabschiedete, sondern nur matt die Hand hob und zu ihrem Wagen ging. Diepeschrath verschwand wieder und schloß die Tür.

Ich wartete geduldig noch eine Viertelstunde, bevor ich rüberging. Kurz nachdem ich geklingelt hatte, öffnete Diepeschrath die Tür.

Er sah seinem Bruder ziemlich ähnlich, war allerdings deutlich älter. Auch er hatte blonde Haare und ein grobschlächtiges Gesicht. Er trug eine Brille mit Chromgestell und einen braunen zweireihigen Anzug. Eine Rasierwasserfahne wehte mir entgegen.

»Müller«, stellte ich mich der Einfachheit halber vor und streckte ihm die Hand hin. »Wir haben heute vormittag telefoniert.«

Er nahm reflexartig meine Hand und dachte offensichtlich nach. »Müller? Daran kann ich mich nicht –«

»Nein, nein, wir haben nicht persönlich miteinander gesprochen. Herr Maier von der Baufirma hatte Sie netterweise angerufen. Ich hatte ihn darum gebeten, wissen Sie. Es geht um das Office Equipment.«

Plötzlich blitzte eine Erkenntnis in seinen Augen auf. »Office Equipment, soso«, sagte er und bat mich herein.

Gleich neben dem Eingang gab es ein Büro mit einem ausladenden Schreibtisch, auf dem sich jede Menge Papiere und ein Laptop befanden. In den Ecken standen große Pappschilder mit Zigarettenwerbung herum, vor einem Aktenschrank sah ich einen gigantischen Mars-Riegel – so groß wie eine Tür und sehr appetitlich.

»Sie handeln mit Süßigkeiten«, sagte ich heiter. »Das muß ja schön sein. Haben Sie sich mit diesem Beruf Ihren Kindheitstraum erfüllt?«

»Nehmen Sie Platz«, sagte Diepeschrath nur, und ich setzte mich in einen der schwarzen Schwinger, die für Besucher gedacht waren. Er schloß mit einem deutlichen Knall die Tür und baute sich vor mir auf.

»Und jetzt, mein Lieber, sagen Sie mal, was Sie wirklich wollen.«

»Ich verstehe gar nicht, was Sie meinen.«

Er beugte sich hinunter und legte seine Hand auf meine Schulter.

»Nein, Herr Müller. Es ist umgekehrt. Ich weiß nicht, was Sie meinen. Und Sie werden es mir jetzt genau vorbuchstabieren. Wissen Sie, ich bin etwas schwer von Kapee.« Das Rasierwasser wurde aufdringlicher. »Also lassen Sie sich Zeit. Fangen Sie ganz von vorne an.«

Ich schluckte und entschied, bei meiner Geschichte zu bleiben. Dabei hatte ich es ganz falsch angefangen. Ich hätte so tun sollen, als sei ich an ernsthaften Dingen interessiert, die die Baufirma betrafen, nicht an dem blöden Bürokram. Ich nahm es mir zu Herzen und baute meine Geschichte etwas aus.

»Ich habe einen Tip gekriegt, daß Sie die Sachen aus der Baufirma verkaufen. Das Büromaterial und so weiter. Jetzt, wo Ihr Bruder doch tot ist ... Mein herzliches Beileid übrigens.«

Diepeschrath grinste, setzte sich an seinen Schreibtisch und zündete sich eine Zigarette an. Erst danach hielt er mir die Packung hin.

»Da sage ich nicht nein«, erklärte ich freundlich. »Sie kriegen sie sicher zum Einkaufspreis, was? Beneidenswert.«

Er sagte nichts und sah mich statt dessen prüfend an.

»Vielleicht haben Sie ja auch andere Sachen aus der Baufirma zu verkaufen? Maschinen, Geräte und so weiter.«

Er sagte immer noch nichts, und ich hatte das Gefühl, als warte er darauf, daß ich ein bestimmtes Wort sagte. Irgend etwas, mit dem sich die Türen öffnen konnten.

»Sesam öffne dich«, murmelte ich vor mich hin.

»Was haben Sie gesagt?«

»Ach nichts. Also. Was ist nun mit den Sachen aus der Firma?«

»Was wollen Sie damit?« fragte er. »Haben Sie selbst ein Baugeschäft? Oder dealen sie mit gebrauchtem Zeug?«

»Ich deale mit allem«, sagte ich, um mir weitere Möglichkeiten offen zu lassen.

Diepeschrath stand auf und ging zum Fenster, das nach hinten hinausging. Der Teppichboden dämpfte seine Schritte.

»Ist das da hinten Ihr Wagen? Der rote Golf mit Wuppertaler Kennzeichen?«

»Ja.«

Diepeschrath sah mich an und drückte seine Zigarette aus. »Hauen Sie ab. Wir kommen nicht ins Geschäft.«

»Warum nicht? Weil ich aus Wuppertal bin?«

»Weil mir die Sachen, die sie kaufen wollen, nicht gehören. Deshalb.«

»Na und? Sie gehören Ihrer Schwägerin, das weiß ich doch. Ich kann sie ja selbst fragen.«

»Das lassen Sie mal schön bleiben.«

»Warum haben Sie nicht gleich gesagt, daß Sie über das Inventar gar nicht zu befinden haben? Das hätte uns beiden viel Zeit gespart.«

»Sie gehen jetzt. Und Sie halten sich von meiner Schwägerin fern. Ist das klar?« Diepeschraths Gesichtsfarbe wurde rötlich.

Er machte einen Schritt nach vorne und packte mich am Kragen. Er öffnete die Tür, schleppte mich über den Flur und schubste mich auf die Außentreppe. Meine Knie knallten auf den Granit.

»Lassen Sie sich nicht wieder blicken. Ich warne Sie!«

Ich rappelte mich auf und bekam gerade noch mit, wie er die Tür zuschlug.

5.

Es war sieben Uhr durch, und der Abend war hereingebrochen. Die Sonne lag hinter einer rosa gefärbten Schicht Wolken, die von Westen herangewandert kam und allmählich den Himmel überzog. Als ich gerade einen Kilometer gefahren war, sah ich feine Stäubchen im Licht der Autoscheinwerfer. Es begann zu nieseln.

Die nächste Station hieß Engelskirchen. Die Karte hatte mich darüber aufgeklärt, daß es sich dabei um einen Ort ganz in der Nähe der A4 handelte. Dort besaß ein gewisser Josef Schmitz einen Kiosk. Und Josef Schmitz stand auf Rudolf Diepeschraths Kundenliste. Josef Schmitz hatte angeblich Gerd Diepeschrath am Abend des Mordes an Achim Diepeschrath berufliche Tips gegeben. Ehrlich gesagt – ich konnte mir Gerd Diepeschrath weder als Kioskbesitzer noch als Zigaretten- und Süßwarenvertreter vorstellen. Auch nicht als Arbeiter in einer Baufirma, was er ja offensichtlich gewesen war. Und Kellner? Das paßte zu dem Jungen erst recht nicht.

Nach und nach versank das schöne Bergische Land in der aufziehenden Dämmerung. Die Straße spulte sich wie ein schwarzes Fließband vor mir ab, nur hin und wieder wurde der nasse Asphalt von grellen Neonreklamen beleuchtet. Bis ich in Engelskirchen war, kam ich an massenhaft Autohäusern und undefinierbaren Firmen mit englischen Phantasienamen vorbei. Wenn ich nicht gewußt hätte, daß sich hinter der Wand aus Dunkelheit die grünen Hügel verbargen – ich hätte den Eindruck gehabt, permanent durch ein Industriegebiet zu fahren. Immerhin gab es zwischendurch auch ein paar hingewürfelte Mietskasernen mit vorgestreckten Balkonbatterien. Auf diese Weise wechselte sich der Eindruck zumindest ein bißchen ab – zwischen Industriegebiet und Trabantenstadt.

Die Häuserzeilen links und rechts verdichteten sich wieder, und die Hauptstraße wurde zur Durchgangsroute, als ich nach Engelskirchen hineinfuhr. Rechts traten die Häuser zurück; dort gab es einen kleinen Platz, an dessen Ende der Bahnhof lag.

Ich parkte den Wagen, stieg aus und spürte, wie mich das Geniesel zu durchnässen begann. Im hinteren Bereich des kleinen Platzes ging rechts eine schmale Straße ab. Sie säumte die Nebengebäude des Bahnhofs, die mit schnörkeligen Graffiti verziert waren. Weit weg dahinter, hoch oben an den Bergen, lief eine endlose Kette von langsam dahintreibenden gelblichen Lichtern vorbei. Darunter hob sich etwas Graues ab; ein querliegendes Band vor dem Schwarz des Himmels. Es war eine Autobahnbrücke über der Stadt.

Der Kiosk von Josef Schmitz befand sich im Parterre eines mehrstöckigen Wohnhauses. Die Rolläden waren heruntergelassen. Neben dem Fenster lehnte einsam eine Langnese-Eistafel in der Dunkelheit. Direkt daneben befand sich die Haustür. Ich drückte die oberste Klingel. Daneben stand der Name Schmitz.

Eine Weile hörte ich nur dem Rauschen des stärker werdenden Regens zu, dann ertönte von oben ein klirrender Knall, und eine Frauenstimme rief: »Ja bitte?« Ich trat von der Tür weg und blickte hoch. Es war kaum etwas zu sehen, Regentropfen fielen mir ins Gesicht, und so rief ich blind in die Richtung, aus der die Stimme gekommen war: »Ich möchte Herrn Josef Schmitz sprechen.«

»Gehen Sie mal da rüber«, schallte es herunter. »Der ist im Bahnhof.« Es klirrte wieder.

Ich suchte am Bahnhof einen Eingang und stellte fest, daß es sich bei dem Gebäude nur noch um eine Attrappe handelte. Das Ganze hatte mit Bahnen oder mit Verkehrsanbindung nichts mehr zu tun. Wo man früher noch Fahrkarten gekauft und auf den Zug gewartet hatte, gab es jetzt Geschäfte für Fotoartikel und Sportwaren.

Das einzige, das noch funktionierte wie eh und je, war die Gaststätte. Der weiß leuchtende Schriftzug über dem Eingang wurde sinnigerweise von dem Bild einer kleinen schwarzen Lokomotive unterstützt. Ich ging unter der obligatorischen Bierreklame durch, stellte fest, daß man hier Erzquell Pils trank, und betrat den Raum. Drei Gestalten saßen verteilt an der Bar und hörten Wolfgang Petry zu, der etwas über »Wahnsinn« in die Kneipe schmetterte. Mir fiel das Gyros ein, das mir durch die völlig überflüssige Verfolgungsaktion durch die Lappen gegangen war; ich hatte aber auf eine Frikadelle keine Lust.

Der Wirt stellte mir stumm ein Pils hin. Ich nickte dankend und versuchte herauszufinden, wer von den dreien Schmitz sein könnte. Aus den Akten wußte ich, daß er achtundfünfzig Jahre alt war, und damit fiel einer der drei schon raus, denn der war ein Jüngelchen, das andauernd auf die

Uhr sah und hektisch an einer Zigarette zog. Vermutlich hatte er um acht ein Rendezvous und überbrückte die Wartezeit mit dem ersten selbstbestellten Bier seines Lebens.

Ich nahm die beiden anderen in Augenschein. Der eine hatte eine blaue Bauarbeiterhose an, aus deren Seitentasche ein Zollstock ragte; an seinen Schuhen klebte Matsch, der sich in kleinen Krümeln bereits unter dem Barhocker verteilt hatte. Also mußte der dritte Josef Schmitz sein. Ich beobachtete ihn eine Weile.

Er hatte die Marotte, jedesmal mit der rechten Hand über seine pomadierten grauen Haare zu streichen, bevor er einen Schluck aus dem Bierglas nahm. Jeden Schluck genoß er, als sei er ein Weinkenner bei der Verkostung eines Lafitte Rothschild. Er stellte das Glas erst wieder ab, nachdem er ein bißchen auf dem Bier herumgekaut hatte. Ein Gourmet in der Bahnhofskneipe – wer hätte das gedacht?

Nach einer Weile holte er Zigaretten hervor und steckte sich eine in den Mund. Er klopfte die Taschen seiner hellbraunen Kunstlederjacke ab, fand aber kein Feuer. Ich ging hinüber und half ihm mit meinem Feuerzeug aus. Er nickte kurz. Als ich nicht wegging, sah er mich mißtrauisch an.

»Ich bringe Grüße von Herrn Diepeschrath«, sagte ich.

Er zog an seiner Zigarette und blickte geradeaus. »Schönen Dank auch, Grüße zurück.« Seine Stimme klang extrem heiser, als würde jemand mit zwei Reibeisen Morsezeichen geben.

»Sie sind doch Josef Schmitz?« fragte ich.

»Erwin«, knirschte es aus seiner Kehle in Richtung des Wirts. »Bin ich Jupp Schmitz, oder wer bin ich? Sag mal!«

»Ja, ja, du bist der Jupp Schmitz«, sagte der Mann hinter dem Tresen und zapfte ein weiteres Bier. Der Bauarbeiter am anderen Ende der Theke beobachtete uns interessiert.

»Na also«, krächzte Schmitz und trank wieder einen Schluck Bier – einschließlich der gesamten Verköstigungsprozedur.

»Sie kennen doch Rudolf Diepeschrath?« fragte ich.

Schmitz sagte nichts und trank den Rest seines Biers aus. Diesmal kürzte er ab. Er fuhr sich schnell durchs Haar und verzichtete auf das Kauen.

»Noch zwei Pils«, rief ich. Und fügte zu Schmitz gewandt hinzu: »Das geht auf mich.«

Er sah mich mit verhangenen Augen an: »Was willst du eigentlich, Kleiner?«

»Ich will Sie nur was fragen, das ist alles. Sie als Fachmann.«

»So. Als Fachmann.« Er zog an seiner Zigarette. »Nun frag schon. Ich hab nicht den ganzen Tag Zeit.« Die Bemerkung wirkte etwas lächerlich. Er machte nicht gerade den Eindruck, als hätte er es eilig.

»Sie haben doch den Kiosk dahinten.«

Er nickte. »Hat sich rumgesprochen, ja.«

»Lohnt sich so was eigentlich?«

Schmitz wischte sich durch die Haare und trank. »Für mich schon, Kleiner.«

»Ich dachte, ich könnte so was auch aufmachen.«

»Aber nicht hier, mein Junge.« Er lachte krächzend. »Hier am Bahnhof ist schon Jupp Schmitz. Such dir einen anderen. Aber eins sag ich dir: Einen Bahnhof brauchst du – sonst kommt keiner was kaufen.«

Ich sagte eine Weile nichts und trank mein Bier.

»Haben Sie das auch Gerd erzählt?«

Schmitz wandte den Kopf und zeigte mir sein zerknittertes Gesicht. Er atmete den Rauch seiner Zigarette aus; er traf mich zusammen mit undefinierbarem Mief.

»Welcher Gerd?«

»Na, Gerd Diepeschrath. Ein alter Kumpel von mir. Durch ihn bin ich doch auf die Idee gekommen. Er hat mir gestern gesagt, Sie hätten sich neulich mit ihm und seinem Onkel getroffen.«

»Hat er das gesagt. Ja, stimmt.«

»Na ja, und da war's darum gegangen, daß Gerd auch so was eröffnen will. Oder wollte er nur in das Geschäft seines Onkels einsteigen? Hab ich wohl nicht so richtig kapiert ...«

»Ja«, sagte Schmitz nur, und ich ließ ihn das Ganze erst mal eine Weile verarbeiten.

»Ja, der Gerd«, sagte ich so vor mich hin. »Dabei hätte der es auf dem Bau richtig zu was bringen können.«

Schmitz nickte.

»Muskulös wie der ist. Der ist wie geschaffen für körperliche Arbeit. Wußten Sie, daß der vor fünf Jahren die Landesmeisterschaft gewonnen hat?«

Schmitz sagte nichts. Ich phantasierte weiter.

»Bodybuilding«, erklärte ich. »Haben Sie sich bestimmt gedacht. Sieht man ihm ja heute noch an. Ich war auch mal eine Weile im Verein, hat aber nichts gebracht. Sieht man auch gar nichts mehr von, haha.« Ich hob das Glas und trank.

Schmitz ließ mich allein lachen, nickte mir zu und trank ebenfalls. Ich suchte nach meinen Zigaretten, fand aber keine. Wahrscheinlich hatte ich sie im Auto gelassen.

Schmitz nickte immer noch. Sein Gesicht hellte sich plötzlich auf. »Ja, der Gerd. Dem sieht man direkt an, daß der was drauf hat. Sportlich, meine ich.«

Er hob seine Camels auf, die auf dem Tresen lagen. »Nimm eine«, sagte er. Ich dankte, holte die vorletzte Zigarette heraus; er nahm die letzte. Ich gab uns beiden Feuer. Ich sah die leere Packung, und mir kam sie irgendwie komisch vor. Als hätte Camel sein Packungsdesign irgendwie verändert.

»Tja, ich muß dann mal los«, sagte ich. »Ein Bahnhof in der Nähe. Danke für den Hinweis. Wirklich gut. Da erkennt man gleich den Fachmann.«

Ich stieg von dem Barhocker herunter, sammelte Kleingeld aus der Tasche und legte es auf den Tresen. Schmitz blieb über sein Bier gebeugt sitzen. Ich verließ die Kneipe und rannte durch den Regen zum Auto.

Ich zog das Handy heraus, um es noch einmal bei Daniel Manscheit zu versuchen. Ich wählte, und diesmal hatte ich Glück. Es klingelte ein paarmal, dann meldete sich eine Männerstimme. Im Hintergrund bellte ein Hund. Diesmal würde ich es besser machen als bei Frau Kürten.

»Hallo?«

»Guten Abend, mein Name ist Rott. Entschuldigen Sie die späte Störung. Ich arbeite für eine Anwaltskanzlei in Bensberg und hätte eine Frage an Sie.«

»Was für eine Frage?«

»Wir haben erfahren, daß Sie vor kurzem ein Grundstück an den Bauunternehmer Achim Diepeschrath verkauft haben.«

»Ha, vor kurzem ist gut, das ist 'ne ganze Weile her.«

»Wie auch immer. Wie Sie sicher aus der Zeitung wissen, ist Herr Diepeschrath ermordet worden.«

»Viel weiß ich darüber nicht. Ich komme gerade aus dem Urlaub.«

»Jedenfalls würde ich Ihnen gern ein paar Fragen zu diesem Geschäft stellen, wenn es Ihnen nichts ausmacht.«

»Was wollen Sie wissen?«

»Könnten wir uns darüber vielleicht bei Ihnen unterhalten? Ich würde zu Ihnen kommen. Es dauert nicht lange.«

»Wie wär's mit morgen? Zwei Uhr?«

»Alles klar.«

Wieder rollte das schwarze glänzende Band der Straße unter mir weg, und die Scheibenwischer quietschten im regelmäßigen Takt. Jupp Schmitz hatte Gerd Diepeschrath in seinem Leben noch nie gesehen, so viel war sicher. Ich starrte vor mich hin, und in derselben Frequenz, in der die Begrenzungspfosten an mir vorbeiflogen, klapperte ich ab, wer was gegen Achim Diepeschrath gehabt haben könnte.

Volker Becker, wegen des Grundstücks.

Seine Frau. Überhaupt und wegen der Scheidung. Aber die erbte ja die Schulden mit, also flog sie aus der Liste der Verdächtigen raus.

Sein Sohn. Weil er wahrscheinlich nicht gerade eine gute Figur abgab als Bauunternehmerstammhalter. Aber war das ein Grund, den Vater umzubringen? Und wenn ja – warum erst jetzt? Warum nicht schon vor ein paar Jahren?

Rudolf Diepeschrath. Weil der vielleicht mit seinem Bruder Geschäfte gemacht hatte, die einer Baufirma nicht besonders gut anstehen. Oder auch nicht. Süßigkeiten, Tabakwaren? Was war da schon groß dabei? Gab es in diesem Geschäft Kämpfe, bei denen Tote zurückblieben?

Das Motiv! Ich nahm mir vor, auf das Motiv zu achten. Und dafür mußte ich alle noch mal abklopfen – vor allem die, deren Alibi am deutlichsten wackelte.

Ich fuhr und fuhr und fuhr, und als ich schließlich wieder nach Bergisch Gladbach kam, hatte ich das Gefühl, in einem großen Kreis gefahren zu sein, aus dem es keinen Ausgang gab.

*

Das Restaurant Salzmühle war ein nettes Lokal, in dem sich die einzelnen Tische in kleinen Nischen befanden.

Gleich am Eingang war aus Holz und Plastik ein mannshohes Mühlrad aufgebaut, an dem elektrisch hochgepumptes Wasser gluckernd herunterlief. An der Stirnseite prangte ein riesiges Gemälde, das dasselbe Motiv aufgriff. Es zeigte eine bunte Landschaft mit See, Mühle, Flüßchen und matschigen Wegen inklusive Pferdekarren, an dessen Seite ein Bauer mühlwärts zog.

»Was darf es sein?« fragte der Kellner und fügte sogleich ein »Ah, Sie« hinzu. Es war Gerd Diepeschrath. Er trug das weiße Hemd und die schwarze Hose von heute morgen, dazu noch eine Weste.

»Die Speisekarte«, sagte ich, »und zu trinken bitte ein Wasser.«

Gerd Diepeschrath verschwand, ich sah mir das Gemälde noch ein bißchen an, dann stellte er das Wasser vor mir ab. Ich hatte keine Lust, die Speisekarte aufzuschlagen.

»Was können Sie mir empfehlen?« fragte ich. Gerd Diepeschrath wirkte bei weitem nicht so nervös wie heute vormittag. Professionell leierte er seine Empfehlungen herunter. Darunter war auch Geschnetzeltes Zürcher Art. Eins meiner Lieblingsgerichte. Ich bestellte eine Portion trotz diverser BSE- sowie Maul- und Klauenseuchenwarnungen. Eigentlich hätten sie vor diesem Hintergrund den Preis runtersetzen können.

Als er mit dem Essen kam, entschloß ich mich, die Unterhaltung zu eröffnen.

»Bitte sehr, der Herr«, sagte er distanziert.

»Sie sind am Sonntag nicht mit Ihrem Onkel zusammengewesen.« Ich stopfte mir die Serviette in den Kragen. Diepeschrath blieb stehen und hielt sich mit beiden Händen an der Tischkante fest.

»Was haben Sie gesagt?«

Ich hatte gerade ein Stück Geschnetzeltes in den Mund gesteckt und schluckte hinunter, bevor ich weitersprach. Diepeschrath wartete nervös.

»Sie haben genau verstanden«, sagte ich. »Hm, gut das Essen.« Ich stach die Gabel in den Salat. Irgendwo rief jemand nach dem Ober.

»Sie waren am Sonntag nicht bei Schmitz, und Sie waren auch nicht mit Ihrem Onkel zusammen, habe ich recht?«

Diepeschrath brach der Schweiß aus. Er versuchte, unbefangen zu wirken. »Wie kommen Sie darauf?«

»Ich habe mit Schmitz gesprochen. Er kennt Sie nicht mal.«

Wieder ertönte der Ruf nach dem Kellner. Diepeschrath drehte sich kurz um, riß sich dann los und ging in die andere Ecke des Gastraumes.

Ich aß seelenruhig weiter, und kurz darauf war er wieder da.

»Haben Sie noch einen Wunsch?« sagte er sehr laut. Leiser fügte er hinzu: »Lassen Sie mich mit Ihrem Quatsch in Ruhe. Was wollen Sie überhaupt?«

»Ich will so manches«, sagte ich kauend. »Zum Beispiel will ich wissen, wer am Abend, als Ihr Vater starb, in der Wohnung war.«

»In welcher Wohnung?«

»Was glauben Sie, welche Wohnung? In der Sie und Ihre Mutter wohnen.«

»Niemand. Meine Mutter war in Köln, ich war mit meinem Onkel bei diesem Schmitz.«

»Waren Sie nicht vielleicht im Wald? Dort an der Autobahnauffahrt?«

Diepeschrath sah mich böse an. »Was soll das eigentlich? Soll ich jetzt in der Wohnung gewesen sein oder im Wald oder was?«

Diepeschrath ging. Er hatte etwas zu servieren. Ich aß gemütlich auf und wartete, daß er sich wieder blicken ließ. Ich wollte noch einen Nachtisch – und ein paar Informationen.

»Hauen Sie gefälligst ab. Lassen Sie mich in Ruhe«, giftete er, als er wieder an den Tisch kam.

»Aber, aber. Ich bin doch Gast hier. Und der Gast ist bekanntlich König. Was haben Sie denn so an Nachspeisen?«

»Vanilleeis mit heißen Himbeeren, Schokoladeneis, Ananassorbet.«

»Einmal das Vanilleeis, bitte. Und noch etwas.«

»Ja?«

»Ich bin sicher, daß Sie noch nicht mal wissen, wie dieser Josef Schmitz aussieht. So ist es ihm jedenfalls mit Ihnen ergangen. Aber ich will jetzt mal glauben, daß Sie wirklich nichts mit der Sache zu tun haben. Wissen Sie was? Sagen Sie mir doch einfach, mit wem Ihr Vater so zu tun hatte. Wissen Sie, ich bin fremd hier, und vielleicht hilft mir das ein bißchen auf die Sprünge.«

Er rang sich zitternd durch, seiner Stimme Gewicht zu verleihen. »Machen Sie, was Sie wollen. Aber ohne mich.« Damit ging er.

»Das Eis nicht vergessen«, rief ich hinterher.

In der Zwischenzeit beobachtete ich, wie Gerd Diepeschrath an einem der Tische abkassierte. Schließlich kam der Eisbecher, aus dem die Himbeersoße dampfte.

»Ich glaube, Sie verkennen den Ernst der Lage«, sagte ich. »Ich könnte jetzt zur Polizei gehen, die würde Sie auseinandernehmen, daß Ihnen Hören und Sehen vergeht. Ich will Ihnen«, ich probierte das Eis, es war köstlich, »ich will Ihnen wirklich nur einen Gefallen tun. Es wäre doch dumm, wenn ich jeden Tag hier herumsitzen müßte, oder?« Ich versuchte, ihn herausfordernd anzulächeln.

»Was wollen Sie wissen?« fragte er nervös und sah sich um. Wahrscheinlich hatte er schon einen Anschiß erhalten, daß er sich dauernd mit einem Gast unterhielt.

»Haben Sie was an den Ohren? Sagte ich doch schon. Kontakte Ihres Vaters. Wo hat er sich rumgetrieben?«

Diepeschraths Stirn war schweißnaß. »Sie begreifen es nicht, oder? Mein Vater war ein Schwein. Das werden Ihnen alle bestätigen.«

»Alle? Interessant. Wer denn so?« Ich zückte mein Notizbuch und legte es aufgeschlagen neben den leergegessenen Eisbecher.

»Niemand.«

»Also wer jetzt? Alle oder niemand?«

»Niemand.«

»Das habe ich mir gedacht. Ihr Vater war ein netter Mensch, hab ich recht? Ein netter Mensch, den man bestialisch ermordet hat. Wußten Sie eigentlich, daß er noch lebte, als er verbrannte?«

»Hören Sie auf.«

»Wie eine lebende Fackel verbrannte er. Schade um einen so netten Menschen.«

Diepeschrath wollte gehen, doch ich packte ihn am Arm.

»Lassen Sie mich los«, jammerte er. Ich spürte durch sein Hemd, wie er schwitzte. Von den anderen Tischen sahen Gäste her. Ich lächelte ihnen freundlich zu.

»Kein Problem«, sagte ich leise. »Nennen Sie mir einen Namen. Nur einen.«

Er riß sich los, blieb aber stehen.

»Also los«, sagte ich, den Kuli in der Hand.

Diepeschrath seufzte. »Susanne«, sagte er.

»Und weiter?«

»Susanne Voisbach. Fahner Weg.« Er nannte die Hausnummer dazu. »Im dritten Stock.«

Er wollte gehen, ich packte wieder zu.

»Gibt's auch eine Telefonnummer?«

Gerd Diepeschrath diktierte sie mir. Ich steckte mein Büchlein weg und kramte dreißig Mark hervor.

»Ich wußte doch, mit Ihnen kann man zusammenarbeiten«, sagte ich und klopfte ihm auf die schmale Schulter. »Hier. Der Rest ist für Sie.«

Eine Viertelstunde später parkte ich vor dem Haus, zu dem mich Gerd Diepeschrath geschickt hatte. Im dritten Stock brannte Licht. Das Licht war rot, weil es hinter einer Jalousie aus rotem Stoff verborgen war.

Ich tippte die Nummer in mein Handy und ließ es klingeln. Nach dem dritten Rufton meldete sich ein Anrufbeantworter mit einer einschmeichelnden Frauenstimme.

»Saphyra ist im Moment nicht da. Vertraue dich meiner kleinen schwarzen Bandmaschine an, oder versuche es später noch mal.«

»Guten Abend«, sagte ich und sah, daß sich hinter dem roten Stoff ein Schatten bewegte. »Ich werde in einer Minute bei Ihnen klingeln. Bitte machen Sie auf, denn ich habe ein paar Fragen an Sie. Ich gebe Ihnen ein Stichwort: Achim Diepeschrath. Ich rate Ihnen, mich reinzulassen, denn ich habe exzellente Verbindungen zu den Ordnungskräften. Ich weiß, daß Sie da sind.«

Ich drückte den Knopf für Auflegen und beobachtete noch ein bißchen das Schattenspiel, das etwas hektisch geworden war. Dann stieg ich aus dem Wagen und suchte die Klingel. Ich brauchte nicht lange zu schauen, denn sie war ebenfalls rot markiert.

»Wer sind Sie?« tönte es aus der Sprechanlage.

»Nur jemand, der ein paar Fragen an Sie hat.«

»Kommen Sie später wieder.« Es knackte.

Ich nahm mein Handy, drückte die Wahlwiederholungstaste und wartete die mit Schlafzimmerstimme dahingenuschelte Ansage ab.

»Ich komme gern wieder, aber dann bringe ich die Staatsanwaltschaft gleich mit. Wenn Ihnen das lieber ist –«

Ich hatte noch nicht ausgesprochen, da summte bereits der Türöffner. Warum nicht gleich so.

Susanne Voisbachs Wohnungstür sah genauso langweilig aus wie die beiden anderen in den unteren Etagen. Als sie jedoch öffnete, änderte sich das Bild. Rotes Licht fiel auf die Fliesen des Treppenhauses und vermischte sich mit dem Grau des Steinfußbodens zu einem schmutzigen Braun – als wäre im Schlachthof ein Eimer umgefallen.

»Kennen wir uns nicht?« sagte ich, als ich Susanne Voisbach sah. Sie trug eng anliegende schwarze Hosen aus Latex und obenrum eine Art Bikinoberteil aus demselben Material. Ihre blonden Haare fielen über ihre Schultern, und sie hatte sich stark geschminkt. An ihrer Schläfe war ein feines Netz aus bläulichen Äderchen zu erkennen, die in der schummrigen

Beleuchtung deutlich hervortraten und ziemlich abtörnend wirkten. Ob ich sie darauf aufmerksam machen sollte? Als kleiner Tip?

»Sie sind doch die Nummer drei von dem Hexentrio aus Morganas Kiste, oder wie der Laden hieß. Irre ich mich?«

»Und Sie sind der Typ, der arglose Smarts auf dem Kieker hat«, sagte sie. »Sind Sie ein Bulle oder was?«

»So was Ähnliches. Darf ich reinkommen?«

»Seit wann so höflich?«

»Vorschrift ist Vorschrift«, sagte ich, und sie ging ein Stück zur Seite, damit ich hineinkonnte. Sie war genauso groß wie ich. Ich blickte nach unten und sah, daß ihre Beine in Stiefeln mit mindestens zwanzig Zentimeter hohen Absätzen steckten.

»Ich hab keine Zeit«, erklärte sie.

»Kundschaft, was?« sagte ich und sah mich um. Vor meinen Augen begann es zu flimmern. Die Tapete des Flurs war knallrot. Roter Teppichboden, rote Wände, rote Decke. An der Längswand hing ein riesiger Spiegel, der vom Fußboden bis zur Decke reichte und golden gerahmt war. Durch eine offene Tür erreichten wir Saphyras Geschäftsraum. Ein roter Raum mit einem riesigen Herz, das ein Bett war.

»Was dagegen?« fragte sie und setzte sich auf das Bett. In dem Raum gab es sonst keine Sitzgelegenheit, und so blieb ich stehen. Von dem vielen Rot um mich herum wurde mir leicht schwummrig; ich hatte Mühe, das Gleichgewicht zu halten.

»Kennen Sie Achim Diepeschrath?«

»Nee.«

Ich grinste. »Sie können auf Ihre Diskretion verzichten. Er ist tot.«

»Aha.«

»Ich weiß, daß Sie ihn kannten.«

»Was fragen Sie dann?«

»Wo waren Sie am Sonntagabend?«

»Irgendwo.«

»Wo ist das – irgendwo?«

»Was sind Sie eigentlich für einer?«

»Ich bin jemand, der einen Unschuldigen entlasten will.«

»Oho. Ein Privatdetektiv. Das ist das erste Mal, daß ich so jemanden zu Gesicht bekomme.«

»Ich dagegen habe so jemanden wie Sie schon öfter gesehen.«

Sie langte auf ein kleines Tischchen, das neben dem herzförmigen Bett stand, und nahm sich eine Zigarette.

»Sonntags arbeite ich in einem anderen Job.«

»Wirft der hier nicht genug ab?«

»Ich will mir meine Kunden aussuchen.«

»Okay, und da sagen Sie sich, sonntags nie. Kann man verstehen.«

»Sonntags bin ich Kellnerin.«

»Lassen Sie mich raten – in der Salzmühle.«

»Ich hab am Sonntag bis nachts dort gearbeitet.«

»Und Gerd Diepeschrath hatte frei.«

»Sie müssen's ja wissen.«

»Wie stehen Sie zu ihm?«

»Was soll das denn heißen?«

»Ich meine – wie gut kennen Sie ihn?«

»Geht Sie das was an?«

»Ich sagte doch schon – ich muß einen Unschuldigen entlasten.«

»Und Gerd alles in die Schuhe schieben, oder was?«

»Gibt es denn was, das ich ihm in die Schuhe schieben könnte?«

Sie sagte nichts, guckte böse und inhalierte heftig.

»Immerhin hat er mir Ihre Adresse gegeben«, sagte ich. »Sagen Sie, was Sie wissen, und ich verschwinde wieder.«

»Ich weiß nichts.«

»Wie gut kennen Sie Gerd?«

»Wie man seinen Freund eben so kennt.«

»Freund?«

Sie richtete sich auf und hob die Augenbrauen. »Nennen Sie es, wie Sie wollen.«

»Soll das heißen, daß Sie mit Gerd Diepeschrath liiert sind?«

Ich suchte ebenfalls nach einer Zigarette, fand aber keine. Susanne Voisbach hielt mir eine hin. Ich nahm sie.

»Und wenn?«

Ich winkte ab. »Nichts, nichts – es erstaunt mich nur etwas. Entschuldigen Sie, darf ich mich auch setzen?«

»Wenn's sein muß.«

Sie schlug die Beine übereinander. Ich ließ mich neben ihr nieder und sah uns beide in einem weiteren Spiegel, den ich noch gar nicht bemerkt hatte, weil er hinter mir gewesen war. Ich sah für meine noch nicht mal vierzig Jahre ziemlich alt aus. Mein Gesicht war käsig, die Geheimratsecken in den schwarzen Haaren hatten sich – so kam es mir zumindest vor – in den letzten Tagen dramatisch vergrößert. Meine Jacke war ausgebeult. Die junge Frau neben mir machte dagegen einen vitalen Eindruck. Dafür sorgte aber vielleicht auch nur die Schminke.

»Was ist mit Gerd Diepeschrath eigentlich los?« fragte ich. »Heute morgen habe ich jemanden getroffen, der behauptete, er sei schwul.« Ich musterte sie übertrieben deutlich. »Wie ein Mann sehen Sie nicht gerade aus.«

»Verdammt, was soll das?« fuhr sie auf.

»Irgendwas stimmt doch mit dem Jungen nicht. Als ich mit ihm sprach, hatte ich das Gefühl, er hätte Drogen genommen oder umgekehrt – als sei er gerade auf Entzug.«

Susanne Voisbach schüttelte den Kopf. »Er hat es nicht leicht, das ist alles.«

»Warum? Ist er krank?«

»Krank, krank – Quatsch. Sie hätten mal den Vater erleben sollen. Das war ein proletenhafter Kotzbrocken. Bei dem wäre jeder Sohn zum Neurotiker geworden. Nach außen hin heile Familie. In Wirklichkeit ...«

»Ja?«

»... in Wirklichkeit suchte er sich fast jede Woche eine Frau – egal wie. Können Sie sich vorstellen, was für ein Familienleben Gerd erlebt hat? Und seine Mutter?«

»Warum sind die beiden nicht einfach auf und davon?«

»So einfach ist das nicht. Achim hat Gerd in die Lehre geschickt. Er sollte Maurer werden und dann vielleicht noch irgendwas studieren, was für die Firma nützlich wäre – Bauingenieur oder so. Das war dieselbe Karriere, die auch Gerds Vater gemacht hat. Aber Gerd hat schon die Lehre nicht durchgehalten. Er hat sie geschmissen. Das war alles nichts für ihn. Der ist ziemlich intelligent. Der hätte was Richtiges studieren sollen. Philosophie oder so was. Irgendwann ist er dann zu Hause abgehauen, und ich habe ihm den Job in der Salzmühle besorgt.«

»Sie nehmen ihn in Schutz«, stellte ich fest.

»Er hat ja sonst keinen, der sich um ihn kümmert.«

»Wie gut kennen Sie eigentlich Angelika Diepeschrath?«

»Sie nennt sich jetzt wieder Hommerich. Ich treffe sie immer im Hexenladen. Sie hat es endlich geschafft, ihren Mann zu verlassen. Es hat ziemlich lange gedauert. Morgana hat ihr dabei geholfen.«

»Sie meinen Marianne Müller.«

»Sie heißt Morgana.«

»Ist das nicht lächerlich? Sich so zu nennen?«

Sie funkelte mich an. »Behalten Sie Ihre Meinung für sich, ja? Ist mir doch egal, was Sie lächerlich finden.«

Ich holte tief Luft. »Ganz ruhig«, sagte ich und machte mit den Händen eine beschwichtigende Geste. »Ich habe nicht vor, mich um Ihre Spielchen zu kümmern.«

»Spielchen?« fuhr sie auf, und ich spürte, daß ich so etwas wie einen Nerv getroffen hatte. »Sie sind ein typischer Macho. Sie sehen nur das, was Ihnen geradezu ins Auge springt.«

»Ach. Was sehen Sie denn? Was Ihnen auf den Kopf fällt?«

Sie ging nicht darauf ein. »Sie könnten viel von Morgana lernen.«

»Wie man auf Besen reitet? Oder wie es auf dem Blocksberg aussieht?«

»Sie brauchen das gar nicht in den Dreck zu ziehen. Heidnische Bräuche haben gerade heute wieder eine wichtige Bedeutung. Und die alten Plätze, an denen diese Bräuche ihren Ursprung haben, auch. Das ist sogar wissenschaftlich erwiesen.«

»Soso.«

»Und Morgana gehört zu den wenigen, die die alten Plätze wie den Lüderich noch ehren.«

»Den Lüderich?«

»Das ist ein Berg in der Nähe von Overath. Wenn Sie die Straße von Untereschbach in Richtung Hoffnungsthal fahren, sehen Sie ihn. Vor über zweitausendfünfhundert Jahren war auf dem Lüderich eine keltische Siedlung.«

Ich merkte, daß sie da etwas nachplapperte, was sie wahrscheinlich von Morgana gehört hatte, war aber froh, daß sie sich wieder beruhigt hatte. »Ist da ein großes Kreuz drauf und ein Förderturm?« fragte ich.

»Richtig. Haben Sie das große Gemälde in Morganas Laden gesehen?«

»Sie meinen das Aquarell mit dem schwarzen Kreis?«

»In diesem Gemälde hat Morgana eine Vision von dem Berg festgehalten, wie er einmal aussah.«

»Die Vision war aber kaum zu erkennen.«

»Wissen Sie immer alles, was Sie geträumt haben, am nächsten Morgen noch so genau?«

Ich antwortete nicht.

»Das kommt Ihnen verrückt vor, was?« fuhr Susanne Voisbach fort. »Aber Sie sollten mal einen Blick in die Bergische Geschichte werfen, da können Sie einiges erfahren.«

»Was denn zum Beispiel?«

»Zum Beispiel über die Straße hier. Der Fahner Weg.«

»Was ist damit? War hier vielleicht auch mal eine Kultstätte, mit Menschenopfern oder so was?«

»Sie sollten darüber nicht spotten. Kultstätte stimmt nicht. Menschenopfer schon.«

»Was meinen Sie damit?«

»Der Fahner Weg führt zu einem Gebiet, das Fahner Heide heißt. Früher nannte man diese Gegend Galgenberg. Hier wurden Menschen hingerichtet. Vor allem Frauen, die man als Hexen bezeichnete.«

»Hier in der Nähe?«

Sie nickte. »Heute ist das Gebiet natürlich bebaut. Aber ironischerweise steht genau an der Stelle, an der die sogenannten Hexen umkamen, eine katholische Kirche. Die Herz-Jesu-Kirche.«

»Hm. Sie sagen: sogenannte Hexen. Morganas Laden heißt ›Hexentruhe‹. Sind Sie denn nun Hexen, oder was?«

Sie dachte kurz nach und sagte dann ernsthaft: »Wir sind Hexen. Und die Frauen, die damals, vor ungefähr dreihundert Jahren, ihr Leben lassen mußten, waren auch Hexen. Aber es gibt keinen Grund, Hexen umzubringen. Es war der pure Aberglaube der katholischen Machthaber.«

Ich schwieg eine Weile. Es hätte mich sehr interessiert, noch etwas über Hexen und Hexerei zu sprechen und darüber, wie sich Hexerei mit Prostitution vertrug. Aber das Gespräch war vom Thema abgeglitten. Ich mußte gegenlenken.

»Gehörte Achim Diepeschrath eigentlich auch zu Ihren Kunden?«

»Ja, aber das ist eine Weile her.«

»Seit wann hat er Sie besucht?«

»Das fing so vor ein paar Jahren an.«

»Und Sie sind trotzdem mit seiner Frau in diesem Hexenklub?«

»Wissen Sie – Frauen verstehen sich in diesen Dingen manchmal auf einer höheren Ebene. Sie haben auch ihre Rivalitäten, aber Angelika hat irgendwann eingesehen, daß ihr Mann eigenartige Bedürfnisse hat, die man am besten dadurch kanalisiert, daß man sie professionell befriedigt. Das ist einfach so.«

»Woher kannten Sie ihn?«

»Ich habe früher mal in seiner Firma gearbeitet. Als er anfing, die Leute zu entlassen, war ich eine der ersten, die gehen mußten.«

»Mit wem hat Diepeschrath eigentlich noch Geschäfte gemacht?«

»Weiß ich nicht. Meinen Sie, der hätte mit mir darüber geredet?«

»Kurz vor seinem Tod wollte er ein Grundstück kaufen. Meinen Ermittlungen zufolge dürfte er dafür kaum das Geld besessen haben. Wie würden Sie sich das erklären?«

»Keine Ahnung.«

»Können Sie sich vorstellen, daß er mit seinem Bruder irgend etwas aufgezogen hat? Irgendwas Illegales?«

»Ich kann Ihnen da wirklich nicht helfen.«

Eine helle Klingel ertönte.

»Oh, schon halb zehn«, sagte Susanne und stand auf. »Ich muß Sie rausschmeißen.«

»Ist klar«, sagte ich und sah zu, wie der zerknitterte Typ im Spiegel, der ich war, auf die Beine kam. »Hier ist meine Visitenkarte«, sagte ich noch und hielt ihr das Kärtchen hin. »Wenn Sie mich anrufen wollen, nehmen Sie die Handynummer.«

Ich verabschiedete mich von Susanne Voisbach, die ihr Aussehen ebenfalls noch mal im Spiegel kontrollierte, und verließ die Wohnung. Von unten kamen Schritte herauf.

Als ich auf der unteren Etage ankam, rannte mir ein Mann entgegen, stolperte und konnte sich gerade noch am Geländer festhalten.

»Immer langsam mit den jungen Pferden«, sagte ich. »Die Dame läuft schon nicht weg.«

Ich ging zum Wagen und wollte zurück zu Theresas Haus fahren, doch unterwegs überlegte ich es mir anders und kurvte noch ein bißchen durch die Stadt. Dabei dachte ich darüber nach, was ich erlebt hatte. Und dann fiel mir ein, daß Vogt morgen vormittag meinen Bericht haben wollte.

Ich suchte die Herz-Jesu-Kirche, die sich angeblich an dem Leidensort verbrannter Frauen befand, und war enttäuscht. Die Kirche war ein modernes Betonding, das mehr nach Berliner Mauer als nach einem Gotteshaus aussah.

Immerhin gab es an der Straße Laternenbeleuchtung. So stellte ich den

Wagen ab, nahm mein Notizbuch und versuchte, mir im funzeligen Licht Notizen für einen Bericht aus den Fingern zu saugen. Verbrannte Hexen – verbrannter Diepeschrath. Ob diese Parallele etwas zu bedeuten hatte? Ich schüttelte den Kopf, während ich weiterkritzelte. Das würde bedeuten, daß Diepeschrath einem geplanten Verbrechen zum Opfer gefallen war – und das, wo niemand auch nur eine Viertelstunde vorher wissen konnte, daß er dort unten auftauchen würde.

Und wenn man ihn die ganze Zeit schon verfolgt hatte?

Aber warum? Wo war das Motiv? Diese sogenannten Hexen hatten ja ihre Methode gefunden, mit den Bedürfnissen des Herrn Frauenverschleißers umzugehen – ich hatte es eben selbst gehört.

Vielleicht hatten sie mit ihren Glaskugeln in die Zukunft gesehen? Und waren dann in den Wald gefahren, hatten Diepeschrath abgefangen und gemeinsam umgelegt. Wahrscheinlich waren diese modernen Hexen im Besitz einer Autoglaskugel, die vielleicht so ähnlich befestigt war wie der Kompaß in Mannis Golf. Damit man auch unterwegs in die Zukunft schauen konnte. Oder das erfuhr, was es sonst noch so Interessantes zu wissen gab. Eine Hexenglaskugel – das Internet des späten Mittelalters! Ob es vielleicht eine Internet-Seite für Hexen gab? Wo man über eine Webcam auf eine magische Glaskugel gucken konnte?

Ich hing meinen Gedanken nach und stellte fest, daß trotz allem immer noch das Motiv fehlte. Warum mußte Achim Diepeschrath sterben?

Ich steckte das Büchlein ein und fuhr zum Gästehaus Heilig.

An der Haustür empfing mich ein mit Tesafilm aufgeklebter Zettel, auf den Theresa mit dickem Filzstift geschrieben hatte: »Bin schon schlafen gegangen. Wenn du reinwillst, schau dich um. Was es bald im Wald in Scharen gibt, beherbergt den Schlüssel.«

So ein Rätsel hatte mir gerade noch gefehlt. Die Frau hatte wirklich einen Detektiv-Fimmel! Ich sah mich um, kam aber nicht darauf, was Theresa meinte. Ich ging die Treppe zur Straße hinunter und warf einen Blick in den Vorgarten. Da gab es nichts als einen Streifen Rasen mit einem Mäuerchen. Fehlanzeige. Ich ging um das Haus herum in den Garten. Es war stockdunkel. Morgens hatte ich durch das Fenster meines Zimmer hier nichts als eine verwilderte Fläche gesehen. Mir fiel ein, daß weiter hinten eine Bank stand. Während sich meine Augen langsam an die Dunkelheit gewöhnten, bahnte ich mir einen Weg durch herumliegende Äste und an

Büschen vorbei. Vor mir lag eine pechschwarze Wand – wahrscheinlich die Tannen, die das Grundstück begrenzten.

Da sah ich etwas Helles, Kleines. Ich machte ein paar Schritte und befühlte, was sich da vor mir befand. Erst ertasteten meine Finger feuchtes Holz – die Sitzfläche der Bank. Dann bekam ich etwas anderes zu fassen. Etwas aus Kunststoff. Ich nahm es und trug es nach vorne zum Licht der Straßenlampe. Es war ein kleiner Lkw aus Plastik. Ein Kinderspielzeug. In der Ladefläche befand sich Laub und ein bißchen Erde. Ich kippte alles auf den Gehsteig. Etwas klingelte hell. Der Schlüssel.

6.

»Einbrecher wären sicher genauso schlau gewesen«, sagte ich, als ich am nächsten Morgen in die Küche kam.

Der Raum war kaum wiederzuerkennen. Alle Einbauelemente waren da, wo sie hingehörten. An der Wand, die Theresa gestern früh gestrichen hatte, lief eine helle Holzfläche entlang, die neben dem Fenster zum Garten an einem metallfarbenen Riesenkühlschrank endete. Darunter fügten sich Schränke aneinander. Es gab eine Spülmaschine und einen Herd mit dunklem Ceranfeld. Die Plastikfolie auf dem Boden war verschwunden, die hellen Dielen leuchteten frisch in der Frühlingssonne.

»Meinst du wirklich?« Theresa machte ein enttäuschtes Gesicht. »Und ich dachte, mein Rätsel sei so raffiniert gewesen.«

»Wann sind denn die Geräte gekommen? Die Spülmaschine, der Herd und so weiter?«

»Gestern mittag. Und am Nachmittag habe ich alles zusammengebaut.«

»Perfekt«, staunte ich, aber Theresa schüttelte den Kopf.

»Über dem Herd fehlt noch die Dunstabzugshaube. Da muß ich noch die Wand durchbrechen und alles montieren. Das ist aber heute abend auch fertig. Dann können wir Einweihung feiern.«

Der Tisch war wie gestern einladend gedeckt, ich war jedoch etwas früher aufgestanden. Immerhin hatte ich um halb elf einen Termin bei Vogt. Und vorher wollte ich mir noch das Bauprojekt an der Gierather Mühle ansehen.

»Na, was hast du rausgekriegt?« fragte Theresa, als wir Platz genommen hatten. Sie goß mir Kaffee ein, ich schnitt voller Vorfreude ein frisches Brötchen auf.

»Dies und das. Du hast mir doch erzählt, daß hier in der Nähe gebaut wird. Ich sehe mir das mal an.«

»Viel Vergnügen. Da hinten ist ganz schön was los. Wenn du übrigens Gladbacher Bauskandale sammelst, darfst du dir das Gladium nicht entgehen lassen.«

»Das was?«

»Das Gladium. Mach dir den Spaß und geh zum Bahnhof. Das ist die Endhaltestelle der S-Bahn aus Köln. Wenn du dort aussteigst, kommst du dir vor wie auf einem Trümmergrundstück drei Tage nach dem Zweiten Weltkrieg.«

»Bauen Sie da auch was?«

»Sie wollten. Ein glamouröses Kinocenter, und der Bahnhofsbereich sollte auch verschönert werden. Immerhin ist das ja sozusagen die Visitenkarte der Stadt. Der erste Eindruck, du weißt schon.«

»Was heißt: Sie wollten bauen?«

»Sie haben angefangen, die Erde umzupflügen, und dann haben sie plötzlich gemerkt, daß es statische Probleme auf dem Grundstück gibt. Die Bauerei hatte erst mal ein Ende, bevor sie überhaupt begonnen hatte. Mittlerweile sind sie auf den Trichter gekommen, daß sich nach neuesten Marketinganalysen ein Kino gar nicht lohnen würde, weil ja Köln vor der Tür liegt. Alles schreit also: Hurra, wie gut, daß wir noch immer nichts gebaut haben, denn dann hätten wir ja jetzt eine Kinobauruine!«

»Klingt nicht sehr nach professioneller Stadtplanung.«

»Die Geschichte geht noch weiter. Zwischendurch kam die Anregung, einen Park daraus zu machen.«

»Nicht schlecht.«

»Damit ist es aber auch wieder Essig, denn der bringt ja kein Geld. Die neueste Idee ist nun, ein Warenhaus zu bauen.«

»Das scheint mir vernünftig zu sein. Das ist doch bestimmt beständiger als ein Kino.«

»Denkst du! In letzter Zeit geht's dem Einzelhandel in der Hauptstraße nicht besonders. Ein C&A hat gerade dichtgemacht. Und bis wir das Warenhaus haben – so in fünf, sechs Jahren –, kauft vielleicht jeder seinen Kram lieber im Internet.«

»Das Bauen in dieser Stadt steht sozusagen auf wackligem Boden«, stellte ich fest.

Sie nickte. »So kann man es auch nennen. Und eines ist sicher: Erholung im Park kann man nicht im Internet kaufen. Das wäre bestimmt eine weisere Entscheidung gewesen.«

Eine halbe Stunde später bog ich in eine Straße ein, die »Gierather Mühlenweg« hieß. Auf der linken Seite grenzte der Gehsteig an eine große Weide, auf der ein paar Pferde neugierig die Köpfe hoben, als ich vorbeifuhr.

Hundert Meter weiter endete die Straße auf einer kleinen Kreuzung. Sie sah wie ein Dorfplatz aus, von dem mehrere Sackgassen abzweigten. Doch die Idylle war gestört: Alles war von Autos zugeparkt. In der Enge war an Wenden nicht zu denken. Zusätzlich verschmälerte sich die Straße vor mir zu einem Nadelöhr zwischen einer Hecke und einem winzigen Fachwerkhäuschen, dessen helle Flächen in schönem Weiß erstrahlten – offenbar war es gerade restauriert worden. Auf dem Haus thronte ein dickes Strohdach. So etwas hatte ich im Bergischen Land noch nie gesehen. Gehörten Strohdächer nicht eher nach Norddeutschland?

Hinter der Verschmälerung wurde gebaut. Baukräne ragten auf, und ich konnte die Rückseite eines Lkw sehen. Der ganze Bauverkehr war anscheinend an dem unschuldigen kleinen Fachwerkhäuschen vorbeigeschrammt.

Plötzlich ertönte ein tiefes Hupen. Ich blickte in den Rückspiegel. Ein Tieflader kam den Mühlenweg entlanggerollt. Ich legte den Rückwärtsgang ein und verfrachtete den Golf in eine der abzweigenden Straßen, die von moderneren Einfamilienhäusern gesäumt wurde.

Diese Siedlung hatte also Diepeschrath vor Jahrzehnten gebaut. Ich ging zu Fuß zum Gierather Mühlenweg zurück und sah mir an, was sich heute hier auf dem Bausektor tat. Der Tieflader schob sich gerade gnadenlos in Richtung des Nadelöhrs und wirkte dabei wie ein Wal in einer Badewanne. Schließlich hielt er neben dem strohgedeckten Häuschen. Der Fahrer stieg aus; Arbeiter kamen und klappten eine Rampe von der Ladefläche herunter. Von der Baustelle her kam mit ohrenbetäubendem Gerassel ein kleiner Bagger angefahren, der offenbar abtransportiert werden sollte. Die rotierenden Ketten des Fahrzeugs hinterließen auf der schmalen Straße eine lehmige Spur.

Ich quetschte mich an der Aktion vorbei in Richtung Baustelle. Die schmale Stelle führte über eine Brücke, unter der ein Bach dahinfloß. An der Wasserseite des Fachwerkhauses konnte man noch die Aussparungen sehen, in denen sich irgendwann einmal ein Mühlrad gedreht haben mußte.

Hinter der Brücke gelangte ich auf einen weiteren kleinen Platz. Links und rechts einer großen Kastanie standen sich zwei Mehrfamilienhäuser gegenüber, die gerade verputzt wurden. Überall lag Baumaterial herum, Arbeiter auf Gerüsten riefen sich irgendwas zu. Gegen das historische Mühlengebäude wirkten die Häuser geradezu wuchtig.

Das Bauprojekt drängte sich eng an den dahinterliegenden Wald. Ein Fußweg führte zwischen die Bäume; daneben verdeckte ein gigantisches Schild mit einer schicken Architektenskizze und der Aufschrift die Sicht: »Wohnen am Landschaftsschutz«. Darunter Namen und Adressen von Banken und einer Immobilienfirma.

Keine Rede von Diepeschrath. Er hatte sein Geschäft vor langer Zeit hundert Meter weiter gemacht. Die neue Generation nun suchte sich hier ihre Sahnestückchen. Und sie zwackte sich wieder ein bißchen mehr von der Natur ab. Hier ein bißchen, da ein bißchen – bis nichts mehr übrig blieb.

Ich ging ein Stückchen durch den Wald, dem man so nahe auf die Pelle gerückt war. Auch hier herrschte nicht gerade der Frieden der unberührten Natur. Die breiten Wege waren von Spaziergängern, Fahrradfahrern und Joggern bevölkert. Kein Wunder: Es war das reinste Frühlingswetter.

Um kurz vor zehn kam ich zurück zur Mühle. Der Tieflader mit dem Bagger war verschwunden. Auf der anderen Seite des Baches standen noch immer die parkenden Autos.

Ich spitzte die Ohren, weil aus irgendeinem der nahe gelegenen Häuser Musik kam. Eine Frau sang, und es klang ein bißchen wie in der Oper. Nur das Orchester fehlte. Plötzlich brach der Gesang ab, setzte kurz darauf jedoch wieder ein.

Ein kleiner Schatten löste sich unter einem der parkenden Autos, lief schnurstracks von links nach rechts über die Straße und sprang auf den Pfosten eines Gartenzauns. Es war eine Katze mit dunklem Fell. Ein Glück, daß ich nicht abergläubisch war: Eine schwarze Katze, die freitags von links nach rechts den Weg kreuzt; das war ja das Schlimmste, was einem passieren konnte. Was wohl diese Morgana dazu gesagt hätte?

Das Tier wandte sich von seinem erhöhten Posten um, sah mich an und erstarrte mitten in der Bewegung. Die Katze war gar nicht ganz schwarz. Die dunkle Farbe ihres Fells war an vielen Stellen von hellem Braun unterbrochen. Madämchen, dachte ich. Sie sieht genauso aus wie Madämchen – eine Katze, die mir in Wuppertal zugelaufen war. Leider lebte sie nicht mehr; sie war umgekommen, als ich in den Fall mit der Toten vom Johannisberg verwickelt wurde.

Sie bewegte sich keinen Millimeter und sah mich nur aufmerksam an – reglos wie eine Porzellanfigur. Als ich langsam ein paar Schritte weiterging, öffnete sich plötzlich eine Haustür, und eine dunkelhaarige Frau sah heraus.

»Komm, Tüffel, komm rein«, rief sie.

Die Katze sprang von dem Pfosten, maunzte kurz und lief den Fußweg entlang in Richtung Hauseingang. Dort quetschte sie sich hindurch; die Tür schloß sich wieder. Ich ging zum Wagen zurück.

Tüffel – was für ein doofer Name!

Mittlerweile war es Viertel nach zehn. Höchste Zeit, daß ich mich auf den Weg machte.

*

Um zwanzig vor elf parkte ich auf Vogts Kundenparkplatz.

»Der Chef wartet schon auf Sie«, sagte Fräulein Schmidt. Ich nickte im Vorbeigehen den Fischen zu, die mich aus dem Aquarium anglotzten, und ging in Vogts Büro.

»Ziemlich viel los auf der Straße«, sagte ich.

Der Rechtsanwalt saß hinter seinem Schreibtisch und blätterte in einem Aktenordner. Er sah zerstreut auf und winkte ab. »Schon gut. Setzen Sie sich. Kommen wir gleich zur Sache.« Er schlug die Mappe zu und schob sie weg. »Wenn ich das richtig sehe, entscheiden wir heute, ob Sie weiter an dem Fall dranbleiben, oder?«

Ich nickte.

»Sind Sie denn in der Sache mit dem Benzinkanister weitergekommen?«

»Nein.«

»Haben Sie einen anderen Verdächtigen, den wir der Polizei präsentieren können?«

»Verdächtige haben wir einige. Ich möchte aus ihnen aber nachweisbare Täter machen. Und so weit bin ich noch nicht.«

Vogt stand auf und ging nervös hin und her.

»Am besten, ich berichte Ihnen das mal kurz«, schlug ich vor.

Vogt seufzte und stützte sich im Stehen auf seinen Schreibtisch. Sein karierter Schlips, der etwas zu kurz gebunden war, baumelte hin und her wie ein Hypnotisierpendel. »Na gut, aber ich hoffe, es ist etwas Passables unter Ihren Erkenntnissen. Ich habe nämlich so ein Gefühl, daß wir das sehr bald brauchen werden.«

»Wie meinen Sie das?«

Er stellte sich wieder aufrecht und fuhr sich durch die Haare. Der

Schlips lag wieder plan an. »Ich habe heute morgen mit der Staatsanwaltschaft in Köln gesprochen. Die sind sehr zuversichtlich, Herrn Becker irgendwas anhängen zu können.«

»Vielleicht haben sie geblufft.«

»Bestimmt nicht. Irgend etwas läuft da. Wahrscheinlich haben sie einen Hinweis, den sie jetzt noch prüfen. Und dann lassen sie ihn hochgehen wie eine Bombe.«

»Warten wir's ab.«

Vogt sah mich streng an. Ich konnte genau verfolgen, wie sich die Augenbrauen in Zeitlupe zu kleinen Dreiecken zuspitzten.

»Abwarten? Herr Rott, ich bitte Sie! Wir sind die Maus, die in die Ecke gedrängt vor der Katze sitzt. Die wartet auch – nämlich darauf, daß die Katze zugreift.«

»Kafka«, sagte ich.

»Wie bitte?«

»Das ist eine Geschichte von Franz Kafka, die sie mir da erzählen.«

Er guckte irritiert. »Was? Ach so, ja – kann sein. Aber das steht nun wirklich nicht zur Diskussion. Seien Sie sich im klaren darüber, daß der Staatsanwalt jeden Moment hier anrufen und mir einen Haftbefehl präsentieren kann. Also fangen Sie an. Bitte.« Vogt ließ sich in seinen Bürosessel fallen wie einer, der einen Fußmarsch von zwanzig Kilometern hinter sich hat.

Ich berichtete und ließ nichts aus. Besonders ausführlich ging ich darauf ein, daß irgend etwas mit den Alibis von Rudolf Diepeschrath, Gerd Diepeschrath und diesem Josef Schmitz nicht stimmte.

»Könnte man da nicht anknüpfen?« fragte Vogt.

»In gut zwei Stunden habe ich einen Termin mit Daniel Manscheit. Wenn ich mit ihm gesprochen habe, wissen wir sicher mehr.«

»Wer ist das nun wieder?«

»Er hat Achim Diepeschrath vor einiger Zeit ein Grundstück verkauft, das ganz in der Nähe von dem liegt, das Diepeschrath von Volker Becker haben wollte. Ich will wissen, was Diepeschrath mit so einem aufgekauften Grundstück anfängt. Bis jetzt habe ich noch keine Hinweise darauf, welche Art von Geschäften er überhaupt gemacht hat. Sicher ist: Baugeschäfte waren es nicht, denn seine Firma war praktisch pleite. Trotzdem scheint er genug Geld für Beckers Grundstück gehabt zu haben. Außerdem kommen mir die drei Frauen aus dem Hexenladen komisch vor.«

Vogt nickte.

»Die Art, wie Diepeschrath umgekommen ist, deutet auf einen Racheakt oder ähnliches hin«, fuhr ich fort. »Die näheren Umstände aber sprechen dagegen. Diepeschrath war, soviel wir wissen, zufällig an diesem Ort. Keine gute Grundlage für eine geplante Rache.«

Vogt stand wieder auf und ging zum Fenster. »Was ist eigentlich mit der Aussage von diesem Keller?«

»Darauf wollte ich gerade kommen. Offiziell war Gerd Diepeschrath an dem Abend unterwegs, seine Mutter in Köln. Keller hat ausgesagt, daß eine Frau oder sogar zwei Frauen in Angelika und Gerd Diepeschraths Wohnung waren. Eine der Frauen fuhr einen blauen Smart – so wie diese sogenannte Morgana. Nehmen wir an, die offizielle Aussage stimmt insofern, daß Angelika und Gerd weg waren – was hat dann diese Morgana in der Wohnung gemacht? Und wenn noch jemand da war – mit wem war sie zusammen? Nehmen wir nun an, Angelika oder Gerd oder beide waren nicht in Köln beziehungsweise mit Diepeschraths Bruder und diesem Schmitz zusammen, sondern haben – einer von beiden oder gemeinsam – Diepeschrath ermordet. Wo ist das Motiv? Angelika wollte sich scheiden lassen – sie hatte überhaupt keinen Grund, nun als Erbin einer verschuldeten Firma dazustehen. Und Gerd? Der hatte keinen Grund, die Tat zu begehen.«

»Sagten Sie nicht, er haßte seinen Vater?«

»Das hat er auch schon vor Jahren getan. Das reicht nicht. Irgend etwas Besonderes müßte an diesem Abend geschehen sein.«

»Und was ist mit der dritten Dame? Der angeblichen Freundin von Gerd Diepeschrath?«

»Nie und nimmer ist die wirklich mit diesem Jüngelchen zusammen. Vor allem nicht bei dem Gewerbe. Außerdem hat der Arbeiter behauptet, er sei schwul. Gut – das heißt natürlich nichts.«

Vogt sah immer noch aus dem Fenster, die Hände auf dem Rücken verschränkt. »Alles, was Sie sagen, hilft uns nichts«, stellte er fest.

Ich stand auf und ging ebenfalls zum Fenster. Das Wetter war wieder etwas dunstiger geworden. Die Aussicht reichte diesmal zwar über das Meer aus Wald und Häusern bis nach Köln hinüber, doch den Kölner Dom konnte ich nicht entdecken.

»Was ist nun?«

Vogt sah mich fragend an. »Was meinen Sie?«

»Sind wir noch im Geschäft?«

Er nickte. »Ich glaube, mir bleibt nichts anderes übrig. – Übrigens, wo sind Sie eigentlich untergekommen? Haben Sie sich ein Hotelzimmer genommen?«

Ich berichtete vom Gästehaus Heilig. Mittendrin klingelte das Telefon.

»Jetzt kommt's«, sagte Vogt. »Das ist Köln. Sie haben was gefunden.« Er nahm den Hörer ab. »Ja, Fräulein Schmidt – verbinden Sie. Vogt am Apparat. Ja ... wer ist da bitte? Oh, einen Moment.« Er hielt mir den Hörer hin. »Es ist für Sie.«

»Rott«, meldete ich mich.

»Huhu, Remi, na das ist ja nett, daß ich dich erwische.«

»Jutta! Mensch, was willst du denn jetzt? Wie ist es in Jamaica? Du klingst ganz nah.«

»Bin ich auch, mein Lieber. Sehr nah sogar.«

»Ich denke, du bist im Urlaub.«

»Gewesen. Weißt du, der Ferienklub da hat mich dann doch nach einem Tag gelangweilt. Und da bin ich kurzerhand zurückgeflogen.«

»Zurückgeflogen? Wohin?«

»Na, wohin wohl? Nach Hause natürlich. Und weil das Wetter so schön war, habe ich mich auf meine Enduro gesetzt und bin ein bißchen durchs Bergische Land gedüst.«

»Na, toll. Und jetzt?«

»Jetzt habe ich meinen Ferienort eben verlegt.«

»Ach. Und wohin?«

»Ganz in deine Nähe. Ich habe gehört, daß es da ein nettes Hotel in Bensberg gibt, und das wollte ich mal ausprobieren. Du weißt schon – etwas ausspannen, Beauty-Farm und so. Und weil ich ja schon mal da bin ...«

Mir schwante Fürchterliches. »Du willst doch nicht behaupten, daß du in Bensberg bist!«

»Doch, genau so ist es. Wie kommst du denn mit deinem Fall voran?«

Ich blickte mich um. Vogt stand immer noch am Fenster. Er sah nachdenklich aus.

»So lala«, sagte ich.

»Aha«, stellte Jutta fest. »Das heißt also, daß du wieder mal Hilfe brauchst. Dich kann man ja wirklich keine zwei Tage allein lassen.«

Diesen Ton von Jutta kannte ich. Ich kannte ihn sogar zu gut. Solche

Reden führte sie immer dann, wenn sie mal wieder in ihre Rolle als Detektivassistentin schlüpfen wollte.

»Warum hast du mich eigentlich nicht auf dem Handy angerufen?«

»Weil du es nicht anhast oder in einem Funkloch gesteckt hast. Jedenfalls kann man deinen Anschluß nicht erreichen.«

»Und wie hast du mich hier gefunden?« zischte ich ins Telefon.

»Oh, das war nicht weiter schwer. Ich war doch dabei, als du die Adresse aufgeschrieben hast, schon vergessen?«

»Wo treibst du dich überhaupt rum?«

Sie lachte. »Rumtreiben ist gut. Ich treibe tatsächlich. In einer riesigen Badewanne nämlich. Ich denke, es ist am besten, wenn du gleich mal vorbeikommst. Bis dahin habe ich mich abgetrocknet, und wir können gleich nett einen Kaffee trinken.«

»Und wo soll das sein?« fragte ich genervt.

»Gar nicht weit. Kadettenstraße. Der einzige Ort in dieser öden Vorstadt, wo man es überhaupt aushalten kann. Du findest mich dann schon. Tschühüs, bis gleich.« Sie legte auf.

Vogt drehte sich um und sah mich fragend an.

»Meine Mitarbeiterin«, sagte ich möglichst überzeugend. »Sie war gerade mit einem anderen Fall beschäftigt.«

»In Jamaica?«

»Äh ... nein, das ist nur ... ein Deckname. Jetzt ist sie jedenfalls in Bensberg eingetroffen.«

Vogts Miene hellte sich auf. »Na wunderbar. Sie kriegen Unterstützung. Sehr gut.«

»Ja, finde ich auch«, sagte ich etwas kleinlaut.

»Ich hoffe, das erhöht Ihre Rechnung nicht.«

»Nein. Die Leistung meiner Mitarbeiter ist inbegriffen.«

»Wunderbar. Dann machen Sie sich mal ans Werk. Treffen Sie Ihre Mitarbeiterin jetzt gleich?«

»Ja. Sie hält sich in einem Hotel hier in der Nähe auf. Kadettenstraße. Wissen Sie, wo das ist?«

Vogts Gesicht verzog sich zu einem spöttischen Grinsen. »Wie bitte? Sie machen wohl Witze! Sie wollen doch nicht behaupten, daß Ihre Mitarbeiterin da wohnt?«

Ich sagte nichts mehr, lächelte nur unbeholfen und redete mir ein, daß Vogt tatsächlich glaubte, ich hätte nur einen Witz gemacht.

»Gehen Sie nur. Machen Sie weiter. Ich halte Sie auf dem laufenden, wenn sich die Staatsanwaltschaft meldet. Und denken Sie dran – wir haben nicht viel Zeit.«

Verwirrt verließ ich das Büro.

Ich ließ den Wagen auf Vogts Kundenparkplatz stehen und nahm den Vorderausgang des Bürohauses, der zur Schloßstraße führte. Ich erinnerte mich, wie ich vorgestern hier herumgekurvt war und einen Parkplatz gesucht hatte. Eine Konsultation des Stadtplans zeigte mir, daß die Kadettenstraße parallel weiter oben am Berg verlief.

Ich ging die steile gepflasterte Allee hinauf, die schnurgerade auf das große Tor zuführte, das ich vorgestern bereits gesehen hatte. Als ich oben angekommen war, blickte ich mich um, doch es war kein anderes Gebäude zu entdecken, auf das die Adresse gepaßt hätte. So spazierte ich zwischen den beiden schmiedeeisernen, verzierten Torflügeln hindurch, die besonders imposant wirkten, weil die Pfeiler mit steinernen Adlern geschmückt waren. Ich gelangte auf einen weiten, kiesbestreuten Platz. Dahinter erhob sich eine u-förmige weiße Fassade mit zwei Seitenflügeln, die sich mir wie Arme zuzustrecken schienen. Dunkle Schiefertürme reckten sich in den Himmel wie schwarze Kapuzen. Ein Meer von Fenstern blickte mir entgegen. Der Eindruck war pompös, aber mit einem drohenden Unterton.

Vor dem rechten Flügel parkten ein paar dunkle Limousinen. Alles Wagen der berühmtesten Münchner und Stuttgarter Autohäuser. Dazwischen kauerte ein Fremdkörper – ein mir wohlbekanntes Geländemotorrad. Es wirkte in dieser Umgebung wie ein Punk auf dem Wiener Opernball.

Die Hofseite des linken Flügels war mit Menschen in festlicher Kleidung bevölkert. Die Szene wirkte wie eine dieser Reich-und-schön-Reportagen aus der »Bunten«. Sektgläser blinkten in der Sonne, Gelächter brandete herüber, die Türen des Seitenflügels standen offen. Dort schien eine Firma in heiterem Flair zu tagen.

Vor dem Eingang schossen in einem kreisrunden Springbrunnen schaumige Fontänen in die Höhe; der feine Wassernebel brach sich in der Sonne in allen Regenbogenfarben. Auf dem steinernen Sims des Beckens saß eine junge Frau mit blonden Haaren, die mit einem Handy telefonierte. Ich wußte nicht, ob sie zu der Veranstaltung gehörte. Wenn doch, war sie nicht ganz korrekt gekleidet. Sie trug salopp hochgekrempelte Jeans und schwarze glänzende Stiefel. Auf dem Schoß hatte sie eine rote Mappe, auf denen ich die weißen Buchstaben E, M und I erkannte. Als ich vorbeikam, beendete sie gerade das Gespräch. Ich nutzte die Gelegenheit, sie zu fragen, was das hier war. Sie sah mich an, als sei ich von einem anderen Stern gekommen.

»Das hier ist das Grandhotel Schloß Bensberg«, erklärte sie. Da klingelte ihr Handy wieder, und ich setzte meine Wanderung fort.

An einem Säulenportal vor dem Eingang begrüßte mich ein lächelnder Angestellter in Livree. Sein Tonfall war so verbindlich, als hätten wir eben noch zusammen einen draufgemacht. Er hielt mir die Tür auf, und ich betrat die Lobby. Mein Blick fiel auf einen schwarzweißen Steinfußboden, vergoldete Sitzmöbel und weiter hinten eine Bar. Ein schwarzglänzender Konzertflügel ragte ins Blickfeld. Ich suchte die Rezeption und fand sie hinter einigen Vitrinen, in denen diamantbesetzte Colliers die Sicht behinderten. Im Vorbeigehen erhaschte ich einen Blick auf die Preisschilder. Die vorderen Ziffern konnte ich nicht erkennen, aber hinten waren die kleinen Papptäfelchen mit einer Menge gequetschter Nullen vollgemalt.

Ich erkundigte mich nach Frau Ahrens, und man versicherte mir lächelnd, daß ich schon erwartet werde. Sofort war ein weiterer Livrierter zur Stelle.

»Hier entlang«, sagte er freundlich, und ich schlug den gewiesenen Weg ein. Er brachte mich zum Aufzug und drückte auf den Aufwärtsknopf. Als die Kabine kam, verabschiedete ich mich höflich, doch der Page stieg mit ein und begleitete mich über verschiedene Flure bis zur Tür von Juttas Zimmer – die Nummer 228. Dort drückte er auf eine Messingklingel und trat einen Schritt zurück.

Trinkgeld, dachte ich. Ich suchte nach meiner Geldbörse, doch bevor ich sie gefunden hatte, öffnete Jutta schon die Tür. Ihre grünen Haare hingen in nassen Strähnen wie Algenbüschel auf die Schultern. Sie trug einen dicken weißen Bademantel, den sie vorne mit der rechten Hand zusammenhielt und aus dessen Tasche sie mit der linken einen Zehnmarkschein zog. Sie drückte dem Pagen stumm das Geld in die Hand; der Mann bedankte sich und machte sich auf den Rückweg. Kaum hatte er uns den Rücken zugekehrt, ließ Jutta den Bademantel klaffen, unter dem sie nichts trug als wahrscheinlich eine Körperlotion.

»Komm rein«, sagte sie nur.

»Ich wußte gar nicht, daß du deine Kohle neuerdings in deiner Bademanteltasche aufbewahrst«, wunderte ich mich und stellte fest, daß Juttas

Zimmer kein Zimmer war, sondern eine Suite. Es ging einen kurzen Gang entlang, der in ein kleines Wohnzimmer führte. Antike Kommoden mit kostbaren Einlegearbeiten und geschwungenen Beinen, ein Wohnzimmertisch mit gläserner Platte, das Ganze auf dicken Teppichen, ergaben ein nobles Ambiente. Der Raum war eines der in Hotels so begehrten Eckzimmer. An zwei Wänden gab es Fenster; die Aussicht übertraf den Blick aus Vogts Büro bei weitem.

Auf einem der Sessel lag eine große weiße Kugel. Ich betrachtete sie eine Weile und stellte ziemlich spät fest, daß es sich um Juttas Motorradhelm handelte.

»Das hier ist die höchste Erhebung Bensbergs«, dozierte Jutta. »Schon Goethe ist hierhergereist, um sie zu genießen.«

»Was du nicht sagst.« Ich ließ mich auf die Couch hinter dem Glastisch fallen und versank förmlich darin.

»Du bist hier in einem der größten Barockschlösser Deutschlands. Seine Geschichte geht auf das frühe achtzehnte. Jahrhundert zurück. Gebaut wurde es für Fürst Johann Wilhelm den Zweiten, den sie hier in Gladbach immer Jan Wellem nannten.«

»Das hast du aber brav gelernt«, lobte ich. »Und was kostet die Bude? Zweitausend Mark die Nacht?«

»Wir wollen mal nicht übertreiben. Das ist nur eine Juniorsuite. Gewissermaßen ein Sonderangebot. Siebenhundertneunzig. Die Präsidentensuite für dreitausend ist leider belegt.«

»Ach, und dazwischen gab es nichts? Ich meine zwischen der Supersuite und dieser Abstellkammer?«

»Läster du nur. Ich habe meine Gründe. Komm mal mit.«

Sie ging auf die andere Seite des Raumes. Dort befand sich zwei Stufen erhöht ein gigantisches Bett. Jutta nahm Platz.

»Setz dich«, sagte sie und tätschelte mit der Hand auf die Tagesdecke. Ich folgte der Aufforderung. »Und jetzt guck mal geradeaus.« Ich tat es. Der Blick ging genau auf eines der großen Fenster.

»Nette Aussicht«, stellte ich fest. »Na und?«

»›Nette Aussicht‹, sagst du? Mensch, man kann vom Bett aus den Kölner Dom sehen! Stell dir vor, was das für ein toller Moment ist, wenn man morgens die Augen aufschlägt.«

Ich versuchte, die typischen Spitzen der Kathedrale zu entdecken, aber es gelang mir nicht. »Also entweder ich brauche eine Brille oder …«

»Na ja, heute ist es ein bißchen diesig. Aber sonst ...«

»Na toll«, sagte ich. »Dann müßten sie den Preis wegen schlechten Wetters eigentlich drastisch senken, oder?«

Jutta schüttelte tadelnd den Kopf – wie eine Kunstkritikerin, die nicht begreift, daß man hinter drei schwarzen parallelen Linien auf weißer Leinwand nichts anderes sieht als drei schwarze parallele Linien auf weißer Leinwand. Sie ließ sich nach hinten auf das Bett fallen; der Bademantel rutschte vollends zur Seite, und einen Moment kam es mir vor, als sei Juttas Körper von weißem Schaum umflossen.

»Ach Remi«, seufzte sie. »In der Karibik war es so langweilig. In meiner Reisegruppe war ein Ehepaar aus Köln. Der Mann war so was von gutaussehend, aber es war einfach nichts zu machen. Er war von der Frau nicht loszueisen.«

»Na so ein Pech.«

»Aber als wir abends an der Bar saßen, hat er mir erzählt, daß vor ein paar Monaten dieses Hotel hier eröffnet hat, und da habe ich mir gedacht –«

»Weil auch sonst mit den Männern in der Karibik nichts los war, dachtest du, fährst du mal nach Bensberg. Und läßt die soundsoviel tausend Mark, die die Reise gekostet hat, einfach sausen.«

»Genau. Was habe ich von einer Reise, die keinen Spaß macht? Was ist schon Geld gegen vergeudete Lebenszeit? Du hast doch deinen Fall noch nicht gelöst. So kann ich dir ein bißchen helfen. Und gleichzeitig hier ein wenig Luxus genießen. Hach, du weißt ja – so eine luxuriöse Umgebung, die macht mich immer so ... so ...« Ihre Stimme wurde zittrig.

»Sag es nicht«, unterbrach ich und stand auf.

Jutta setzte sich gerade hin und machte ein beleidigtes Gesicht. »Ich dachte, du freust dich!«

Ich sagte nichts und ging zum Wohnzimmertisch zurück. In der Mitte stand ein großer Teller mit Obst. Ich nahm einen glänzenden rotbackigen Apfel und biß hinein.

»Wenn du mir schon helfen willst«, sagte ich kauend, »dann laß dir erst mal erklären, was hier los ist.«

Eine Viertelstunde später trug Jutta ein zitronengelbes Sommerkleid aus Leinen. Zusammen mit den grünen Haaren wirkte sie, als hätte sie sich zu Karneval als umgedrehte Osterglocke verkleidet.

Mein Bericht über den mysteriösen Todesfall dauerte schon ein bißchen länger, und Jutta hörte aufmerksam zu, ohne Zwischenfragen zu stellen, was wirklich eine Seltenheit war. In Jamaica mußte es tatsächlich superöde gewesen sein. Schließlich kam ich in meiner Erzählung bei meiner Unterredung mit Susanne/Saphyra an.

»So sieht's aus«, schloß ich.

»Die Sache ist völlig klar, mein lieber Remi«, behauptete Jutta, die es sich in einem der Sessel bequem gemacht hatte. Sie schlug die Beine übereinander und fuhr sich durch das mittlerweile trockene Haar. »Gut, daß ich gekommen bin. Du wärst ohne mich mal wieder hoffnungslos verloren.«

»Na ja, das ist wohl ein bißchen übertrieben.«

»Nichts da. Schau dir doch mal die Personen in dieser komischen Geschichte an: Wo du hinschaust, Frauen. Diese drei Weiber aus dem Hexenladen vor allem. Und die Frauen, mit denen dieser Diepeschrath wahrscheinlich was hatte. Da kommt eine Menge Arbeit auf dich zu, mein Lieber.«

»Rudolf Diepeschrath ist keine Frau, Gerd Diepeschrath nicht und dieser Jupp Schmitz erst recht nicht.«

»Aber nimm doch mal an, daß da irgendeine Frauengeschichte dahintersteckt! Und mit Frauengeschichten bist du doch hoffnungslos überfordert. Da muß man einfühlsam sein, sensibel ...«

Ich setzte an, um etwas zu sagen, ließ es aber.

»Man muß halt mit Frauen reden können. Sozusagen von Frau zu Frau. Man muß die Schwingungen spüren, die jenseits des Verstandes liegen. Man muß eins sein mit dem Kosmos, du weißt schon.«

»Na ja.«

»Ist mir schon klar, daß du das ablehnst. Du bist eben ein Zwilling. Das ist ganz typisch.«

»Nein, ich glaube, das liegt eher an meinem gesunden Menschenverstand.«

Jutta winkte ab. »Das glauben alle Zwillinge. Sie haben gewissermaßen den gesunden Menschenverstand erfunden.«

»Komisch«, sagte ich mit unschuldigem Tonfall. »Meine Mutter war auch Zwilling; trotzdem las sie jeden Tag das Horoskop und richtete sich sogar danach.«

»Es kommt auch auf die Gründe an, warum man ein Horoskop liest.

Aber wie gesagt – du verstehst nichts davon. Du bist eben typisch männlich verkopft.«

»Ein Glück!«

»Obwohl – so verkopft bist du auch wieder nicht. Ich finde, du hättest eine Person schon längst mal genauer überprüfen müssen, die du bis jetzt nur am Rande verdächtigt hast.«

»Du meinst Theresa.«

»Klar.«

»Ich habe darüber nachgedacht, aber die Sache mit dem Blatt Papier und den Diepeschrath-Unterlagen ist mir zu wenig.«

»Na, sei doch mal ein Mann und benutz deinen Kopf. Erstens: Sie hat was gegen Bauunternehmer im allgemeinen und im besonderen gegen solche, die hier Autobahnanschlüsse bauen wollen.«

»Stimmt, aber –«

»Zweitens: Sie hat mitbekommen, wie Beckers Frau einen Betriebsunfall hatte.«

»Das war aber nicht in Diepeschraths Firma.«

»Vielleicht ist das aber erst der Anfang. Wie es aussieht, wurde Diepeschrath ja quasi hingerichtet. Und wen richtet man hin? Jemanden, der etwas verbrochen hat – jedenfalls nach den Maßstäben des jeweiligen Richters.«

»Aber deswegen kannst du doch nicht Theresa beschuldigen.«

»Jeder ist verdächtig, der nicht nachgewiesenermaßen unschuldig ist. Kannst du bei Sherlock Holmes nachlesen. Meine Güte, dir muß man aber wirklich alles erklären.«

»Jutta, das hier ist kein Fernsehkrimi oder so was. Das hier ist Wirklichkeit.« Ich schnappte mir wütend eine Banane aus dem Obstkorb, schälte sie und biß hinein.

»Na gut – trotzdem sollten wir uns mal um die Frauengeschichten des Toten kümmern.«

Ich dachte nach. »Gut. Dazu müßte man sich auf ganz sensible Weise dieser Angelika Diepeschrath annehmen und sie – sozusagen von Frau zu Frau – zu ihrem Leid befragen. Ich meine, das Leid, das eine Frau erfährt, deren langjähriger Ehemann öfter fremdgeht, als Fußballspiele in der Bundesliga stattfinden.«

»Hast du das etwa noch nicht getan? Diese Angelika befragt?«

»Ich muß diskret vorgehen. Ich habe mich bei den Gesprächen mit

Gerd Diepeschrath und Susanne Voisbach schon ziemlich weit aus dem Fenster gelehnt. Ich denke mal, das wäre ein prima Job für dich.«

»Und was soll ich machen? Einfach zu ihr nach Hause gehen und sagen: Erzählen Sie mir doch mal, wie das alles so war mit Ihrem Mann?«

»Quatsch. Ich stelle mir das so vor: Du fährst mit deiner Enduro nach Hoffnungsthal, besuchst diesen Laden, tust so, als wolltest du was kaufen, und fängst mit den Weibern vertrauliche Gespräche an. Du weißt schon. Was du da eben so abgelassen hast. Schwingungen, jenseits des Verstandes – das ist genau das Richtige.«

»Und du?«

»Ich habe um zwei einen Termin mit Daniel Manscheit, schon vergessen? Der wird mir vielleicht was darüber erzählen, wie es war, mit Diepeschrath Geschäfte zu machen.«

Jutta zog eine Schnute. Ich sah, wie es in ihr arbeitete, denn sie wollte unbedingt das letzte Wort haben.

»Alles klar«, sagte sie. »Aber jetzt will ich noch etwas sehen.«

»Und was?«

»Na, den Tatort – was hast du denn gedacht?«

*

Das gelbe Kleid war wieder in den Schrank gewandert. Jutta hatte sich in schwarzlederne Motorradklamotten geworfen, und ich war im Wagen vor ihr hergefahren. Als wir auf dem Spaziergängerparkplatz ankamen, dachte ich schon, sie wolle mit ihrer Maschine durch den Wald brettern. Ich hätte ihr das ohne weiteres zugetraut, aber sie zeigte sich einsichtig. Wir ließen die Fahrzeuge auf dem Parkplatz stehen. Dann wanderten wir das Stück in den Königsforst hinein und gelangten zu der bemoosten Brücke, auf der Diepeschrath gelegen hatte. Außer uns war kein Mensch zu sehen.

»Na, was sagen deine weiblichen Instinkte zu dieser Gegend? Moment, vielleicht wissen sie mehr, wenn ich dir zeige, von wo Diepeschrath wahrscheinlich gekommen ist.«

Ich ging den asphaltierten Rennweg weiter und zeigte Jutta den Zaun mit der Metalltür, die auch diesmal offen stand.

»Wofür wohl die Tür ist?« fragte sie.

»Keine Ahnung. Vielleicht für Leute, die hier im Wald verschwinden wollen.«

Wir schlenderten zurück zu der Brücke. Jutta ging den Weg weiter.

»Eigenartig«, sagte sie. »Seit wir herkamen, hat sich der Wald nach und nach verändert. Andere Bäume, anderer Boden. Mehr Wasser, oder vielmehr Sumpf. Man könnte auch sagen: Die Gegend hier ist ein bißchen wilder. Sie weicht vom spießigen Sonntagsspaziergangswald etwas ab. Findest du nicht?«

Ich zuckte mit den Achseln. »Stimmt schon. Aber meinst du, daß das eine Rolle spielt?«

»Alles kann eine Rolle spielen.«

»Aber doch nicht hier«, sagte ich. »Diepeschrath kam zufällig vorbei.«

Jutta schüttelte den Kopf und sah sich weiter um. Um uns herum gluckerten Bäche.

»Dann kann ich auch gleich Beckers Aussage anzweifeln«, sagte ich und kickte gegen einen Ast, der vor mir auf dem Asphalt lag. »Dann war es eben doch Becker. Basta. Was sollen wir da noch groß ermitteln?«

»Gib mir mal die Karte«, sagte Jutta.

Ich reichte sie ihr. Sie faltete das Riesenpapier auseinander und breitete es auf dem geteerten Untergrund aus.

»Was hast du da umkringelt?« fragte sie.

»Auf der Karte hat mir Vogt die wichtigsten Schauplätze markiert. Da ist einmal die Fundstelle der Leiche hier; die Gegend heißt übrigens Ohlenbruch. Dann Diepeschraths Haus und die Grundstücke in Lückerath. Mensch, da fällt mir ein: Wie spät ist es eigentlich? Ich muß zu Manscheit.« Ich sah auf die Uhr; es war kurz vor halb zwei. Noch Zeit genug.

Jutta hob die Karte vom Boden auf und faltete sie so zusammen, daß der Tatort darauf weiter sichtbar blieb. »Das hat Vogt mit einem ziemlich dicken Filzstift gemacht«, stellte sie fest. Ich nickte.

»Typisch Mann«, sagte Jutta. »So kann man natürlich die besten Hinweise zerstören. Mensch, wie kann man nur so doof sein.«

»Was soll das heißen? Könntest du mal erklären, was du damit meinst?«

Jutta sagte nichts und ging weiter; nicht in die Richtung der Metalltür, sondern entgegengesetzt zur Kreuzung hin. Genau auf dem Schnittpunkt der Wege blieb sie stehen und sah sich noch einmal die Karte an. Sie hielt sie dicht vors Gesicht wie eine extrem Kurzsichtige, die ihre Brille vergessen hat. Dann marschierte sie schnurstracks los in Richtung Unterholz. Nur wenige Meter weiter gab es eine dichte Front aus Buschwerk. Jutta stakste hindurch, umkreiste herabgefallene Äste und drehte sich dann zu mir um.

»Was soll denn das jetzt? Willst du eine Expedition in den Königsforst machen oder was?« rief ich.

»Komm mal her.« Sie winkte. Als ich sie erreichte, zeigte sie auf eine Lücke zwischen den Büschen. Dahinter ging es ein wenig bergab, dann folgte eine grüne glatte Fläche.

»Ein Tümpel«, sagte ich. »Sehr interessant. Na und?«

»Dann schau mal hier, du Meisterdetektiv. Kannst du das lesen?« Sie hielt mir den Plan hin, und ich starrte genau auf den von Vogt gemalten Kringel.

»Was soll ich lesen können?«

»Versuch mal zu entziffern, was unter dem Kringel steht. Etwas rechts davon.«

»Mensch, du machst es aber spannend.« Am rechten Rand des Kringels tauchten die Buchstaben »eich« aus der Filzstiftspur auf.

»Da steht ›Teich‹«, sagte ich. »Logisch. Da ist ja auch einer.«

»Da steht aber noch mehr! Schau doch mal genau hin. Das ›T‹ von ›Teich‹ ist klein geschrieben. Da steht noch was davor.«

Ich glotzte auf den Plan. An einer Stelle hatte Vogt nicht so fest aufgedrückt, und man konnte mit Mühe erkennen, daß vor »teich« noch mehr Buchstaben standen.

Ich drehte die Karte ein bißchen besser ins Licht, und plötzlich konnte ich die Schrift entziffern.

»Das gibt's doch nicht«, sagte ich.

»Das gibt's doch«, beharrte Jutta. »Ich sag doch: Du bist mitten in einem schönen Frauenthema. Der Teich heißt nämlich ›Hexenteich‹!«

7.

Ich parkte den Wagen in einer schmalen Straße neben einer Gaststätte, die »Zur alten Stadtgrenze« hieß. Erst wußte ich nicht, was dieser Name bedeuten sollte, dann fiel mir ein, daß ich mich genau zwischen Bergisch Gladbach und Bensberg befand. Vogt hatte mir erklärt, daß die beiden Ortsteile einmal getrennte Städte gewesen waren.

Daniel Manscheit wohnte ein Stückchen weiter – in einem kleinen Haus, das schief gegen eine Kreuzung gebaut war und dessen Fenster von leuchtend blauen Schlagläden eingefaßt waren. Offenbar hatte es das Gebäude schon gegeben, bevor die Straßenplaner den Verlauf der Wege festlegten, und so hatte es bis heute Selbstbewußtsein gegen genormte Fassadenfluchten bewahrt.

Als ich klingelte, begann drinnen ein Hund zu bellen, und gleich darauf hörte ich eine beschwichtigende männliche Stimme. Als geöffnet wurde, sah ich einen Mann, der sich zu einem Rottweiler hinunterbeugte und ihn am Halsband im Zaum hielt. Der Hund bellte ohrenbetäubend.

»Keine Sorge«, schrie der Mann. »Der ist immer ein bißchen aufgeregt, wenn Besuch kommt. Still, Harry, sei endlich still, verdammt noch mal!« Er sah zu mir auf. »Sie sind bestimmt Herr Rott.«

»Exakt. Und Sie Herr Manscheit.«

Er nickte. »Entschuldigen Sie, daß ich Ihnen nicht die Hand gebe«, rief er durch das Getöse. »Wenn es Ihnen nichts ausmacht, verbinden wir unser Gespräch mit einem kleinen Spaziergang. Der Hund muß sowieso raus. Warten Sie einen Moment, ich hole nur die Leine.«

»Kein Problem«, sagte ich und trat einen Schritt zurück, denn der Hund tänzelte mir voller Tatendrang entgegen. Manscheit langte mit der linken Hand hinter die Tür, holte einen langen Lederriemen mit einem Karabinerhaken hervor und befestigte ihn am Halsband des Tieres. Offensichtlich hatte er sich schon auf den kleinen Gang vorbereitet. Er trug derbe Stiefel und eine Lederjacke über einem dunkelroten Flanellhemd. Zur Krönung setzte er noch einen Wildlederhut auf. In diesem Aufzug wäre er ohne weiteres als Holzfäller aus Montana durchgegangen. Ich schätzte ihn auf Ende fünfzig, und ich fragte mich, was er wohl beruflich machte.

Der Hund wußte genau, wo es langging. Hechelnd zog er sein Herrchen die Straße entlang und hielt dabei die Leine straff.

»Was wollen Sie denn nun eigentlich von mir wissen? Wie haben Sie noch gesagt? Sie arbeiten für einen Anwalt?«

Ich nickte. »Wissen Sie etwas darüber, daß Achim Diepeschrath hier in der Nähe Grundstücke kaufen wollte? Soviel ich weiß, haben Sie selbst ja auch mit ihm ein Geschäft dieser Art gemacht.«

Manscheit schaute zu mir herüber, während wir weitergingen, und grinste. »Mir können Sie nichts vormachen. Ich war selbst bei der Justiz tätig.«

»Staatsanwalt oder Anwalt?«

»Richter beim Verwaltungsgericht. Ich habe mich vor einem Jahr frühpensionieren lassen. Sie sind Privatdetektiv, stimmt's?«

»Sie haben es erfaßt.«

»Ich kenne Leute wie Sie. Keine Sorge, ich werde Ihnen helfen, wenn ich kann. Ich habe einen Bekannten, auf dessen Grundstück Diepeschrath scharf war.«

»Volker Becker«, warf ich ein.

»Ganz genau. Hat er denn mit dem Mordfall etwas zu tun?«

»Nein – wenn ich meine Sache gut mache.«

Wir hatten die Häusergruppe, in der sich Manscheits Zuhause und die Gaststätte befanden, verlassen und waren an eine Weide gelangt, auf der ein paar Ponys grasten.

Gegenüber standen noch Häuser, doch dann begann auch auf dieser Seite der Straße eingezäuntes Grasland. Vorne war es offen; hinten war es von Bäumen begrenzt.

»Das da ist es«, sagte Manscheit.

»Das wollte Diepeschrath kaufen?«

»Anscheinend. Vielleicht wollte er Wohnungen draufsetzen oder so was.«

»Aber Becker war dagegen.«

Manscheit nickte. »Die Gegend hier ist die letzte freie Fläche zwischen den beiden Zentren Gladbach und Bensberg. Irgendwann wächst alles zu einer einzigen Stadt zusammen. Hinter den Bäumen fängt praktisch schon Gladbach an. Und dann liegt da das Industriegebiet Zinkhütte. Und Becker, als alter Naturfreund ... Er ist so ein Ökomensch, wissen Sie.«

Neben Beckers Grundstück erhoben sich merkwürdige Gebilde aus dem Rasen. Sie sahen aus wie Stellwände oder moderne Kunstwerke.

»Was ist denn das da vorne?« fragte ich.

»Ein Dressurplatz für Hunde. Die Dinger da sind Hindernisse.« Manscheit wandte sich Harry zu, und bevor ich etwas sagen konnte, löste er die Leine. »Wir haben so einen Platz aber nicht nötig, was, Harry?« Der Hund tänzelte um Manscheit herum und begann zu bellen. Dann raste er urplötzlich los und rannte auf Beckers Grundstück.

»Und Sie haben Diepeschrath also auch mal was hier in der Nähe verkauft.«

»Ganz recht. Vor ein paar Jahren.«

»Dort hat Diepeschrath aber nichts gebaut.«

Manscheit steckte die Hände in die Taschen seiner ausgebeulten Kordhose und schüttelte den Kopf. »Nein. Ich weiß auch nicht, was er damit wollte. Es grenzt jedenfalls direkt an das Industriegebiet an. Vielleicht hat er sich versprochen, Gewinn damit zu machen, wenn das Gebiet erweitert wird.«

»Ist das Grundstück weit von hier?«

»Überhaupt nicht. Es gehört sogar zu unserer Tour. Wenn Sie so viel Zeit haben, zeige ich es Ihnen gleich.«

»Was war Achim Diepeschrath eigentlich für ein Mensch?«

Manscheit dachte kurz nach und betrachtete dabei die schlammverspritzten Spitzen seiner Stiefel. »Ich fand ihn ein bißchen primitiv. Typischer raffgieriger Geschäftsmann. Er hat so getan, als würde ich ein Riesengeschäft machen, als er auf mich zukam und das Grundstück haben wollte. Gleichzeitig hat er einen so lächerlichen Preis geboten, daß ich ihn ausgelacht habe. Da ist er richtig böse geworden. Cholerisch. Hat mich sogar beschimpft.«

»Warum haben Sie ihn nicht abblitzen lassen?«

Manscheit beobachtete Harry, der wieder zurückgeschossen kam. Bellend erreichte er sein Herrchen und sprang an ihm hoch. Manscheit holte einen Tennisball aus der Tasche und warf ihn auf Beckers Grundstück. Sofort raste der Hund wieder hinterher, fing den Ball und brachte ihn zurück. Manscheit warf ihn erneut.

»Ich fand es keine schlechte Idee, den Grund loszuwerden – natürlich nur für gutes Geld. Ich hatte damals schon geplant, mit Mitte fünfzig Schluß zu machen mit der Tretmühle bei Gericht. Ich habe das Geld ordentlich angelegt, und jetzt profitiere ich davon.«

»Das klingt, als hätte Diepeschrath doch noch gut was hingelegt.«

»So ist es.«

»Um so merkwürdiger, daß er dann nichts mit dem Grundstück angefangen hat.«

Manscheit nickte wieder. »Hat mich auch gewundert. Es steht sogar immer noch ein kleines Gartenhäuschen drauf. Diepeschrath hat nichts verändert.«

»Ein Grundstück kauft er, aber er nutzt es nicht für weitere Investitionen. Ein anderes will er kaufen, aber er hat anscheinend kein Geld, weil er pleite ist.«

»Er muß schwarzes Geld gehabt haben, wenn Sie mich fragen. Vielleicht ein Konto in der Schweiz. Aber Sie sind ja der Detektiv. Übrigens – ich habe damals Erkundigungen eingeholt.«

»Ach ja?«

»Ich wollte wissen, wieviel Grundbesitz Diepeschrath hatte, und ich habe mich natürlich informiert, wie die Chancen stehen, daß aus dem Grund mal Bauland wird und so weiter.«

Harry raste wieder heran und brachte den Ball. Die Prozedur des Werfens und Nachrennens wiederholte sich. Während der Hund auf der Wiese beschäftigt war, gingen wir langsam weiter die Straße entlang.

»Was haben die Erkundigungen ergeben?«

»Diepeschrath hatte außer dem Grund, auf dem seine Firma steht, keine Grundstücke. Ich habe mir dann einen Reim darauf gemacht und bin davon ausgegangen, daß er hier vielleicht irgendwelche Lager für Baustoff oder so errichten will. Oder Unterstände für seine Baumaschinen. Aber wie gesagt – nichts passierte.«

Als der Hund zurückkam, steckte Manscheit den Ball ein – zur großen Enttäuschung Harrys, der wieder an die Leine genommen wurde.

»Kommen Sie, ich zeig Ihnen, worüber wir reden. Wobei ich allerdings nicht weiß, was Ihnen das helfen könnte.«

»Ich bin um jeden Hinweis froh«, sagte ich.

»Stehen denn die Chancen für Becker wirklich so schlecht? Sitzt er in U-Haft?«

»Nein, das nicht. Aber es spricht einiges gegen ihn.«

In der Brusttasche meiner Jacke ging der Vibrationsalarm des Handys los. »Entschuldigen Sie einen Moment«, sagte ich. »Rott?«

»Ja, Vogt hier.« Der Anwalt klang nervös.

»Was ist passiert?«

»Die Staatsanwaltschaft ist mit ihrem Verdacht rausgerückt. Heute morgen ist ein anonymer Brief beim Gladbach-Anzeiger eingegangen. Halten Sie sich fest.«

»Geht gerade nicht. Ich stehe mitten in der Landschaft. Was steht in dem Brief?«

»Darin steht, Becker habe mal was mit Diepeschraths Frau Angelika gehabt.«

»Was? Das gibt's doch nicht. Hat die Polizei Becker dazu schon befragt?«

»Hat sie. Ich war bei der Befragung dabei.«

»Und wie hat er reagiert?«

»Er hat es zugegeben.«

»Wie bitte?«

»Sie haben richtig gehört. Anscheinend stimmt es. Aber es ist drei Jahre her. Er hat ausgesagt, die Sache sei schnell wieder vorbei gewesen. Jetzt stellt die Staatsanwaltschaft das Ganze natürlich als Eifersuchtstat hin. Das heißt, jetzt haben sie noch ein Indiz mehr gegen Becker.«

»Hm – das klingt sehr konstruiert. Hat man herauskriegen können, woher der Brief kam?«

»Nein. Er kam nicht mit der Post. Jemand hat ihn bei der Zeitung eingeworfen. Am meisten stört mich, daß sie Becker jetzt durch die Presse ziehen werden. Das wollten wir unbedingt vermeiden.«

»Wo genau ist der Brief eingegangen?«

»In der Gladbacher Lokalredaktion.« Vogt gab mir die Adresse. Ich angelte nach meinem Notizbuch, kniete mich hin und schrieb sie auf, wobei ich meinen rechten Oberschenkel als Unterlage benutzte.

»Ich sehe mir den Brief mal an.«

»Er ist schon bei der Polizei.«

»Die werden in der Redaktion sicher eine Kopie gemacht haben.«

»Da bin ich überfragt. Aber wenn es darum geht – ich habe natürlich auch eine Kopie bekommen. Ich kann Sie Ihnen zeigen.«

»Ich glaube, es ist besser, wenn ich mal mit den Zeitungsleuten rede.«

»Was hat eigentlich das Gespräch mit diesem Manscheit ergeben?«

»Ich bin mittendrin. Ich rufe Sie wieder an. Bis dann.«

Ich steckte das Handy ein und sah mich um. Manscheit war ein Stück weitergelaufen.

»Und – wo ist jetzt das Haus?« fragte ich, als ich ihn erreicht hatte.

»Etwas Geduld noch.«

Ein schmales Sträßchen führte zwischen hohen Hecken hindurch. Dann war der Asphalt zu Ende, und der Boden ging in Kies über. Die Hecken machten alten Holzzäunen Platz, hinter denen sich verwilderte Grundstücke erstreckten. Die Besitzer nutzten sie offensichtlich, um Sperrmüll abzuladen. An den Zäunen lehnten Bretter und alte Türen. Unter einem verwachsenen Obstbaum sah ich einen alten Wohnwagen, der vor Feuchtigkeit grün angelaufen war. Schließlich kamen wir an ein Waldstück.

»Wo verläuft eigentlich die alte Bahnstrecke?« fragte ich Manscheit.

»Höchstens hundert Meter entfernt. Kennen Sie sich nicht aus?«

»Ich bin nicht von hier«, gestand ich. »Ich brauche für alles einen Stadtplan.«

Wir gingen weiter in den Wald hinein.

»Wie stehen Sie eigentlich zu den Autobahnplänen?« fragte ich.

»Wenn die Variante durchkommt, daß die Bahnstrecke zur Autostraße ausgebaut wird, dann wäre es hier ziemlich Essig mit dem Wohnen. Aber ich glaube nicht, daß man sich für diese Version entscheidet. Obwohl manche Industriebetriebe des Gewerbegebiets von hier aus natürlich gern eine Zufahrt zur A4 hätten. Aber eines ist sicher: Die Autobahnzufahrt muß her. Die Politik hat lange genug geschlafen.«

»Könnte es sein, daß Diepeschrath in diese Richtung spekuliert hat, als er Ihr Grundstück kaufte?«

»Wenn das so ist, hat er sich gründlich vertan. Im Moment sieht es so aus, als sei die Bahnvariante gestorben. Wir sind übrigens da.«

Der Weg führte an einem Holzzaun vorbei, der von einem verrosteten Metalltor unterbrochen wurde. Dahinter sah es wenig gepflegt aus. Das Gras stand gut einen Meter hoch; einige Bäume versperrten die Sicht. Trotzdem konnte ich sehr weit hinten eine hohe dunkle Holzwand und den Ansatz eines Daches erkennen. Das Gebäude wirkte irritierend wegen seiner Proportionen: Es war im Verhältnis zu seiner Grundfläche viel zu hoch.

»Ich habe das Häuschen vor ungefähr zehn Jahren selbst gebaut«, sagte Manscheit. »Unten gibt es eine geräumige Garage, darüber ist ein Zimmer, in dem man sogar wohnen könnte. Es hat allerdings keinen Wasseranschluß. Strom auch nicht.«

»Vielleicht hat Diepeschrath hier manchmal Ferien gemacht?« Es sollte ein Scherz sein, doch Manscheit ging darauf ein.

»Wer weiß? Manchmal brennt hier abends jedenfalls Licht.«

»Sie meinen, hier hält sich ab und zu jemand auf?«

»Ja. Ziemlich oft sogar.«

»Haben Sie einen Wagen gesehen?«

Er schüttelte den Kopf. »Das hier ist auch nicht die offizielle Zufahrt. Die ist auf der anderen Seite – am Industriegebiet.«

»Aber wer könnte sich in dem Haus herumtreiben?«

»Ich kann es Ihnen nicht sagen.«

»Und was gibt es da sonst noch?«

»Nichts. Von dem Haus geht auf der anderen Seite die Einfahrt ab, und das war's. Es sei denn, Diepeschrath hat was dazugebaut. Das glaube ich aber nicht. Ich komme zu jeder Jahreszeit hierher. Im Winter sind die Bäume etwas lichter, und man kann bis auf die andere Seite gucken. Da war nie was zu sehen.«

»Gibt es noch andere Leute hier draußen, denen Diepeschrath etwas abkaufen wollte? Außer Becker und Ihnen?«

»Nein.«

Ich starrte noch eine Weile auf das eigenartige Gebäude, von dem etwas Düsteres ausging. Es wirkte wie ein bedrohlicher Turm. Ich ging ein paar Schritte weiter, um einen anderen Einblickswinkel zu bekommen. Man mußte das obere Stockwerk mit dem Zimmer über eine hölzerne Wendeltreppe betreten, die sich an der Außenwand hinaufdrehte. Direkt unter dem Dach führte sie zu einer kleinen Tür.

Manscheit betrachtete mich von der Seite. »Na, habe ich Ihre Neugierde befriedigt?«

»Ja«, sagte ich, aber das war gelogen.

Ich wollte das Häuschen unbedingt gründlich unter die Lupe nehmen. Aber dazu mußte es dunkel sein.

Als ich wieder im Wagen saß, rief ich bei Vogt an. Ich bog in die Bensberger Straße in Richtung Bergisch Gladbach ein; nach zweihundert Metern geriet ich in einen kleinen Rückstau. Als ich zum Halten kam, meldete sich der Rechtsanwalt.

»Das kann aber doch nicht die Bombe gewesen sein, die Sie von der Staatsanwaltschaft befürchtet haben«, sagte ich.

»Gut beobachtet. Der Brief kam überraschend. Er ist kein Ermittlungsergebnis.«

»Und was läuft da noch?«

»Ich nehme an, der Brief war nur der Auslöser für eine neue Stufe der Ermittlung. Wir werden sehen. Wie war denn das Gespräch mit Manscheit?«

Ich erzählte ihm die Geschichte von dem Grundstück. Dann kam ich auf die Sache der Entdeckung des Hexenteichs.

»Was hat das zu sagen?«

»Angelika Diepeschrath arbeitet in einem Esoterik-Laden – ›Morganas Hexentruhe‹«, brachte ich in Erinnerung. »Und diese Morgana war vermutlich am Tatabend in Angelika und Gerd Diepeschraths Wohnung.«

»Kann das nicht Zufall sein?«

»Trotzdem: Haben Sie eine Ahnung, wie der Teich zu seinem Namen gekommen ist?«

»Da bin ich überfragt. Man müßte sich im Stadtarchiv erkundigen. Aber wie gesagt: Was soll das denn schon bedeuten? Meinen Sie, Diepeschrath war das Opfer einer sogenannten Hexe?« Vogt lachte kurz.

»So was soll es schon gegeben haben.«

Der Verkehr floß weiter in Richtung Gladbach. Trotzdem kam man nur mit etwa vierzig Kilometern pro Stunde voran. Ein gutes Tempo zum Weitertelefonieren.

»Moment, jetzt mal ganz langsam«, sagte Vogt. »Der ominöse Brief – von wem stammt der denn? Wenn Becker unschuldig ist, wie wir ja annehmen, hat jemand den Brief geschrieben, um ihn mit allen Mitteln in Verruf zu bringen. Und es war doch sicher derselbe, der auch am Montagmorgen den Fund der Leiche gemeldet und Becker denunziert hat.«

»Warum soll das nicht ein Mörder getan haben, der einen Ritualmord beging?«

»Es muß jedenfalls jemand gewesen sein, der von der kurzen Beziehung wußte.«

»Wo ist Becker jetzt?«

»Zu Hause, nehme ich an. Als er zur Polizei mußte, hat er den Laden geschlossen.«

»Ich rede mit ihm. Das will ich alles mal von ihm selbst hören.«

»Er hat übrigens auch eine Kopie des Briefes. Wir leben schließlich in einem Rechtsstaat. Ein Beschuldigter hat Zugang zu den Indizien, die ihn beschuldigen.«

»Was ist eigentlich mit Angelika Diepeschrath? Die wurde doch sicher auch zu der Sache vernommen.«

»Ich nehme es an, aber genau weiß ich es nicht. Ich bin schließlich nicht ihr Anwalt, sondern der von Volker Becker.«

Mist, dachte ich. Sie hat bestimmt den ganzen Nachmittag mit der Polizei zu tun. Da wird Jutta wenig Gelegenheit gehabt haben, mit ihr ins Gespräch zu kommen.

»Alles klar«, sagte ich ins Telefon.

Becker und seine Frau wohnten in einer Straße, die »Im Wasserblech« hieß. Um dort hinzukommen, ignorierte ich die Schilder, die die Zufahrt nur für Anlieger erlaubten, und mußte mich zur Strafe anschließend durch ein Gewirr aus winzigen Stichstraßen und Sackgassen kämpfen. Die Gegend bestand ausschließlich aus dicht aneinandergedrängten Einfamilienhäusern.

Vor Beckers Garage parkte ein kleiner grüner Transporter, der in gelben Buchstaben verkündete, daß er zu »Beckers Obstkiste« gehörte. Die Stufen zur Haustür waren mit Sperrholz abgeschrägt. Als ich klingelte, ertönte von irgendwoher eine Stimme: »Ich bin im Garten.«

Ich ging um das Haus herum und fand Becker, der mit einem Handrasenmäher Gras schnitt. Die Rasenfläche war von einem spießigen Jägerzaun begrenzt. In der einen Ecke stand ein graues Gerätehäuschen aus Metall. Dafür, daß er einem ehemaligen Anti-AKW-Kämpfer gehörte, sah der Garten ziemlich spießig aus. Es fehlten eigentlich nur noch die Gartenzwerge.

»Hoffentlich haben Sie meine Frau nicht geweckt«, sagte Becker, ohne das Hin- und Herrollen des Mähers auf dem Rasen zu unterbrechen. »Sie hat sich ein bißchen hingelegt. Die Aufregung, wissen Sie.«

Becker wirkte abgespannt. Die Arbeit schien ihm Mühe zu bereiten. Aber er war wohl einer von denen, die Sorgen und Problemen mit körperlicher Tätigkeit begegnen mußten.

»Entschuldigen Sie, das habe ich nicht gewußt«, sagte ich und sah ihm eine Weile beim Mähen zu.

»Warum sind Sie gekommen?« wollte er schließlich wissen.

»Haben Sie wirklich was mit Diepeschraths Frau gehabt?«

»Wenn Sie so wollen, ja. Es hat allerdings nur ein paar Tage gedauert.«

»Wer wußte davon?«

»Woher soll ich das wissen? Ich habe es jedenfalls niemandem erzählt. Schließlich war ich auch damals schon ein verheirateter Mann.«

»Sie sind also fremdgegangen«, stellte ich klar.

»Nicht nur ich. Sie auch. Und mit Grund. Sie hätten hören sollen, was sie alles über ihren Mann erzählt hat.«

»Was denn so?«

»Er war ein Schläger, ein rücksichtsloser Choleriker, der die ganze Familie terrorisiert hat. Im Grunde wollte sie sich bei mir nur ein bißchen ausweinen.«

»Zeigen Sie mir den Brief.«

»Das geht nicht.«

»Wieso? Herr Vogt sagte, Sie hätten eine Kopie bekommen.«

»Das stimmt auch. Meine Frau hat sie aber zerrissen und im Klo runtergespült.«

»Warum das denn?«

Becker stoppte das Gerolle der Mähmaschine, richtete sich auf und sah mich an. Er war völlig verausgabt. Der Schweiß lief ihm in Strömen übers Gesicht. Auf seinem Hemd hatte er schon große dunkle Flecken hinterlassen.

»Können Sie sich das nicht denken? Meine Frau wußte nichts davon. Und jetzt muß sie es erfahren – wo wir sowieso genug Probleme haben. Es ist doch verständlich, daß sie das nicht einfach so hinnimmt.«

»War das nach dem Unfall Ihrer Frau, als Sie und Angelika Diepeschrath ...?

»Verdammt noch mal, ja! Wenn Sie es genau wissen wollen: Es war nur eine Woche später – zufrieden?«

Ich machte eine beschwichtigende Handbewegung. »Okay, okay. Ich will Sie nicht verurteilen, Herr Becker. Ich versuche Ihnen nur zu helfen.«

»Dann tun Sie es! Jeden Moment können die hier ankommen und mich einlochen. Dann ist meine Existenz dahin. Ist Ihnen das eigentlich klar? Meine Existenz – und meine Ehe auch. Also reden Sie nicht so viel – tun Sie was!«

Verbissen nahm er wieder den Mäher und rollte ihn weiter angestrengt auf dem Rasen hin und her.

*

Der Mann hinter dem Schreibtisch war nicht zu sehen, weil er eine Zeitung ausgebreitet vor sein Gesicht hielt. Ich erkannte nur zwei wulstige

Hände an den seitlichen Rändern der bedruckten Papierwand. Der Schreibtisch davor war penibel aufgeräumt. Die Stifte steckten ordentlich in einem becherförmigen Behälter. Der Computerbildschirm daneben war schwarz. Hinter der Zeitung schien es zu brodeln. Oben stieg wie aus einem noch nicht erloschenen Vulkan eine kleine Rauchsäule auf.

Ich klopfte an die geöffnete Tür. »Herr Fischer?« fragte ich.

Fischer war – so hatte man mir gesagt – der Chefredakteur des Gladbach-Anzeigers. Ich hatte mindestens eine Dreiviertelstunde gebraucht, bis ich mich zu ihm durchgefragt hatte. Je näher ich meinem Ziel gekommen war, desto ehrfürchtiger, devoter und leiser hatten die Hinweise der Sekretärinnen und anderen Angestellten geklungen, an deren Spitze Fischer stand. Niemand hatte mir etwas zu dem ominösen Brief sagen wollen, immer wieder wurde ich an Fischer verwiesen. Und nun trennte mich nur noch eine dünne Schicht Papier von ihm.

»Was gibt's?« fragte ein volltönender Baß hinter der Zeitung.

»Mein Name ist Rott. Ich arbeite für Herrn Becker.«

»Wie schön für Sie. Und?«

»Genauer gesagt – ich arbeite für seinen Anwalt. Ich hätte gern mit Ihnen über den Brief gesprochen.«

»Welcher Brief?«

»Der anonyme Brief, der heute bei Ihnen eingegangen ist und in dem Hinweise über Becker zu finden sind.«

»Soso.«

Hinter der Zeitung herrschte eine Weile Schweigen. Nur hin und wieder aufsteigende Wölkchen wiesen auf eine gewisse Aktivität hin. Ich fragte mich, ob der Vulkan ausbrechen oder ruhig bleiben würde.

»Gehen Sie zu Bruchmann«, tönte es schließlich hinter der Zeitung.

Ich versuchte, Geduld zu bewahren. »Wer ist Bruchmann?« fragte ich.

Wieder kam ein Wölkchen. »Der Lokalredakteur. Drei Türen weiter.«

Ich bedankte mich und fand auf dem Flur das richtige Büro.

Hier sah es ganz anders aus. Ein bärtiger Mann von schätzungsweise Anfang vierzig saß vor einem Schreibtisch, auf dem sich Papierberge türmten, und telefonierte.

»Nein«, sagte er gerade in den Hörer, als ich in das Büro kam, und machte ein gequältes Gesicht. »So können Sie das nicht machen … was? Nein … das meine ich nicht. Ich meine, Sie müssen schon die Namen der Mitwirkenden nennen, wenn Sie über eine Theateraufführung berichten ... Ja, genau. Auch die Vornamen, ja.« Er machte eine Pause. Offenbar redete der andere.

»Ich weiß, daß Sie einen Doktor in Theaterwissenschaft haben ... Nein, wir drucken den Doktortitel nicht in der Autorenzeile ab ... Was? ... Vorschrift? ... Wieso Vorschrift?«

Bruchmann hielt sich die linke Hand vor die Stirn und stützte sich auf seinen Schreibtisch wie einer, der kurz vor dem Herzinfarkt steht. Offensichtlich hatte sein Gesprächspartner gerade zu einer längeren Rede ausgeholt, und Bruchmann versuchte, ein Wort dazwischen zu kriegen.

»Aber ... aber ... ja.«

Sein Kopf sank immer tiefer. Schließlich richtete er sich auf, klemmte den Hörer zwischen Kopf und Schulter und nahm ein beschriebenes Blatt Papier in die Hand. Er langte in eine seitliche Schublade, holte einen Stift hervor und begann den Text Zeile für Zeile durchzugehen. Dabei brummte er immer wieder etwas ins Telefon.

»Mhm ... ja ... soso.«

Er blickte auf, sah mich verwirrt an und wies auf einen freien Stuhl, der etwas entfernt in der anderen Ecke des Büros stand. Irgendwann schmiß er Blatt und Stift weg. »Ja, natürlich ... Hören Sie mal, ich weiß, daß ein Doktortitel im Personalausweis steht. Aber unter einem Zeitungsartikel steht er nun mal nicht. Ist das denn so schwierig? ... Die Leser? Wieso interessiert das die Leser?«

Der andere sprach wieder. Bruchmann korrigierte seinen Text weiter. Nach einer Weile warf er mir einen hilflosen Blick zu und bewegte die Handfläche vor seinem Gesicht auf und ab. Dann gab er sich einen Ruck.

»Ich glaube, wir brauchen das Thema nicht zu vertiefen ... Nein ... Entweder so oder gar nicht ... Ich denke, Sie haben mich verstanden ... Ja. Ich muß jetzt Schluß machen, ich habe Besuch bekommen ... Nein ... Ja!«

Er knallte den Hörer auf, seufzte erleichtert und sah mich an. »Guten Tag«, sagte er. »Ich hoffe, Sie wollen sich nicht auch als freier Mitarbeiter bewerben.«

»Keine Sorge. Ich war gerade bei Herrn Fischer.«

»Der hat Sie in sein Büro gelassen?«

»Er sagte, ich solle mich an Sie wenden.« Ich sagte mein Sprüchlein auf. Wer ich war und was ich wollte.

»Oh, ein Privatdetektiv. Interessant. Sind Sie aus Gladbach?«

»Nein, aus Wuppertal.«

Er überlegte kurz und musterte mich. »Hm – immerhin. Vielleicht sollten wir mal eine Wochenendgeschichte über Sie bringen.«

»Könnten wir darüber vielleicht ein anderes Mal reden? Ich bin nicht nur wegen des Briefs gekommen – ich hätte auch ein paar allgemeine Fragen an Sie.«

Bruchmann lehnte sich zurück. Das Hemd über seinem Bauch spannte sich bedenklich. »Schießen Sie los.«

»Sie verfolgen doch als Lokalredakteur alles, was hier so vor sich geht.«

Er grinste. »Na ja, nicht alles – leider.«

»Was wissen Sie über Achim Diepeschraths Baufirma?«

»Da haben wir recherchiert, nachdem diese Sache passiert ist. Aber zu berichten gibt es nicht viel. Seine Firma war wohl pleite, er hat seit einiger Zeit praktisch keine Aufträge mehr gehabt und seinen Laden einigermaßen auf null gehalten, indem er Personal abbaute und seine übrigen Leute nebst Baumaschinen an andere Unternehmer auslieh.«

»Ist das nicht merkwürdig? Ich meine – es wird doch viel gebaut hier in der Gegend.«

»Vielleicht war er nicht flexibel genug, zu teuer oder sonst was.«

»Oder die Leute wollten nicht mit ihm zusammenarbeiten, weil er nicht besonders sympathisch war.«

»Das kann durchaus sein.«

»Wie lange gibt es seine Firma eigentlich?«

»Seit Anfang der siebziger Jahre.«

Ich rechnete nach. »Damals war Diepeschrath Mitte zwanzig.«

Bruchmann nickte. »Er hat sich fleißig hochgearbeitet. Er war am Ausbau der A4 beteiligt und hat viele Siedlungen gebaut.«

»Haben Sie ihn persönlich gekannt?«

»Nur flüchtig. Er gehörte nicht zu den Leuten, die sich groß im gesellschaftlichen Leben der Stadt engagiert haben.«

»Ist das nicht wichtig für einen Unternehmer?«

»Eigentlich schon.« Er dachte einen Moment nach. »Warten Sie, ich habe etwas, das Sie interessieren könnte.«

Bruchmann stand auf und verließ das Büro. Nach einer Weile klingelte das Telefon, und er kam im Laufschritt wieder hereingestürmt. Er legte mir im Vorbeigehen eine Mappe auf den Schoß und nahm den Hörer ab.

»Bruchmann? ... Ja, ich weiß. Der hat mich eben angerufen. Was soll ich denn machen? Der ist noch nicht mal in der Lage, die Namen der Mitwirkenden in seinen Artikel zu schreiben. Was? ... Das interessiert mich nicht ... Und wenn er der Sohn vom Kaiser von China ist ... Einen Moment.«

Bruchmann deckte den Hörer ab und wandte sich an mich. »Schauen Sie schon mal die Mappe durch.«

Während er sich weiter über den unfähigen Theaterkritiker mit Doktortitel ausließ, öffnete ich den Pappdeckel und fand einige Zeitungsausschnitte – nicht nur aus dem Gladbach-Anzeiger, sondern auch aus anderen Blättern. Einige kamen mir bekannt vor. Sie hatten sich auch in der Materialsammlung befunden, die ich in Theresas Regal gesehen hatte.

1986 hatte Diepeschraths Firma fünfzehntes Jubiläum gefeiert – und darüber gab es einen Artikel mit reichem Fotomaterial. Man sah den grinsenden feisten Firmenchef in weißem Hemd und Schlips vor einem Lastwagen und am Fuße eines Rohbaus. 1996 hätte es eigentlich ein noch größeres Fest geben müssen – schließlich fiel in dieses Jahr das fünfundzwanzigjährige Firmenbestehen. Aber ein entsprechender Artikel fehlte. Offenbar war es da schon bergab gegangen. Ein anderer Beitrag von 1991 war ohne Fotos, ziemlich kurz und viel interessanter.

»Prozeß gegen Gladbacher Unternehmer«, titelte die Zeitung und berichtete in der dazugehörigen Meldung, daß gegen einen gewissen Bauunternehmer »D.« wegen sexueller Belästigung ermittelt werde. Opfer sei eine Mitarbeiterin der Firma, eine gewisse »G.«. Die Namen wurden nicht genannt. Schauplatz der ebenso verbotenen wie rabiaten Annäherung sei ein Betriebsfest im »Bergischen Löwen« gewesen. Das war ja interessant.

In einem anderen Zeitungsausschnitt meldete sich Diepeschrath selbst zu Wort, denn es handelte sich um ein Interview. Die Überschrift zitierte den Bauunternehmer: »Das Bergische Land ist ein Wohnparadies.« Im Gespräch selbst setzte er sich für die Region als bisher kaum genutzte, aber attraktivste Wohngegend Deutschlands ein, die aufgrund mangelnden regionalen Marketings bisher kaum jemand kenne. »Fragen Sie mal einen Hamburger, wo das Bergische Land liegt. Der wird mit den Achseln zucken«, behauptete Diepeschrath und verlangte von den Politikern, die »Rahmenbedingungen für großangelegte Besiedlungsprojekte und Ausbau der Verkehrsmöglichkeiten« zu schaffen. »Ich werde«, wurde Diepeschrath zitiert, »selbst den Anfang machen. Vom Bergischen Land werden gigantische Impulse für den Aufschwung der Baubranche ausgehen.«

Bruchmann hatte sein Gespräch beendet

»Interessant«, sagte ich. »Wissen Sie, wer diese ›G.‹ ist? Wer verbirgt sich dahinter?«

»Wir haben es später herausgefunden. Es war eine junge Türkin, die mittlerweile nicht mehr in Deutschland lebt.«

Meine Hoffnung auf eine weitere Verdächtige zerschlug sich. »Und andere Prozesse gegen Diepeschrath gab es nicht? Ich meine, Anklagen mit sexistischem Hintergrund?«

»Mir nicht bekannt.«

Ich gab Bruchmann die Mappe zurück. »Könnte ich jetzt mal den Brief sehen?«

Er durchsuchte den Papierberg auf seinem Schreibtisch, fischte ein DIN-A-4-Blatt heraus und hielt es mir entgegen. Ich stand auf und nahm es. Es waren nur einige Zeilen, mit dem Computer geschrieben. »MITTEILUNG AN DIE PRESSE UND DIE POLIZEI«, stand in Großbuchstaben über dem kurzen Text. Dann folgte der eigentliche Hinweis: »Ich halte es für meine Pflicht, darauf hinzuweisen, daß Volker Becker tiefer in den Todesfall Diepeschrath verstrickt ist, als alle glauben. 1999 hatte er ein Verhältnis mit Diepeschraths Frau Angelika. Fragen Sie sie selbst! Jeder, der das weiß, muß sich die Frage stellen: Ist Achim Diepeschrath einem Eifersuchtsdrama zum Opfer gefallen?« Dann kam die letzte Zeile: »Ein anonymer Bürger dieser Stadt.« Ich reichte Bruchmann das Blatt zurück.

»Was halten Sie davon?« fragte ich.

»Keine Ahnung – jedenfalls werden wir morgen auf der ersten Seite des Lokalteils darüber berichten. Ich hoffe, Sie behalten das Ganze solange für sich. Wir haben wenig Lust darauf, daß uns andere zuvorkommen.«

»Alle Zeitungen erscheinen doch erst morgen wieder. Was soll da groß passieren?«

»Sie vergessen den Rundfunk. Die Lokalradios würden heute noch eine große Sache daraus machen. Für uns wäre die Luft dann schon wieder raus.«

»Es läßt sich wohl kaum verhindern, daß Sie das bringen – ich meine mit Beckers Namen und so weiter?«

Bruchmann verzog den Mund. »Wo denken Sie hin? Schließlich hat das Ding heute morgen in unserem Briefkasten gelegen. Das werden wir uns doch nicht entgehen lassen.«

»Haben Sie mit Becker darüber gesprochen?«

»Wir haben es versucht. Er war zu keiner Stellungnahme bereit.«

»Wenn Sie Auskunft brauchen, kann ich Ihnen dienen. Beckers Verhältnis mit Frau Diepeschrath war bedeutungslos. Es ist völlig offensichtlich, daß hier jemand etwas konstruieren will, damit Becker in möglichst schlechtem Licht dasteht.«

»Mag sein. Aber es gibt den Brief nun mal. Und wir sind es der Öffentlichkeit schuldig, daß wir darüber berichten. Das ist eben die Aufgabe der Presse.«

»Auch wenn Sie damit Beckers Existenz zerstören? Immerhin hat der Mann eine behinderte Frau.«

»Vielleicht nennen wir den Namen nicht.«

»Dann schreiben Sie ›Ein bekannter Gemüsehändler‹ oder so was. Ist mir klar. Aber das läuft auf dasselbe raus.«

Er zuckte mit den Achseln. »Wir schreiben, was passiert. Und außerdem – woher wissen Sie denn so genau, daß Becker unschuldig ist?«

»In Kürze werden Sie es wissen«, erklärte ich. »Wenn ich den wahren Mörder gefunden habe. Ich hoffe, Sie schreiben dann auch, was passiert ist – und vergessen nicht, meinen Namen zu erwähnen.«

Bruchmann zog zwischen den Papieren einen Block heraus und zückte einen Kuli. »Das können Sie jetzt schon haben«, sagte er und grinste. »Berichten Sie doch mal ein bißchen von Ihren Ermittlungen.«

»Das könnte Ihnen so passen«, sagte ich. Damit verließ ich die Redaktion.

Als ich die Straße erreichte, hatte ich das Gefühl, einen Fehler gemacht zu haben. Mit der Presse mußte man sich gut stellen, aber ich hatte darin keine große Erfahrung.

Mittlerweile war es kurz nach fünf. Ich hatte mit Jutta vereinbart, daß wir uns um sechs Uhr bei Theresa treffen würden. Ich versuchte, sie auf dem Handy zu erreichen, doch eine freundliche Damenstimme erzählte mir, der Anschluß sei im Moment nicht erreichbar. Ich beschloß, die Zeit bis zu unserem Treffen zu nutzen und irgendwo etwas zu essen.

Ich befand mich im zweiten Zentrum der Stadt: dem Zentrum, das selbst auch Bergisch Gladbach hieß. Der Unterschied zu Bensberg, wo ich mich bisher herumgetrieben hatte, war deutlich. Hier gab es kein Schloß, keinen Hügel, und so weit ich es überblicken konnte keine steilen Straßen – dafür eine langgezogene rötlich gepflasterte Fußgängerzone von der Stange, die auf einen zugegebenermaßen ganz hübschen Platz mit Kirche, Rathaus und einem pseudomodernen rostfarbenen Kulturzentrum führte. Letzteres hätte genauso gut als Hochlager durchgehen können, zumal es sich unter dem Vordach ein paar Penner gemütlich gemacht hatten. Eine Batterie von Plakaten wies jedoch auf den kulturell wertvollen Inhalt der häßlichen Verpackung hin. Weiße Buchstaben verkündeten, daß es sich um das »Bürgerhaus Bergischer Löwe« handelte. Das war also der Schauplatz von Diepeschraths Betriebsfest gewesen, wo er dem Mädchen an die Wäsche gegangen war.

Vor einem Klotz von Kaufhaus erstand ich eine Bratwurst und gelangte zur Bahnstation – ein Kopfbahnhof, wo gerade eine S-Bahn auf die Abfahrt nach Köln wartete. Dem Bahnhof gegenüber erhob sich ein wüster Betonhaufen, den man notdürftig mit Farbe bestrichen hatte, um von der Häßlichkeit abzulenken. Das Untergeschoß des Gebäudes bestand aus einem Busbahnhof; der obere Teil war offenbar ein Parkhaus. Zwischen dem abstoßenden Block und den ersten Häusern der Fußgängerzone gähnte eine tiefe Baugrube. Damit man von den geparkten Autos überhaupt zu den Geschäften der Einkaufsmeile kam, hatte man eine Fußgängerbrücke über den Schlammkrater gebaut, in dem sich schon Unkraut breitmachte. Das mußte das Gladium sein, von dem Theresa erzählt hatte. Hier hatte also einmal das Kinocenter entstehen sollen, dessen Bau dann gescheitert war. Ich hatte vergessen, woran.

Ich schlenderte den Bahnhof entlang und kam an allerlei türkischen Geschäften vorbei, in denen exotisch anmutende Spielwaren, Zimmerspringbrunnen, Telefone und CDs verkauft wurden. In einem Innenhof gab es sogar einen ganzen türkischen Supermarkt; ein paar Häuser weiter eine Kebab-Bude. Hätte ich das mal vor der Bratwurst gewußt, dachte ich. Nach diesem Ausflug erklärte ich meine Pause für beendet und ging die Fußgängerzone zurück zur Tiefgarage.

Kaum war ich unten auf dem Parkdeck angekommen, sah ich zwei Gestalten, die sich an Mannis Wagen zu schaffen machten.

»He«, rief ich und rannte auf das Auto zu.

Die beiden Typen drehten sich blitzschnell um und sprinteten mir entgegen. Schneller als ich reagieren konnte, waren sie da. Der eine rammte mir die Faust in den Magen, der andere schlug mir in die Nierengegend, so daß ich ächzend auf die Knie ging. Bevor sich ein dunkler Schleier über mein Blickfeld senkte, konnte ich erkennen, wie die beiden die Einfahrt hinaufflüchteten.

Irgendwann sah ich wieder klarer. Das erste, was ich erkannte, war eine ältere Frau mit rollbarer Einkaufstasche. Sie trug einen grünen Filzhut, von dem eine braune Feder abstand. Sie sah mich streng an, schüttelte den Kopf, daß die Feder wackelte, und ging langsam weiter. Die Rollen quietschten kläglich.

Ich schleppte mich zum Wagen. Irgendwann hatte ich ihn erreicht. Ich wartete, bis ich schmerzlos tief durchatmen konnte, und fuhr los. Schon nach wenigen Metern hatte ich das Gefühl, in einer Seifenkiste zu sitzen. Ich stieg aus und warf einen Blick auf die Räder. Alle vier Reifen waren ohne Luft. Ich bückte mich und untersuchte den Schaden. An der Seitenwand der Räder fand ich jeweils einen sauberen Schnitt von etwa zehn Zentimetern Länge.

Ich setzte mich in den Wagen und zog das Handy heraus. Vogt war zum Glück noch im Büro. Ich unterrichtete ihn von der Bescherung.

»Geht es Ihnen gut?« fragte er, und es klang direkt väterlich.

»Machen Sie sich keine Sorgen.«

»Was hatte das zu bedeuten?«

»Ich würde sagen, das war eine eindeutige Warnung. Leider kamen die beiden nicht mehr dazu, sie klar zu formulieren. Und nun muß ich raten, wem ich auf den Schlips getreten habe. Gar nicht so leicht.«

»Kann ich etwas für Sie tun?«

»Ja. Bitte verständigen Sie eine Werkstatt, daß sie den Wagen abholt. Ich fahre jetzt zum Gästehaus zurück. Dort kann der Autoschlüssel abgeholt werden. Der Wagen hat auch ziemlichen Ölverlust. Vielleicht können die bei der Gelegenheit auch mal danach sehen.«

»Ich leite es in die Wege«, versprach Vogt.

»Danke.«

Nach dem Gespräch versuchte ich Jutta anzurufen; wieder war sie nicht erreichbar. Ich verließ die Tiefgarage. Wenn ich kein Auto hatte, mußte ich eben mit dem öffentlichen Nahverkehr nach Hause kommen.

Am Rand des Platzes gab es Bushaltestellen. Ich inspizierte die Fahrpläne.

»Wohin willst du denn«, fragte mich eine Frau mit gerötetem Gesicht. Ihre Kleidung war ein Sammelsurium aus Fundstücken vom Hilfswerk. Ich erklärte es ihr.

»Der Bus nach Gierath geht vom Bahnhof«, sagte sie.

Unter dem Betonklotz erzählte mir ein freundlicher Busfahrer, daß ich den 436er nehmen mußte. Ich setzte mich in das nächste Gefährt.

Eine halbe Stunde später stieg ich die Stufen zu Theresas Haustür hinauf. Von drinnen hörte ich lautes Lachen. In der Küche saßen Theresa und Jutta fröhlich vereint und sahen mich mit großen Augen an.

»Na, Herr Detektiv«, sagte Theresa und erhob ihr Glas. Der Rotwein darin leuchtete im Licht der Kerzen, die auf dem Küchentisch standen. »Wie war der Tag?«

»Wie ich sehe, war eurer ja ganz nett«, sagte ich zu Jutta gewandt. »Warum hattest du dein Handy nicht an?«

»Mensch, Remi, ist das vielleicht eine Begrüßung.«

Ich sah sie genauer an und bemerkte einen dunklen Schatten um ihr rechtes Auge.

»Was ist denn mit dir los? Hat dir einer ein Veilchen geschlagen?«

Jutta grinste. »Ach das. Halb so schlimm.«

»Sag bloß, du bist auch in eine Schlägerei gekommen.« Ich sah mit einem schnellen Blick zu Theresa, doch die machte ein eher vergnügtes als mitleidiges oder gar besorgtes Gesicht. »Es hat neue Entwicklungen gegeben«, wechselte ich das Thema. »Theresa, könnte ich mit meiner Mitarbeiterin vielleicht mal eben allein reden?«

Theresa wollte etwas sagen, doch Jutta antwortete für sie. »Warum so förmlich? Theresa weiß alles. Du kannst sie von der Liste der Verdächtigen streichen. Die Unterlagen über Diepeschrath hat Theresa nur gesammelt, weil sie Material für ihren Krimi hortet.«

»Und diese erfundene Todesanzeige?« fragte ich.

»Man soll sich in die Geschichten, die man schreibt, voll und ganz hineinleben«, antwortete Theresa.

»So sehr, daß man selbst einen Mord begeht?«

»Unsinn. Gedanklich. Kreativitätsmäßig. Steht alles in dem Buch hier.« Theresa griff auf die neue Arbeitsplatte der Küchenzeile und reichte mir ein schmales Bändchen. »Krimischreiben leicht gemacht«, lautete der Titel. »Wie Sie in nur einer Woche Ihren Traum vom eigenen Krimi verwirklichen.«

»Schau mal auf Seite fünfzehn«, sagte Theresa. »Da sind solche kreativen Hilfsmittel wie Traueranzeigen und so was sogar abgebildet.«

Ich überflog die Seite und sah, daß sie recht hatte. Neben den Abbildungen bestand das Buch aus Listen von Tips für angehende Kriminalromanautoren: »Schreiben Sie den Nachruf Ihres Opfers! Schreiben Sie das Tagebuch des verwitweten Partners des Opfers! Stellen Sie sich den Mord in allen Einzelheiten vor! Sammeln Sie Zeitungsberichte und anderes Material!«

»Kapiert«, sagte ich, schlug das Buch zu und gab es Theresa zurück.

»Das beste, was einem passieren kann, ist natürlich, daß man an einen leibhaftigen Detektiv gerät«, sagte sie und strahlte mich an.

»Was ist nun mit deinem blauen Auge?« fragte ich Jutta.

»Erzähl du erst mal.«

»Heute morgen kam die Nachricht –«, begann ich

»Daß Angelika Diepeschrath was mit diesem Volker Becker gehabt haben soll«, vollendete Jutta den Satz. »Glaubst du, das weiß ich nicht?«

»Wer erzählt nun? Du oder ich? Woher weißt du das?«

»Na, ich bin zu dem Laden gefahren, wie wir es vereinbart haben. Ich kam an, und es war genau so, wie du es erzählt hast. Die drei Damen waren da. Ich habe sie anhand deiner Beschreibung wiedererkannt: diese komische Morgana, die aussieht wie ein weiblicher buddhistischer Mönch, die blonde Susanne, die sich Saphyra nennt, und dann eben die dunkelhaarige Angelika alias Andra. Am Anfang lief alles blendend. Ich habe mich ein bißchen in dem Laden umgesehen, ein wenig über Edelsteine geplaudert – du weißt ja, in Edelsteinkunde habe ich ja mal einen Kurs gemacht.«

»Und dann haben sie dir vor lauter Wut eins aufs Auge verpaßt«, rief ich. »Mensch, hätte ich dich doch bloß nicht allein dort hingehen lassen.«

»Du irrst, Remi. Das Veilchen hatte ich schon, als ich da ankam.« Jutta gab Theresa ein Zeichen, die ihr eine Küchenrolle reichte. Jutta riß ein Stück ab und wischte sich damit über das Auge. Der blaue Fleck wurde blasser. »Das war nur ein kleines Täuschungsmanöver«, erklärte sie. »Damit mir die drei die Rolle als mißhandelte Ehefrau auch abnehmen. Dabei ist ganz schön viel Lidschatten draufgegangen.«

»Durchtrieben«, lobte ich.

Auch Theresa nickte anerkennend. »Nicht wahr? In Jutta hast du wirklich eine Superassistentin.« Sie stand auf. »Ich will euch jetzt aber nicht weiter stören. Ich gehe rauf, ein bißchen schreiben. Ich kenne die Geschichte ja schon.«

»Genug des Lobes«, sagte Jutta. »Ich war jedenfalls so schlau, in dieser

Aufmachung in dem Laden zu erscheinen und zuerst eine Sonnenbrille aufzusetzen – als wollte ich die angeblichen Spuren männlicher Gewalt verstecken. Ich betrachtete also die Auslage, und irgendwann machte es schwupps, und die Sonnenbrille fiel wie durch Zufall herunter. Bis dahin waren die drei noch ziemlich abweisend gewesen, und es hatte eher peinliche Stille in dem Laden geherrscht – so nach dem Motto: Wir reden erst weiter, wenn die Alte weg ist. Doch dann wurden sie plötzlich zu lieben Schwestern, die einer mißhandelten Geschlechtsgenossin zur Seite standen.«

»Phänomenal! Und was haben dir deine neuen Schwestern anvertraut?«

»Tja – hier beginnt nun das Tragische. Eigentlich hatte ich ja mit Angelika reden wollen. Und gerade, als ich anfing, meine eigene treffend erfundene Story zu erzählen, hält vor dem Laden eine Polizeistreife, zwei Bullen kommen rein und nehmen Angelika mit.«

»Weil die Nachricht von dem Brief einging, und man ihre Aussage brauchte.«

»Genau. Übrigens – willst du eigentlich auch ein Glas Rotwein?«

»Ausgerechnet jetzt, wo es spannend wird? Nein, erzähl mal lieber weiter.«

»Die ziehen also mit Angelika ab, und prompt war die Atmosphäre im Laden wieder wie am Anfang. Bedrückte Stimmung. Diese Susanne wirkte dabei schockierter als Morgana.«

»Woran hast du das gemerkt?«

»Na ja, sie stellte genau die Fragen, die ein normaler Mensch stellen würde. Sie fragte Morgana, was Angelika mit der Polizei zu tun haben könnte und so. Irgendwann kam dann die Sprache auch auf Diepeschraths Tod. Beide sahen dann komisch zur Seite, als sei es ihnen peinlich, darüber in meiner Gegenwart zu reden. Und so habe ich dann die Initiative ergriffen. Ich habe einfach dumm gefragt, ob sie von dem Todesfall reden, über den die ganze Zeit in der Zeitung berichtet wird. Zu dem Zeitpunkt hatte ich schon vor lauter Verzweiflung ein Buch über Hexen zur Theke geschleppt. Offiziell war ich ja Kundin.«

»Und weiter?«

»Ich habe mich dann mit meiner Mißhandlungsstory aufgedrängt. Das ging so lange, bis in dem Laden das Telefon klingelte. Angelika war dran, um ihre Freundinnen zu informieren, daß es ihr gut ginge. Morgana war am Telefon, und nach dem Gespräch erklärte sie Susanne, es habe irgend etwas Neues gegeben in dem Fall. Leider sagte sie nicht, was. Und mir war es zu blöd zu fragen. Da kaufte ich für sechsundzwanzig neunzig dieses völlig überflüssige Buch und zog ab. Wenn es dich interessiert – hier ist es. Ich habe auch noch die Quittung. Sind ja Spesen.«

Jutta schob mir ein lilafarbenes Taschenbuch hin. Das Cover zierte eine Zeichnung von einem dicken aufgeschlagenen Buch, das aussah wie die Zauberbücher aus Grimms Märchen. Ich blätterte ein bißchen darin herum und fand Kapitelüberschriften wie »Frau-Sein im Einklang mit der Natur«, »Die Kraft des Mondes« und »Das Geheimnis der Initiation«.

»Ich hoffe, ich muß das nicht lesen«, sagte ich. »Was mich viel mehr interessiert – wie hast du denn nun erfahren, weshalb Angelika Diepeschrath aufs Revier mußte?«

»Als ich den Laden verließ, beschloß ich, noch einen Happen zu essen. In der Nähe von dem Laden ist ein Grill –«

»Kenne ich. Da war ich auch schon.«

»Und da lief das Radio. Eine halbe Stunde später kam schon die Meldung. Es wurden keine Namen genannt, aber ich mußte nur zwei und zwei zusammenzählen.«

Bruchmann hatte also den Wettkampf mit dem Radio doch verloren. Jutta nahm ihr Weinglas und leerte es mit einem Schluck.

»Und wie geht es jetzt weiter?« wollte sie wissen.

»Dann erzähle ich dir mal, was ich heute so erlebt habe«, sagte ich und begann zu berichten.

»Ich weiß genau, was als nächstes auf deiner Liste steht«, meinte Jutta, als ich fertig war.

»Ja? Was denn?«

»Ich nehme mal an, du willst das Gartenhaus auf dem ehemaligen Grundstück von diesem Manscheit unter die Lupe nehmen.«

»Erraten«, sagte ich. »Und zwar sofort. Machen wir uns auf die Socken.«

Ich ging hoch zu Theresa, die über ihrem Laptop brütete, und fragte sie, ob sie uns einen Wagen leihen könnte. Ich erzählte, was mit Mannis Golf geschehen war und daß der Autoschlüssel abgeholt werden würde. Die Geschichte mit der Schlägerei beflügelte ihre Phantasie, und ich mußte abwarten, bis sie die ganze Episode eingetippt hatte.

»Bist du sicher, daß ihr nicht mit Juttas Enduro fahren wollt? Das wäre doch praktischer.«

»Praktischer schon, aber wir haben keinen zweiten Helm.«

»Da kann ich euch helfen.« Ich folgte ihr in die Garage.

»O Mann«, sagte Jutta, als Theresa das Tor geöffnet und Licht gemacht hatte. Die große Stupsnase eines uralten VW-Busses befand sich vor uns.

»Jetzt weiß ich, was du mit praktischer gemeint hast«, sagte ich. »Du meintest unauffälliger. Schon allein das Genagel des Motors läßt in Lückerath die Leute wahrscheinlich an die Fenster stürzen, um zu sehen, wer da draußen angekesselt kommt.«

Theresa zuckte mit den Achseln. »Tja, überlegt es euch. Einen alten Helm habe ich noch.« Sie quetschte sich an dem kleinen Bus vorbei ins Garageninnere. »Hier müßte er irgendwo sein.« Sie kam mit einem Kopfschutz zurück, mit dem ich wahrscheinlich aussehen würde wie Quax der Bruchpilot.

»Paßt wie angegossen«, sagte Theresa, als ich das Ding aufhatte. War meine Birne wirklich so dick wie die von Theresa?

»Du siehst aus wie Quax der Bruchpilot«, sagte Jutta prompt und begann zu kichern.

»Ich glaube, du bist als Detektivassistentin völlig unterfordert«, sagte ich. »Du solltest als Gedankenleserin auftreten. Ich würde sagen, wir fahren mit dem Motorrad. Vorher muß ich aber noch was holen.«

Ich behielt den Helm auf und ging hinauf in mein Zimmer. Dort suchte ich den Ledergurt mit der Neunmillimeter Beretta aus meinem Gepäck und schnallte mir das Ding um.

Dann verabschiedeten wir uns von Theresa und fuhren los.

»Links!« – »Rechts.« – »Noch ein Stück geradeaus, dann rechts abbiegen«, rief ich Jutta zu. Ich hatte im Gegensatz zu ihr keine Motorradklamotten an, und der Fahrtwind blies mir erbarmungslos unter die Jacke.

Wir stellten die Maschine in der Nähe der letzten Häuser neben Beckers Grundstück ab. Mittlerweile war es stockdunkel geworden, und die Gegend wirkte noch einsamer als am Tag. In den Häusern brannte zwar Licht, aber die Straße, der wir folgen mußten, schien im Schein der Straßenlampen ins schwarze Nichts zu führen. Die Ponys waren nicht mehr zu sehen; man hatte sie vermutlich für die Nacht hereingeholt. Der Himmel war bewölkt und schien weit in der Ferne irisierend zu schimmern. Es waren die zigtausend Lichter von Köln, die sich in der Wolkenschicht spiegelten und für den schwach leuchtenden Himmel sorgten. Als ich den Motorradhelm abnahm, hörte ich das vertraute Rauschen des fernen Verkehrs, das aus dem Rheintal heraufönte wie eine kosmische Harmonie, die schon immer dagewesen war.

»Worauf wartest du?« fragte Jutta, die vor Tatendrang barst.

»Auf nichts. Wo bringen wir denn so lange die Helme unter?«

»Kein Problem.« Sie öffnete ein Kettenschloß und sicherte die Helme. »Sag mal, hast du eigentlich eine Taschenlampe dabei?«

»Nein.«

»Und wie steht's mit Einbruchbesteck?«

»Glaubst du, ich will hier Rambo spielen, oder was?«

»Tu nicht so scheinheilig.«

»Einbruch ist verboten. Auch für Detektive.«

»Das Herumtreiben auf fremdem Grund und Boden auch.«

»Wollen wir nicht erst mal die Lage peilen? Ich glaube, das wäre besser.«

Ich sah mich um. Niemand war zu sehen. Die Straße zwischen den Häusern und weiter hinten an den Weiden lag verlassen da. Ich erwartete fast, daß Manscheit jeden Moment vorbeikäme und mich erkannte. War halb zehn, zehn nicht die ideale Zeit, um noch mal mit dem Hund vor die Tür zu gehen? Wenn der Spielfilm vorbei war?

»Also. Wo geht's lang?« fragte Jutta.

Ich bemühte mich, den mit Manscheit gegangenen Weg zurückzufinden. Es klappte. Das Sträßchen, das an den verwahrlosten Grundstücken und dem alten Wohnwagen vorbeiführte, war dunkel wie ein Tunnel.

»Bist du sicher, daß wir hier reinmüssen?«

»Ganz sicher«, sagte ich. »Paß auf, es könnte matschig sein. Der Boden ist nicht geteert.«

Nach einer Weile begann rechts der Holzzaun, der zu Manscheits ehemaligem Grundstück gehörte. Ich tastete mich daran entlang und suchte das rostige Eisentor. Neben mir ragten schon die Bäume auf, hinter denen das Haus verborgen war. Ich konnte deutlich ihre Silhouetten erkennen.

»Hinter den Bäumen ist Licht«, sagte ich.

»Was für Licht?« fragte Jutta und reckte sich. Sie war ein gutes Stück kleiner als ich.

»Wenn mich nicht alles täuscht, kommt es von dem Haus.«

»Du hast doch gesagt, es stünde leer.«

»Hab ich nicht gesagt. Manscheit hat behauptet, daß hier manchmal abends Licht brennt. Ich glaube, wir haben den richtigen Abend erwischt. Schau doch hin. Dann siehst du es.«

Wir gingen ein paar Schritte weiter, und zwischen den Bäumen öffnete sich eine Lücke, durch die man das Haus besser sehen konnte. Es war nichts als eine dunkle Wand mit einem gelb schimmernden Rechteck darin. Das Fenster, hinter dem etwas leuchtete.

»Das sieht aber komisch aus«, sagte Jutta leise. »Was ist das für eine merkwürdige Lampe?«

»Petroleum wahrscheinlich. Manscheit hat gesagt, daß es keinen Strom in dem Haus gibt.«

»Wie im Zeltlager«, sagte Jutta. Sie erklomm das Eisentor, das ein häßliches Quietschen von sich gab. Es war lauter, als wenn einer von uns aus Leibeskräften gebrüllt hätte.

»Scht«, machte ich, während Jutta die obere Querstange erreichte und auf der anderen Seite mit einem plumpsenden Geräusch in das weiche Gras sprang. Wir versuchten zu erkennen, ob sich hinter dem Fenster etwas regte, aber es war keine Veränderung festzustellen.

»Nimm lieber den Holzzaun«, flüsterte Jutta.

Ich begann mit der Kletterei. Das Ding war mindestes dreimal so hoch wie ein Jägerzaun, und es war aus senkrechten Holzpfosten gebaut. Ich versuchte hinaufzusteigen, glitt aber ab.

»Keine Chance«, sagte ich. »Vielleicht probiere ich es doch lieber mit dem Tor. Daran kann man leichter hochklettern.«

»Laß es. Das ist zu laut. Ist denn das Grundstück rundherum von diesem Mistzaun umgeben?«

»Moment. Warte. Ich gehe den Zaun entlang und suche einen anderen Durchgang.«

»Gut. Ich gehe schon mal in Richtung Haus.«

»Nein! Wir dürfen uns nicht verlieren. Du bleibst, wo du bist. Ich versuche, irgendwie durchzukommen, und stoße dann zu dir.«

Ich sah Jutta hinter dem Zaun nicken. Die Dunkelheit ließ mich ihr helles Gesicht nur erahnen. Der Rest von ihr verschmolz mit der Schwärze.

Ich tastete mich weiter und versuchte mich daran zu erinnern, wie es hier bei Tageslicht ausgesehen hatte. Ich wußte noch, daß das Grundstück auf der einen Seite an den nahen Wald grenzte. Ich näherte mich vorsichtig der schwarzen Wand der Bäume. Als ich die Ecke erreicht hatte, verließ ich den regulären Weg und arbeitete mich in das Gestrüpp hinein. Ich hatte keine Möglichkeit, den Zaun weiter zu verfolgen, weil mich eine lange Reihe von dichten Sträuchern daran hinderte.

Das Haus befand sich ziemlich nahe an diesem Zaun, und so kam ich trotzdem weiter heran. Während ich über den weichen Waldboden stolperte und versuchte, auf keinen Ast zu treten, bekam ich ein weiteres Fenster im oberen Stock ins Blickfeld. Ich pirschte mich möglichst nahe ran.

Plötzlich zuckte ein greller Blitz; dann noch einer. In dem Zimmer wurde offensichtlich fotografiert. Ich überlegte, ob ich Jutta holen sollte, aber vielleicht wäre alles schon wieder vorbei, bevor wir hierher zurückgekehrt waren. Wieder blitzte es. Und nur ein paar Sekunden später zeigte sich jemand am Fenster.

Ich sah nur die Bewegung eines Kopfes, der sich einen Moment in das Rechteck schob. Nach kaum einer Sekunde war er wieder weg. Ich hatte nur wahrgenommen, daß die Person dort oben dunkle Haare haben mußte.

Ich brauchte einen besseren Beobachtungsposten. Das Fenster befand sich schätzungsweise in drei Metern Höhe. Ich konnte schlecht eine Leiter anlegen und fensterln gehen. Aber es gab eine andere Möglichkeit. Ich war zwar seit meiner Kindheit auf keinen Baum mehr geklettert. Aber jetzt war die Gelegenheit gekommen, es wieder einmal zu versuchen.

Ich tastete mich weiter voran, bis ich in möglichst gerader Linie vor dem erleuchteten Fenster stand. Es war schätzungsweise zehn Meter von mir entfernt. Ich angelte mir den nächsten Ast herunter und begann, mich daran hochzuziehen.

Sofort spürte ich einen unangenehmen Schmerz in den Oberarmen – kein Wunder, bei Bizepsen, die seit zwanzig Jahren kein Training erlebt hatten. Ihre einzige Leistung bestand im wöchentlichen Heimschleppen zweier gefüllter Aldi-Tüten und dem Stemmen eines Bierkastens – das aber auch nur ab und zu.

Die kleineren Zweige des dicken Astes und die schartige Rinde rissen an meiner Jacke, als ich mit den Füßen am Stamm Halt suchte, mich mit aller Gewalt nach oben zog und auf dem schmalen Holz niederließ. Die Beobachtungsposition war jetzt immerhin gut zwei Meter höher.

Ich wandte mich vorsichtig, um nicht hinunterzufallen, dem geheimnisvollen Fenster zu. Jetzt konnte ich schon besser in den Raum dahinter sehen. Ich erkannte ein Möbelstück; einen einfachen Schrank. Wieder blitzte es. Als ich ganz still saß, hörte ich, daß Musik von dem Häuschen herübergeweht kam. Offensichtlich hatte derjenige, der dort drüben Fotos machte, deswegen unseren Lärm nicht gehört. Die Musik hinter der Scheibe war sicher ziemlich laut.

Ich bastelte weiter an meinen Theorien. Dort drüben feiert jemand eine Party, sagte ich mir.

Aber eine Party, auf der fotografiert wird?

Okay – es macht jemand eine bestimmte Art von Fotos, künstlerische vielleicht, in einem außergewöhnlichen Ambiente.

Auch das war unwahrscheinlich. Fotografen knipsen nicht beim Schein einer Petroleumlampe mit Blitz herum. Sie haben richtiges Equipment.

Und wenn das Equipment da drüben war? Wenn es mittlerweile doch Strom gab? Wenn das gelbliche Licht gar nicht von einer Petroleumlampe kam, sondern von einem speziellen Filter? Und der Strom für den Blitz von einer Batterie?

Ich wartete und wartete, aber der unbekannte Fotograf schien seine Arbeit eingestellt zu haben. Mir blieb nichts übrig, als weiter auf das erleuchtete Fenster zu glotzen. Irgendwann beschloß ich, vom Baum zu steigen. Ich mußte Jutta erzählen, was ich gesehen hatte.

Ich wollte mich gerade hinuntergleiten lassen, da zeigte sich wieder die dunkelhaarige Person am Fenster. Diesmal ziemlich lang. Zuerst sah ich sie nur von hinten. Die Haare waren schulterlang und fielen auf einen hellen Pullover mit kurzen Ärmeln. Es war eine Frau. Sie drehte sich zur Seite, und ich sah ihr Profil. Dann sah sie plötzlich aus dem Fenster in den dunklen Wald hinaus, in dem ich ihr fast genau gegenübersaß.

Eine Sekunde lang war ich fest davon überzeugt, daß sie mich gesehen hatte, und war wie erstarrt. Dann aber sagte ich mir, daß das nicht sein konnte. Schlagartig drehte sie sich wieder nach vorne und verschwand in dem Zimmer.

Ich hatte Zeit genug gehabt, um sie zu erkennen.

Es war niemand anderes als Angelika Diepeschrath.

»Das kann nicht sein«, sagte Jutta, als ich vom Baum gestiegen war, den Weg durch den Wald zurückgefunden und ihr von meiner Beobachtung erzählt hatte. Sie kletterte erneut über das Metalltor. Der Lärm war der gleiche. Wir beeilten uns, zum Motorrad zurückzukommen.

»Warum das denn nicht? Das Grundstück gehört ihr. Warum soll sie nicht hier sein?«

»Weil sie heute abend in ein Fitneß-Studio gehen wollte. Sie hatte es fest vor.«

»Darüber hast du mit ihr gesprochen?«

»Na klar!«

»Ich denke, du hattest keine Zeit, dich mit ihr zu unterhalten?«

»Über ihren Mann und all das nicht. Aber solche Sachen wie Gymnastik und Gesundheit –«

»Ja, ja – ich weiß schon. Da kommen Frauen ja schnell ins Gespräch. Na ja – dann hat sie es sich halt anders überlegt.«

»Hm.«

»Ich weiß, was ich gesehen habe. Du kannst gern auch auf den Baum klettern und nachsehen.«

»Danke, ich verzichte. Was willst du jetzt machen?«

»Mir ist schleierhaft, was die Frau da treibt. Wenn sie von sich Fotos machen läßt oder selbst irgendwas oder irgendwen fotografiert – warum tut sie es nicht zu Hause?«

»Warum gehst du nicht rein und fragst sie?«

»Alles zu seiner Zeit. Später. Ich werde da reingehen. Aber wenn die Dame nicht da ist. Und bis dahin müssen wir die Sache mit dem Hexenteich recherchieren. Vielleicht kennt Theresa jemanden, der sich mit der Geschichte von Bergisch Gladbach ein bißchen auskennt und mir was dazu sagen kann.«

Wir waren an der Maschine angekommen, und Jutta löste die Helme.

»Du wirst jedenfalls morgen wieder den Hexenladen besuchen«, sagte ich. »Vielleicht schnappst du ja eine Andeutung auf, was Angelika in dem Häuschen da vorne den Abend so getrieben hat.«

Zwanzig Minuten später kamen wir wieder bei Theresa an. Als Jutta in ihrem schwarzen Lederoutfit in die Küche kam, rückte Willi mit großem Getöse seinen Stuhl zurück, stand auf und reichte ihr die Hand.

»Guten Abend, ich glaube, wir hatten noch nicht das Vergnügen.«

Theresa prustete los vor Lachen, und auch Jutta konnte sich das Grinsen nicht verkneifen.

»Warum plötzlich so förmlich, Willi?« fragte Theresa und stellte ihm Jutta vor. »Das ist Frau Ahrens, Herrn Rotts … äh …«

»Mitarbeiterin«, schlug ich vor.

»Genau«, bekräftigte Jutta, legte den Helm im Flur ab und setzte sich an den Tisch. Es standen halbleere Kölschflaschen darauf; dazwischen drängten sich die Reste eines kalten Abendessens.

»Was für eine Art von Geschäften machen Sie eigentlich?« fragte Willi. Die Frage war offenbar an mich gerichtet, doch er sah ununterbrochen Jutta an. »Sind Ihre Haare wirklich grün?« setzte er nach. »Oder kommt mir das nur wegen der künstlichen Beleuchtung so vor?«

»Wir machen Unternehmensberatung im Ökobereich«, sagte Jutta lapidar und zündete sich eine ihrer dünnen Zigaretten an. »Das Grün ist die Firmenfarbe. Kommt gut an.«

»Mann oh Mann, was es heute alles gibt«, staunte Willi und trank einen Schluck. »Da sind Sie ja bei Theresa genau richtig.«

»Wieso?« fragte Jutta.

»Na – ich sage nur Autobahn«, sagte Willi und warf mir einen verschwörerischen Blick zu.

»Nicht schon wieder!« rief Theresa. Sie kam gerade aus dem Keller zurück und hatte neue Flaschen geholt. »Heute wird nicht über die Autobahn geredet, sonst drehe ich einem gewissen Nachbarn – und mag er auch noch so sympathisch sein – den Hals um. Wie ist es – wollt ihr was trinken?«

Wir ließen uns nicht lange bitten, und bald standen schaumgekrönte Kölschgläser vor uns – bereit zur Leerung.

»Heute interessiert mich was anderes«, sagte ich zu Willi. »Ich war bei einem Kunden, der mir erzählt hat, das Bergische Land hätte einiges zu bieten in Sachen Hexen – ich meine Legenden, alte Geschichten und so. Gibt es da vielleicht ein Buch oder so was? Ich würde gern mal was darüber lesen.«

Willi kratzte sich am Kopf. »Hm – alles, was ich kenne, ist die Geschichte von der Zwergenhöhle in Herrenstrunden.«

»Die Zwergenhöhle?«

»Na ja, da gibt's so eine Höhle. Da soll früher mal die Strunde entsprungen sein. Aber die Zwerge haben dann dafür gesorgt, daß die Quelle verlegt wurde. Ein geiziger Müller war daran schuld.«

Wir mußten Willi wohl sehr verständnislos angesehen haben. »Guckt nicht so. Das habe ich noch im Heimatkundeunterricht gelernt. Heute bekommen die Kinder ja nichts mehr beigebracht. Nur noch Computer und all das.«

»Wie geht die Geschichte?« fragte Jutta, und Willi war sichtlich froh, daß sich jemand dafür interessierte. Trotzdem mußte er eine Weile nachdenken.

»Also da gab es eine Höhle. Ich glaube, die gibt es heute noch. Sie heißt Asenborn und liegt in Herrenstrunden.«

»Moment«, rief ich und zog meinen Stadtplan heraus. »Wo ist Herrenstrunden?«

»Nordöstlich von Gladbach«, sagte Theresa. »Zum Bergischen Land hin. Sie zeigte auf eine kleine Ansammlung von rosa Feldern auf dem Plan.

»Und hier ist die Höhle«, sagte Willi und tippte auf eine Stelle daneben. »Seht ihr?«

»Tatsächlich«, stellte ich fest. »Da steht sogar ›Zwergenhöhle‹ in der Karte.«

»Sag ich doch«, trumpfte Willi auf. »Ihr habt ja alle keine Ahnung. Also: In dieser Höhle soll einst die Strunde entsprungen sein. Heute ist die Quelle woanders. Nämlich – Moment.« Er suchte auf der Karte und zeigte auf eine Stelle, die einige Zentimeter von der Höhle entfernt lag. »Hier.«

»Und warum entspringt sie nicht mehr in der Zwergenhöhle?« fragte Jutta.

»Na ganz einfach. Weil die Zwerge ihre Kühe auf der Weide eines Müllers grasen ließen.«

»Die Zwerge hatten Kühe?« Theresa war baff.

»Aber ja.« Willi goß sich noch etwas Bier ein.

»Wie groß sollen denn diese Kühe gewesen sein? Wie Hunde?« fragte Jutta.

»Nun laßt ihn doch mal erzählen«, rief ich.

Willi trank einen Schluck. Ich bemerkte, daß seine Augen etwas glasig waren. Anscheinend hatte er schon einiges intus. »Also der Müller wollte nicht, daß die Zwerge auf seiner Wiese die Kühe weiden ließen. Er drohte sogar, sie zu erschießen. Die Kühe meine ich. Zwerge kann man ja nicht erschießen.«

»Natürlich nicht«, bekräftigte Jutta. »Ihre Kühe aber schon. Weiß jedes Kind.«

Willi ließ sich nicht stören. »Die Zwerge drohten damit, sich zu rächen, wenn der Müller ihren Kühen was antäte. Denn der Müller brauchte diese Weide gar nicht. Er war reich genug. Er hätte den Zwergen ruhig etwas abgeben können. Und als er dann sein Gewehr ansetzte, um seine Drohung wahr zu machen ...« Willi trank wieder.

»Was machten die Zwerge da?« fragte ich.

Willi setzte das Glas ab. »Sie ließen einen Zauberspruch los, der sich gewaschen hatte.« Er machte eine Pause.

»Und dann?« wollte Theresa wissen.

»Wißt ihr, als ich noch zur Schule ging, zur Grundschule meine ich, hatte ich einen sehr strengen Lehrer. Der hatte auch einen furchteinflößenden Namen. Er hieß Gero von Berg.«

»Das ist ein Name«, sagte ich. »So heißt doch heute kein Mensch mehr.«

»Tja, das waren noch Zeiten«, fuhr Willi fort. »Der legte zum Glück viel Wert auf Heimatkunde.«

»Warum zum Glück?« fragte Theresa. »Sind andere Fächer nicht auch wichtig?«

»Natürlich. Aber ich war eben in Heimatkunde gut. Ich mußte den Zauberspruch der Zwerge auswendig lernen und vor der Klasse vortragen. Ich habe eine Eins dafür bekommen. Meine Mutter war so stolz auf mich ...« Wieder versank er in Schweigen. Die Erinnerung schien ihn zu überwältigen.

»Wie geht die Geschichte weiter?« wollte ich wissen.

Willi nahm sein Glas und stand auf, als wollte er eine Rede halten. Dann begann er mit klarer und lauter Stimme zu rezitieren.

»Stocke, stocke, Asenborn, dich verwünschte Zwergenzorn! Quill erst tiefer dort im Tal wieder an den Sonnenstrahl! Sprudele durch geheime Macht zu Herrenstrunden aus der Nacht.«

Er setzte sich und strahlte uns an.

»Toll«, sagte Theresa sichtlich beeindruckt. »Bravo.«

Willi nickte beifallheischend.

»Und was ist dann passiert?« fragte Jutta.

»Na was wohl – die Strunde kommt seitdem woanders ans Tageslicht, und die Mühle des bösen Müllers war nichts mehr wert.«

»Er war pleite«, stellte ich fest und dachte plötzlich an Diepeschrath und den Hexenteich. Hatte er sich vielleicht auch mit jemandem angelegt und war deswegen in finanzielle Schwierigkeiten geraten? Theresa hatte offenbar an etwas Ähnliches gedacht.

»Eine sehr sinnreiche Geschichte«, sagte sie. »Von der Moral sollten sich manche Leute mal was abschneiden.«

»Kapier ich nicht«, sagte Willi.

»Na, die Aussage ist doch wohl klar: Man darf der Natur nicht alles abluchsen, nur weil man immer mehr und mehr haben will. Wenn man es tut, rächt sie sich, und man ist ihr ausgeliefert.«

»Na, das ist ja wohl 'n bißchen übertrieben.«

»Finde ich nicht. Schau dich doch mal um. Überall wird möglichst maximal Gewinn gemacht. Damals war es eine Kuhweide; heute ist es ein Bauplatz. Oder ein Grundstück, das Straßen weichen soll.«

»Ich denke, heute wird darüber nicht geredet?« sagte ich, obwohl ich Theresa irgendwie recht geben mußte. In den alten Geschichten steckte doch mehr als nur Abbildungsmaterial für kitschige Kalender.

»Schon gut«, brummte Theresa. »Sag mal, Willi, kennst du denn auch eine Hexengeschichte?«

»Eben«, sagte ich. »Da kamen ja gar keine Hexen vor.«

Willi zuckte mit den Achseln. »Was für Hexen? Mehr weiß ich nicht. Der Gero von Berg – der hätte was gewußt, das sag ich euch. Der hat richtig Heimatforschung betrieben. Ich kann ihn ja mal gelegentlich fragen.« Er nahm wieder einen großen Schluck.

»Wie fragen?« hakte Jutta nach.

»Na, ich seh ihn manchmal in der Stadt.«

»Moment mal«, warf Theresa ein. »Du bist dreiundsechzig.«

»Schön, daß du mich daran erinnerst.«

»Quatsch, jetzt laß das doch mal. Wie alt ist denn dein alter Lehrer?«

»Ich schätze so Mitte achtzig. Wieso? Ist doch kein Alter. Zumindest nicht für den. Der wandert immer noch durchs Bergische und schreibt Sachen für irgendwelche Heimatbücher und so.« Willi trank das Glas aus und schüttete gleich aus der nächstbesten Flasche nach.

»Und du meinst, der ist noch fit?«

»Aber ja.« Willi hielt das Glas nach oben. Er hatte es beim Eingießen nicht schräg genug gehalten, dadurch hatte sich eine dicke Schaumschicht gebildet. Er stellte das Glas ab und sah mich trübe an. »Mensch, ist ja auch richtig. Warum fragst du ihn nicht einfach, wenn du was über das Bergische Land erfahren willst?« Willi war plötzlich zum Du übergegangen. »Er wohnt sogar in Herrenstrunden. Steht sicher im Telefonbuch.«

Ich nickte und sah auf mein Glas. Mir fiel auf, daß ich noch keinen Schluck getrunken hatte. Der Bierschaum hatte sich völlig aufgelöst, und das Bier sah aus wie Apfelsaft.

»Prost«, sagte ich und stieß mit der Plörre mit Willi an. »Danke für den Tip.«

»Prost«, sagten auch die beiden Frauen. Die Gläser klackerten aneinander.

»Und jetzt«, erklärte Theresa, nachdem wir getrunken hatten, »wollen wir eine Zugabe.«

»Was?« fragte Willi.

»Genau«, bekräftigte Jutta. »Wir wollen noch mal das Asenborngedicht hören.«

8.

»WENDUNG IM MORDFALL DIEPESCHRATH« lautete die dickste Überschrift auf dem Zeitungsblatt. Bruchmann hatte ganz sachlich darüber berichtet, daß der Brief aufgetaucht war. Er hatte keinen Namen genannt und auch zum Glück meine Ermittlungen aus der Sache gelassen. Die Zeitung lag auf dem Beifahrersitz von Theresas VW-Bus, und ich war mit diesem Gefährt auf dem Weg nach Herrenstrunden.

Es war Samstag morgen, zwanzig nach neun. Ich hatte gestern abend noch Gero von Berg angerufen. Eine brummige Stimme hatte sich mit schlichtem »Hallo« gemeldet, und ich hatte mein Anliegen vorgebracht. Ich sagte, ich sei geschäftlich in Gladbach und an alten Sagen und Märchen sowie an historischen Begebenheiten hinsichtlich angeblicher Hexen interessiert. Ich wüßte zum Beispiel gern, woher der Hexenteich im Königsforst seinen Namen habe.

Von Berg war sofort aufgetaut und hatte mir versichert, daß er mir zwar einiges erzählen, den Namen des Hexenteiches jedoch nicht eindeutig erklären könne. Trotzdem solle ich ihn besuchen, denn er hätte einiges an Archivmaterial. Er sei erfreut, daß sich jemand für die alten Überlieferungen interessiere, und stehe zu meiner Verfügung, und zwar zwischen halb zehn und mittags. Er wohnte tatsächlich in Herrenstrunden – östlich der Gladbacher Innenstadt.

In zähem Stop-and-Go quälte ich mich durch die Stadt, bis es in ein schmales ländliches Tal ging. Kühe standen an grünen Hügeln, die vereinzelten Häuschen wiesen das typische braunweiße Fachwerkmuster auf, und ich kam sogar an einem Gebäude vorbei, das einer kleinen Burg ähnelte – zumindest besaß es einen recht altertümlich wirkenden Turm.

Ich bog von der Hauptstraße ab und fand die Adresse. Ich war nicht besonders verwundert, als ich feststellte, daß Gero von Berg ebenfalls in einem Fachwerkhaus wohnte. Kies knirschte unter den Reifen, als ich den VW-Bus in die schmale Hofeinfahrt lenkte. Ich war gerade ausgestiegen, da ging die dunkelgrüne Haustür des kleinen Häuschens auf, und ein Mann kam heraus. Er hatte eine qualmende Pfeife im Mund und ging auf mich zu.

»Ist das etwa Ihr Dienstwagen? Bekommen Sie von Ihrer Firma nichts Besseres zur Verfügung gestellt? Von Berg. Guten Tag. Sie müssen Herr Rott sein.« Er hielt mir die rechte Hand hin und lächelte über ein Gesicht, auf dem sich ein dichtes Netzwerk von Falten ausgebreitet hatte. Trotz seines offensichtlich hohen Alters wirkte er nicht greisenhaft. Sogar seine schneeweißen dichten Haare schienen Lebenslust und Aktivität auszustrahlen.

Ich begrüßte ihn ebenfalls. »Ich habe den Wagen von jemandem geliehen«, sagte ich. »Der kleine Ausflug zu Ihnen ist ja privat; da kann ich meinen Dienstwagen selbstverständlich nicht benutzen.«

»Bravo«, sagte von Berg, als sei ich ein Schüler, der gerade durch die Lösung einer besonders schweren Aufgabe zum Klassenbesten aufgestiegen war. »Ein durch und durch ehrlicher Mensch – das trifft man selten heutzutage. Kommen Sie herein. Sie sind gleich doppelt und dreifach willkommen.«

So altmodisch das Haus von außen wirkte, so modern war es eingerichtet. Von Berg führte mich in ein winziges Wohnzimmer. Jeder Quadratzentimeter der Wände war von Bücherregalen bedeckt. Dazwischen lagen die kleinen Sprossenfenster, die ins Grüne hinauszeigten. In der einen Ecke des Raumes stand ein kleiner Schreibtisch mit Computer, in der anderen – knapp zwei Meter entfernt – ein Sofa nebst Sessel. Dort ließ ich mich auf Einladung des Hausherrn nieder. Von Berg dagegen machte keine Anstalten, sich zu setzen. Er ging zum Schreibtisch, nahm ein silbernes Pfeifenbesteck und fuhrwerkte damit in seinem Rauchgerät herum. Dabei sah er mich durch die aufgeschreckten Wölkchen aufmerksam an.

»Willi hat Sie zu mir geschickt? Daß der sich noch an mich erinnert – erstaunlich.«

Es klang, als sei Willi der alte Mann und nicht sein ehemaliger Schüler.

»Er hat Sie in den höchsten Tönen gelobt«, sagte ich. »Und er hat gestern abend mehrfach bewiesen, daß er das Asenborn-Gedicht noch auswendig kann. Und er betonte auch, wie wichtig es war, es damals zu lernen.«

»Alles Unsinn«, sagte von Berg und setzte sich in den Sessel. »Das war damals nur Beschäftigungstherapie. Man muß den Kindern was zum Auswendiglernen geben. Das trainiert den Geist. Das Gedicht ist keinen Pfifferling wert.«

»Gibt es diese Zwergenhöhle eigentlich wirklich?«

»Aber ja. Sie ist ganz hier in der Nähe. Wenn Sie möchten, können wir gleich zusammen hingehen. Es lohnt sich aber nicht. Ein kleines Erdloch – mehr gibt es nicht zu sehen.«

»Eigentlich interessiert mich auch mehr eine Hexengeschichte.«

Er lachte. »Auch da sind Sie prächtig bedient! Sogenannte Hexentanzplätze gibt es hier einige. Ganz in der Nähe liegt einer. Das Gebiet hieß früher ›Wichenhain‹. Dort sollen an den heiligen Feiertagen der Hexen entsprechende Feste unter Vorsitz des Teufels stattgefunden haben. Können Sie in den einschlägigen Sagenbüchern nachlesen.«

»Und da ist was dran?«

»Ich wohne hier schon sechzig Jahre, und mir ist derlei noch nie untergekommen. Man hat auch von den anderen Hexenplätzen noch nie etwas Derartiges gehört. Ein Freund von mir wohnt in Odenthal. Da gibt es gleich zwei davon. Aber vielleicht erlebe ich ja am Montagabend was – man soll die Hoffnung nie aufgeben.«

»Warum gerade am Montagabend?«

»Na, hören Sie – jedes Kind weiß doch, daß die Nacht zum ersten Mai die Walpurgisnacht ist. Da ziehen die Hexen zum Blocksberg. Und die Männer schlagen Maibäume. Kennen Sie diesen Brauch nicht? Daß man am dreißigsten April abends in den Mai tanzt und seiner Angebeteten einen Maibaum unters Fenster stellt – traditionell eine Birke, mit buntem Schmuck versehen?«

»Doch, doch«, sagte ich. »Davon habe ich schon gehört.«

»Was glauben Sie, warum hier in der Gegend so wenig Leute Birken im Garten haben?« Er lachte wieder.

»Wie kommen solche Sagen eigentlich zustande – ich meine solche Geschichten von Hexentreffen und so weiter?«

»Die Stellen, denen man so etwas nachsagt, sind vor der Christianisierung vermutlich mal heidnische Kultplätze gewesen. So genau weiß man das gar nicht.«

Mir fiel plötzlich etwas ein. »Was ist mit dem Lüderich?«

»Ha, ha!« Von Berg streckte einen Zeigefinger in die Höhe. »Sie haben sich ja doch schon mit dem Thema beschäftigt! Bingo, kann ich da nur sagen. Der Lüderich hat, so viel ich weiß, nichts mit Hexen zu tun; er strotzt aber geradezu vor Sagen und Legenden. Das liegt daran, daß dort schon vor sehr langer Zeit Erz abgebaut wurde. In den alten Geschichten wimmelt es nur so von Zwergen, göttlichen Zeichen und so weiter. Sicher ist, daß der Bergrücken schon in germanischer Zeit besiedelt war, und vielleicht war er auch Kultplatz. Bewiesen ist das nicht, aber man kann es sich bei einer relativ gesehen so hohen Erhebung gut vorstellen. Noch heute gibt es Reste eines Ringwalls. Man kann ihn allerdings als Laie kaum entdecken. Man sieht nur noch Bodenerhebungen.«

»Aha.«

»Ja, da staunen Sie, was? Es gibt noch ein paar vergleichbare Ringwälle im Rheinland. Zum Beispiel in Bensberg und auf dem Petersberg bei Bonn. Aber der auf dem Lüderich ist ein gutes Stück älter.«

»Und wie sieht es mit den Hexen aus?«

»Echte oder erfundene?«

»Mit den echten meinen Sie sicher die Opfer der Hexenverfolgung im Mittelalter?«

»Unsinn. Im Mittelalter hat es kaum Hexenverfolgungen gegeben. Das war in der Neuzeit, mein Lieber. Sechzehntes, siebzehntes Jahrhundert. Die Bevölkerung glaubt immer, Hexenverfolgungen seien typisch für das angeblich so finstere Mittelalter gewesen. Umgekehrt wird ein Schuh draus. Kaum begann man Licht in das Dunkel zu bringen, fingen die Leute an, so richtig abergläubisch zu werden. Das ist heute noch so: Wir sind umgeben von einer technisierten Welt; vieles wird wissenschaftlich erklärt, aber die Menschen ziehen sich in die Esoterik zurück.«

Ich suchte den kleinen Rest meiner Geschichtskenntnisse zusammen. »Ich weiß nur, daß man die Frauen umgebracht hat, weil sie der Kirche im Weg waren. Weil sie mit den Heilkräften umgehen konnten, die noch aus der heidnischen Zeit stammten.«

»Auch Unsinn«, winkte von Berg ab. »Nichts gegen die Frauenemanzipation – aber auf diese pure Theorie, die mal irgendwann auftauchte, haben sich ein paar Emanzen gestürzt, und seitdem geistert sie durch allerlei Selbsterfahrungsgruppen. Die sogenannten Hexen waren nicht weiser und nicht dümmer als andere Frauen auch. Und die, die sie ans Messer geliefert haben, hatten keine großen geistigen Interessen. Die wollten nichts gegen das Heidentum unternehmen, sondern schlicht Nebenbuhlerinnen, Außenseiterinnen oder Nachbarinnen loswerden. Und das aus denselben Gründen, aus denen sich heute die Leute in die Wolle kriegen. Eifersucht, Besitzgier, Machtstreben. Das bezog sich übrigens auch auf Männer. Es gab auch sogenannte Hexer, nicht nur Hexen.«

»Das ist sehr interessant.«

»Ja – genauso interessant wie die heutige Zeitungslektüre. Deswegen verzichte ich auch darauf. Aber lassen wir das.«

»Wissen Sie denn vielleicht etwas über den Hexenteich?«

Er nickte. »Normalerweise nennt man Hexenteiche Gewässer, in denen der Hexerei angeklagte Frauen der sogenannten Wasserprobe unterzogen wurden.«

»Was heißt das denn?«

»Man fesselte sie, warf sie ins Wasser, und wenn sie wie durch Zauberei darauf schwammen, waren sie schuldig.«

»Und wenn sie untergingen?«

»Waren sie normale Menschen, also unschuldig, und ertranken.«

»Raffinierte Methode«, stellte ich fest.

»Ja, nicht wahr?« Von Berg stand auf und ging an eines der Regale. »Der Hexenteich an der A4 war aber nicht so ein Gewässer. Mir ist jedenfalls nichts darüber bekannt. Es gibt aber eine andere Geschichte, mit der der Teich in Verbindung stehen könnte.« Er nahm einen Aktenordner aus dem Regal und kehrte an seinen Platz zurück. »Wenn Sie möchten, erzähle ich Ihnen, was da passiert sein könnte.«

»Ich bitte darum. Es interessiert mich wirklich sehr.«

Er sah mich prüfend an. »Irgendwie«, sagte er, »kommen Sie mir nicht vor wie einer, der sich für Lokalgeschichte interessiert. Woher sind Sie noch mal? Sie sagten, Sie kommen nicht von hier.«

»Aus Wuppertal. Ich bin geschäftlich in Bergisch Gladbach.«

»Und in welcher Branche arbeiten Sie?«

»Unternehmensberatung«, sagte ich, Juttas Idee vom gestrigen Abend aufgreifend.

Von Berg hielt den Aktenordner fest mit beiden Händen gegen die Brust gedrückt, als würde man ihn zwingen, ein großes Geheimnis einem Unwürdigen preiszugeben.

»Sie sind der komischste Unternehmensberater, der mir je untergekommen ist. Aber was soll's. Wenn es Sie interessiert.«

Er schlug den Ordner auf, sah mich an und begann zu berichten. Dabei kehrte sein Blick kein einziges Mal zu dem Ordner zurück.

»Ein besonders gut erforschter Fall von Hexenverfolgung hat sich in Bensberg zu Beginn des siebzehnten Jahrhunderts ereignet. Es war übrigens auch eine besonders tragische Geschichte, an der Sie sehen können, daß es keineswegs darum ging, ob die Frauen besonderes Wissen besaßen oder nicht.« Von Berg lehnte sich zurück und griff in die Brusttasche seines Hemds. Daraus holte er ein Feuerzeug hervor und entzündete die Pfeife neu. Er ließ sich Zeit. Ich versuchte, meine Ungeduld im Zaum zu halten.

»Die Frau, um die es hier geht, hieß Katharina Scheuer. Manche nennen sie auch Katharina Güschen, denn das war ihr Geburtsname. Sie stammte aus Nittum, das ist ein nördlich gelegener Ortsteil von Bergisch Gladbach, direkt an der Grenze zu Leverkusen. Geboren ist sie etwa 1570, vielleicht ein paar Jahre später. Sie war Tagelöhnerin, zweifache Witwe und wurde von ihrem dritten Mann so schlecht behandelt, daß sie ihn verklagte.«

»Was hat der Mann denn getan?«

»Er hat ihr das ganze Hausinventar gestohlen. Die Nachbarn wurden als Zeugen befragt, doch sie haben kaum zu ihren Gunsten ausgesagt. Der Grund dafür war: Ihre Großmutter und zwei andere Frauen aus ihrer Familie waren bereits als Hexen hingerichtet worden, und so stammte sie nach damaliger Meinung von ›Hexengeblüt‹ ab. Außerdem hatte man sie schon einmal der Hexerei angezeigt, aber freigesprochen. Die Gerüchte hielten sich trotzdem. Immer, wenn in der Nachbarschaft jemand krank wurde oder sonst etwas Schlimmes geschah, hängte man es der Katharina Scheuer an, die man übrigens ›Scheuers Tring‹ nannte. Im Dezember 1611 wurde sie festgenommen und in den Bensberger Hexenturm gesteckt.«

»Ist das einer der Türme, die man sieht, wenn man von der Autobahn nach Bensberg hinauffährt?«

»Nein. Den Hexenturm gibt es nicht mehr. Als man in Bensberg ein neues Rathaus baute, fand man die Grundmauern, das ist aber auch alles. Interessant ist, daß man die Scheuers Tring auch hätte freilassen können. Sogar nach der damaligen Rechtsprechung.«

»Wieso?«

»Aus den Akten wissen wir, daß der damalige Schultheiß die Düsseldorfer Landesregierung um Rat fragte. Er wußte nicht so recht, was er mit der Gefangenen anstellen sollte. Schließlich mußte er ja erst mal dafür sorgen, daß sie am Leben blieb, und das kostete Geld. Er schrieb also nach Düsseldorf und bekam prompt einen Tadel. Man teilte ihm mit, man solle die Frau entweder frei lassen oder einem sogenannten peinlichen Verhör unterziehen. Natürlich tat man zweiteres – und ein peinliches Verhör ist nichts anderes als –«

»Folter.«

»Genau. Und zwar bestialische Folter. Wer erst einmal gefoltert wurde, hatte keine Chance mehr, aus dem Teufelskreis zu entfliehen. Zunächst gab es natürlich ein Gerichtsverfahren mit Zeugen und allem drum und dran. Die Nachbarn erzählten die tollsten Sachen, um Katharina Scheuer zur Hexe zu machen. Sie warfen ihr vor, sie habe eine Nachbarin vergiftet, sie habe durch ihre Zauberei Vieh getötet – und als ihnen gar nichts mehr einfiel, führten sie ins Feld, es seien doch immerhin einige Menschen in Nittum umgekommen, als ob das etwas Besonderes wäre. Sie wurde gefoltert, es wurde ihr ein sogenanntes Geständnis abgepreßt. Unter anderem gab sie zu, auf der Nittumer Heide mit dem Teufel getanzt zu haben und ähnlichen Unsinn. Sie behauptete sogar, der Teufel habe sie im Hexenturm besucht. Zu dem Zeitpunkt hatte man ihr schon so furchtbar zugesetzt, daß sie mehrmals versucht hatte, sich zu erhängen. Man konnte den Selbstmord aber verhindern. Sie wurde zum Tode verurteilt und am zehnten Januar 1613 hingerichtet.«

»Verbrannt.«

»Ganz genau. Allerdings nicht lebendig – dahingehend hatte man das Urteil gnädigerweise in Düsseldorf noch verändert. Man hat sie stranguliert und danach den Flammen übergeben.«

»Puh«, sagte ich und lehnte mich in dem Sofa zurück.

»Eine schlimme Geschichte und ziemlich bekannt im Bergischen.«

»Und wie kommt jetzt der Hexenteich ins Spiel?«

Von Berg kratzte sich am Kopf und schaute nachdenklich drein. »Da bin ich mir nicht so ganz sicher. Aber ich habe einen bestimmten Verdacht. Haben Sie einen Stadtplan von Bergisch Gladbach?«

Ich zog die Karte heraus und entfaltete sie.

»Sie müßten sich das noch mal genauer ansehen – am besten natürlich auf alten Karten. Die Akten sagen, daß Katharina Scheuer in Lustheide hingerichtet wurde. Das ist heute ein Teil von Refrath – praktisch der südliche Streifen zur Autobahn hin. Diese Gegend war zur damaligen Zeit noch Wald und Wiese. Was es sicher schon gab, war die heute noch schnurgerade Straße nach Köln.«

»Wieso haben sie die Hexe nicht auf dem Marktplatz verbrannt, wie es üblich war?«

Er schüttelte den Kopf. »Sie wissen nicht viel darüber, was? Hexen wurden nicht auf öffentlichen Plätzen hingerichtet. Man suchte sich Orte in Grenznähe, möglichst eine Stelle, an der man keine Landwirtschaft betreiben konnte – entweder weil der Boden zu schlecht oder moorig war.«

»Sie meinen Morast?«

»Exakt. Ich kenne nun diese Gegend da an dem Teich nicht so gut, aber hier steht was von ›Ohlenbruch‹, und ich gehe davon aus, daß es dort ziemlich sumpfig ist.«

»Stimmt.«

»Man hat die Hexen deswegen dort umgebracht, weil man fürchtete, ihr Geist könnte Rache nehmen und Wanderer umbringen oder den Boden verhexen. Nun heißt es weiter in den alten Akten, die Hinrichtungsstätte der Katharina Scheuer hätte in der Nähe eines sogenannten ›Steinbrückchens‹ gelegen.«

»Brücken gibt's da.«

»Und was es vor allem gibt, sind dieselben Bäche wie damals. Und über einen davon könnte das sogenannte Steinbrückchen geführt haben.«

»Das bedeutet?«

»Das bedeutet, in der Nähe des Hexenteichs könnte die Hinrichtungsstätte gewesen sein. So ganz genau ist das nicht überliefert.«

»Hm – es könnte aber sein, daß jemand glaubt, es sei die Hinrichtungsstätte, oder?«

Von Berg sah mich prüfend an. »Ja. Das könnte allerdings jemand glauben. Die Leute glauben so einiges.«

»Aber wenn der Teich schon Hexenteich heißt, müßte er doch auch in alten Karten als Hexenteich eingetragen sein.«

»Das kann ich nicht sagen. Ich rate Ihnen, ins Stadtarchiv zu gehen. Die Adresse kann ich Ihnen geben. Die haben am Montag wieder auf. Schauen Sie sich alte Karten an und überprüfen Sie, ob der Teich drauf ist. Wenn ja, wissen Sie mehr. Vielleicht finden Sie ja auch das Brückchen. Dann haben Sie den Platz. Wenn Sie Erfolg haben, sagen Sie mir Bescheid. Das Ergebnis würde mich sehr interessieren.« Er sah mich etwas strenger an. »Sie als Unternehmensberater haben ja sicher sowieso nicht so viel davon.«

Ich hatte mich gerade in Theresas Bus gesetzt, war rückwärts aus von Bergs Ausfahrt herausgefahren und auf die Hauptstraße Richtung Bergisch Gladbach eingebogen, da klingelte das Handy. Ich fuhr rechts ran und kam genau neben der kleinen Burg zu stehen, die mir schon auf der Hinfahrt aufgefallen war. Mein Blick fiel auf eine altmodische Inschrift über dem Eingang. Ich las: »Burg Zweiffel«. Ich nahm das Handy aus der Tasche und drückte auf den Knopf mit dem Telefonhörer.

»Rott.«

»Vogt hier. Volker Becker ist festgenommen worden.«

»Verdammt. Warum das denn jetzt?«

»Ganz einfach«, sagte Vogt, und ich merkte, wie seine Stimme einen süffisanten Ton bekam. »Die Polizei hat den Benzinkanister aus Diepeschraths Wagen gefunden. Wissen Sie, wo der war?«

Ich seufzte. »Ich schätze, Sie werden es mir gleich sagen.«

»In Volker Beckers Gartenhäuschen.«

»Und die Polizei ist da so einfach reinspaziert und hat ihn zufällig gefunden?«

»So einfach nun auch wieder nicht. Jemand hat bei der Polizei angerufen und gesagt, daß er sich da befindet. Raten Sie mal, wer.«

»Ich habe keine Lust auf Ratespiele. Sagen Sie schon.«

»Seine Frau. Ruth Becker. Sie hat die ganze Zeit gewußt, daß er da war.«

»Woher wußte die Polizei, daß es sich um den Kanister von Diepeschrath handelt?«

»Das wird noch untersucht. Sie werden versuchen, Aussagen zu kriegen, die das bestätigen.«

»Ruth Becker scheint also ihren Ehemann der Polizei ans Messer geliefert zu haben, weil er fremdgegangen ist.«

»Ihre Motive kenne ich nicht. Aber sie hat es getan. Offenbar hat sie gesehen, daß der Kanister da stand, und hatte das Bedürfnis, es der Polizei mitzuteilen.«

»Ist sie oft im Garten?« fragte ich.

»Was? Wie meinen Sie das?«

»Die Frau sitzt im Rollstuhl. Ich glaube nicht, daß sie sich viel mit Gartenarbeit beschäftigt.«

»Anscheinend doch. Warum auch nicht? Es gibt Hilfsmittel für Behinderte. Sie hat übrigens bei der Gelegenheit noch etwas anderes zu Protokoll gegeben, das Becker belastet. In den ersten Vernehmungen stand, sie habe schon geschlafen, als Becker nach dem Treffen mit Diepeschrath nach Hause kam. Jetzt sagt sie, sie sei noch wach gewesen und habe gesehen, daß Becker Blut im Gesicht gehabt habe. Das ist das erste Mal, daß jemand konkret aussagt, daß sich Becker und Diepeschrath bei ihrer Zusammenkunft geschlagen haben. In den Akten stand davon nichts.«

»Komisch. Wenn ich mich recht erinnere, hat Becker mir gegenüber das schon erwähnt. Er sagte, Diepeschrath habe ihm eins auf die Nase gegeben.«

»Wie dem auch sei, Herr Rott. Es stellt sich jetzt alles in einem anderen Licht dar. Ich frage mich ernsthaft, ob ich Sie weiter in dem Fall ermitteln lassen soll. Wenn ich es recht überblicke, haben Sie nichts Brauchbares herausgefunden.«

Ich starrte auf die graue Straße, die sich an der Weide vorbei ihren Weg bahnte.

»Herr Rott, sind Sie noch da?«

»Ja, ja, Herr Vogt. Also, ich kann Ihnen natürlich keine Vorschriften machen. Aber ich glaube nach wie vor an Beckers Unschuld. Und außerdem gibt es durchaus Ermittlungsergebnisse zu vermelden.«

»Da bin ich aber gespannt.«

»Zunächst mal ist da diese Sache mit meinem Auto.«

»Das ist kein Beweis für irgendwas.«

»Also gut. Lassen wir das beiseite. Es gibt noch mehr.«

Ich berichtete von dem Hexenteich und von meinem Gespräch mit dem pensionierten Lehrer. Ich war gerade so weit gekommen, von der historischen Hexe Katharina Scheuer zu erzählen, da hörte ich Vogt laut stöhnen.

»Das darf doch nicht wahr sein! Finden Sie das, was Sie da als Ermittlungsergebnis bezeichnen, nicht selbst ein bißchen abstrus? Die Story von der Katharina Scheuer, Güschen oder ›Scheuers Tring‹ oder wie auch immer kennt jeder, der sich in Gladbach und Bensberg ein bißchen mit Geschichte beschäftigt hat. Am Rathaus in Bensberg gibt es sogar eine Gedenktafel für die arme Frau. Darauf können Sie alles nachlesen. Das hätten Sie wirklich einfacher haben können.«

»Aber sehen Sie doch mal die Fakten! Diepeschrath wurde praktisch auf dieselbe Art und Weise getötet wie diese angebliche Hexe im Jahre 1613, und noch dazu am selben Platz.«

»Was heißt am selben Platz?«

»Diese Scheuers Tring starb in Lustheide am Steinbrückchen. Es könnte also durchaus diese Stelle gewesen sein.«

»Hat dieser Hobbygelehrte, bei dem Sie heute waren, bestätigt, daß es dieser Platz war?«

»Nein, die genaue Stelle kennt man nicht.«

»Sehen Sie! Es ist reine Spekulation.«

»Aber darum geht es doch nicht«, rief ich. »Es geht doch nur darum, daß sich jemand, das heißt wahrscheinlich eine Frau, mit dieser Hexe identifiziert. Und sich sozusagen in ihrem Namen rächt. Und dieser Jemand sucht sich eben den Platz, der dem historischen Ort am nächsten kommt.«

Vogt schwieg, offensichtlich dachte er nach. »Sie gehen also davon aus, daß sich eine Frau gerächt hat?« fragte er schließlich.

»Diese sogenannten Hexen sind die Märtyrerinnen der Frauenbewegung. Und daß Diepeschrath nicht besonders nett mit Frauen umgesprungen ist, wissen wir.«

»Vor allem nicht mit seiner eigenen.«

»Ganz genau. Da fällt mir noch etwas ein, was ich Ihnen erzählen muß.« Ich berichtete von dem Haus auf Manscheits ehemaligem Grundstück und wie ich dort am Abend zuvor Angelika Diepeschrath beobachtet hatte.

»Sehr merkwürdig«, sagte Vogt. »Sie hat Fotos gemacht, sagen Sie? Na ja – andererseits, warum nicht? Es ist ihr Grundstück, und sie kann machen, was sie will. Also gut. Machen Sie weiter, aber sehen Sie verdammt noch mal zu, daß Sie greifbare Beweise kriegen. Wir müssen Becker aus der U-Haft rausholen. Es hätte gar nicht so weit kommen dürfen.«

»Ich rede mal mit seiner Frau«, sagte ich. »Mir kommt das etwas komisch vor. Und da ist noch etwas. Sie kriegen doch durch den Scheidungsanwalt von Angelika Diepeschrath Informationen über die Familie.«

»Ich kann es versuchen. Es sollte aber nicht zur Gewohnheit werden. Worum geht es?«

»Fragen Sie mich jetzt bitte nicht, warum ich das wissen will. Aber hat Angelika Diepeschrath eine Schwester? Vielleicht sogar eine Zwillingsschwester?«

»Glauben Sie, es war gar nicht Frau Diepeschrath, die Sie gesehen haben?«

»Prüfen Sie es nach. Bitte.«

»Also gut – auf Wiederhören.«

»Moment, was ist mit meinen Wagen?«

»Der steht fix und fertig auf dem Parkplatz der Werkstatt zur Abholung.«

Er gab mir die Adresse. Wenigstens eine Sache, die reibungslos funktionierte.

Diesmal wurde ich »Im Wasserblech« noch unfreundlicher empfangen als gestern. Ich stand auf dem abgeschrägten Brett, klingelte bereits zum vierten Mal, und es tat sich immer noch nichts. Ich überlegte, ob Ruth Becker vielleicht wirklich nicht zu Hause war, und beschloß, mal wieder zur Anrufstrategie zu greifen. Ich mußte allerdings erst die Auskunft anrufen und die Privatnummer der Beckers herausfinden. Dann tippte ich sie in mein Handy und wartete, bis das Signal über irgendwelche Sender durch die Gegend geschickt wurde, um keine zehn Meter von mir entfernt ein Klingeln im Becker-Haus auszulösen. Als es soweit war, konnte ich das Telefon sogar hören. Der Anrufbeantworter meldete sich: »Hier Volker und Ruth Becker. Wir sind nicht zu Hause. Sie können –« In diesem Moment nahm jemand den Hörer ab. Eine müde Frauenstimme meldete sich und sagte: »Hallo.«

»Hallo, Frau Becker? Hier ist Rott. Ich stehe hier unten vor Ihrer Haustür und –«

»Gehen Sie weg.«

»Aber ich muß mit Ihnen reden. Bitte lassen Sie mich rein.«

Ich bemerkte aus den Augenwinkeln, daß auf der Straße jemand vorbeispazierte. Ich drehte den Kopf und sah einen Mann mit einem Dackel an der Leine. Der Hund schnupperte am Gartenzaun, sein Herrchen sah mich grimmig an. Offenbar hatte der Mann noch nie jemanden telefonieren sehen.

»Gehen Sie weg«, rief Ruth Becker wieder. Sie hörte sich an, als stünde sie kurz vor einem Nervenzusammenbruch.

»Warum haben Sie diese Aussage gemacht? Ich muß das wissen.« Ich konnte förmlich sehen, wie der Mann am Gartenzaun die Ohren spitzte, und dämpfte meine Stimme. »Sagen Sie mir, wie Sie darauf gekommen sind, daß sich in Ihrem Gartenhäuschen der Benzinkanister befand. Das haben Sie doch nicht durch Zufall mitbekommen.«

Ein eigenartiges Geräusch drang aus dem Hörer. Ruth Becker weinte.

»Gehen Sie doch endlich«, schniefte sie, dann knackte es. Sie hatte aufgelegt.

Ich drückte auf das Handy, drehte mich dem Hundeausführer zu und grüßte laut und deutlich: »Guten Tag! Schönes Wetter heute, nicht wahr?«

Der Mann glotzte mich durch dicke Brillengläser an und lüpfte sogar seinen grauen Filzhut. »Tach«, brummelte er und marschierte weiter.

Ich ging um das Haus herum in den Garten, in dem Becker den Rasen gemäht hatte. Er hatte ganze Arbeit geleistet. Das Gras war schön kurz. Ich betrachtete das Häuschen, in dem wohl der Kanister gestanden hatte.

Die Tür hatte einen Riegel, an dem ein Vorhängeschloß hing. Ich sah mich um. Die Rasenfläche war glatt wie ein Teppichboden. Es gab keine Spuren, erst recht keine von Rollstuhlrädern. Während ich noch überlegte, bemerkte ich an einem der Fenster im ersten Stock eine Bewegung. Ein bleiches Gesicht war hinter der Scheibe zu erkennen. Langsam ging ich zum Wagen zurück.

*

»Die Frau hinter dem Fenster war garantiert nicht Angelika«, sagte Jutta. »Guck mal, die schönen Rosen.«

Wir befanden uns auf dem großen Platz in der Innenstadt von Bergisch Gladbach, der seit gestern sein Aussehen völlig verändert hatte. Es war Markttag. Die Menschen drängten sich zwischen Obst- und Gemüseständen. Händler priesen lauthals ihre Waren an. Der Hit des beginnenden Frühlings waren Erdbeeren, die rot und appetitlich in ganzen Batterien blauer Plastikschälchen auf ihre Käufer warteten.

Als wir ein wenig herumgeschlendert waren, kamen wir einem Stand mit Blumen immer näher.

»Zehn Rosen für fünf Mark«, brüllte uns eine Frau entgegen, wobei sie den Preis mit deutlicher Absetzung der Konsonanten aussprach, so daß es wie »Zehn Rosen für fünneff Marrek« klang. Was würde sie rufen, wenn nächstes Jahr endgültig mit Euro bezahlt wurde?

»Zehn Stück bitte«, sagte Jutta und machte ein düsteres Gesicht. »Eigentlich hättest du auch selbst darauf kommen können.«

»Wieso?« fragte ich verwirrt. »Ich habe die Frau eindeutig erkannt. Na gut – die Beleuchtung war ein wenig komisch, aber –«

»Quatsch, das meine ich doch nicht. Ich meine, daß ich mir selbst Rosen kaufen muß. Das ist schließlich eigentlich die Aufgabe eines Kavaliers. Aber Kavalier ist wohl ein Fremdwort für dich.«

»Kavalier ist tatsächlich ein Fremdwort. Nicht nur für mich«, bekräftigte ich. »Und im übrigen sind wir gerade im Dienst, und überhaupt ... Hast du keinen anderen, der dir einen Rosenstrauß zu Füßen legen könnte?«

Jutta nahm das Büschel Blumen. Die Blüten waren dunkelrot. Samtig und geheimnisvoll. »Och – da würde ich auch mit dir vorlieb nehmen. Ich denke übrigens, wir sollten die Blumen Theresa schenken. Als kleine Geste, weil sie dir ihr Auto geliehen hat.«

»Ist okay«, sagte ich. »Aber die fünf Mark gebe ich dir wieder – obwohl ich ja der Ansicht bin, daß rote Rosen ein bißchen anzüglich sind. Aber wenn du meinst.«

»Wieso? Sie sind doch schön.« Jutta hob die Rosen an die Nase und roch daran. »Und duften tun sie auch.«

»Um jetzt noch mal auf deine Aussage von eben zurückzukommen. Du meinst also, Angelika Diepeschrath war nicht in dem Haus gestern abend?«

»Ich weiß es. Du hast ja keine Ahnung, wie schwesterlich ich seit heute vormittag mit den Damen vom Hexenladen verbunden bin.«

»Dann berichte es mir doch einfach«, schlug ich vor. »Dafür haben wir uns schließlich getroffen. Wobei ich überhaupt nicht verstehe, warum das ausgerechnet hier passieren mußte. Hätten wir nicht wieder in dein Hotel gehen können? Oder in ein Restaurant?«

»Was nicht ist, kann ja noch werden. Aber ich glaube, wir haben hier in der Nähe was zu tun. Angelika hat gesagt, daß sie tatsächlich im Fitneßstudio war. Sie hat da gerade ihre ersten Testbesuche gemacht. Besuche, für die man sich einen Termin geben lassen muß.«

Wir bewegten uns vom Platz weg die Fußgängerzone entlang – allerdings nicht zum Bahnhof wie ich gestern, sondern in die andere Richtung.

»Und wenn sie gelogen hat?«

»Hat sie nicht. Du wirst sehen.«

Ich seufzte. »Also gut. Wer war dann die Frau hinter dem Fenster? Ein Geist vielleicht? Heraufbeschworen durch Hexenmacht? Um mich zu verwirren?«

»Wer weiß? Das mit den Hexen ist übrigens ernster, als ich dachte.«

»Das mußt du mir erklären.«

»Ich glaube, daß Morgana den Laden nur hat, um sich in netter Atmosphäre mit ihren Hexenschwestern zu treffen. Ich war heute von neun bis zwölf in dem Laden, und es kam kein einziger Kunde, und eine Kundin auch nicht.«

»Können die das zu Hause nicht billiger haben? Das Treffen, meine ich.«

»Billig – als ob es darauf ankäme! Ich habe eine Freundin, die hat eine Boutique in Remscheid, in die nur alle Jubeljahre mal einer kommt. Sie hat gerade mal fünf, sechs Stammkundinnen, aber es macht ihr trotzdem Spaß, etwas anzubieten. Es ist eben nett, wenn Frauen kommen, ein oder zwei Sachen anprobieren und einen Kaffee trinken.«

»Dann hat deine Freundin ihren Laden aber nicht, um Geld zu verdienen.«

»Natürlich nicht. Typisch Mann, daß du immer ans Geld denkst. Geht es denn nicht in deinen Schädel, daß Geld nicht das Wichtigste im Leben ist?«

Ich dachte an Juttas Suite im Grandhotel und ihr Einkommen, sagte aber nichts, weil ich ihrem Rat folgen und jeden Gedanken an schnöden Mammon aus meinem Kopf verbannen wollte. Unterdessen dozierte sie weiter.

»Denk doch mal nach: So ein Laden hat auch soziale Vorteile. Und ganz sicher sieht Morgana das auch so. Sie lernt andere Frauen kennen. Frauen, die sich für Esoterik und so was interessieren.«

»Und Angelika Diepeschrath arbeitet nur zum Schein da.«

»Morgana greift ihr eben finanziell ein bißchen unter die Arme.«

»Wer sich's leisten kann ...«

»Wovon sie letztlich lebt, habe ich noch nicht rausgefunden, tut mir leid.«

»Und worüber reden die so in diesem Scheinladen?«

»Alles mögliche. Teerezepte. Männer. Tarotlegen. Worüber man eben redet. Heute haben sie sich über die Walpurgisnacht unterhalten.«

»Ist ja klar, das sind Hexen. Also reden sie über die Walpurgisnacht.«

»Die Nacht zum ersten Mai. Die ist nächste Woche.«

»Weiß ich. Das ist die Nacht, in der sie auf dem Besen durch die Gegend fliegen.«

»Quatsch. Das heißt – ich weiß nicht, was sie genau vorhaben. So weit sind wir nicht gekommen. Aber eins sage ich dir: Das sind Hexen, zumindest in ihrer eigenen Vorstellung.«

»Au verdammt«, sagte ich.

»Wieso? Keine Angst, Remi. Dir tun sie bestimmt nichts. Ich beschütze dich.«

»Ich habe keine Angst«, sagte ich. »Bei mir fällt nur der Groschen – allerdings pfennigsweise. Und trotzdem komme ich einfach nicht dahinter.« Ich berichtete ihr, was ich von Gero von Berg erfahren hatte – von der Bedeutung des Hexenteiches, von der historischen Hexe.

»Arme Frau«, stellte Jutta fest, und es klang, als hätte ich von einer gemeinsamen Bekannten gesprochen.

»Na ja, die hat es schon fast vierhundert Jahre hinter sich. Anderen geht es jetzt dreckig. Becker zum Beispiel. Er ist heute morgen verhaftet worden und sitzt in U-Haft.«

Jutta machte große Augen. »Und das sagst du mir jetzt erst?«

»Du hast mich ja nicht zu Wort kommen lassen.«

Ich erzählte, wie es zu Beckers Festnahme gekommen war. Jutta bog plötzlich in eine schmale Gasse zwischen zwei Geschäften ab. Sie schien sich hier auszukennen.

»Wo willst du hin?« fragte ich.

Sie winkte mit dem Blumenstrauß. »Wirst du schon sehen. Ich sagte doch, wir haben noch was zu tun.«

Wir kamen auf einen Parkplatz, der bis zum Rand mit Autos vollgestellt war. In der Mitte stand ein schmuckes kleines Fachwerkhaus – ein Relikt aus einer anderen Zeit. Dahinter erstreckten sich die bunten Autodächer auf einer Fläche, auf die locker ein Fußballplatz gepaßt hätte. Obwohl es hoffnungslos war, suchten immer noch ein paar Optimisten eine Parkgelegenheit. Immer wieder mußten wir Autos ausweichen, die sich im Schrittempo vorbeiquetschten.

Wir erreichten die Stirnseite des Parkplatzes. Dort erhob sich ein wuchtiges Gebäude; es war altmodisch und düster. Davor wies ein großformatiges Schild auf die Firmen hin, die sich offenbar darin befanden. Darunter war auch ein Studio für Rückentraining.

»Also«, sagte Jutta. »Ich habe mir von Angelika alles erklären lassen. Da oben geht sie trainieren. Vorne gibt es eine Rezeption. Auf dem Tisch der Rezeption gibt es einen Kalender, in den die Termine eingetragen werden. Alles klar?«

»Klar. Ich hasse zwar solche Etablissements, aber was soll's.« Ich machte mich auf den Weg. Jutta bremste mich.

»Moment, Moment. Es gibt noch eine zweite Sache. Hinter der Rezeption steht ein großes Schubfach aus Metall, in dem die Besucher und Besucherinnen ihre Trainingsverläufe aufbewahren. Das sind große Karteikarten, auf dem die einzelnen Trainingsprogramme mit den jeweiligen Geräten verzeichnet sind. Jeder muß eintragen, wann er welche Übungen gemacht hat und mit wieviel Pfund Gewicht und so weiter. Um sicherzugehen, daß Angelika hier war, sehen wir uns beides an. Was hältst du davon?«

Ich schüttelte den Kopf. »Du glaubst, wir können da reinspazieren und uns die Unterlagen ansehen? Gibt's da keinen, der aufpaßt?«

»Bestimmt. Aber manchmal ist nur ein Mitarbeiter da, und er muß sich noch um die Besucher kümmern, die Anleitung brauchen. Er befindet sich also nicht ständig an der Rezeption, klar?«

»Wieder klar. Aber woher weißt du das alles?«

»Ich habe schon bei meinem ersten Besuch im Hexenladen mitbekommen, daß Angelika hierherkommt. Und heute habe ich mich ein bißchen dumm gestellt. Habe behauptet, ich wollte schon immer mal ein bißchen Krafttraining machen, aber man traut sich ja nicht – wegen der vielen Machos, die einem beim Gewichtestemmen ständig auf die Beine starren und so weiter. Angelika hat mir das Studio hier empfohlen, und da habe ich mich ganz naiv erkundigt, wie das so läuft. Schon wußte ich alles über die Termine, die Karteikarten und so weiter und so fort.

»Es gibt aber ein Problem.«

»Was ist denn nun noch?«

»Was machen wir, wenn Angelika Diepeschrath gerade da drin ist?«

»Ist sie schon nicht. Also – gehen wir.«

Eine Glastür führte ins Treppenhaus mit Marmorstufen und einem ebenfalls gläsernen Aufzug in der Mitte. Der hallige Eingangsbereich wurde mit leiser Musik veredelt. Ich hörte irgendwas Klassisches – wahrscheinlich ein automatischer Dauerbetrieb von CD.

»Das Gebäude war mal eine Schule«, sagte Jutta und drückte auf den Knopf, so daß sich die Fahrstuhltür öffnete. »Das hat mir Angelika auch erzählt. Sie ist hier zur Schule gegangen. Vor ein paar Jahren wurde das Gebäude verkauft und renoviert.«

»Ist mir schon klar, daß Gebäude eine negative Aura haben. Erst sind sie eine Schule, dann eine Folterkammer für Bodybuilder. Hängt ja alles dicht zusammen. Es gibt eben keine Zufälle im Leben.«

»Du verstehst aber auch gar nichts. Hier wird kein Bodybuilding gemacht, sondern Rückentraining. Gesundes Krafttraining. Das hat noch nicht mal was mit Leistungssport zu tun. Und es würde dir auch nicht schaden. Tu mal was gegen deine Rückenschmerzen.«

»Hab ich keine«, sagte ich. Die Kabine ging auf, und wir standen wieder vor Glas. Dahinter lag das Studio. In schrägen Reihen diagonal durch den Raum und an den Fenstern entlang standen die Geräte aus grauschwarzem Stahl. An einigen wanderten langsam Gewichte nach unten und oben – bedient von mehr oder weniger grimmig dreinschauenden Trainingskandidaten. Es war ziemlich voll – anscheinend verbanden viele den Besuch auf dem Markt mit körperlicher Ertüchtigung. Ich war erstaunt, wie spartanisch der Saal wirkte. Das hatte nichts zu tun mit den Schickimicki-Muckibuden, die man sonst zu sehen bekam. Es gab keine Bar, und es war auch keine Musik zu hören. Statt dessen hallte das schleifende Geräusch der auf- und abfahrenden Gewichte durch den Raum.

Die Rezeption befand sich gleich am Eingang. Sie bestand aus einem Viereck von Theken, das sich an die Fensterfront schmiegte. Auf dem vorderen Teil der Theke lag ein flacher Kalender im Querformat. Ich sah eine Reihe von Bleistifteintragungen, die allerdings auf dem Kopf standen. Daneben lag ein Stapel Flugblätter mit der dicken Überschrift »Kostenloses Probetraining«.

Aus der Tiefe des Raumes löste sich ein junger Mann in blauer Hose und weißem T-Shirt, der zielstrebig auf uns zukam.

»Übernimm du den Kalender«, flüsterte Jutta. »Die Karteikarten sind hinten in der Theke.« Sie begann ein wenig umherzuschlendern, als wäre sie mit mir hierhergekommen und würde sich langweilen.

»Guten Tag«, sagte der Mann, als er an der Theke angekommen war. »Ihre Karte bitte.«

»Äh, ich bin noch nicht Mitglied«, sagte ich. »Aber mich würde das hier interessieren.« Ich tippte auf die Flugblätter.

»Ein kostenloses Probetraining. Kein Problem. Wann haben Sie Zeit?« Er lächelte, und hinter ihm sah ich, wie Jutta scheinbar völlig absichtslos an der Theke vorbeiging.

»Lassen Sie mich mal sehen«, sagte ich, zerstreut auf den Kalender blikkend, der zwischen ihm und mir auf der Theke lag. Ich tippte darauf und versuchte, die handschriftlichen Eintragungen zu entziffern. »Welchen Tag haben wir heute?« überlegte ich, als sei ich Manager oder so was und hätte so viel zu tun, daß es mir nicht gelang, den Wochenverlauf im Auge zu behalten.

»Samstag«, sagte der Mann freundlich, nahm den Kalender und schlug das Blatt um, bevor ich etwas erkennen konnte. »Heute und morgen klappt es sowieso nicht mehr. Erst wieder ... hm, Dienstag zum Beispiel.«

»Dienstag ist gut«, behauptete ich.

»Vormittags, nachmittags?«

Ich sah aus den Augenwinkeln Jutta, die genau an der Stelle stand, wo das Thekenviereck auf die Fensterbank traf. Sie machte sich dort zu schaffen, und ich hoffte das beste.

»Sagen wir nachmittags. Oder vielleicht abends?«

»Tja.« Der junge Mann schüttelte den Kopf. »Das ist der erste Mai. Feiertag. Da haben wir nur bis achtzehn Uhr geöffnet. Sie können aber den letzten Termin haben. Sagen wir sechzehn Uhr dreißig?«

»Gut. Wie lange haben Sie denn sonst geöffnet?«

»Bis halb zehn«, sagte er und zückte einen Bleistift. »Wie ist Ihr Name?«

»Rott«, sagte ich, und Jutta kam langsam wieder zurückspaziert. Der Mann schrieb etwas auf den Kalender und drehte sich zu Jutta.

»Gehören Sie zusammen?« fragte er, und sein Lächeln wurde breiter – wahrscheinlich, weil sich selten jemand mit einem Blumenstrauß in der Hand hierher verirrte. »Möchten Sie vielleicht auch ein bißchen trainieren?«

»Der Herr hier hat es am Rücken«, sagte Jutta grinsend. »Nicht ich.«

Wir verabschiedeten uns und gingen zu Fuß das Treppenhaus hinunter. Wieder umspülte uns Musik von irgendwoher.

»Die sehen mich nie wieder«, sagte ich. »Obwohl es da drin ja ganz nett zugeht – im Vergleich zum Sportunterricht, den ich in der Schule erlebt habe, meine ich. Und – was ist nun?«

»Dasselbe könnte ich dich fragen. Konntest du in diesem Kalender was lesen?«

»Der Typ hat ihn sofort zur nächsten Woche umgeschlagen, was hätte ich da tun sollen?«

»Na, dann kannst du ja froh sein, daß du eine so tüchtige Assistentin hast«, sagte sie. Als wir über den Parkplatz gingen, zog sie etwas Gelbes hervor. Es war eine zusammengefaltete Karteikarte mit vorgedruckter Tabelle. Sie sah aus wie ein Stundenplan. Ganz oben war handschriftlich der Name Angelika Hommerich eingetragen. Darunter standen zwei Reihen mit Trainingsstunden; sie waren sauber mit Zahlen ausgefüllt – beginnend mit dem Datum.

»Siebenundzwanzigster Vierter«, las ich. »Gestern. Dann habe ich hinter dem Fenster wohl tatsächlich einen Geist gesehen. Aber das kriege ich raus. Spätestens heute abend werden wir es wissen.«

»Was hast du vor?«

»Wie gesagt – ich werde mir heute abend noch mal das Haus ansehen, in dem wir ... ich meine, in dem ich Angelika gesehen habe.«

»Warum gehst du nicht sofort hin?«

»Ich suche den Schutz der Nacht, das ist doch klar.«

»Darf ich nicht mit?«

Ich schüttelte den Kopf. »Was ich da mache, ist Einbruch. Es reicht, wenn einer von uns geschnappt wird, wenn was schiefgeht. Außerdem fällt einer weniger auf als zwei.«

»Da ist was dran. Und was machen wir so lange?«

»Ich habe mit Vogt gesprochen. Der Wagen ist fertig. Den holen wir ab. Vorher gönnen wir uns ein nettes Mittagessen, würde ich sagen. Wenn wir dann satt sind und alle fahrbaren Untersätze wieder zur Verfügung stehen, finden wir uns noch mal bei Theresa ein und halten Kriegsrat. Es wird Zeit, daß wir zur Mitte stricken. Ich will endlich wieder heim nach Wuppertal.«

*

Die Abendluft war warm und angenehm. Eigentlich hätte ich mir etwas anderes vorstellen können, als in irgendwelche geheimnisvolle Gartenhäuser einzubrechen. Gegen halb neun fuhr ich los. Ich parkte den Wagen an derselben Stelle, an der Jutta am Abend zuvor ihr Motorrad abgestellt hatte. Auf dem Weg zum Haus begegnete ich keinem Menschen. Der Himmel war schwärzer als gestern; das Licht, das die riesige Stadt Köln irgendwo weiter hinten in den Himmel strahlte, wurde diesmal nicht reflektiert. Statt dessen sah ich ein paar Sterne blinken. Wahrscheinlich war kein Wölkchen dort oben.

Niemanden störte der Lärm, als ich über das Metalltor stieg. Ich hatte mir von Theresa eine kleine Taschenlampe ausgeliehen, die ich jedoch erst möglichst spät benutzen wollte. Das kleine Gebäude war dunkel wie ein schwarzer Klotz. Nirgendwo brannte Licht.

Auf der anderen Seite des Hauses erstreckte sich plattgefahrene Erde, die schwach von fernen gelblichen Lampen beleuchtet wurde. Ich erkannte weiter hinten einen Zaun und dahinter rechteckige Umrisse von Industriegebäuden. Vom Zaun zum Grundstück führten schwarze Linien – Reifenspuren. Ich folgte ihnen, und es dauerte eine ganze Weile, bis ich auf einen asphaltierten Weg kam. Hier konnte man schon etwas besser sehen. Scharfgezackte Büschel stachen aus dem rohen Teer – Unkraut, das sich seinen Weg durch den Belag gebahnt hatte. Das Grundstück wurde schmaler; nach einer Weile war es nur noch so breit wie die kleine Straße.

Ich erinnerte mich, daß Manscheit eine Zufahrt irgendwo im Industriegebiet erwähnt hatte.

Es hatte jetzt keinen Sinn, danach zu suchen. Ich war froh, daß die Luft rein war und ich das Haus unter die Lupe nehmen konnte. Ich ging zum Haus zurück und gelangte über die Wendeltreppe zu der Tür. Ich drückte die Klinke nach unten. Ordentlich abgeschlossen – ich hatte nichts anderes erwartet.

Ich wagte es, die Taschenlampe kurz anzuknipsen, um mich zu orientieren – ein Risiko, denn ich befand mich praktisch auf einem Turm, und es war nicht abzuschätzen, wie weit man das Licht sehen konnte. Die einzige Möglichkeit, hineinzukommen, ergab sich einen knappen halben Meter von der Tür entfernt: ein Fenster.

Ich löschte das Licht und wartete, bis sich meine Augen wieder an die Dunkelheit gewöhnt hatten. Dann kletterte ich auf das Geländer am Treppenrand und versuchte zu vergessen, daß ich gut und gern drei Meter tief fallen würde, wenn ich nicht aufpaßte. Ich reckte mich nach vorne und tastete mich an der Glasscheibe entlang. Ich zog meine Neunmillimeter hervor und atmete tief durch. Dann holte ich aus und schlug mit dem Griff die Scheibe ein.

Das Getöse kam mir gewaltig vor. Irgendwo in der Ferne bellte ein Hund. Ich wartete, bis sich mein Atem wieder etwas beruhigt hatte, und beseitigte den Rest der Glassplitter, die noch in dem Fensterrahmen steckten. Ich traute mich nicht, die Lampe noch einmal anzumachen, so konnte ich nicht genau erkennen, ob ich alle scharfkantigen Stellen beseitigt hatte. Immer wieder tastete ich vorsichtig das Fenster ab. Dann beschloß ich, es gut sein zu lassen. Ich kletterte noch eine Stange weiter auf dem Geländer, stützte mich auf den Fensterrahmen und stieg vorsichtig hinein. Ich versuchte, mein Gleichgewicht in das Innere des Raumes zu verlagern. Plötzlich konnte ich mich nicht mehr halten und stürzte in das schwarze Loch.

Ich fiel zu Boden, rollte ab und stieß mir den Kopf hart an. Mit meiner rechten Hand durchfurchte ich die Luft und ertastete etwas Hartes, Hölzernes. Vorsichtig richtete ich mich auf. Ich war völlig orientierungslos. Das einzige, wonach ich mich richten konnte, war das quadratische Viereck des Fensters über mir, das sich ein wenig von der Schwärze abhob.

Als ich stand, blickte ich hinaus und prüfte, ob die Luft immer noch rein war. Kein Laut drang zu mir, auch der Hund hatte aufgehört zu bellen. Doch dann hörte ich mein eigenes Keuchen und ein Summen in den Ohren, das immer lauter wurde – durchmischt von meinem dumpfen Herzschlag. Ein Gefühl von Klaustrophobie erfaßte mich. Ich mußte mich zwingen, am Fenster einige Male tief durchzuatmen. Dann wandte ich mich dem schwarzen Raum hinter mir zu und schaltete die Lampe an.

Was ich sah, war enttäuschend. Es war ein kleines Zimmerchen – karg eingerichtet. Neben dem Fenster befand sich der Kleiderschrank, den ich hinter Angelika Diepeschrath gesehen hatte. Daneben, in einer Nische, stand ein kleiner Schreibtisch.

Das Ganze erinnerte an eine Studentenbude, wie man sie aus alten Filmen kennt. Das einzige, was fehlte, war das Bett. Gegenüber von dem Schrank gab es ein weiteres Fenster.

Ich dämpfte die Lampe mit der Hand ein wenig ab und stellte mich an dieselbe Stelle, an der Angelika Diepeschrath gestanden hatte. Ich drehte dem Fenster den Rücken zu und sah vor mir die geschlossenen Holztüren. Ich drehte den Schlüssel um und öffnete sie.

Es gab nichts als Unmengen von Kleidern. Ich griff hinein und schob ein paar der Sachen zur Seite. Es waren, soweit ich sehen konnte, Frauensachen. Unten stand sauber aufgereiht eine Kolonne von Schuhen. Ich suchte noch ein wenig zwischen den Klamotten herum, sah ordentlich aufgehängte Faltenröcke, Kleider aus bunter Seide, Blusen und sogar ein paar Mäntel, dann schloß ich den Schrank wieder und wandte mich dem Schreibtisch zu.

Die Platte war vollkommen leer. Seitlich gab es ein paar Schubladen. Ich zog sie auf, und eine Menge Papierkram quoll mir entgegen. Mappen, Aktenordner und lose Stapel. Es war so viel, daß ich die Schublade nicht mehr zubekam. Ich holte einige der Ordner hervor und legte sie auf die Tischplatte. Etwas rutschte heraus. Es waren Fotos von Angelika Diepeschrath, auf denen sie allerdings jünger wirkte. Auf einem trug sie ein buntes Seidenkleid, das ich in dem Schrank gesehen hatte. Ich drehte mich zu dem Fenster hin und verglich es mit dem Fotohintergrund. Die Aufnahmen waren alle hier in diesem Zimmer gemacht worden. Angelika Diepeschrath lächelte auf den Bildern. Mir fiel auf, daß sie sehr stark geschminkt war.

Ich legte die Fotos zur Seite und öffnete einen der Aktenordner. Der Lichtkegel der Taschenlampe fiel auf handgeschriebene Zahlenkolonnen; es waren mehrere Additionen mit Summen am Ende. Hohe Summen:

zwanzigtausend, dreißigtausend. Ich blätterte weiter und sah computergeschriebene Seiten. Ich versuchte, die Texte zu lesen. Sie waren auf Englisch und von Fachausdrücken durchsetzt. Weiter hinten gab es etwas auf Deutsch, doch bevor ich begriff, um was es ging, hörte ich das Brummen eines Motors. Es kam eindeutig näher. Sofort löschte ich das Licht.

Ich wandte mich dem Fenster zu und beugte mich hinaus. Scheinwerfer tasteten sich über das Grundstück und erzeugten Schatten, die über die Grasfläche huschten. Ein Wagen näherte sich dem Haus. Die Lichter erloschen. Jemand stieg aus und knallte die Tür zu. Das Auto stand im Dunkeln; die Person, die ausgestiegen war, zeichnete sich als Umriß daneben ab. Es war ein Mann. Er machte keine Anstalten, sich von dem Wagen wegzubewegen. Nach einer Weile zündete er sich eine Zigarette an, und ich erkannte im Schein der Feuerzeugflamme Rudolf Diepeschrath.

Als er fertiggeraucht hatte, sah er ein paarmal nervös auf die Uhr und lief ein wenig herum. Ich ertappte mich dabei, wie ich nach meiner Pistole tastete.

Es schien eine Ewigkeit zu dauern, bis ein zweiter Wagen kam. Es war ein kleiner Laster, dessen Lichter nun die Szene voll und ganz ausleuchteten. Ich duckte mich, als die Lichtkegel das Haus erreichten. Der Motor wurde abgestellt. Jemand stieg aus. Schritte knirschten. Die beiden wechselten einige Worte. Ich konnte nicht verstehen, was sie sagten.

Nach einer Weile wagte ich, wieder durch das Fenster zu sehen. Diepeschrath ging gerade einige Meter unter mir auf die Längsseite des Hauses zu. Etwas rumpelte. Anscheinend wurde die Garage geöffnet. Der andere stieg wieder in das Auto und fuhr etwas näher heran. Jetzt befand sich das Geschehen da unten außerhalb meines Blickfelds, doch ich konnte hören, wie jemand auf die Ladefläche des Lasters kletterte.

Wieder unterhielten sie sich. Der Ton wurde schärfer. Sie schienen in Streit zu geraten. Jetzt konnte ich hören, daß sie in einer fremden Sprache sprachen – es klang wie Russisch oder Polnisch. Plötzlich gab es ein klatschendes Geräusch, dann wieder eins. Dazwischen etwas wie Ächzen. Die beiden schienen sich zu prügeln. Ich beugte mich aus dem Fenster, um etwas zu sehen.

Offenbar hatten sie im unteren Teil des Hauses eine Lampe entzündet. Diepeschrath lief durch die beleuchtete Fläche, der andere folgte ihm und hielt ihn fest. Diepeschrath schrie auf und fiel zu Boden. Sein Gegner war schwerer und massiger als er und schlug auf ihn ein. Trotzdem schaffte es

Diepeschrath, sich wieder aufzurappeln und unter sein Jackett zu greifen. Im nächsten Moment erstarrte die Szene. Diepeschrath hielt eine Pistole in der Hand.

Doch der andere gab nicht auf. Er sagte in ruhigem Tonfall ein paar Worte. Diepeschrath fauchte ihn nervös an. Der Mann ging langsam in die Knie und legte sich hin. Diepeschrath begann ihn abzusuchen – wahrscheinlich nach Waffen. Dabei bekam der Gegner seine Chance. Er trat Diepeschrath blitzschnell in die Magengegend, brachte ihn damit zu Fall und war sofort auf den Beinen. Die beiden rangen eine Weile miteinander und bewegten sich wieder auf das Haus zu. Als sie bei der Garage waren, verlor ich sie wieder aus dem Blickfeld. Dann bekam ich etwas zu hören. Einen ohrenbetäubenden Knall. Die Stille danach war unheimlich.

Ich lauschte angestrengt. Vergeblich. Kein Laut war zu vernehmen. Irgendwann warf ich wieder einen Blick nach draußen. Nichts hatte sich verändert. Das Licht aus der Garage sickerte auf den Vorplatz. Der Wagen stand immer noch da. Irgend etwas warnte mich davor, mein Versteck zu verlassen.

Dann hörte ich, wie jemand dort unten etwas sagte. Ich konnte nichts verstehen. Aber mir schwante Schlimmes.

Ich hatte den Eindruck, bereits Stunden hier drin verbracht zu haben, als sich wieder ein Wagen näherte. Diesmal stiegen mehrere Personen aus und unterhielten sich aufgeregt. Emsiges Herumgelaufe war plötzlich dort unten im Gange. Irgendwann hielt ich es nicht mehr aus und sah wieder aus dem Fenster – genau in dem Moment, als jemand die Wendeltreppe hochgestürmt kam und mir mit einer Taschenlampe genau ins Gesicht leuchtete.

Sofort ließ ich mich wieder auf den Boden fallen. Draußen stieß jemand einen Fluch aus und drückte die Türklinke herunter. Der Mann rief etwas – wahrscheinlich warnte er die anderen. Irgendwer stürmte herauf, und dumpfes Poltern zeigte mir an, daß sie gemeinsam versuchten, die Tür aufzubrechen.

Ich zog meine Neunmillimeter und behielt Fenster und Tür im Auge. Gleichzeitig rückte ich immer weiter in den hinteren Teil des Zimmers zurück und tastete mit zittrigen Händen nach meinem Handy. Als ich es aktivierte, leuchtete das Display grün auf. Ich hackte nervös die Notrufnummer in die Tastatur und bekam in dem Lärm kaum mit, daß sich jemand meldete.

»Überfall«, keuchte ich heiser in den Hörer.

»Ihr Standort bitte«, sagte der Mann auf der anderen Seite, und ich wußte nicht, was ich antworten sollte. »Industriegebiet Zinkhütte. Ganz hinten – einsames Grundstück. Nach Lückerath hin ...«

Am Fenster zeigte sich ein Kopf. Ich drängte mich an die Wand, um möglichst wenig Angriffsfläche zu bieten.

Ein Lichtblitz zuckte. Mit ohrenbetäubendem Knall ging die Tür zu Bruch. Panisch packte ich den Schreibtisch, schmiß ihn um, um mich notfalls dahinter zu verbarrikadieren. Ich kauerte mich auf den Boden. Das Türblatt drehte sich in den Raum hinein; in der Öffnung dahinter erkannte ich schemenhaft schwarze Figuren. Ich zog den Abzug meiner Pistole durch.

Die Schatten verschwanden. Noch bevor ich richtig darüber nachdenken konnte, ob ich jemanden getroffen hatte, flog mir etwas Leuchtendes entgegen. Es fiel zu Boden, schoß auf mich zu und zog eine Flammenspur hinter sich her.

Ich rappelte mich auf und kickte die brennende Petroleumlampe zur Seite. Das war ein Fehler. Sie rollte weg und verteilte das Feuer noch weiter im Raum. Sofort leckten die Flammen an dem Kleiderschrank hoch. Plötzlich stieg eine mannshohe Feuerwand auf; der Ausgang war von Flammen bedeckt. Eine mörderische Hitze umgab mich. Ich sah zur Seite und bemerkte, daß der Ärmel meiner Jacke Feuer gefangen hatte.

In Panik sprang ich nach vorne über den umgestürzten Schreibtisch. Die Tür war wieder zu. Ich riß sie zur Seite. Auch an der Wendeltreppe brannte es bereits. Beißender Rauch schlug mir von draußen entgegen. Hinter dem Knistern der Flammen hörte ich, wie ein Motor angelassen wurde. Der Laster und der andere Wagen fuhren los. Als aus dem Fenster neben mir plötzlich eine Feuerwalze herausfauchte, zögerte ich nicht lange und sprang über die Brüstung in die Tiefe. Als ich unten angekommen war, schien das Feuer mit einemmal verschwunden zu sein. Die reine Schwärze um mich herum empfand ich als Erleichterung.

9.

Jutta fuhr mit einem Motorrad durch das Bergische Land. Aber das Bergische Land war nicht grün, sondern tiefviolett. Der Himmel war rot wie bei einem gewaltigen Sonnenuntergang, und es gab keine Wiesen, sondern nur eine Wüste aus Schotter. Die Straße wand sich in einheitlichem Hellgrau über die Hügel, und andauernd wechselte die Perspektive. Mal sah ich Jutta auf mich zufahren, dann machte die Kamera einen Schwenk, und ich sah nun von hinten, wie ihr Gefährt dem Horizont entgegenraste und dabei immer kleiner wurde.

Juttas Motorrad sah komischerweise wie ein überdimensionaler Besen aus, auf dessen Stange mehrere Pferdesättel befestigt waren – als würden viele Hexen gleichzeitig auf diesem Motorbesen reiten. Und plötzlich war Jutta nicht mehr allein auf dem eigenartigen Gefährt. Hinter ihr saß Theresa und studierte aufmerksam eine Landkarte. »Wir müssen die Autobahnauffahrt nehmen«, sagte sie nachdenklich.

»Wir müssen ihm noch eine Spritze geben«, sagte eine Stimme, und es klang wie ein verzerrtes Echo. Plötzlich wurde es blendend weiß um mich. Ich schlug die Augen auf, und das Blenden wurde stärker. Die Sonne schien. Ich mußte husten, und es fühlte sich an, als würde mein Brustkorb zerplatzen.

»Stillhalten«, sagte eine Frau neben mir, und ich spürte ein leichtes Brennen, als sie mit irgend etwas über meinen Arm wischte. »Na?« fragte sie freundlich. »Sind wir wieder in der Realität angekommen?«

»Nwgssen«, sagte ich röchelnd, und das hatte eigentlich »Nie weg gewesen« heißen sollen. Kaum hatte ich das Gestammel hervorgebracht, überwältigte mich ein neuer Hustenreiz. Unwillkürlich richtete ich mich auf; dabei spürte ich einen stechenden Schmerz am unteren Ende der Wirbelsäule. Ich schrie auf und sackte wieder zusammen.

»Ganz ruhig«, sagte die Frau. Hellblonde Haare umrahmten das Gesicht. Wasserblaue Augen sahen mich an. Sie waren genauso steril wie das Zimmer.

»Sind – Sie – Krankenschwester?« fragte ich.

Sie schüttelte den Kopf. »Die Schwester ist gerade gegangen. Ich bin Dr. Radermacher. Stationsärztin.«

Ich räusperte mich. »Was – ist – passiert?«

Die Frau sagte etwas, doch es ging in meinem erneuten Husten unter. Plötzlich war mein Mund voll mit einem widerlichen Geschmack. Panik stieg in mir hoch. Die Ärztin sah so clean und so sauber aus, aber es half nichts.

»Muß kotzen«, brachte ich würgend hervor, und da erbrach ich mich auch schon. Frau Dr. Radermacher reagierte wie ein Profi und hielt mir gelassen eine Schale unter. Sie wartete, ohne mit der Wimper zu zucken, bis ich fertig war.

»Kein Wunder. Sie haben eine kleine Rauchvergiftung, einige Brandwunden, eine leichte Gehirnerschütterung und ein paar ziemlich üble Prellungen.«

Erst jetzt spürte ich den Verband an meinem Arm. »Und wo bin ich hier?«

»Im evangelischen Krankenhaus der Stadt Bergisch Gladbach.«

»Ich bin aber katholisch.«

»Lassen Sie die Witze. Wie fühlen Sie sich?« fragte sie.

»Na ja ...«

Sie stand auf. »Da wartet eine Menge Besuch auf Sie. So viel, daß ich gewissermaßen persönlich Ihre Bewachung übernommen habe.«

Ziemlich langsam begann mein Kopf wieder normal zu arbeiten. »Dabei bin ich gar nicht privat versichert«, versuchte ich weiter zu scherzen. Ich sah mich um. Ich war der einzige Patient im Zimmer. Ich schielte zur Tür.

»Wie viele?« fragte ich.

»Ein paar Leute von der Polizei und eine Frau mit grünen Haaren. Außerdem hat ein gewisser Rechtsanwalt Vogt schon mehrmals angerufen und wollte wissen, wie es Ihnen geht. Ach ja – und dann gibt's da noch einen Herrn von der Presse. Bruchmann heißt er. Der besucht hier häufig Unfallopfer. Sie sind wohl ziemlich prominent.«

»Das scheint nur so ... Au.« Ich hatte wieder versucht, mich richtig hinzusetzen.

»Verstehe ich Sie richtig?« sagte sie. »Sie wollen mit niemandem reden?«

»Hat jemand Blumen dabei?«

»Die grüne Frau.«

Ich nickte. »Sie darf rein. Sonst keiner. Sagen Sie, ich sei noch bewußtlos oder so was.«

Sie sah mich prüfend an und ging zur Tür. Kurz darauf schob sich Jutta herein. Sie hatte einen Strauß Osterglocken in der Hand und machte ein ziemlich betroffenes Gesicht.

»Mensch, Remi, da hast du dir aber wieder mal was geleistet.« Unvermittelt brach sie in Tränen aus. Jutta konnte ziemlich zynisch sein, aber manchmal gingen die Gefühle mit ihr durch.

Ich wandte vorsichtig den Kopf. Es fühlte sich an, als hätte ich eine Sperre im Hals. Ich brachte mich langsam wieder in die Ausgangslage zurück.

Jutta setzte sich aufs Bett. »Was alles hätte passieren können.«

»Sag mir lieber, was wirklich passiert ist«, sagte ich. »Und zwar möglichst, bevor die Polizei dieses Zimmer stürmt.«

Sie sah mich hilflos an. »Ich weiß ja auch nichts. Als du gestern abend nicht nach Hause gekommen bist –«

»Gestern abend? Wie spät ist es denn?« Ich versuchte, auf meine rechte Hand zu sehen, wo sich normalerweise die Uhr befand, doch da war nur der ziepende Verband.

»Halb eins mittags«, sagte Jutta. »Sonntag. Nur zu deiner Orientierung«, fügte sie hinzu. »Also, als du gestern nicht nach Hause gekommen bist, haben Theresa und ich es irgendwann nicht mehr ausgehalten und sind nach Lückerath gefahren. An Diepeschraths Grundstück stand alles voll mit Polizei und Feuerwehr. Das ganze Haus war runtergebrannt. Ich hatte eine Mordsangst, daß du tot sein könntest, und die Polizei wollte nichts sagen. Nur daß du gegen Mitternacht hier eingeliefert worden bist. Schöne Grüße übrigens von den beiden. Sie kommen später.«

»Danke«, sagte ich. »Welche beiden?«

»Theresa und Willi.«

»Was habt ihr denn Willi erzählt? Der denkt doch, wir wären Unternehmensberater.«

»Die Wahrheit.«

»Gut. Es war auch gut, daß ihr nicht mit der Polizei sprechen mußtet. Das muß ich selbst machen.«

»Bist du denn schon in der Lage dazu?« wollte Jutta wissen und strich mir übers Haar.

»Wenn ich es dir erzählen kann, gelingt mir das auch mit den Bullen.«

Ich berichtete stockend, was ich in dem Haus erlebt hatte. Ich mußte immer wieder husten, und es kam mir vor, als seien meine Lungenflügel mit irgendeiner Masse gefüllt, die mir den Atem nahm. Doch nach und nach wurde es besser.

»Sehr rätselhaft«, sagte Jutta. »Vor allem die Geschichte mit den Akten. Schade, daß du nicht mehr herauslesen konntest.«

»Die Sachen, die ich zuerst gesehen habe, waren auf Englisch. Aber mit vielen Fachausdrücken dazwischen.«

»Welches Fach?«

»Es sah aus wie ein medizinischer Artikel. Oder etwas Pharmazeutisches.«

»Vielleicht ein Buch mit Hexenrezepten? Für Zaubertränke? Das würde zu dem passen, was du bis jetzt herausgefunden hast.«

»Das könnte sogar sein. Die Papiere wirkten wie Ausdrucke von Internetseiten oder so was. Und es kam ein paarmal das Wort ›Sex‹ vor.«

»Liebestränke«, sagte Jutta. »Auf einer Internetseite. Vielleicht gab es in dem Haus einen Internetanschluß. Hast du da auch einen Computer oder so was gesehen?«

»Nein«, sagte ich. »Und außerdem gab's da überhaupt keinen Strom.«

»Es gibt auch Laptops, und die laufen mit Batterie.«

»Internetsurfen ist aber von einer Wohnung aus bequemer.«

Jutta seufzte. »Kannst du dich wirklich nicht an mehr erinnern? Ich meine, was diese Akten betrifft?«

»Im Moment nicht«, sagte ich. »Ich werde es versuchen. Hat die Ärztin eigentlich gesagt, wie lange ich hierbleiben muß?«

»Nein. Wir waren ja froh, daß du überhaupt endlich zu dir gekommen bist. Ich schätze, die werden dich noch eine Weile dabehalten. Und bestimmt so richtig auf den Kopf stellen.«

»Das wird jetzt erst mal die Polizei tun, schätze ich. Oder soll ich vielleicht lieber erst mit Vogt reden?«

Es klopfte an der Tür. Ich seufzte. »Aussage verweigern kann ich immer noch. Laß sie rein.«

Jutta ging zur Tür und öffnete sie. Drei Personen kamen herein – ein Zivilist und zwei uniformierte Beamte. Das Krankenzimmer war jetzt richtig voll.

»Guten Tag«, grüßte der Zivilist. »Herr Rott?«

»Hier«, sagte ich.

»Hätte ich mir auch denken können. Hauptkommissar Sommer, mein Name. Polizei Bergisch Gladbach. Wir hätten ein paar Fragen.« Er blickte Jutta an. »Könnte die Dame vielleicht solange rausgehen?«

»Nicht nötig«, sagte ich. »Fragen Sie.«

Jutta saß auf meinem Bett. Die beiden uniformierten Polizisten standen steif herum und hielten ihre Schirmmützen in der Hand. Sommer sah sich kurz im Raum um, suchte eine Sitzgelegenheit, fand aber keine und blieb stehen.

Er gab einem der Uniformierten ein Zeichen, der griff in eine Aktentasche und holte eine durchsichtige Plastiktüte heraus. Darin befand sich etwas Dunkles. Ich erkannte meine Pistole.

»Gehört die Ihnen?« fragte Sommer.

»Ja.«

»Haben Sie einen Waffenschein?«

»Nicht nur das. Jutta, weißt du, wo meine Sachen sind? Ich kann nicht aufstehen.«

Jutta erhob sich und drängelte sich durch die Polizisten, um an den Wandschrank zu kommen. Sie holte meine Ausweise heraus und reichte sie Sommer.

»Soso, Privatdetektiv«, sagte er, als er meine Lizenz musterte. »Das ist ja interessant.«

Er gab den beiden Kollegen ein Zeichen, und sie gingen hinaus. »Bißchen voll hier«, sagte Sommer und grinste.

Er war schlecht rasiert, und seine spärlichen Haare hingen in grauen Strähnen herab. Ich hätte wetten können, daß er die Nacht durchgemacht hatte.

»Ich kann nur sagen, Herr Rott, Sie haben den Fall gelöst. Eigentlich sollten wir Ihnen dankbar sein.«

»Welchen Fall?« fragte ich. »Ich kann mich nicht erinnern, einen Fall gelöst zu haben.«

»Ach, nicht?« Sommer sah mich überrascht an. »Als was würden Sie das hier bezeichnen?« Er griff in die Innentasche seiner schwarzen Lederjacke und holte eine Schachtel Zigaretten heraus.

»Wollen Sie jetzt etwa rauchen?« fragte Jutta mit einem empörten Unterton in der Stimme. »Ich glaube nicht, daß das hier erlaubt ist.«

Sommer warf ihr einen abschätzigen Blick zu.

»Meine Assistentin, Frau Ahrens«, stellte ich vor. »Und ich muß sagen, sie hat recht. Das ist zwar genau meine Marke – aber ich glaube, Rauch habe ich letzte nacht erst mal genug gehabt.« Ich hustete prompt, und Sommer wartete geduldig, bis ich fertig war.

»Sie wollen mir doch wohl nicht erzählen, daß Sie nicht wissen, was das ist.« Er warf die Schachtel auf meine Brust. Ich nahm sie mit der linken Hand.

»Mein Gott, das ist eben eine Schachtel Camel«, sagte ich.

»Ja. Aber schauen Sie mal genauer hin.«

»Machen Sie es nicht so spannend.«

»Fällt Ihnen nicht auf, daß die Zollbanderole fehlt?«

»Stimmt«, sagte ich. »Wo kommt die Schachtel her?«

»Aus dem Haus, dem Sie gestern abend einen Besuch abgestattet haben. Und wenn Sie wirklich so ahnungslos sind, wie Sie hier tun, ist Ihnen vielleicht auch neu, daß es sich bei dem Haus um ein Lager für geschmuggelte Zigaretten handelt. Wir haben noch über hundert Stangen gefunden. Verschiedene Sorten übrigens.«

»In der Tat. Das ist mir neu.«

Sommer kam näher, drückte Jutta zur Seite und sah mich aufmerksam an. »Könnten Sie mir dann vielleicht den großen Gefallen tun und mir sagen, was Sie dort zu suchen hatten?« Er holte langsam einen Block und einen Stift aus der Tasche und musterte mich drohend. Offenbar gehörte das zu einer neuen Vernehmungsmethode. Ich legte die Zigaretten wieder aufs Bett.

»Ich höre«, sagte er.

»Ich muß keine Aussagen über meine Klienten machen«, erklärte ich. »Mit dem Zigarettenschmuggel habe ich nichts zu tun.«

»Das sagen Sie. Vielleicht sind Sie darin verwickelt, ohne es zu wissen. Schon mal daran gedacht?«

»Möglich ist alles.«

»Dann sagen Sie mir wenigstens, was Sie gesehen haben. Bis zu dem Zeitpunkt, an dem Sie die Polizei angerufen haben.«

»Über die Zeit danach kann ich auch nicht viel erzählen«, sagte ich.

Sommer tippte ungeduldig mit dem Stift aufs Papier. »Wird's bald?«

»Dann sagen Sie mir aber, was es mit diesem Zigarettenlager auf sich hat. Wie hängt Rudolf Diepeschrath damit zusammen?«

»Rudolf Diepeschrath ist tot«, sagte Sommer. »Drei weitere Personen wurden verhaftet. Sie stammen aus verschiedenen Ländern Osteuropas.« Er machte eine Pause. »Und jetzt Sie.«

Ich räusperte mich. Jutta ging zum Nachttisch. Dort standen eine Flasche Wasser und ein Glas. Sie goß mir etwas ein, und ich trank. Es war eine Wohltat.

»Ich wollte eine bestimmte Person überwachen und vermutete sie in diesem Haus.«

»Und Sie haben sich Zutritt verschafft.«

»Richtig. Ich suchte einen Zugang und fand ihn auch.«

»Tatsächlich? Wo denn?«

»Oben. In der oberen Etage. Die man nur über die Treppe erreichen kann.«

»Um wieviel Uhr war das?«

»Ich schätze, etwa um zehn.«

»Und die Tür war offen.«

»Ja.«

Sommer sah mich frostig an und schrieb etwas auf. »War die Person, die Sie suchten, da?«

»Nein.«

»Sie würden mir sicher nicht sagen, welche Person das war, die Sie treffen oder überwachen wollten?«

»Sie haben es erfaßt.«

»War es Rudolf Diepeschrath?«

»Nein.«

»Aber Sie kennen ihn?«

»Kennen ist zu viel gesagt.«

»Aber Sie haben ihn vor dem Vorfall gestern schon einmal gesehen?«

»Ja.«

»Wo?«

»In seinem Büro.«

»Warum?«

»Ich wollte einen Kiosk aufmachen und mich über die Lieferkonditionen von Süßwaren informieren.«

Sommer sah auf. »Berichten Sie lieber von gestern abend weiter.«

Ich erzählte, wie Diepeschrath mit dem Wagen angekommen war, gefolgt von dem kleinen Laster. Dann kam ich auf den Streit zu sprechen.

»Die haben sich da zu einem Deal getroffen«, sagte Sommer.

»Einem Deal?«

Er sah mich streng an. »Eigentlich sollte ein Privatdetektiv über diesen Verbrechenszweig informiert sein. Zigarettenschmuggel ist ein schwerwiegendes Delikt. Allein im Jahr 2000 wurde über eine Milliarde illegal ins Land transportierter Zigaretten sichergestellt. Damit sind dem Staat 275

Millionen Mark an Steuern entgangen. Und das ist nur die Spitze des Eisbergs.«

»Wie läuft so was ab?«

»Die Zigaretten kommen zum Beispiel aus den USA in einen der großen europäischen Importhäfen, sagen wir mal Rotterdam. Von dort erreichen sie ein Bestimmungsland, in dem die Tabaksteuern niedriger sind als bei uns. Und von dort wird die Ware dann in die EU zurückgebracht – auf Lastwagen oder per Schiff über die Adria. Dabei wird die Schmuggelware an den abenteuerlichsten Stellen versteckt. In extra umgebauten Tanks, in Reifen oder in anderer Ware – zum Beispiel in Möbeln oder Konservendosen.«

»Aber haben dann solche Zigaretten nicht die Steuerbanderole des Herkunftslandes?«

»Eigentlich ja. Manchmal werden sie aber auch schon in der Fabrik aus dem legalen Vertriebsweg herausgeholt. Durch Diebstähle oder Einbruch zum Beispiel. Am Ende werden die Zigaretten jedenfalls im Bestimmungsland auf den Markt gebracht. Da gibt es ausgeklügelte Vertriebsnetze.«

»An deren Ende Leute wie Rudolf Diepeschrath stehen.«

»Richtig. Rudolf Diepeschrath befand sich funktional wahrscheinlich ziemlich am Ende der Kette. Als Vertreter für einen Süßwaren- und Zigaretten-Großhandel kannte er genau die richtigen Leute, um die Ware unter der Hand loszuwerden. Er hat die Geschäfte auf eigene Rechnung gemacht und Zigaretten an Kioskbetreiber weiterverkauft – sozusagen als Generalanbieter für das Bergische Land. Wir beschäftigen uns gerade mit seiner Kundenliste.«

»Überprüfen Sie mal einen gewissen Josef Schmitz«, sagte ich. »Er hat einen Kiosk in Engelskirchen.«

Sommer machte sich eine Notiz. »Sehen Sie, Sie haben doch mehr damit zu tun, als Sie dachten.«

»Bringen Sie die ganze Geschichte eigentlich auch mit dem Mord an Diepeschraths Bruder in Verbindung?«

»Dafür haben wir keine klaren Hinweise. Außerdem steht ja bereits eine Person unter dringendem Tatverdacht und sitzt in U-Haft. Es würde mich nicht wundern, wenn diese Person ebenfalls in den Schmuggel verwickelt ist. Die Verdächtigen von gestern abend verweigern allerdings die Aussage. Übrigens – glauben Sie, daß Sie einen davon wiedererkennen könnten?«

»Ich denke nicht. Als ich sie richtig hätte sehen können, ging schon die Ballerei los.« Ich erzählte den dramatischen Rest: wie es zur Schießerei kam, wie das Feuer ausbrach und wie ich aus dem Fenster stürzte.

Sommer dachte nach. »Mit Ihrem Schuß haben Sie übrigens niemanden getroffen. Der Ablauf war jedenfalls so: Die beiden Personen, die später dazukamen, sind dem ersten zu Hilfe gekommen, weil der nicht wußte, was er mit Diepeschraths Leiche machen sollte. Daß sein Geschäftspartner umkam, war wohl nicht geplant. Man fragt sich, worüber die sich gestritten haben.«

»Ich habe es auch nicht verstanden«, sagte ich. »Aber was ist eigentlich mit dem Geld?«

»Welches Geld?«

»Wenn da ein Deal stattgefunden hat, muß es doch auch eine Geldübergabe gegeben haben. Wo ist der Schotter geblieben?«

»Es gab kein Geld«, sagte Sommer.

»Haben Sie alles untersucht? Auch das Haus?«

Sommer stand auf. »Von dem Haus ist so gut wie nichts übrig. Wahrscheinlich ist das Geld wie alles andere zu Asche geworden.«

Ich dachte an die Akten, die vielleicht des Rätsels Lösung enthielten und die jetzt auch vernichtet waren.

»Haben Sie auch Angelika Diepeschrath befragt?«

»Ja. Sie hat fast einen Nervenzusammenbruch erlitten. Kein Wunder, wenn man in einer Woche Ehemann und Schwager verliert.«

»Und der Sohn? Gerd Diepeschrath?«

Sommer zog die Augenbraue hoch. »Sie wissen ja ziemlich gut Bescheid.«

»Ja, und ich weiß auch, daß der Sohn am Abend, an dem sein Vater ermordet wurde, mit Rudolf Diepeschrath und mit diesem Josef Schmitz zusammen war. Das heißt, ich weiß, daß es in den Akten steht. Das war sein Alibi. So viel zum Thema Fakten. Das ist doch eindeutig eine Verbindung. Und die hat mit Volker Becker nicht das geringste zu tun. Schöne Grüße an den Staatsanwalt.«

»Ich werde noch mal die Akten einsehen.«

»Das sollten Sie.«

Sommer verabschiedete sich. »Sie haben uns auf jeden Fall geholfen.«

Ich hob den verbundenen Arm. »Und umgekehrt. Eigentlich sind Sie ja auch der Freund und Helfer.«

Er nahm die Tüte mit der Pistole und die Zigarettenschachtel und wollte gehen.

»Herr Sommer«, rief ich.

»Ja?«

»Dürfte ich bitte meine Waffe wiederhaben?«

Er lächelte und legte sie mir aufs Bett. »Sehen Sie zu, daß Sie sie nicht mehr gebrauchen.«

»Was nun?« fragte Jutta, als Sommer weg war. »Könnte es denn sein, daß Achim Diepeschrath in diese Schmugglergeschichte verwickelt war? Und Opfer der Zigarettenmafia wurde?«

»Ziemlich sicher sogar. Wir haben uns doch die ganze Zeit gefragt, woher er das Geld für den Ankauf von Beckers Grundstück genommen hätte. Hier haben wir die Antwort. Als sein Baugeschäft nicht mehr lief, hat er mit seinem Bruder Schmuggelware verkauft.«

»Und wie machen wir jetzt weiter?«

»Ich würde sagen: erst mal weiter die Hexen beobachten. Morgen, wenn der Laden wieder aufmacht.«

Später, als Jutta längst weg war, kamen Theresa und Willi – ebenfalls mit einem Strauß Osterglocken und mit einem kleinen Köfferchen.

»Ich hoffe, du bist mir nicht böse, daß ich in deinem Zimmer war«, sagte Theresa. »Aber du brauchst doch Toilettensachen und einen Pyjama.«

»Was habe ich denn eigentlich jetzt an?« fragte ich und blickte unter die Bettdecke. Ich lag in meiner Unterwäsche da.

»Brauchst nicht rot zu werden«, sagte Theresa.

Als die beiden nach ausführlicher Beruhigung, daß alles gar nicht so schlimm sei, wie es schien, gegangen waren, spürte ich, wie sehr mich die ganze Sache anstrengte. Ich dämmerte eine Weile dahin. Irgendwann schreckte ich auf, und da stand Vogt im Zimmer. Er wirkte linkisch und streckte mir etwas entgegen. Osterglocken – der Strauß Nummer drei.

»Ich dachte, ich sehe mal nach Ihnen«, sagte er und sah hilflos auf die Blumenmassen, die sich bereits in meinem Krankenzimmer angesammelt hatten.

»Wie lange sind Sie schon da?« fragte ich krächzend.

Er winkte ab. »Gerade hereingekommen. Wenn Sie wollen, gehe ich gleich wieder.«

»Bleiben Sie mal schön da«, sagte ich und setzte mich auf. Dabei versuchte ich das Gefühl, ein glühender Dolch würde meinen Rücken durchbohren, zu ignorieren.

»Haben Sie mit der Polizei gesprochen? Ach setzen Sie sich doch – einfach hier aufs Bett. Ich habe zwar ein Einzelzimmer, dafür gibt's hier keinen Stuhl.«

Vogt nahm Platz. »Ich habe mir von der Staatsanwaltschaft die Berichte über die Vorfälle heute nacht kommen lassen. Und ich muß sagen, sie machen mich etwas ratlos.«

Ich erzählte Vogt haarklein, was in dem Haus passiert war. Auch er war wie Jutta an den Akten interessiert, die ich gefunden hatte.

»Wenn Sie sich da an etwas mehr erinnern könnten, wäre das womöglich hilfreich«, stellte er fest.

»Ich werde mich bemühen.«

»Ich habe gestern übrigens den Kollegen getroffen, der sich um die Scheidungsgeschichte kümmert. Sie wissen schon, den ich nach der Schwester von Frau Diepeschrath fragen sollte.«

»Und?«

»Das Ergebnis ist negativ. Sie hat nur einen Bruder, und der lebt in Hamburg.«

Ich berichtete, daß wir die Unterlagen in dem Trainingsstudio überprüft hatten. »Da muß ich ansetzen. Die unbekannte Frau ist der Schlüssel, da bin ich ganz sicher.«

Vogt schüttelte den Kopf. »Sie sind ja gar nicht einsatzfähig.«

»Was?« fuhr ich auf. »Ich vielleicht nicht. Meine Detektei schon. Meine Mitarbeiterin macht weiter, und ich komme sicher morgen oder übermorgen hier raus.«

»Haben Sie mal in den Spiegel geschaut? Entschuldigen Sie, das war nicht persönlich gemeint. Aber Sie sollten es wirklich tun, bevor Sie erwägen, das Krankenhaus zu verlassen.«

Er stand auf. »Ich wünsche Ihnen gute Besserung.«

Als Vogt gegangen war, betrachtete ich den Fernseher, der in der oberen Ecke des Raumes hing. Zeit, die Krankenschwester kennenzulernen, dachte ich und drückte auf den entsprechenden Knopf an meinem Bett. Es dauerte nicht lange, und es kam jemand. Keine Schwester, sondern ein Pfleger in weißem Kittel.

»Hi«, sagte der Jüngling mit sanfter Stimme. »Ich bin Benno. Wie geht's

Ihnen?« Er lächelte über das ganze Gesicht wie ein Animateur in einem Robinson-Club.

»Soweit okay«, sagte ich. »Ich würde gern diesen Fernseher in Betrieb nehmen, wenn's recht ist.«

»Kein Problem; ich hole Ihnen eine Chip-Karte. Einen Moment.« Er schlurfte hinaus, kam nach einer Ewigkeit wieder und sorgte dafür, daß ich fernsehen konnte. Ich zappte ein bißchen herum, aber es langweilte mich.

Ich drückte erneut die Schwesternklingel. Benno erschien und grinste wieder.

»Ich habe noch ein Problem«, sagte ich. »Ich kann leider nicht aufstehen. Aber ich müßte dringend telefonieren. In meinen Sachen ist irgendwo ein Handy. Könnten Sie mir das bitte geben?«

Er schüttelte grinsend den Kopf. »Handytelefonieren ist im Krankenhaus nicht erlaubt. Sie haben aber da auf dem Nachttisch ein Telefon.«

Ich drehte mich um und nahm den Hörer ab. Die Leitung war tot. »Und dafür brauche ich ...?«

»Richtig«, sagte er strahlend. »Eine Chipkarte. Ich hole sie Ihnen.«

Weitere zwanzig Minuten später konnte ich mit ein wenig Verrenkung Jutta anrufen.

»Ahrens.«

»Remi hier. Wo steckst du?«

»Ich kann jetzt nicht telefonieren.«

Ich dachte kurz nach und kam zu dem Schluß, daß sich Jutta wahrscheinlich in dem Hexenladen befand.

»Perfekt«, sagte ich. »Paß auf. Bring mir ein paar Bücher über Hexen mit. Allgemeine Sachen. Sag denen, du hättest eine Freundin oder so, die sich für die Materie interessiert, und die braucht Einstiegsliteratur. Hexen heute. Moderne Hexen. Zaubersprüche. Dieses Eso-Zeug. Du weißt schon.«

»Wovon redest du eigentlich?« fragte Jutta.

»Na, ich denke du bist in dieser Hexentruhe.«

»Heute ist Sonntag, mein Lieber, da hat der Laden geschlossen.«

»Ach ja? Hm.« Ich hatte da wohl etwas durcheinandergebracht.

»Und ich bin gerade beim Ganzkörperpeeling.«

»Was?«

»Im Grandhotel. Ich habe da doch das Wellnessprogramm gebucht. Gerade kriege ich ein Peeling mit Kokosöl.«

Das durfte nicht wahr sein! Ich lag hier im Krankenhaus, war haarscharf am Tod vorbeigeschrammt, und Jutta badete in Kokosöl!

»Aber ich bräuchte Unterlagen über Hexen. Und Sex. Unbedingt.« Mir kam eine Idee. »Hat Theresa nicht einen Internet-Anschluß?«

»Ich glaube schon.«

»Dann surft doch mal ein bißchen rum und druckt mir was aus.«

»Dafür, daß du heute nacht halb tot eingeliefert wurdest, bist du aber wieder ganz schön dabei.«

»Gutes Heilfleisch«, sagte ich und legte auf.

Ich lehnte mich zurück, zappte noch ein bißchen und blieb bei den »Zauberhaften Schwestern« hängen. Eine Mystery-Serie mit – Hexen.

*

Am nächsten Morgen um sechs Uhr war die Nacht zu Ende. Ich frühstückte mühsam um halb sieben und versuchte aufzustehen. Ich schaffte es bis zur Badezimmernische, die zu meinem Zimmer gehörte. Als ich mich gewaschen und eine Weile auf dem Bett gesessen hatte, beschloß ich, ein wenig zu meiner Gesundung beizutragen, indem ich mich auf die Socken machte und das Zimmer verließ.

Ich wanderte Schritt für Schritt den Flur entlang. Ziemlich bald wurde mir flau im Magen, und meine Beine schienen zu Gummi zu werden.

»Aber, aber, Herr Detektiv, wer wird sich denn da schon so früh überanstrengen?«

Ich faßte mit der gesunden Hand an die Wand, um mich abzustützen. Im selben Moment wurde ich von kräftigen Armen unter den Achseln emporgehoben und in mein Zimmer zurückgeschleift. Ich war plötzlich von Parfümgeruch umgeben. Es war Dr. Radermacher persönlich, die mir zur Seite stand.

»Was machen Sie eigentlich in Ihrer Freizeit?« fragte ich. »Gewichtheben? Donnerwetter. Starke Frauen, die nicht so aussehen, sind mir am liebsten.«

»Hauptsache, der Sprechapparat funktioniert noch. Aber jetzt mal im Ernst. Sie sollten noch nicht aufstehen. In einer halben Stunde ist Visite. Und da werde ich ganz bestimmt zu dem Ergebnis kommen, daß Sie drei, vier Tage unser Gast sein dürfen. Mindestens.«

Ich ließ mich auf das Bett sinken und kam mir vor, als hätte ich eine

Mount-Everest-Besteigung hinter mir. Als ich mich wieder richtig zugedeckt hatte und die Ärztin gegangen war, versuchte ich mich auf die Akten in dem Haus zu konzentrieren. Die ganze Zeit schon hatten meine Gedanken darum gekreist.

Ich rekapitulierte, was ich gesehen hatte. Den Schreibtisch. Die Aktenordner. Wo waren sie gewesen? In den Schubladen ...

Ich stellte mir vor, wie ich im dämmrigen Licht den Papierkram hervorgeholt und auf die leere Schreibtischplatte gelegt hatte.

Was hatte ich dann getan?

Einen der Ordner aufgeschlagen. Halt – das stimmte nicht! Ich hatte zuerst die Fotos gefunden. Fotos von Angelika Diepeschrath. Ich hatte jetzt ganz deutlich vor Augen, wie ich im Licht der Taschenlampe diese Fotos betrachtete – Fotos, die in dem kleinen Häuschen, genau in dem kleinen Raum im Obergeschoß aufgenommen worden waren. Und ich hatte am Abend davor Angelika Diepeschrath dort oben beim Fotografieren beobachtet. Aber warum zog sie sich in einen solchen Raum zurück, um Fotos zu machen? Ganz normale Fotos? Mit Selbstauslöser?

Und plötzlich fiel mir ein, daß ich weder Jutta noch diesem Sommer etwas von dem Foto-Fund erzählt hatte. Der zweite Eindruck, die Akten, hatten mich so beschäftigt. Die Akten.

Zahlen ...

Ja, genau: Zahlenkolonnen auf einem Blatt. Eine Rechnung. Eine Rechnung für etwas, das anscheinend sehr teuer gewesen war. Aber was? Eine Fotoausrüstung?

Ich hatte weitergeblättert. Und die bedruckten Seiten gefunden ... Ausdrucke aus dem Internet. Über Hexen? Nein. Medizin, Pharmazie – wie war ich darauf eigentlich gekommen?

Es ging um Sex. Das Wort Sex war oft vorgekommen in den Berichten, so viel war sicher.

Hatte Angelika Diepeschrath in diesem eigenartigen Raum vielleicht auch Sexfotos gemacht? Fotos, die weniger harmlos waren als das, was ich gesehen hatte? Vielleicht verkaufte sie solche Fotos und verdiente Geld damit? Hing vielleicht Susannes Gewerbe damit zusammen? Waren die drei Hexen in Wirklichkeit Prostituierte? Etwa auch die glatzköpfige Morgana? Wovon lebte Morgana?

Meine Gedanken schweiften ab, und ich versuchte krampfhaft, die geschriebenen Seiten aus dem Ordner vor mein inneres Auge zu führen, doch es wollte mir nicht gelingen. Dabei hatte ich den Text doch gesehen. Ich hatte ihn überflogen. Irgendwo in meinem Gehirn war er gespeichert, und wenn ich die richtige gedankliche Verbindung herstellte, dann würde urplötzlich ein Stück aus diesen Texten wieder in meinem Bewußtsein auftauchen.

Ein paar Worte nur. Aber entscheidende Worte. Und mir kam es vor, als würden mir diese Worte gerade deshalb nicht einfallen – weil ich wußte, daß sie so entscheidend waren.

Ganz ruhig, sagte ich mir. Bleib ganz ruhig und entspann dich. Setz dich nicht unter Druck. Denk ein bißchen über deine Erlebnisse an dem Abend nach, und vielleicht kommen die Sachen dann ganz von selbst wieder an die Oberfläche.

Und so schloß ich die Augen, verließ in Gedanken das triste Krankenzimmer und versetzte mich in das Haus auf Manscheits ehemaligem Grundstück. Ich stellte mir vor, wie die Fensterscheibe in der Dunkelheit zu Bruch gegangen war. Wie ich nach den Splittern getastet und damit begonnen hatte, hineinzuklettern. Plötzlich vermischte sich der Eindruck mit dem Abend, an dem ich auf dem Baum saß und Angelika Diepeschrath beobachtete.

Auf den Fotos war sie stark geschminkt …

Angelika auf den Fotos, Angelika in dem kleinen Fensterrahmen. Sex. Hinter dem Fensterrahmen auch eine geschminkte Angelika. Alles in gelbem Licht. Gelbes Licht, das plötzlich so hell wird, daß man es nicht mehr ertragen kann. Und diese Hitze …

Verbrennung. Hexenverbrennung. Aber ich war keine Hexe, auch kein Zauberer. Mich durfte keiner verbrennen. Aber eine Hexe schon? Was redest du da für einen Quatsch, Rott!

Und wenn sie jemanden anders dort oben vermutet haben?

Angelika, die Hexe, muß brennen.

Nein, nicht Angelika.

Andra!

Und das Epithel …

Das Epithel der Gans.

Gans?

»Herr Rott?«

Frau Dr. Radermacher stand im Zimmer, umringt von einigen jüngeren Herren in weißem Kittel.

»Guten Morgen«, sagte sie noch einmal und wirkte sehr distanziert. »Wie geht es Ihnen?« Sie hielt ein Klemmbrett in der Hand und blätterte die darauf befestigten Unterlagen durch.

»Ganz gut«, sagte ich. »Ich würde gern entlassen werden.«

Sie sah auf. »Was? Das ist nicht Ihr Ernst.« Die anderen Ärzte sagten nichts, grinsten aber.

Ich setzte mich auf. »Ich hätte eine Frage.«

»Ja bitte?«

»Schicken Sie bitte erst Ihre Kollegen raus.«

»Herr Rott, wir sind Ihre Ärzte. Fragen Sie, was Sie wissen wollen.«

»Es hat nichts mit meinem Krankenhausaufenthalt zu tun.«

Frau Dr. Radermacher verzog den Mund. »Ah so?«

»Bitte. Ich meine es ernst. Es betrifft den Fall, an dem ich gerade arbeite. Ich benötige eine medizinische Information.«

»Warum können da nicht alle zuhören?«

Ich atmete tief ein, was mir immer noch ein bißchen schwerfiel. Die ganze Ärztegruppe guckte mich neugierig an.

»Sie müssen wissen«, die Ärztin wandte sich an die Umstehenden, »Herr Rott ist Privatdetektiv. Und durch nichts davon abzubringen, seine Fälle zu lösen.«

Wieder grinsten sie. Ziemlich blöde, wie ich fand.

»Also gut. Was ist ein Epithel?«

»Warum müssen Sie das wissen?«

»Sagen Sie es mir einfach.«

Eines der Jüngelchen meldete sich. Offenbar kam er sich vor wie bei der mündlichen Prüfung im Physikum. »Das Epithel ist die oberste Zellschicht der Haut«, sagte er und sah aus, als warte er auf eine gute Note.

»Hm. Und was ist das Epithel der Gans?«

»Die oberste Hautschicht der Gans«, sagte Frau Dr. Radermacher, verzog ihren Mund, und alle donnerten los vor Gelächter.

»Sonst noch Fragen?«

Ich schwieg.

»Dann können wir ja jetzt gehen. Und Sie bleiben noch ein Weilchen, daß das klar ist.«

Sie wandten sich der Tür zu, und in diesem Moment kam Jutta herein. Sie trug ihre Motorradkluft und hielt ihren Helm unter dem Arm.

»Nicht so hastig«, rief Frau Dr. Radermacher. »Hier ist gerade Visite.«

»Die ist soeben sehr heiter zu Ende gegangen«, sagte ich. »Komm rein, Jutta.«

Die Ärztin warf mir einen strengen Blick zu; dann wurde die Tür von außen geschlossen.

»Schau dir das an«, rief Jutta. Aufgebracht warf sie mir eine Zeitung auf die Bettdecke. Die Schlagzeile lautete: »HEXEN IN GLADBACH?« Darunter war ein langer Artikel von Bruchmann, geschmückt von einem idyllischen Foto des Hexenteiches. Ein zweites Foto, weiter unten auf der Seite, zeigte das abgebrannte Haus. Es waren nur noch ein paar rauchende Trümmer zu sehen. Die Aufnahme war offensichtlich gestern morgen gemacht worden. Ich überflog den Text.

Bruchmann brachte den Mord an Diepeschrath mit dem Teich in Verbindung, und er wußte auch zu berichten, daß Angelika Diepeschrath in einem Laden jobbte, der Hexentruhe hieß. Im zweiten Teil ging es dann um die Festnahme der Zigarettenschmuggler. Zum Glück kam ich in dem ganzen Artikel nicht vor.

»Das ist eine Unverschämtheit«, sagte Jutta. »Unsere ganze Ermittlungsarbeit ist dahin. Ich war heute morgen im Laden, als die Zeitung eintrudelte. Die drei Mädels waren ganz schön geschockt.«

»Wer steckt dahinter?« fragte ich, wartete jedoch Juttas Antwort nicht ab, sondern rief Vogt an.

»Welcher Idiot hat das an die Presse gegeben?« fragte ich den Anwalt barsch.

»Ich fürchte, der Idiot war ich.«

»Was?«

Vogt wirkte kleinlaut. »Nachdem ich gestern bei Ihnen war, fing mich unten am Krankenhaus Bruchmann ab und wollte zu Ihnen. Ich habe gesagt, Sie würden ihn garantiert nicht empfangen, und da hat er mich in ein Gespräch verwickelt. Wir kamen von Hölzchen auf Stöckchen. Und ich glaube, das mit dem Hexenteich hatte er sowieso in petto.«

»Ist ja eigentlich auch nicht schwer«, brummte ich. »Wenn man aus Gladbach ist – oder zumindest einen Stadtplan besitzt, auf dem die interessantesten Stellen nicht schwarz durchgestrichen sind.«

»Die Presse hat eben weiter recherchiert, weil es ein paar Tage keine Neuigkeiten in dem Mordfall gab«, sagte Vogt, »jetzt hat die Sache mit den Zigarettenschmugglern das Faß überlaufen lassen, und nun schießen sie ihr ganzes Feuerwerk auf einmal ab. Vielleicht sind wir heute abend noch in der Tagesschau.«

»Gott bewahre«, sagte ich und legte auf.

»Es geht noch weiter«, sagte Jutta.

»Laß hören.«

»Die Hexen in der Hexentruhe werden langsam aktiv. Und wir sind völlig verpennt.«

»Was soll das heißen?«

»Das sind natürlich nicht die einzigen Hexen – oder besser: nicht die einzigen Frauen, die sich als Hexen fühlen.«

»Habe ich auch nicht gedacht. Und? Kennst du noch andere?«

»Es gehört eine vierte dazu. Verstehst du? Zu unseren drei gehört eine vierte.«

»Wie hast du das rausgekriegt?«

»Heute morgen hat in Morganas Laden das Telefon geklingelt. Sie ist rangegangen und hat mit einer anderen Frau telefoniert. Und da fiel der Name dieser Frau. Sie haben schon letzte Woche über sie gesprochen, da war der Name allerdings noch nicht so interessant für uns. Rate mal, wie die heißt!«

»Woher soll ich das wissen? Andra heißt die eine, Morgana die andere, Saphyra die dritte. Was weiß ich? Clementina oder Inkontinentia? Mach's nicht so spannend!«

»Katharina«, sagte Jutta.

»Du meinst …?«

»Natürlich: wie diese Katharina, die sie sechzehnhundertpiependeckel am Hexenteich gekillt haben.«

Ich seufzte und ließ mich auf das Kissen zurückfallen. »Fein. Gehen wir hin und nehmen sie fest. Ich meine – Sommer sollte das tun«, schlug ich vor.

»Geht nicht.«

»Warum?«

»Ich weiß nicht, wer sie ist. Als sie sie vorige Woche kurz erwähnt haben, habe ich nicht geschaltet, denn wir hatten ja die Informationen von diesem pensionierten Lehrer noch nicht. Es ging darum, daß sie ein Fest planten, und sie unterhielten sich darüber, ob Katharina auch an diesem Fest teilnehmen darf. Sie nennen das Fest Beltaine.«

»Beltaine?«

»Ja – so heißt das. Irgendwas Keltisches, Germanisches, was weiß ich. Es gibt noch mehr solcher Feste. Das Julfest zum Beispiel – das ist die

Wintersonnenwende kurz vor Weihnachten. Manche sind ja später von den Christen übernommen worden. Es gibt zum Beispiel ein Ostara-Fest im Frühjahr; aus Ostara ist das Wort Ostern entstanden – interessant, nicht? Weiß ich alles aus dem Internet«

»Und was ist nun mit dieser Katharina?«

»Unsere große Unbekannte scheint ganz erpicht darauf zu sein, bei diesem Beltaine mitmachen zu dürfen.«

»Aha.«

»Und heute fingen sie wieder damit an.«

»Und? Darf sie?«

Jutta lief nervös im Zimmer herum. »Ich weiß es nicht. Sie wollten in meiner Gegenwart wohl nicht darüber reden. Ich habe dann den Laden verlassen und bin hergekommen.«

»Und jetzt?«

»Jetzt versuchen wir rauszufinden, wer diese Katharina sein könnte.«

»Moment, Moment«, sagte ich. »Es ist eine Frau, die sich mit der hingerichteten Katharina identifiziert.«

»Glauben wir zumindest. Scharf beobachtet.«

»Es kann also sein, daß sie sich nur so nennt. Es kann aber auch sein, daß sie wirklich so heißt.«

Jutta nickte. »Vielleicht ist sie so eine Art Oberhexe.«

»Das glaube ich wiederum nicht; wenn sie mit den anderen diskutieren muß, ob sie überhaupt mitmachen darf.«

»Stimmt auch wieder. Sicher ist: Wenn wir wüßten, wer sie ist, würden wir davon ausgehen, daß sie Diepeschrath umgebracht haben könnte. Sozusagen als Rache, weil an diesem historischen Ort, dem Hexenteich nämlich, die alte Katharina damals hingerichtet wurde. Ziemlich versponnen, oder?«

»Jedenfalls zu versponnen, als daß Kommissar Sommer mir diese Theorie abnimmt. Noch dazu, wo die Polizei doch ihren Verdächtigen hat.«

»Also was können wir machen?«

Ich griff zu dem Glas auf dem Nachttisch und nahm einen Schluck Wasser. »Es gibt nur eine Möglichkeit. Wir müssen rauskriegen, wann und vor allem wo dieses Beltaine-Fest steigt. Dann gehen wir ebenfalls hin und gucken einfach nach. Wenn diese sogenannte Katharina kommt, sehen wir sie. Weißt du vielleicht den Termin?«

»Keine Ahnung. Ich könnte in den Hexenladen fahren und sie schlicht und ergreifend fragen.«

»Das läßt du schön bleiben. Dich bringen sie mit der Sache nicht in Verbindung, und das soll auch so bleiben. Man muß einzeln mit ihnen reden. Zum Beispiel mit Susanne Voisbach. Die scheint mir noch den vernünftigsten Eindruck von den dreien zu machen.«

»Und wir müssen die Polizeiakte nach Frauen absuchen, die Katharina heißen.«

»Und alle Zeugen danach befragen, ob sie eine Katharina kennen«, ergänzte ich.

»Viel Arbeit.«

»Du hast recht«, sagte ich und schlug die Decke zurück.

»Was ist denn jetzt los?«

»Du hast doch selbst gesagt: viel Arbeit.« Ich schwang die Beine aus dem Bett. »Gib mir die Klamotten. Ich werde diesen Krankenbunker sofort verlassen.«

Es dauerte ziemlich lange, bis ich Frau Dr. Radermacher überzeugt hatte. Ihre ansonsten so kalte Miene zeigte tatsächlich so etwas wie Mitgefühl.

»Sie müssen wissen, was Sie tun.«

»Weiß ich genau.«

»Und damit Sie sich später auch noch erinnern, unterschreiben Sie bitte das hier.«

Sie schob mir ein bedrucktes Blatt hin, und ich kritzelte linkisch, weil vom Verband behindert, meinen Namen darunter.

»Wollen Sie es sich nicht durchlesen?« fragte sie.

»Ich weiß genau, was drinsteht: daß ich diesem Etablissement auf eigene Verantwortung den Rücken kehre.«

Sie nickte nur. Ich drehte mich um und wollte gehen; Jutta wartete schon am Ende des Flurs an der Glastür.

»Einen Moment noch«, sagte die Ärztin.

»Ja?«

»Was war das vorhin für eine Geschichte?«

»Nun komm schon«, rief Jutta.

Ich wandte mich der Ärztin zu.

»Ich habe vorgestern bei einer Ermittlung einen Blick auf ein paar Akten geworfen, die mittlerweile leider nicht mehr existieren. Es war nur medizinisches Fachchinesisch. Aber ich wüßte gern, worum es darin ging.«

»Und da haben Sie sich an das Wort ›Epithel‹ erinnert?«

»Ja. Es wirkt vielleicht komisch, aber es kam auch mehrmals das Wort ›Gans‹ vor.«

»Sonst wissen Sie nichts mehr davon?«

»Nein. Als ich die Sachen untersuchen wollte, wurde ich gestört und mußte mich ... auf etwas anderes konzentrieren. Ich hatte gedacht, Sie könnten mir vielleicht dabei helfen.«

»Mir sagt das überhaupt nichts. Klingt eher lächerlich.«

»Dafür kann ich nichts. Auch wenn sich Ihre Mitarbeiter prächtig amüsiert haben.«

»Aber ich kann ja mal drüber nachdenken.«

»Das wäre gut. Falls Ihnen etwas einfällt – hier ist meine Handy-Nummer.« Ich schrieb sie unten auf das Formular. »Und es gab noch ein Wort, das ziemlich häufig vorkam. Es war das Wort ›Sex‹.«

Die kühle Frau Doktor sah mich streng an. »Sind Sie sicher, daß es da um Medizin ging?«

Ich fuhr mit dem Taxi, Jutta nahm das Motorrad. Theresa war überhaupt nicht erstaunt, mich zu sehen.

»Das war mir klar, daß du nicht im Krankenhaus bleibst. Nach dem Zeitungsartikel.«

»Aus dir wird vielleicht doch noch eine Krimiautorin«, sagte ich.

»Aber eines verstehe ich nicht. Warum läßt du nicht die Polizei den Job machen?«

»Warum sollte ich? Ich habe einen Auftraggeber. Und bei meinem letzten Fall habe ich festgestellt, wie toll es ist, wenn man gehörig dafür gefeiert wird, daß man schlauer als die Polizei war. Das will ich eben wieder erleben.«

Theresa schüttelte den Kopf und ging hinauf. Wahrscheinlich mußte sie diese Worte sofort ihrem Laptop anvertrauen.

Jutta saß in der Küche und hielt mir etwas entgegen. Ein Buch mit lila Einband.

»Das Buch, das du aus dem Hexenladen mitgebracht hast«, stellte ich fest. »Hatten wir ganz vergessen, was?« Jutta schlug es auf und blätterte darin herum.

»Ich mach mich jetzt auf die Socken«, sagte ich.

»Wohin, mein Chef?«

»Wie gesagt: alle Beteiligten abklopfen, ob sie eine Katharina kennen.

Du bleibst hier und sichtest die Akten, die mir Vogt gegeben hat. Vielleicht kommt der Name ja in irgendeinem Protokoll vor. Versuch außerdem in dem Buch was über Hexenfeiertage oder so rauszukriegen. Schau nach, ob wir Vollmond haben oder Sonnenwende, was weiß ich.«

»O Mann«, sagte Jutta.

»Was ist los? Willst du etwa meutern?«

»Wir sind völlig bescheuert.«

»Du hast ja eine schöne Art, einen zu motivieren.«

»Schau dir mal das hier an.« Sie hatte das Buch aufgeschlagen und gab es mir.

»›Beltaine‹«, las ich. »›Das keltische Fest des Feuers und der Blumen. Das Fest der Fruchtbarkeit‹. Das hatten wir doch nun schon.«

»Klar. Aber lies weiter.«

»›In Deutschland ist es auch als Walpurgisnacht bekannt. Gefeiert wird es …‹« – ich schlug die Seite um – »›in der Nacht zum ersten Mai.‹«

»Und das ist …«, sagte Jutta.

»Genau«, ergänzte ich. »Das ist heute abend. Ich schätze, wir sollten uns beeilen.«

10.

Ich stieg in Mannis Golf und versuchte loszufahren. Es war etwas schwierig mit dem Verband, aber nach einer Weile ging es. Das Problem war, daß mir immer wieder schummrig wurde. Ich bemühte mich, ruhig zu atmen, um meinen Kreislauf in Gang zu halten.

Ich nahm den kürzesten Weg nach Hoffnungsthal – über die Autobahn nach Untereschbach, dann die Hauptstraße hinunter in Richtung Rösrath. Wie lange war es her, daß ich hier das erste Mal entlanggefahren war? Es kam mir vor, als wären seitdem Jahre vergangen.

Ich bog in den kleinen Parkplatz ein. Kein Smart war zu sehen; die reservierten Lücken für den Hexenladen waren leer. Ich stellte den Golf ab und lief über die Straße. Ich hätte mir die Fahrt hierher sparen können. Im Verkaufsraum war es dunkel. Morganas Hexentruhe war geschlossen.

Ich kramte mein Handy heraus und rief bei Theresa an. Gleichzeitig rannte ich zurück zum Auto.

»Könntest du mir bitte Jutta geben?« sagte ich, als sie sich meldete. Ich nutzte die kurze Pause, um in den Wagen zu steigen und die Karre anzulassen.

»Was gibt's?« fragte Jutta.

»Die Vögel sind ausgeflogen. Der Laden ist zu. Wir müssen unbedingt rausfinden, wo sie ihr Fest feiern. Hast du mittlerweile einen Hinweis entdeckt?«

»Bis jetzt nicht.«

»Also gut. Dann müssen wir uns aufteilen und sie überwachen.«

»Wo fangen wir an?«

»Du übernimmst Angelika. Fahr zu ihr nach Hause und schau nach, ob sie da ist. Wenn ja, wartest du, bis sie wegfährt und verfolgst sie. Ich werde Susanne auf der Spur bleiben.«

»Okay.«

»Übrigens – hast du eine Katharina in den Vernehmungsprotokollen gefunden?«

»Keine zu finden.«

»Hätte ja sein können.«

Als ich bei Susanne Voisbach ankam, war ich fest davon überzeugt, daß sie nicht zu Hause sein würde. Doch ich hatte Glück. Ich klingelte, und sofort ertönte der Summer an der Haustür.

»Sie?« fragte sie ungläubig, als ich die Treppe hinaufgehastet kam.

»Haben Sie jemand anderen erwartet?« fragte ich. Ich war völlig außer Atem. Auf dem Treppenabsatz wurde mir plötzlich schwarz vor Augen, und ich krallte mich am Geländer fest.

»Was ist denn mit Ihnen los? Sie sehen ziemlich ramponiert aus.«

»Nicht schlimm. Ich muß mit Ihnen sprechen.«

»Ich aber nicht mit Ihnen«, sagte sie, und ich konnte an ihrem Gesicht erkennen, wie die Verwunderung Ablehnung wich. Sie schüttelte den Kopf und wandte sich der Wohnungstür zu. Ich war schneller und rammte meinen Fuß dazwischen.

»He, was soll das«, rief sie. »Wollen Sie mich etwa belästigen? Ich kann auch die Polizei holen.«

»Nichts lieber als das«, sagte ich. »Dann kann ich denen auch gleich was Interessantes erzählen.«

Sie sah mich prüfend an, gab dann aber nach. »Schreien Sie nicht so. Kommen Sie rein. Sie machen eh den Eindruck, als kämen Sie nicht mehr weit.«

Ich ignorierte die letzte Bemerkung und folgte ihr in die knallrote Wohnung. Heute wirkte Susanne Voisbach, als hätte sie mit dieser Nuttenbehausung nicht das geringste zu tun. Sie trug ausgewaschene Jeans und ein weißes Männerhemd, dazu braune Stiefel.

»Na, was wollen Sie Schönes der Polizei erzählen?«

»Zum Beispiel die Verbindungen des Mordes von Achim Diepeschrath zu dem Hexenteich.«

Sie lachte. »Was soll das denn? Steht doch heute dick in der Zeitung.« Sie griff auf eine Kommode im Flur und hielt den Gladbach-Anzeiger hoch. Die Seite mit Bruchmanns Berichterstattung war aufgeschlagen. »Wieso kommen Sie deswegen zu mir?«

»Weil ich glaube, daß Sie von diesem verrückten Hexenklub noch die Vernünftigste sind, und weil ich glaube, daß Sie der ganzen Sache ein Ende machen können. Wenn Sie nur wollen.«

Susanne Voisbach schüttelte langsam den Kopf und ließ sich auf das Bett fallen, auf dem wir schon einmal gesessen hatten. Damals war es dunkel gewesen, und die ganze Wohnung hatte in verführerischer künstlicher Beleuchtung potentielle Freier angelockt. Jetzt kam graues Licht durch das Schlafzimmerfenster, und alles wirkte nüchtern. Ich setzte mich zu ihr. Sie zündete sich eine Zigarette an.

»Sie stehlen mir nur die Zeit. Ich hab heute noch was vor.«

»Ist mir klar«, sagte ich. »Die Walpurgisnacht. Da wären wir gleich bei der ersten Frage. Wo halten Sie Ihr Hexenfest eigentlich ab?«

Sie wandte sich zur Seite und tippte nervös mit der glühenden Zigarettenspitze in einen Aschenbecher. Aber es war noch keine Asche da, die abgestreift werden mußte. Sie schwieg.

»Reden Sie schon.«

»Lassen Sie mich in Ruhe.«

»Kennen Sie eine Frau namens Katharina?«

»Nein.«

»Ich bin aber ziemlich sicher, daß Sie sie kennen. Es wäre besser, wenn Sie mir sagen würden, wer sie ist. Oder wo sie wohnt – das würde mir auch schon helfen.«

»Nein«, sagte sie nur. »Was soll denn diese Katharina getan haben? Glauben Sie, sie hat Diepeschrath umgebracht?«

Ich grinste sie an. »Das klingt ja, als wollten Sie mal vorfühlen, was ich von ihr will. Sehen Sie, ich merke, Sie wollen mitspielen. Sie erwägen es zumindest. Wenn ich noch eine Weile hierbleibe, packen Sie aus.«

»Sie sind ja bescheuert.«

»Vielleicht«, sagte ich. »Vielleicht bin ich auf dem absoluten Holzweg. Aber ich sage Ihnen jetzt etwas. Und das sage ich Ihnen nur ein einziges Mal. Da sitzt ein Unschuldiger im Gefängnis. Ein Unschuldiger, der gerade seine Existenz verliert, weil er sich nicht um sein Geschäft kümmern kann. Ganz abgesehen von seiner behinderten Frau. Der Mann, den er umgebracht haben soll, kam in der Nähe eines Teiches um, der Hexenteich heißt. In der Nähe dieses Teiches wiederum befindet sich vielleicht die Hinrichtungsstätte einer sogenannten Hexe. Sie wurde sechzehnhundertsoundsoviel hingerichtet. Das könnte natürlich Zufall sein, klar – aber mich macht doch stutzig, daß das Opfer auf genau dieselbe Weise umkam wie die angebliche Hexe damals.«

»Ein Tod durch Verbrennen«, sagte Susanne leise. »Das ist Zufall ...«

»Nicht Verbrennen. Ich muß Sie korrigieren, Gnädigste. Erst stranguliert, dann verbrannt. Genau wie Katharina Scheuer.«

»Tatsächlich?« fragte sie und wirkte ehrlich erstaunt. »Genau auf dieselbe Weise?«

»Ich schwör's Ihnen«, sagte ich und suchte in meiner Jacke nach meiner Zigarettenschachtel. Ich mußte sie bei dem Brand verloren haben.

»Kennen Sie Volker Becker?«

»Wer ist das?«

»Dann kennen Sie auch nicht seine Frau?«

»Nein.«

»Dann war also die Geschichte, die am Samstag in der Zeitung stand, ganz neu für Sie?«

»Welche Geschichte?«

»Daß Angelika Diepeschrath mal ein Techtelmechtel mit Volker Becker gehabt haben soll.«

Susanne Voisbach zog die Stirn kraus.

»Sie waren dabei, als man sie deswegen zur Vernehmung abholte«, redete ich weiter. »Im Laden. Tun Sie doch nicht so, als wüßten Sie von nichts.«

»Schreien Sie nicht so. Ja, ich weiß, daß man Angelika deswegen noch mal vernommen hat. Aber ich wußte nicht, daß der Gemüsehändler, der in der Zeitung erwähnt wird, Volker Becker war. Sie kommen hier rein und erwähnen zum ersten Mal diesen Namen.« Sie verschränkte aufgebracht die Arme vor der Brust. »Verdammt noch mal, was wollen Sie eigentlich?« rief sie zornig.

»Gut«, sagte ich. »Sie wollen alles vorbuchstabiert haben. Das ist in Ordnung. Also: Volker Becker ist der Verdächtige, dem der Mord an Achim Diepeschrath vorgeworfen wird. Mörderin ist wahrscheinlich eine gewisse Katharina, die irgendwas mit Ihrem Hexenklub zu tun hat.«

»Das habe ich nicht gewußt. Ich kenne keine Katharina.«

»Und daß Angelikas Noch-Ehemann mit seinem Bruder im Zigarettenschmuggel tätig war, ist ebenfalls neu für Sie, was?«

»Das weiß ich aus der Zeitung.«

»Und das Lager, das die beiden benutzten – das Gartenhaus in Lückerath? Warum war Angelika manchmal dort? Was hat sie dort gemacht?«

»Was? Hören Sie, sie hat mit dem Schmuggel nichts zu tun.«

»Das meine ich auch nicht. Im oberen Stock des Hauses gab es ein Zimmer. Dort habe ich Angelika gesehen.«

»Wann?«

»Freitagabend.«

Susanne Voisbach schüttelte heftig den Kopf und schrie los. »Unmöglich. Das kann nicht sein. Freitag waren wir beim Sport. Wissen Sie, was ich glaube? Sie sind ein Spinner. Sie haben sie nicht mehr alle auf der Mütze! Hauen Sie ab. Sofort. Sonst hole ich wirklich die Polizei. Sie können mich nicht einschüchtern. Ich hätte Sie gar nicht reinlassen sollen.«

»Beruhigen Sie sich«, sagte ich und drückte die Zigarette aus. »Ich erzähle Ihnen nur von meinen Ermittlungen, weil ich hoffe, daß Sie sich einen Reim darauf machen können. Das ist alles.«

»Ihre Hoffnung trügt«, sagte sie leise.

»Mag sein.« Ich stand auf und ging zur Tür. »Sollte Ihnen doch noch eine Idee kommen, wer diese Katharina sein könnte, dann sagen Sie es mir bitte. Wenn Sie es nicht tun, decken Sie möglicherweise einen Verbrecher, für den ein Unschuldiger im Gefängnis sitzt. Wollen Sie sich das auf Ihr Gewissen laden?«

»Sie sind verrückt«, erklärte sie. »Ich sage gar nichts.«

»Ich muß wenigstens wissen, wo Sie heute abend hingehen. Mir sind diese Hexenrituale ja völlig egal. Ich will nur den wahren Mörder von Achim Diepeschrath finden. Nicht mehr, aber auch nicht weniger.«

Sie verschränkte die Arme und stierte vor sich hin. »Hauen Sie ab. Aus mir kriegen Sie nichts raus.«

Es hatte keinen Zweck. Ich ließ sie auf dem Bett sitzen und verließ die Wohnung. Gerade wollte ich mich im Wagen anschnallen, da fuhr ein dunkelgrüner Ford Fiesta vorbei. Die Bremslichter leuchteten auf, und der Wagen verschwand irgendwo vor mir in einer Parklücke. Etwas später kam Angelika Diepeschrath zwischen den Autos durch. Sie blickte nach links und nach rechts und überquerte die Straße. Ich konnte mich gerade noch ducken. Als ich wieder hochkam, sah ich sie am Eingang von Susanne Voisbachs Haus stehen. Sie trug eine Reisetasche über der Schulter.

Es dauerte nicht lange, da kam Jutta auf dem Motorrad. Sie bremste neben Angelika Diepeschraths Wagen und stieg ab. Ich wählte ihre Nummer auf dem Handy.

»Remi, wo bist du?«

»Keine zehn Meter hinter dir. Am besten, du bleibst, wo du bist. Vielleicht beobachten sie uns durch das Fenster. Angelika ist bei Susanne. Sie wohnt in dem Haus gegenüber.«

»Hast du mit Susanne gesprochen?«

»Ja, aber sie stellt auf stur. Jetzt, wo Angelika da ist, hat es sicher noch weniger Sinn. Wir werden es über Morgana versuchen müssen. Aber vorher will ich noch mal mit Ruth Becker reden, nur der Vollständigkeit halber.«

»Meinst du, das bringt was?« Jutta war skeptisch. »Und was soll ich machen?«

»Abwarten, bis die Damen das Haus verlassen und sich zu ihrer Feier begeben. Dann hinterher.«

»Na gut.«

*

Volker Beckers Laden machte einen ziemlich heruntergekommenen Eindruck. Als ich das letzte Mal dort gewesen war, hatten bunte Obstkisten links und rechts neben dem Eingang gestanden. Jetzt war alles leer. Auf der kleinen Asphaltfläche vor der Hütte tummelten sich angegammelte Gemüsereste. Die Eingangstür war geschlossen, und als ich über den kleinen Vorplatz ging, war ich mir sicher, daß ich Ruth Becker hier nicht finden würde.

Ich drückte die Klinke trotzdem hinunter. Die Tür war nicht verschlossen. Niemand war zu sehen. Es roch muffig. Mein Blick fiel auf Obstregale, in denen nur noch ein paar gelblich-grüne Salatköpfe und ein paar schwarzfleckige Bananen vor sich hingärten. Als ich daran vorbeikam, löste sich eine kleine Wolke Fruchtfliegen.

»Frau Becker?« rief ich, doch ich rechnete mit keiner Antwort. Ich wollte gerade wieder gehen, da drang ein Geräusch an mein Ohr. Ein Geräusch, das nicht zu den anderen hier drin paßte. Es war ein Stöhnen.

Polternd rannte ich über den Holzboden nach hinten. Ich riß die Tür zu dem kleinen Büro auf, in dem ich mich mit Volker Becker unterhalten hatte. Ruth Becker saß zusammengesunken in ihrem Rollstuhl. Ihre linke Hand hing schlaff herunter, sie war grellrot eingefärbt; das Blut war auf den Boden getropft und hatte sich dort in einer häßlichen Lache gesammelt. Daneben lag ein Messer. Damit hatte sie offenbar versucht, sich die Pulsader aufzuschneiden.

Ich war einen Moment wie gelähmt, doch dann hob Ruth Becker den Kopf und sah mich flehend an. Ihr Gesicht war gelblich weiß und schweißglänzend.

»Helfen … Sie mir«, stöhnte sie.

Ich blickte mich in dem Raum um und sah eine blaue Schürze, die in der Ecke hing. Ich riß sie von der Wand und kniete mich hin. Ich nahm Ruth Beckers verletzten Arm und schlang oberhalb des Ellenbogens die Schürzenträger fest darum.

»Verdammt, was haben Sie getan?« stammelte ich. Sie stieß einen leisen Schrei aus. »Bleiben Sie ganz ruhig. Gleich kommt der Rettungswagen.« Ich knüpfte so gut ich konnte einen Knoten und schnappte mein Handy. Ein paar Sekunden lang fiel mir nicht ein, welche Vorwahl ich wählen mußte. Dann hatte ich die Feuerwehr am Apparat und gab die Notfallmeldung durch.

»Bleiben Sie ruhig«, sagte ich. »Gleich kommt Hilfe.«

Sie sah mich mit trübem Blick an; sie wirkte, als würde sie unter Drogen stehen. Ihre Lippen waren rissig und aufgesprungen. Sie brabbelte irgend etwas vor sich hin.

»Ganz ruhig«, sagte ich noch mal.

»Eine Frau«, flüsterte sie. »Da war eine Frau ...«

Ich rückte einen Stuhl heran, um mich neben sie zu setzen. Sie stand offensichtlich unter Schock, und ich hatte keine Ahnung, was in einem solchen Fall zu tun war. Hoffentlich kamen die Sanitäter schnell.

»Eine Frau«, sagte sie leise.

»Soll das heißen, Sie haben nicht selbst ...?«

Sie schüttelte schwerfällig den Kopf. »Nicht das ... Neulich ... am Telefon ... Kanister.«

»Sie meinen die Sache mit dem Benzinkanister.«

Sie nickte schwach.

»Reden Sie«, sagte ich. Mir fiel ein, daß das vielleicht helfen würde. Wenn sie redete, blieb sie bei Bewußtsein. Und ich würde vielleicht ein Stück weiterkommen.

»Es war meine ... meine Schuld.«

»Was war Ihre Schuld?«

»Der ... Kanister ... im Schuppen.«

»Der Kanister, den die Polizei gefunden hat, was ist mit ihm?«

Ruth Beckers Stimme wurde leiser. Ihre Augen verdrehten sich; sie drohte ohnmächtig zu werden.

Ich packte sie an der Schulter und rüttelte sie. »He, bleiben Sie wach«, rief ich. »Verdammt noch mal, bleiben Sie bei mir. Was war mit dem Kanister?«

Sie stöhnte und rang nach Luft. »Eine Frau ... rief an.«

»Und? Was sagte die Frau?«

Sie versuchte angestrengt, einen ganzen Satz herauszubekommen.

»Sie sagte ... der Kanister sei im Schuppen. Eine unbekannte ... Frau.«

»Und Sie haben das der Polizei gemeldet, nicht wahr?«

Sie nickte.

»Warum haben Sie das getan? Wieso haben Sie Ihren Mann der Polizei ausgeliefert? Waren Sie eifersüchtig auf diese Angelika Diepeschrath? Sie haben es Ihrem Mann nicht verziehen, daß er mit ihr ein Verhältnis hatte, stimmt's?«

Ruth Becker nickte wieder.

»Sie haben einen Anruf von einer Frau bekommen. Sie hat behauptet, der Kanister aus Achim Diepeschraths Wagen sei in Ihrem Gartenhaus. Und Sie hatten einen solchen Haß auf Ihren Mann, daß Sie es der Polizei gemeldet haben. Und die fand den Kanister dann tatsächlich.«

»Ja ... Ich habe damit nicht ... wirklich ... gerechnet. Ich hätte nie gedacht, daß er wirklich ...« Sie brach ab.

»Und jetzt tut es Ihnen leid, daß Ihr Mann Ihretwegen in Untersuchungshaft sitzt.«

In diesem Moment brach sie in heftiges Schluchzen aus.

»Entschuldigen Sie«, sagte ich völlig hilflos. »Bitte beruhigen Sie sich. Es wird alles wieder gut.« Das Schluchzen ging in leises Weinen über. »Der Notarzt wird gleich hier sein. Ich verspreche Ihnen, daß Ihr Mann bald freikommt.«

Sie wischte sich mit der unverletzten Hand über das tränenverschmierte Gesicht. Ich blickte mich um und fand auf dem mit Unterlagen übersäten Schreibtisch eine Rolle Küchenpapier. Ich riß ein Stück ab und reichte es ihr.

»Danke«, flüsterte sie und begann sich das Gesicht zu säubern.

In der Ferne waren Sirenen zu hören.

»Sagen Sie mir noch eins. Bitte.«

»Was?« fragte sie.

»Gibt es im Bekanntenkreis von Ihnen oder Ihrem Mann eine Frau, die mit Vornamen Katharina heißt oder sich Katharina nennt?«

Sie sah mich verständnislos an.

»Bitte. Denken Sie nach. Der kleinste Hinweis kann uns helfen. Katharina.«

»Meine Schwägerin ... Volkers Schwester ...«

»Wie ist ihr Nachname?«

Die Sirenen kamen immer näher. Ich mußte auf die Straße, den Helfern den Weg zeigen. Ich war nicht sicher, ob ich die richtige Hausnummer durchgegeben hatte.

»Bitte, Frau Becker. Wie heißt sie mit Nachnamen, und wo wohnt sie?«

Sie sah mich immer noch erstaunt an. »Morsbach. Katharina Morsbach. Dünnwalder Weg.«

Zehn Minuten später hatten die Sanitäter Ruth Becker mitgenommen, und ich saß im Wagen, um herauszufinden, wo der Dünnwalder Weg war. Als ich die Stelle auf der Karte sah, griff ich zum Handy, rief Jutta an und erzählte ihr von Ruth Becker und der neu ins Spiel gekommenen Katharina.

»Du meine Güte, ist das eine tragische Geschichte«, sagte sie. »Ein Glück, daß du noch rechtzeitig gekommen bist.«

»Der Notarzt sagte, es sei nicht so schlimm. Sie kommt auf jeden Fall durch.«

»Und du glaubst, daß wir jetzt die gesuchte Katharina kennen?«

»Ich bin mir ziemlich sicher. Sie heißt nämlich nicht nur Katharina, sondern sie hat noch etwas mit der historischen Hexe gemeinsam.«

»Du meinst, mit der angeblichen Hexe. Was denn?«

»Sie wohnt in Nittum – dem Ortsteil, aus dem auch Katharina Scheuer stammte. Das würde doch passen.« Ich fuhr scharf an. Die Ampel war auf Grün gesprungen. »Wie sieht's bei dir aus?«

»Alles ruhig«, sagte Jutta. »Ich bin auf Beobachtungsposten. Seit du weggefahren bist, hat sich nichts verändert.«

»Gib mir Bescheid, wenn sie das Haus verlassen.«

»Klar, Chef.«

Ich sah auf die Uhr: Es war zwanzig vor fünf. Die Wagenkolonne stoppte wieder. Berufsverkehr.

»Sag mal«, fragte Jutta, »bist du eigentlich sicher, daß du diese Ruth Becker richtig verstanden hast?«

»Na klar. Wieso?«

»Nur so. Wie du das geschildert hast, war sie ja kurz davor, ohnmächtig zu werden.«

»Ich glaube, sie wollte das loswerden. Die Sache mit dem Benzinkanister ist jedenfalls glasklar. Jemand wollte Becker reinreißen. Und dieser Jemand hat den anonymen Brief geschrieben, den Kanister versteckt, dann bei Ruth Becker angerufen, um sie gegen ihren Mann aufzuhetzen.«

»Und dieser Jemand hat auch Diepeschrath auf dem Gewissen.«

»Wahrscheinlich.«

»Dieser Jemand muß aber jemand sein, der ganz schön über die Psychologie der Menschen Bescheid weiß. Und alle Beteiligten kennt.«

»Und eine Frau ist«, ergänzte ich.

»Und jemand, zu dem du gerade fährst.«

»Hoffentlich.«

11.

Um halb sechs kam ich ans Ziel. Der Dünnwalder Weg zweigte an der Stadtgrenze von der Durchgangsstraße nach Leverkusen ab. Ein Schild verkündete, daß es sich um eine Sackgasse handelte und daß es keine Wendemöglichkeit gab. Ich kümmerte mich nicht darum.

Auf der einen Seite der Straße reihten sich die Häuser aneinander, auf der anderen grenzte der Wald an die unbefestigte Teerfläche. Ziemlich weit hinten ging der Straßenbelag in Matsch über. Ich stellte den Wagen zwischen den Bäumen ab und stieg aus.

Katharina Morsbach wohnte ganz nett.

Die mit Natursteinen gepflasterte Einfahrt führte auf ein Garagentor zu, durch das drei Autos nebeneinander hätten durchfahren können. Zur Haustür kam man über einen verspielten Zickzack-Weg von kleinen Treppchen, zwischen denen winzige Beete angelegt waren. Statt Blumen wuchsen schmale Steinsäulen in die Höhe, die sich nach oben verjüngten und dann noch mal so richtig in die Breite gingen, bevor sie sich oben glatt rundeten.

Der Eingang bestand aus einem gläsernen Vorbau, der von innen mit weißem Stoff verhängt war. Der Namenszug »Morsbach« befand sich in großen Buchstaben an der gläsernen Haustür. Die Lettern waren offensichtlich aus Ton gebrannt – jede einzelne gut und gern zwanzig Zentimeter hoch. Alle waren leicht abgerundet und wirkten verschnörkelt, jede erstrahlte in einer anderen Farbe – in unterschiedlichem Blau, Rot, Gelb und Grün. Es hatte was von einem Kindergarten.

Ich holte tief Luft und drückte auf den Klingelknopf, der sich ganz unauffällig auf der anderen Seite der Tür unter einem gigantischen Briefkasten befand. Ein dunkles Ding-Dong ertönte.

Es dauerte nicht lange, und die Vorhänge wurden zur Seite gewischt. Ich sah eine Frau mit hellen Haaren, die glatt herunterhingen. Ihr Gesichtsausdruck wirkte erstaunt; das lag an ihren Brauen, die sich über die Augen spannten wie zwei weitgeschwungene Brückenbögen.

»Ja bitte?« fragte sie.

»Frau Morsbach?«

»Ja.«

»Mein Name ist Rott. Ich arbeite für die Anwaltskanzlei Vogt in Bergisch Gladbach. Ich hätte ein paar Fragen an Sie. Darf ich hereinkommen?«

»Sind Sie auch Anwalt?«

»Ich bin Privatermittler. Ich kann Ihnen meinen Ausweis zeigen, wenn Sie möchten«, sagte ich und zog meine Brieftasche hervor.

Sie musterte mich aufmerksam von oben bis unten, ihr Blick blieb an dem Verband hängen, der unter meinem rechten Ärmel hervorlugte. »Nein, nicht nötig. Kommen Sie.«

Wir betraten eine hell geflieste Diele, die in ein weitläufiges Wohnzimmer überging. Der Steinfußboden wechselte mit hellem Teppich.

»Hier entlang bitte.«

Wir umkreisten einige abstrakte Steinskulpturen, die in wuchtigen Metallhalterungen steckten und den Kunstwerken draußen ziemlich ähnlich sahen. Die Wände waren mit Gemälden bedeckt. Weiter hinten führte eine Wendeltreppe nach oben. Mitten im Raum stand eine helle Sitzgruppe um einen runden Glastisch.

Katharina Morsbach ließ sich in dem Sofa nieder, machte eine einladende Geste, und ich setzte mich ihr gegenüber. Ein fremdartiger Geruch lag in der Luft – das eigenwillige Parfüm dieser Dame. Es erinnerte an das Aroma exotischer Hölzer.

»Ich vermute, Sie kommen wegen meinem Bruder«, sagte sie. »Er ist verhaftet worden, nicht wahr?«

»So ist es.«

»So was spricht sich schnell rum.«

Mein Blick fiel auf die Wand hinter dem Sofa, an dem ein großformatiges Gemälde hing. Es bestand aus großen abgerundeten Flächen von grauer, gelblicher und weißer Farbe; dazwischen waren hier und da ein paar schwarze Striche zu sehen. Ich brauchte eine Weile, bis sich vor meinen Augen die Flächen in den Eindruck von ineinanderverschlungenen Körpern verwandelten – Körper, die durch etwas Längliches miteinander verbunden waren; etwas, das ähnliche Umrisse besaß wie die Plastiken, die in der Wohnung und im Vorgarten standen.

»Haben Sie das gemalt?«

Katharina Morsbach blickte mich an und verzog den Mund zu einem Lächeln. »Gefällt es Ihnen?«

Sie stand auf, und ihr weites Kleid aus dunklem Stoff sorgte für einen leichten Windstoß. Ich bemerkte, daß sie barfuß war. Ihre Zehennägel waren schwarz lackiert.

»Ich habe gerade eine Flasche Champagner aufgemacht – nur so für mich. Ich bin oft allein ...«

Sie ging an eine kleine Hausbar neben der Wendeltreppe und hob eine dunkelgrüne Flasche hoch. »Und der Champagner bringt mich auf Ideen. Na, wie wär's? Ein Schlückchen?«

Ich sagte nichts, und sie goß uns zwei Gläser ein, mit denen sie zum Tisch zurückkam. Es war schwer zu schätzen, ob sie älter oder jünger war als ihr Bruder.

»Sie haben gerade gesagt, die Sache mit Herrn Becker habe sich herumgesprochen. Haben Sie das denn nicht in der Familie irgendwie erfahren? Ich meine, haben Sie in letzter Zeit nicht mal mit seiner Frau telefoniert?«

Sie trank einen Schluck. Ich ließ mein Glas stehen.

»Wenn Sie es genau wissen wollen: Ich habe seit fast zwanzig Jahren keinen Kontakt mehr zu meinem Bruder. Es hat da mal Ärger gegeben. Auf meiner Hochzeit. Es fing mit einer Diskussion über Politik an ... Das einzige, was ich weiß, ist, daß er in Refrath einen Gemüseladen aufgemacht hat. Schön für ihn.« Sie schüttelte den Kopf und lehnte sich in das Sofa zurück. »Warum wollen Sie das denn wissen? Gibt es nichts Interessanteres, das Sie fragen könnten?«

»Meine zweite Frage hat ja dann wenig Zweck«, sagte ich. »Die Frage nämlich, ob Sie sich vorstellen können, daß Ihr Bruder ein Mörder ist.«

»Vorstellen kann ich mir alles. Bei so einem sturen Querkopf. Dabei weiß ich noch nicht mal genau, wen mein Bruder da eigentlich um die Ecke gebracht haben soll.«

»Aber es wäre Ihnen recht, wenn er als Mörder verurteilt würde, oder?«

Sie hob wieder ihr Glas und trank einen Schluck. »Mörder von wem?«

»Eines Gladbacher Bauunternehmers. Kurz bevor er umkam, hatte Ihr Bruder Streit mit ihm.«

»Sollen Sie herausfinden, ob er es war?«

Ich schüttelte den Kopf. »Ich bin davon überzeugt, daß er es nicht war. Und das möchte ich beweisen.«

Sie zog die Beine an und kuschelte sich in die Couchecke zurück. Das Gewand rutschte hoch und gab ihre Beine frei.

»Aufregend! Ein echter Privatdetektiv sind Sie also? Das fasziniert mich. Das fasziniert mich sogar sehr. Da erleben Sie doch bestimmt ziemlich viele spannende Sachen, oder? Und gefährliche!«

»Na ja ...«

»Und haben Sie auch eine Waffe? Sie müssen sich doch verteidigen!«

»Ja, ich habe auch eine Waffe.«

Sie stellte die Füße wieder auf den Boden. »Zeigen Sie sie mir. Bitte. Ich möchte sie unbedingt sehen!«

Ich machte eine beschwichtigende Geste. »Frau Morsbach –«

»Nennen Sie mich Katharina.«

»Frau Morsbach, bitte. Ich bin nicht hier, um Ihnen etwas über Privatdetektive zu erzählen oder Waffen zu zeigen. Das können Sie in allerlei Büchern nachlesen – falls es Sie wirklich interessiert. Ich möchte Ihnen nur ein paar Fragen stellen, okay? Dann gehe ich wieder.«

»Wegen mir brauchen Sie nicht zu gehen. Bleiben Sie ruhig noch ein bißchen«, sagte sie und kicherte plötzlich wie ein kleines Mädchen.

Ich versuchte, die Sache abzukürzen. »Wo waren Sie am Sonntagabend?«

»Gestern? Hier. Ach je.« Sie seufzte. »Mein Mann hatte ein Treffen im Unternehmerklub, wie jeden letzten Sonntag im Monat. Wissen Sie, mich langweilt das furchtbar.«

»Ich meine nicht den gestrigen Sonntag, sondern den davor. Letzte Woche.«

Sie dachte kurz nach und zog dabei die Stirn kraus. Dann hob sie den Zeigefinger, als sei ihr etwas eingefallen. »Müssen Sie das ganz genau wissen?«

»Ja. Es ist wirklich sehr wichtig. Sie brauchen, um es mal so auszudrücken, ein Alibi.«

»Oh, das ist ja spannend!« Sie stand auf und zupfte ihr Kleid zurecht.

»Und – haben Sie eins?«

»Natürlich«, sagte sie und verschwand in eine andere Region des Wohnzimmers.

»Sagen Sie es mir, damit ich es überprüfen kann, dann sind Sie mich los.« Langsam beschlich mich der Verdacht, daß ich hier gewaltig auf dem Holzweg war.

»Sie werden das Alibi kriegen. Eine Sekunde noch.« Ihre Stimme kam von irgendwo hinten.

Mein Glas stand unberührt auf dem Tisch. Ich betrachtete die anderen Bilder, die an den Wänden hingen und alle in den gleichen Farben gemalt waren wie das gigantische Opus. Im Grunde war es auch immer dasselbe Motiv – Variationen eines Themas. Ihre Schritte tappten dumpf über den Teppichboden. Als sie zurückkam, hatte sie ein triumphierendes Lächeln auf dem Gesicht.

»Sie brauchen ein Alibi? Für mich? Habe ich Sie da richtig verstanden? Sie verdächtigen mich?« Sie lachte, reckte den Hals in die Höhe und blickte zur Decke. Die Aussicht, die Verdächtige in einem Mordfall zu spielen, schien sie geradezu zu verzücken.

»Ich gehe nur ein paar Hinweisen nach«, dämpfte ich ab.

»Ich bin es nicht gewesen, ehrlich.« Sie beugte sich neben mir herunter, so daß der Parfümgeruch stärker wurde, und legte etwas auf den Glastisch. Es waren geheftete Papierblätter.

»Schauen Sie hier. Und das gehört auch noch dazu.« Sie hielt eine Videokassette in der Hand. »Das sehen wir uns am besten gemeinsam an.«

Die Blätter waren eine Art Einladung: »Spontanmalerei für jedermann«, stand da; darunter war in nicht gerade kleinen Lettern zu lesen: »Wir erfühlen die Landschaft und nehmen sie auf in unsere kreative Seele. Wir nehmen Kontakt auf zur universalen Kraft des Kreativen. Kreativ sein heißt für uns Da-Sein, In-der-Welt-Sein. Die Kraft des Körperlichen vermittelt sich im kreativen Umgang mit dem Selbst.«

»Interessant, was?«

»In dem Text kommt ein bißchen zu wenig das Wort ›kreativ‹ vor, finde ich.«

Katharina Morsbach verstand den Witz nicht: »Tatsächlich?« fragte sie. »Dabei habe ich mir alle Mühe gegeben, es von allen Seiten zu beleuchten.«

Weiter unten gab es Terminhinweise: »Unser Seminar findet statt vor einer schönen Schwarzwaldkulisse im malerischen Örtchen Ballrechten-Dottingen bei Freiburg. Leitung: Die Bergisch Gladbacher Künstlerin Katharina Morsbach. Dauer: Eine Woche – vom 20. bis 27. April 2001.«

»Dann sind Sie gerade erst aus dem Schwarzwald zurückgekommen«, stellte ich fest. »Und was haben Sie da auf der Videokassette?«

Sie hockte sich hin, steckte die Kassette in einen Player, der sich unter einem kleinen Fernseher neben dem Sofa befand, und schaltete die gesamte Gerätschaft ein.

»Na, das ist das Alibi«, sagte sie. »Wer sagt Ihnen denn, daß unser Kreativ-Seminar überhaupt stattgefunden hat?«

Ich sah auf den Bildschirm.

Nach ein paar Sekunden Schneegestöber sah man wacklige Aufnahmen einer großen Frauengruppe. Die Damen standen im hellen Sonnenschein auf einer Weide herum. Es war gar kein Kurs für Jedermann – eher für Jederfrau. Im Hintergrund waren Hänge mit Tannenwäldern zu erkennen.

»Hier, das sind die Teilnehmerinnen.«

»Was passiert jetzt?«

»Wir hatten große, weiße Stoffbahnen, die wir auf der Wiese ausgebreitet haben.«

Die Frauen auf dem Video schleppten grinsend Eimer heran und stellten sie an den ausgebreiteten Stoffbahnen auf.

»Und was ist in den Eimern?«

»Farbe.«

Das Ganze sah ein bißchen aus wie ein Werbespot für das Waschmittel »Weißer Riese«, der in meiner Jugend im Fernsehen gelaufen war. Sogar der blaue Himmel über der Landschaft fehlte nicht.

»Ich bin beeindruckt«, behauptete ich. »Sie sind aber auf dem Video gar nicht zu sehen.«

»Ich mußte ja filmen. Aber das ändert sich gleich. Wir haben die Kamera später auf ein Stativ gestellt, damit die ganze Aktion dokumentiert werden konnte. Für wissenschaftliche Zwecke – verstehen Sie?«

»Ich verstehe.«

»So. Jetzt ist es soweit.«

Auch Katharina Morsbach stellte sich zu den Töpfen und den anderen Frauen.

Alle lächelten in die Kamera und begannen sich auszuziehen. T-Shirts flogen, Hosen wurden heruntergelassen, Brüste schwappten aus geöffneten Büstenhaltern. Katharina Morsbach ließ ein Gewand fallen, das dem ähnelte, das sie heute trug. Darunter war sie nackt. Ihre Figur war gar nicht ohne.

»Was ist jetzt los?«

»Es ist doch völlig klar, daß man Spontanmalerei nur nackt durchführen kann. Ohne störende Schicht zwischen sich und dem Universum. Sie haben nicht viel Ahnung davon, was?«

»Ehrlich gesagt nicht.« Eindeutig Holzweg, dachte ich. Die Frau hatte zwar einen Eso-Knall, aber eine mordende Hexe war sie nicht.

Die Frauen auf dem Bildschirm liefen über das riesige weiße Tuch. An den Rändern warteten die Eimer mit großen Pinseln. Jede schnappte sich ein Malwerkzeug und begann, den Stoffboden unter sich in allen Regenbogenfarben vollzuschmieren.

»Auf diese Weise«, erklärte Katharina Morsbach, »schaffen wir das nach, was wir von unserer natürlichen Umgebung aufnehmen. Wir treten in Kommunikation mit unserem Lebensraum. So entsteht eine kreative Brücke, die unseren Vorfahren noch geläufig war, die wir Zivilisationsmenschen aber vergessen haben. So bauen wir sie neu.«

Ich sah der nackten Weiberschar noch eine Weile beim Brückenbauen zu.

»Wem gehört das Grundstück, auf dem sie das Ganze da veranstalten?«

»Einem Bauern in der Gegend. Seine Frau darf als Gegenleistung gratis teilnehmen.« Ich schielte auf das Informationspapier. Unter den Datums- und Ortsangaben des Kurses befand sich ein Hinweis über den Preis: »Bitte überweisen Sie den Betrag von DM 2.500,– auf das unten angegebene Konto. Die Einzahlung gilt als Anmeldung.«

Ich sah wieder auf das Video und zählte grob vierzig Frauen, die sich auf dem inzwischen knallbunten Tuch tummelten und jetzt damit begannen, sich gegenseitig zu bemalen. Hunderttausend für eine Woche Gemantsche. Ich hatte den Beruf verfehlt.

»Sagen Sie mir bitte die Telefonnummer des Grundstücksbesitzers?«

»Sie wollen überprüfen, ob ich wirklich da war? Das brauchen Sie nicht. Schauen Sie mal hier.«

Unter dem Werbezettel gab es noch mehr Papiere, es waren Kopien von Zeitungsartikeln – allesamt aus dem Schwarzwälder Raum. Alle berichteten über Katharina Morsbachs sogenanntes Seminar. »Kreativ-Päpstin zu Gast im Ländle«, titelte eine, und es folgte ein großes Interview mit der Matsche-Chefin.

»Danke, Sie haben mich überzeugt«, sagte ich. »Ich muß jetzt leider weg.«

»Aber Sie haben Ihren Champagner gar nicht getrunken.«

»Tut mir leid, ich muß noch fahren.«

Sie sah mich an, und es lag ein Flehen in ihrem Blick. »Hat es Ihnen denn gar nicht gefallen?«

»Doch. Ich fand es sogar sehr interessant«, sagte ich und stand auf. »Wo war doch gleich der Ausgang?«

Ich ging auf die Diele zu, hinter der die Glastür hinausführte.

»Herr Rott. Bitte bleiben Sie doch.«

Ich drehte mich um. In diesem Moment ließ sie ihr Gewand an sich herunterrutschen.

»Möchten Sie nicht auch mal was Kreatives erleben?« fragte sie leise.

»Vielleicht später«, sagte ich. »Schicken Sie mir eine Einladung.«

»Absolute Fehlanzeige«, faßte ich meinen Bericht mißmutig zusammen, als ich wieder im Auto saß.

»Das kann doch nicht wahr sein«, rief Jutta. »Solche Zufälle gibt es nicht.«

»Das sagen Astrologen auch immer. Aber es ist nun mal einer.«

»Unmöglich.«

»Ich kann es nicht ändern. Rein theoretisch kann es passieren, daß ein halbes Jahr lang jede Woche hintereinander dieselben Lottozahlen gezogen werden. Wenn das passiert, glaubt garantiert die ganze Bevölkerung, das wäre ein Zeichen für irgendwas. Aber es ist und bleibt nur eins: nämlich Zufall.«

»Du hast ja recht.«

»Und, was tut sich bei dir?

»Ich steh mir hier die Beine in den Bauch. Entweder haben die Damen sich irgendwie unbemerkt durch einen Hinterausgang herausgeschlichen, oder sie haben sich weggehext.«

»Ich würde sagen, du stellst fest, ob der Hexenklub überhaupt noch zu Hause ist.«

»Und du?«

»Ich versuche, diese Morgana aufzutreiben. Kannst du mir sagen, wo sie wohnt?«

»Über ihrem Laden.«

»Alles klar, ich fahre hin – ist ja nicht das erste Mal heute.«

Es war Viertel nach sechs. Als ich auf die Hauptstraße kam, steckte ich sofort im Berufsverkehr. Ich fuhr an einer Bushaltestelle rechts ran und orientierte mich auf der Karte. Hoffnungsthal lag weit unten im Süden; ich befand mich jetzt an der Grenze zu Leverkusen, also ganz im Norden. Es half nichts – ich mußte wieder durch Gladbach durch. Hätte ich den Versuch gemacht, die Stadt zu umfahren, wäre ich bis nach Kürten gekommen – viel zu weit vom Weg ab. Hinter mir ertönte dröhnendes Gehupe. Im Rückspiegel sah ich den Bus heranrollen, der in seine Bucht wollte. Ich legte die Karte zur Seite und reihte mich wieder in den Verkehr ein. Das Handy klingelte.

»Remi, sie sind weg. Verdammter Mist. Sie müssen tatsächlich durch irgendeinen Kellerausgang oder so was verduftet sein.«

»Wie hast du das rausgekriegt?«

»Ich habe bei Susanne Voisbach geklingelt, aber niemand hat aufgemacht. Dann habe ich alle möglichen Klingelknöpfe ausprobiert, um wenigstens unten reinzukommen. Ich hab an der Wohnungstür geklopft und mich zu erkennen gegeben, und ich habe angerufen. Nichts.«

»Dann haben sie dich sicher gesehen und Verdacht geschöpft.«

»So ein Mist.«

»Und du bist ganz sicher, daß sie nicht mehr in der Wohnung sind?«

»Ganz sicher natürlich nicht. Vielleicht sind sie da und verhalten sich still.«

Ich dachte nach.

Wenn das der Fall war, wäre es besser, Jutta würde weiter aufpassen. Andererseits konnte Jutta mit dem Motorrad viel schneller in Hoffnungtshal sein und Morgana abfangen. Wieder andererseits ...

»Mensch Jutta, wir sind ja nur ein paar Straßen voneinander entfernt.«

»Stimmt genau.«

»Nach Hoffnungsthal komme ich jetzt nicht schnell genug durch. Versuch doch, Morgana telefonisch zu erreichen und sie in ein Gespräch zu verwickeln. Am besten über das Fest. Vielleicht kriegen wir doch noch einen Anhaltspunkt. Ich versuche, so schnell wie möglich bei dir zu sein.«

Eine Viertelstunde später hielt ich neben Juttas Motorrad und kurbelte die Scheibe herunter.

»Morgana geht nicht dran. Im Laden auch nicht.«

»Dann sind wir sie los. Strengen wir unser Hirn mal an, wo die Hexen ihr Fest feiern könnten.«

»Das kann überall im Bergischen Land sein. Da gibt's eine Menge alter Kultplätze und Hexenplätze.«

»Zum Beispiel gleich hier«, sagte ich. »Hier auf der Fahnerheide soll ein

Hexenverbrennungsplatz gewesen sein. Noch so ein Zufall, daß ausgerechnet Susanne in der Nähe wohnt.«

Ich parkte ordentlich ein, und Jutta setzte sich neben mich ins Auto. »Laß jetzt den Quatsch mit den Zufällen«, sagte sie. »Gehen wir logisch vor. Die werden ihr Hexenfest nicht da feiern, wo sogenannte Hexen hingerichtet wurden. Das paßt nicht. Das sind keine positiven Orte. Was eher in Frage kommt, sind Kultplätze, die es schon seit ewigen Zeiten gibt.«

»Das heißt, der Hexenteich zum Beispiel fällt flach.«

»Natürlich. Erstens wegen seiner Geschichte – und zweitens: Kannst du dir vorstellen, daß sich die Hexen da mitten im Wald im Verkehrslärm treffen?«

»Nein. Aber vorstellen kann ich mir sowieso nichts. Was machen denn diese Hexen überhaupt heute nacht? Ich meine – in Wirklichkeit?«

»Sie suchen Kontakt zur Natur, zu den Geistern der Natur. Sie versuchen sich mit der Natur zu versöhnen. Und das erreichen sie durch bestimmte heidnische Rituale.«

Ich dachte an meinen Besuch bei Katharina Morsbach. »Solche Rituale kenne ich. Hoffentlich bleiben die mir erspart.«

»Hat dir dieser Gero von Berg nicht Hexenplätze genannt? Denk doch mal nach! Ich suche schon mal die Karte zusammen.«

Das Blatt war auf den Boden gerutscht, als ich dem Bus Platz gemacht hatte. Neben uns rollte der Feierabendverkehr dahin – inmitten einer zugebauten Vorstadt. Sich in dieser Situation darüber Gedanken zu machen, wo angebliche Hexen jetzt oder nachher ein Fest feierten, wirkte ebenso abwegig, als hätte uns gerade jemand zu einer Lastminute-Tour auf den Mars eingeladen.

»Der Wichenhain in Herrenstrunden«, sagte ich. »Gero von Berg wohnt da ganz in der Nähe. Und er hat mir erzählt, daß er jedes Jahr auf die Hexen wartet – aber es kommen keine, obwohl es haufenweise Sagen darüber gibt. Das meinte er natürlich mehr im Scherz.«

»Wenn jetzt Willi hier wäre – der könnte uns sicher weiterhelfen.«

»Da fällt mir noch was ein: Gero von Berg hat einen Freund, der in Odenthal wohnt.«

»Das ist hier oben im Norden.«

»Dort soll es auch sogenannte Hexentanzplätze geben. Hat Morgana davon vielleicht mal gesprochen?«

»Nein. Aber sie sprach immer von ›meinem Berg‹.«

»Einem Berg?«

»Na ja, einem Berg eben.«

»Der Lüderich«, sagte ich unvermittelt.

Jutta sah mich an. »Der Lüderich?«

»Klar, der Lüderich! Ich glaube, der Aufenthalt im Krankenhaus hat mein Hirn etwas einrosten lassen. Susanne Voisbach hat mir erzählt, daß Morgana sich mit dem Lüderich beschäftigt hat. Und Gero von Berg berichtete auch was über dessen Geschichte. Es muß der Lüderich sein.«

Jutta stieg aus. »Ich nehme meine Maschine. Wir treffen uns an Morganas Laden.«

»Von dort aus ist es bis zum Lüderich nicht weit.«

Sie nickte. »Was für ein Zufall.«

Als ich auf den kleinen Parkplatz einbog, stand Jutta bereits vor dem Laden und schüttelte den behelmten Kopf. Ich stellte den Motor ab, und sie kam herübergelaufen.

»Keiner da. Alles dunkel. In ihrer Wohnung ist sie auch nicht.« Sie setzte sich auf den Beifahrersitz.

»Da gibt's nur eins«, sagte ich. »Wir müssen auf den Berg rauf und nach ihnen suchen.«

»Meinst du, wir finden sie? Hast du dir das Areal schon mal angesehen?«

»Erste Frage ja, zweite Frage nein. Ich denke, wir müssen einfach auf den Gipfel.«

»Also gut – sehen wir auf die Karte.«

Der Lüderich war auf dem Overath-Rösrather Stadtplan eingezeichnet, den ich in der Tankstelle erstanden hatte. Die Markierung des Gipfels mit der Höhenmeterzahl 260 war inmitten mehrerer weißer Linien eingetragen.

»Der Berg ist von lauter Fußwegen umzingelt«, sagte ich. »Und schau mal: Neben der Gipfelmarkierung steht was.«

»Ringwall«, las Jutta. »Das paßt doch. Das ist sicher ein Rest der alten keltischen Siedlungen, die es da mal gegeben haben soll. Wo die Druidinnen in grauer Vorzeit ihre Rituale abhielten.«

»Woher weißt du, daß es Druidinnen waren?«

»Was weiß ich? Sicher ist nur, daß jetzt gerade ein paar Druidinnen oder so was da oben sind. Machen wir uns auf die Socken.«

Ein paar junge Männer kamen die Straße entlang und marschierten vor dem Kühler des Golfs vorbei. Zwei von ihnen trugen eine ausgewachsene Birke spazieren.

»Was machen die denn da?« fragte ich.

»Die setzen einen Maibaum«, erläuterte Jutta. »Das ist so ein Brauch hier.«

»Ach, davon hat mir Gero von Berg auch erzählt. Aber wie wär's, wenn wir das Bergische Brauchtum jetzt mal Bergisches Brauchtum sein lassen und sehen, wie wir auf diesen Berg raufkommen?« Ich wandte mich wieder der Karte zu. »Schau mal hier: Von Untereschbach aus reichen die Wohngebiete bis an den Lüderich heran – wahrscheinlich sogar noch ein Stück weit rauf. Wir könnten den Wagen da parken und den Rest zu Fuß gehen. Zum Beispiel hier in Steinenbrück.«

»Nein«, sagte Jutta. »Laß es uns lieber von Südosten versuchen. Diese Häuser – wie heißen die? Bleifeld. Da fahren wir hin. Die sind viel näher dran.«

Ich verglich die Siedlungsverteilung auf der Karte. »Stimmt«, gab ich zu und startete den Motor.

Es wurde höchste Zeit. Als wir den Parkplatz verließen, begann es zu dämmern.

So schnell es der alte Diesel zuließ, fuhr ich die Landstraße Richtung Overath entlang. Jutta stierte auf die Karte und dirigierte mich.

Die Sonne hatte sich längst hinter dicker Bewölkung verzogen. Wir fuhren östlich – genau in den Abend hinein.

Die waldbedeckten Hänge des Bergischen Landes verfinsterten sich und zeichneten sich als gigantische dunkle Schatten vor dem grauen Himmel ab.

»Hier ist Honrath«, sagte Jutta. »Links abbiegen.«

Ich sah auf den Kompaß und beobachtete, wie der rote Strich, der die Richtung anzeigte, auf das »N« zuwanderte.

»Jetzt kommt gleich eine Ortschaft, die Durbusch heißt. Fahr da mal ein bißchen langsamer. Wir müssen irgendwo wieder links.«

Es ging ein Stück durch den Wald. Hier war es schon richtig dunkel, und ich schaltete die Scheinwerfer ein. Nach einer Weile kamen links und rechts vereinzelte Häuser. Rote Rückstrahler von parkenden Autos leuchteten auf.

»Achtung jetzt – die nächste links.«

Ich bog ab und folgte der Straße den Berg hinauf.

»Jetzt müßte gleich Bleifeld kommen.«

Nach dem Kartenstudium zu urteilen, hätte ich eine alte dörfliche Siedlung erwartet. Statt dessen kamen wir an recht neuen Einfamilienhäusern heraus.

»Zum Frühlingsschacht«, las ich auf einem Straßenschild.

Ich stellte den Wagen ab und sah mich um. Auf der einen Seite der Straße waren die flachen, modernen Einfamilienhäuser, auf der anderen erstreckte sich eine Weide. Dahinter erhob sich im dunklen Dämmer der Wald.

Niemand war zu sehen. Ein paar parkende Autos – das war alles. Irgendwo in der Siedlung wummerte Musik. Anscheinend veranstaltete jemand einen Tanz in den Mai.

Jutta deutete die Straße entlang. Sie wurde praktisch vom Wald verschluckt.

»Da sollen wir jetzt rein?« fragte ich.

»Klar.«

»Bist du sicher? Für mich sieht das aus wie ein ganz normaler Wald. Wo soll denn da ein Gipfel sein?«

»Der Lüderich ist ein Bergrücken«, sagte Jutta, »und wir sind eben schon fast ganz mit dem Auto raufgefahren. Da ist nicht mehr viel Höhenunterschied. Nur noch Wegstrecke.«

»Um so besser. Kein Gekraxel. Haben wir überhaupt eine Taschenlampe dabei?«

»Wenn du keine hast, nicht. Ich würde sagen, wir nutzen die Zeit und machen uns auf den Weg, solange wir überhaupt noch was sehen.«

»Laß mich wenigstens noch mal einen Blick auf die Karte werfen. Ich muß mir die Route einprägen.«

»Wir müssen nur der Verlängerung der Straße folgen. Der Wanderweg führt uns genau auf den Gipfel. Schau, hier.«

Ich sah nur ein Gewirr aus weißen Linien, aber im Prinzip stimmte, was Jutta sagte. Wenn wir nicht in der Dunkelheit falsch abbogen.

»Schöne Aussichten«, seufzte ich.

Plötzlich drängte mich Jutta zur Seite.

»Da kommt ein Wagen«, rief sie. »Wenn wir Glück haben, sind es die drei.«

Wir verbargen uns in einer Garageneinfahrt und hörten, wie das Auto näher kam. Ein heller Fiat sauste vorbei; Bremsen quietschten, dann röhrte der Rückwärtsgang. Jemand parkte hektisch ein. Ich beugte mich vor und lugte um die Ecke. Ein Mann stieg aus und hatte es offenbar sehr eilig. Es war Bruchmann, der Journalist.

»Guten Abend, Herr Redakteur«, sagte ich, und Bruchmann zuckte zusammen. Er hatte einen kleinen Rucksack dabei und trug um den Hals eine Kamera. Als er mich erkannte, nötigte er sich ein Lächeln ab.

»Was machen Sie denn hier? Ich denke, Sie jagen den Mörder von Achim Diepeschrath?«

»Sie etwa nicht?«

»Ich weiß nicht, wovon Sie reden. Ich bin nur dabei« – er dachte ziemlich offensichtlich nach – »ein paar Fotos von Maibäumen zu machen.«

»Aha – Sie meinen diese rituellen Diebstähle von Birken, die hier üblich sind?«

»Ganz genau! Ah, Sie haben noch jemanden dabei.«

Jutta war ebenfalls aus dem Versteck gekommen. »Frau Ahrens, meine Mitarbeiterin. Herr Bruchmann vom Gladbach-Anzeiger.«

Er nickte kurz. »Tja. – Dann will ich mal«, sagte er und stiefelte in Richtung Wald davon.

»Wir auch«, sagte ich und ging mit. Jutta blieb ebenfalls dran. »Zufällig ist das auch unsere Richtung.«

Bruchmann blieb stehen und sah uns mißtrauisch an. »Reden Sie keinen Quatsch. Wo wollen Sie denn hin?«

»Sagen Sie uns doch, wo Sie hinwollen«, sagte Jutta. »Vielleicht haben wir ja alle was davon, wenn wir unsere Informationen austauschen.«

»Lassen Sie mich mal raten«, sagte ich. »Sie verfolgen die Story weiter, die Sie heute in der Zeitung hatten. Mord am Hexenteich.«

»Hier ist nicht der Hexenteich«, sagte Bruchmann. »Der ist ganz woanders.«

»Aber vielleicht sind die dazugehörigen Personen hier in der Nähe. Und hinter denen sind wir wohl alle drei her.«

»Aber wieso? Die drei Damen, die hier Hexen spielen, sind doch längst bekannt. Warum wollen Sie ihnen hier oben bei ihren Spielchen zuschauen?«

»Wir haben unsere Gründe«, sagte Jutta, und wir gingen weiter.

»Moment, Moment«, rief Bruchmann. »Machen wir einen Deal. Wir gehen jetzt zu diesen ausgeflippten Eso-Weibern. Und Sie sagen mir auf dem Weg dahin, was das Trio mit Achim Diepeschraths Tod zu tun hat. So daß ich als erster die Story habe, wenn es so weit ist.«

»Das heißt, wir suchen jetzt zu dritt die ganze Nacht den Berg ab«, sagte ich. »Danke, das können wir auch zu zweit.«

Bruchmann stellte sich in den Weg und grinste. »Das hätte ich mir denken können. Sie haben keine Ahnung, wo die sind, was?«

»Sie etwa?« fragte Jutta.

»Natürlich. Ich beobachte sie nicht zum ersten Mal.«

12.

Ein paar Minuten später standen wir am Waldrand. Vor uns gähnte ein schwarzes Loch.

»Keine Sorge, ich habe eine Taschenlampe«, sagte Bruchmann. »Aber wir sollten sie möglichst nicht benutzen, damit die Frauen uns nicht bemerken.«

Wir setzten uns in Bewegung. Der breite Weg führte langsam aber sicher bergauf.

»Was meinen Sie eigentlich damit: Sie beobachten die Hexen nicht zum ersten Mal?« fragte ich.

»Na, wie ich's sage. Wissen Sie – der Lüderich ist halt ein interessantes Thema für einen Lokalreporter. Ein Berg mit Geschichte. Kennen Sie die Sagen, die man sich vom Lüderich erzählt?«

»Nein, wir sind nicht von hier«, erwiderte ich kühl.

Bruchmann ließ sich nicht beirren. »Da gibt's zum Beispiel die Geschichte von den Heiden auf dem Lüderich. Sie sollen immer noch ihren Göttern geopfert haben, als das übrige Bergische Land schon christianisiert war. Die Heiden sollen mit Hilfe von Zwergen und Riesen hier Erze aus dem Berg geholt haben. Deswegen waren sie sehr reich. Zur Strafe, daß sie sich nicht der christlichen Religion beugen wollten, traf sie ein furchtbares Unglück: Es gab ein Erdbeben, ein Stollen stürzte ein, und das Blut der getöteten Heiden floß als Bach aus dem Berg hinunter in die Sülz.«

»Igitt«, sagte Jutta.

»Schaurig, nicht wahr? Der Bach hatte auch einen Namen. Er hieß ›Blutbach‹.«

»Gut«, sagte ich. »Da gibt es also solche Geschichten. Und weiter?«

»Na ja – diese Marianne Müller, oder Morgana, wie sie sich nennt, ist die Tochter eines Bergmannes, der in der Grube am Lüderich bis zuletzt noch gearbeitet hat.«

»Bis zuletzt?«

»Ja – bis 1978. Dann wurde der Hauptschacht stillgelegt. Er war fast fünfhundert Meter tief. Sie können den Förderturm von der Hauptstraße unten vom Sülztal aus gut sehen.«

»Das Ding neben dem Kreuz?« fragte ich.

»Genau.«

»Und da gehen wir jetzt hin? Zum Gipfel?«

»Nein. Weder noch. Das Kreuz und der alte Förderturm sind nicht auf dem Gipfel, sondern auf der vorgelagerten nördlichen Seite des Berges. Der Gipfel ist mehr in südwestlicher Richtung. Aber da gehen wir auch nicht hin. Warten Sie es ab.«

Nach einer Weile wurde ein Haus hinter den Bäumen sichtbar.

»Der alte Frühlingsschacht«, erklärte Bruchmann. »Wir müssen noch ein Stück weiter.«

Es wurde nun ganz dunkel. Der Wald verschwamm zu einer schwarzen Wand. Außer dem Knirschen unserer Schritte und unserem Atmen waren keine Geräusche zu hören. Bruchmann schien nicht besonders fit zu sein. Er keuchte vernehmbar.

»Wie ging das weiter mit Morgana?« fragte Jutta.

»Sie hat von ihrem Vater ein Grundstück geerbt, das hier am Lüderich liegt. Dort feiert sie mit ihren Freundinnen immer irgendwelche Hexenfeste. Winter- und Sommersonnenwende und eben Walpurgisnacht.«

»Aber feiern Hexen ihre Feste nicht auf einem Berggipfel? So wie auf dem Brocken im Harz?« fragte ich.

»Eigentlich wäre der Gipfel der richtige Ort, um das zu erreichen, was Morgana erreichen will. Zumal es da ja tatsächlich Spuren germanischer oder keltischer Besiedlung gibt.«

»Dann ist der Lüderich sozusagen der Brocken des Bergischen?«

»Könnte man so sagen, ja. Der Gipfel ist allerdings alles andere als malerisch. Wenn man es Ihnen nicht sagt, dann würden Sie an der Stelle glatt vorbeilaufen. Da gibt's nur Bäume und ein häßliches Wasserhäuschen mit einem Zaun drumherum.«

»Sie haben gerade gesagt, daß Morgana etwas erreichen will«, sagte ich. »Was haben Sie damit gemeint?«

»Ganz einfach – oder auch nicht, wie man's nimmt. Sie hat sich vorgenommen, den Berg von den Wunden, die man ihm zugefügt hat, zu heilen.«

»Zu heilen?« fragte ich.

»Na klar«, schaltete sich Jutta ein. »Sie wollen mit ihren Ritualen positive Energie aufbauen.«

»So klar finde ich das nicht.«

»Klar ist jedenfalls«, sagte Bruchmann, »daß Frau Müller so eine Art spiritueller Ökologie vertritt, wenn Sie wissen, was ich meine.«

»Ich weiß genau, was Sie meinen«, sagte Jutta.

»Ich weiß es leider überhaupt nicht«, wandte ich ein.

»Sie haben doch das Kreuz an dem Förderturm schon mal gesehen, nicht?«

»Von der Straße aus.«

»Es wurde 1997 dort aufgestellt – geweiht vom Bischof mit allem Pipapo, gestiftet von der katholischen Kirchengemeinde Steinenbrück. Das hat natürlich was mit den ehemaligen Bergarbeitern zu tun. Die heilige Barbara ist die Schutzpatronin des Bergbaus. Morgana war das ein Dorn im Auge. Sie behauptet, das Barbarakreuz sei eine Art von moderner christlicher Kolonialisierung. Der Lüderich gehöre eigentlich der keltischen Kultur, und der will sie wieder zum Aufblühen verhelfen. Ganz besonders regt sie sich über den Golfplatz auf, der sich neuerdings unterhalb vom Förderturm befindet.«

»O Mann, Kulturkampf pur«, rief Jutta.

»Genau. Es ist wie in der Sage, die ich Ihnen vorhin erzählt habe. Die Heiden auf dem Lüderich. Die Christen im Bergischen Land.«

»Nur daß diese sogenannten Hexen heute keiner ernst nimmt«, sagte ich.

»Das würde ich nicht so sehen. Gehen Sie mal in einen Esoterik-Buchladen und schauen Sie sich an, was da angeboten wird. Und sie nehmen sich selbst sehr, sehr ernst. Seit Jahren schickt Frau Müller, also Morgana, Pamphlete über ihre Bergheilerei an alle möglichen Verlage und Redaktionen.«

»Sagen Sie – wollen Sie die drei einfach so fotografieren?« fragte Jutta.

»Je nachdem. Ich muß notfalls alles auf eine Karte setzen und den Blitz benutzen.«

»Damit ist aber dann auch alles vorbei«, sagte ich. »Die brechen ihre Hexenveranstaltung sofort ab. Und am Ende verhexen sie Sie noch.«

»Ich plane eine Story über den Lüderich – seine Vergangenheit und Gegenwart«, sagte Bruchmann kategorisch. »Da dürfen die Hexen nicht fehlen.«

Ich konnte Juttas Gesicht nicht gut erkennen, hatte aber das Gefühl, daß sie es mißmutig verzog. Wir wanderten eine Weile weiter. Mir ging langsam die Puste aus, und ich spürte, wie mir der Schweiß herunterrann.

»Wie dem auch sei«, sagte Bruchmann. »Jetzt sind Sie dran.«

Ich erzählte in groben Zügen von dem Zusammenhang zwischen dem Hexenteich und der Hexenhinrichtung von 1613.

»Daß der Hexenteich eventuell in der Nähe einer alten Hinrichtungsstätte liegt, erklärt aber noch nicht, warum Sie hier sind«, sagte Bruchmann.

Jutta berichtete, daß es noch eine vierte sogenannte Hexe gab, die sich Katharina nannte.

»Das wäre mir neu«, sagte Bruchmann. »Bei den letzten Treffen hier oben waren immer nur die drei da. Aber wir werden sehen. Halt. Bleiben Sie stehen.«

»Was ist los?«

Es war so dunkel, daß ich die Gesichter von Bruchmann und Jutta nur noch als graue Schemen erkennen konnte.

»Ab hier müssen wir leise sein«, flüsterte Bruchmann. »Sie können uns bald hören. Wir verlassen jetzt den normalen Weg. Hier geht's lang.«

Damit verschwand er auf einem kleinen Pfad im Wald. Jutta und ich folgten.

Es war so finster, daß wir uns an den Bäumen entlangtasten mußten. Ich stolperte immer wieder über Äste und Wurzeln. Bruchmann schien sich hier gut auszukennen, denn er kam viel schneller voran, und ich hatte alle Mühe zu folgen. Ich konnte mich nur noch nach dem Gehör orientieren und lief daher den Schrittgeräuschen nach. Nach einer Weile hatte ich den Eindruck, daß wir nun doch wieder einem ausgetrampelten Pfad folgten. Der Boden unter meinen Sohlen fühlte sich hart an.

Dann hörte ich die Musik. Es war eigentlich mehr ein Trommeln und Stampfen. Irgendwo vor uns.

»Langsam jetzt«, flüsterte Bruchmann und blieb stehen. Ich konnte einige niedrige Tannen erkennen, hinter denen der Himmel etwas heller wirkte. Ihre Umrisse zeichneten sich deutlich ab. Über den Baumspitzen flogen helle Teilchen in den Himmel. Es sah aus wie ein aufgeschreckter Glühwürmchenschwarm.

»Wir müssen ein Stück zwischen den Tannen durch«, flüsterte Bruchmann. »Aber nicht zu weit. Sonst werden wir vom Feuer angeleuchtet, und sie sehen uns.«

Bruchmann ging vor, nahm seinen Rucksack ab und kniete sich dann hin. Mit der rechten Hand gab er uns ein Zeichen, ihm zu folgen. Als meine Knie den harten Boden berührten und sich spitze Steinchen durch den Stoff meiner Hose bohrten, beneidete ich Jutta um ihre robuste Motorradkluft.

Vorsichtig schoben wir uns unter den Zweigen hindurch. Das Trommeln wurde immer lauter, und mittlerweile konnte ich schon die Flammen des Feuers erkennen. Davor bewegten sich Schatten.

»Haben Sie Handys dabei?« fragte Bruchmann plötzlich. »Machen Sie sie um Gottes willen aus.«

Wir kramten liegend unsere Mobiltelefone heraus und kamen Bruchmanns Wunsch nach.

»Wir können nur noch wenig weiter«, erklärte er. »Sonst ist es zu gefährlich.«

»Wir sehen auch von hier aus schon ziemlich viel«, sagte Jutta.

»Was machen die da?« fragte ich. »Das sieht mir nicht so sehr nach Hexen aus – eher nach Indianern.«

Vor uns lag eine ausgedehnte dunkle Fläche, die wahrscheinlich mit Gras bedeckt war. Genau war das in der Dunkelheit nicht zu erkennen. In der Mitte brannte das Feuer, und drei weißgekleidete Gestalten tanzten in irrwitziger Geschwindigkeit im großen Kreis und mit riesigen Sprüngen um die Flammen herum. Jede hielt in der einen Hand eine Art Tamburin und schlug mit der anderen darauf ein.

»Sind das Häuser auf der gegenüberliegenden Seite?« fragte ich, denn ich sah ein paar Dächer aufragen.

»Das ist Steinenbrück«, sagte Bruchmann.

»Warum sind Sie nicht von da gekommen? Wäre das nicht näher gewesen?«

»Da müssen Sie durch Privatgärten, das ist nicht gut. Außerdem können Sie schon früh gesehen werden.«

»Was sagen denn die Leute, die da wohnen, zu diesem Krach?«

»Die kennen das schon. Ich habe mit einigen Interviews gemacht. Manche haben auch schon mal die Polizei geholt, wegen Ruhestörung. Letztlich können sie aber nichts dagegen machen.«

Das Feuer war hell genug, daß ich sehen konnte, wie Bruchmann seelenruhig seine Kamera zur Hand nahm. Er legte sie auf einem Baumstumpf ab. »Sehr praktisch. Die Perspektive stimmt genau. Das habe ich letztes Mal schon so gemacht.«

»Letztes Mal?« fragte Jutta.

»Wintersonnenwende. Kurz vor Weihnachten. War saukalt, kann ich Ihnen sagen. Und es hat geregnet. Der Baumstumpf war damals schon da. Er gibt ein perfektes Stativ ab. Ich muß jetzt nur noch auf den Auslöser drücken.«

»Haben Sie die Fotos von damals veröffentlicht?«

»Nein. Ich wollte auf die Walpurgisnacht warten. Das ist einfach das prominentere Fest.«

Wir beobachteten die Hexen weiter. Irgendwann hörten sie auf mit ihrem ekstatischen Tanz, und es war ganz plötzlich still. Das Feuer war etwas heruntergebrannt. Eine der drei Frauen holte von irgendwoher einen langen Holzstab und ritzte damit eine Furche in den Boden, die sich weit um das Feuer herum erstreckte.

Als sich die Frau unserem Versteck näherte, erkannte ich, daß es Morgana war. Kaum war sie wieder am Anfang des Kreises angekommen, warf sie den Stab weg, erhob die Arme und rief etwas in die Dunkelheit. Ich konnte es nicht verstehen, aber ich war sicher, es kamen Wörter wie »Mutter« und »Erde« darin vor. Als sie ihre Anrufung beendet hatte, gab es eine kleine Pause. Alle drei warfen etwas in das Feuer; es wurde plötzlich wieder heller, und mit dem Aufflackern schlugen sie wieder auf die Tamburine.

Diesmal war es ein anderer Rhythmus. Die drei Frauen bewegten sich vorsichtiger – anscheinend wollten sie den gezogenen Kreis nicht überschreiten. Morganas haarloser Schädel wirkte gespenstisch in der bizarren Beleuchtung.

»Sieht schlecht aus mit Ihrer Katharina. Sie scheint nicht dabeizusein.«

»Wir hätten es ahnen können«, sagte Jutta. »Sie haben sie nicht in ihren Kreis aufgenommen.«

»Kann ich mal Ihre Taschenlampe haben?« fragte ich Bruchmann.

»Was wollen Sie denn damit?«

»Werden Sie schon sehen. Also – bekomme ich sie?«

»Sie können sie jetzt nicht benutzen. Viel zu gefährlich.«

»Nur für den Notfall. Ich will mich mal etwas umsehen. Nur das Gelände checken. Vielleicht erwarten die drei Damen ja doch noch Gäste.«

»Gästinnen«, sagte Jutta.

Bruchmann hatte es nicht verstanden. »Was?«

»Geben Sie mir die Lampe. Ich habe keine Lust, mich hier im Dickicht zu verirren.«

»Machen Sie keinen Quatsch. Bleiben Sie hier!«

»Ich bin gekommen, um diese Katharina zu finden, und das werde ich auch versuchen.«

»Soll ich mitkommen?« fragte Jutta.

»Besser, du beobachtest von hier aus weiter.«

Bruchmann rutschte zur Seite, wo er seinen Rucksack abgelegt hatte, und öffnete ihn. »Das Ding war doch hier irgendwo ... Ah, hier ist sie.« Er reichte mir eine große Stablampe.

»Bin gleich wieder da.«

Ich wollte das Grundstück von einer anderen Perspektive einsehen. Ich kroch zurück bis hinter die Tannen und suchte dann einen Weg seitlich in den Wald. Zum Glück standen die Bäume recht weit auseinander; so kam ich gut voran. Von unserem Beobachtungsposten aus hatte ich gesehen, daß sie sich um das Grundstück herumschmiegten und auf der rechten Seite bis hinunter an die Häuser reichten. Es mußte also möglich sein, auch von weiter unten im Schutz der Schonung eine Stelle zu finden, von der man das Geschehen auf der Wiese überblicken konnte.

Ich schlich so leise wie möglich durch die Dunkelheit und lief plötzlich gegen einen Holzzaun. Anscheinend verlief eines der Grundstücke von der Siedlung da unten parallel zu Morganas Wiese, ging bis in den Wald und wurde hier abgegrenzt. Kurz entschlossen kletterte ich über den Zaun.

Ich versuchte, mich an dem Getrommel zu orientieren, doch das war schwerer, als ich gedacht hatte. Der dumpfe Rhythmus schien die ganze Gegend gleichmäßig auszufüllen und von allen Seiten zu kommen. Der Tannenwald zu meiner Linken wurde so dicht, daß auch von dem Feuer nichts mehr zu sehen war, und so tastete ich mich meterweise blind vorwärts. Irgendwann kroch in mir die Furcht hoch, den Rückweg nicht mehr zu finden.

Während ich mich noch weitertastete, hörte ich ein schrilles Schreien von jenseits der Bäume.

Offenbar war das Ritual in eine neue Phase übergegangen. Die Schreie paßten sich dem Rhythmus der Tamburine an. Sie wurden immer ausgelassener und lauter; dann war ganz plötzlich Stille. In diesem Moment krachte unmittelbar vor mir ein Ast, und irgendwas sagte mir, daß ich nicht allein hier im Wald herumschlich.

Ohne über Bruchmanns Warnung nachzudenken, schaltete ich die Taschenlampe ein und leuchtete in die Richtung, aus der das Geräusch gekommen war. Der Lichtkegel streifte zwei dicke Baumstämme und verlor sich im Dunkel. Aber nur für eine Sekunde. Dann tauchte eine Gestalt auf, sah mich an und verschwand wieder.

»He«, zischte ich und versuchte, die Verfolgung aufzunehmen. Irgendwo ertönten Schritte. Sie entfernten sich schnell.

»Verdammt«, fluchte ich. Das durfte nicht wahr sein.

In der nächsten Sekunde waren die Geräusche hinter mir. Ich drehte mich, lief so schnell ich konnte, den Weg zurück. Holz knirschte, dann gab es ein dumpfes Geräusch, als würde jemand springen. Der Zaun, dachte ich und rannte weiter.

Der Weg dorthin kam mir endlos vor. Dann tauchte der Zaun im Kegel der Lampe auf; dahinter erkannte ich wieder eine Bewegung. Ich kletterte über den Zaun und erreichte den Pfad, den wir gekommen waren. Es gelang mir nicht, im Laufen die Lampe stillzuhalten, und so fiel der Lichtkegel mal auf kleine Büsche, mal auf den Waldboden und mal auf Baumstämme. Der ganze Wald schien in Bewegung zu sein. Alles wirkte im hellen Schein unnatürlich weiß, wie mit Asche überzogen, während dahinter geisterhafte Schatten tanzten.

Irgendwann erreichte ich den Waldweg, von dem Bruchmann abgebogen war. Ich leuchtete bergab der flüchtenden Person hinterher.

»Halt«, rief ich und achtete nicht darauf, ob mich die drei Hexen vielleicht hören konnten.

Plötzlich war die Figur mitten im Lichtkegel – sehr weit weg; der Schein der Taschenlampe war dort bereits sehr schwach. Sie blieb tatsächlich stehen und drehte sich einen Moment um. Was ich sah, konnte einfach nicht sein.

Die Frau, die ich verfolgte, sah aus wie Angelika Diepeschrath. Sie blickte mich mit starren, dunklen Augen an, die gespenstisch groß wirkten. Sie atmete schwer. In diesem Moment ging das Geschrei auf der Wiese wieder los, und die Trommeln setzten ein. Sie riß sich aus der Erstarrung und rannte weiter.

Als ich die Verfolgung wieder aufnahm, hatte ich das Gefühl, als bestünde die Welt nur aus dem harten Schotter des Weges unter mir und aus der Luft, die mir um die Ohren sauste – einer Luft voller Frühlingsduft nach feuchter Erde und Laub. Längst hatte ich die Trommeln des Hexentanzplatzes hinter mir gelassen, und ich hatte jegliches Zeitgefühl verloren.

Ich wußte noch nicht einmal, ob die Frau noch vor mir flüchtete. Ich war wie in einem Rausch. Auch wenn meine malträtierten Lungen schmerzten und mein Herz raste wie noch nie – ich konnte nicht mehr aufhören zu rennen. Mein Kopf schien klar zu sein, obwohl ich alle logischen Gedanken daraus verbannt hatte. Ich versuchte nicht zu ergründen, warum es plötzlich zwei Angelikas gab, und ich versuchte auch nicht herauszufinden, warum sich die eine Angelika anscheinend als Katharina ausgab. Nichts davon spielte sich in meinem Kopf ab. Mein Kopf war leer, frei von allem, und ich wußte nur eines: Ich mußte hinterher.

Irgendwann erreichte ich die Straße. Auf der einen Seite die Häuser, auf der anderen eine dunkle Wiese. Auf der Häuserseite ordentliche Straßenlampen wie Perlen auf einer Schnur. Sie gaben Licht, doch dieses Licht unterstrich die Ödnis der Gegend nur noch mehr.

Ich war so außer Atem, daß ich fürchtete, mein Kreislauf würde schlappmachen. Der Schweiß strömte mir über das Gesicht. Ich beugte mich vor, die Hände auf die Oberschenkel gestützt, und legte Bruchmanns Taschenlampe auf den Asphalt. Als ich mich wieder aufrichtete, stand die Frau keine drei Meter von mir entfernt mitten auf der Straße und sah mich an. Immer noch wummerte in der Ferne die Musik von der Maifeier durch die Nacht.

Die Frau besaß dieselben dunklen Haare wie Angelika Diepeschrath, dieselbe Größe wie sie und dieselben dunklen Augen. Sie trug normale Kleidung, keines dieser hellen Hexengewänder. Einen dunklen Pullover, einen hellen Rock, der bis zu den Knien reichte, und flache Schuhe. Ich sah, daß sie lächelte. Als ich einen Schritt nach vorne machte, wich sie zurück.

»Komm«, flüsterte sie mit einer eigenartigen Stimme, die wie das Rascheln von trockenem Laub klang. »Komm. Wir wollen Beltaine feiern.«

Sie drehte sich um und lief davon. Ich fragte mich, wie eine Frau so sportlich sein konnte. Die Antwort fiel mir fast gleichzeitig ein: Schließlich besuchte sie ein Fitneßstudio. Ich schleppte mich zum Wagen und sah gerade noch, wie sie um die Ecke verschwand. Ich schloß hektisch den Golf auf, ließ den Motor an und folgte ihr. Als ich ebenfalls nach links einbog, löste sich gerade ein Kleinwagen aus einer Parklücke und fuhr den Berg hinab. Es war ein Ford Fiesta. Angelika Diepeschraths Auto.

Sie nahm einen anderen Weg als den, den wir gekommen waren. Ich hatte keine Ahnung, wo wir waren. Irgendwann erkannte ich an den Häusern, daß wir uns in Hoffnungsthal befanden, und dann kamen wir auf die Hauptstraße, die den Lüderich entlang nach Overath führte.

Ich kramte mein Handy hervor, stellte es mit einer Hand an und wählte den Speicherplatz von Juttas Nummer. Sie war nicht zu erreichen. Wahrscheinlich beobachtete sie immer noch mit Bruchmann die Hexen und hatte das Handy ausgeschaltet. Ich konnte es nicht ändern.

In Untereschbach bog Angelika Diepeschrath in Richtung Bensberg ab. Um dranzubleiben, wagte ich an der Ampelkreuzung ein gewagtes Linksabbiegemanöver, als es mindestens Orange war. Gehupe ertönte, verebbte aber schnell hinter mir.

Der Ford Fiesta schien schneller zu sein als Mannis Golf, und so schaffte es Angelika, einen großen Abstand zwischen uns zu bekommen. Ich schaltete vom fünften in den vierten Gang; der Motor heulte auf, und ich spürte förmlich, wie der Diesel versuchte, Fahrt zu machen, aber es hatte keinen Zweck. Ich drohte sie zu verlieren. Gleichzeitig überlegte ich fieberhaft, wo sie wohl hinfahren würde. Nach Hause? Eine Minute später wußte ich es besser: Ich konnte gerade noch erkennen, daß sie die Abzweigung nach Moitzfeld rechts liegenließ.

Die Nadel auf dem Tacho erreichte die 140, als ich nach Bensberg hineinkam und die beleuchteten Türme des Schlosses erschienen. Ich drosselte die Geschwindigkeit; es hatte keinen Zweck, wie ein Irrer durch die Stadt zu rasen. Dann kam ich an einer roten Ampel zum Stehen. Der Fiesta war weg.

Wieder rief ich Jutta an, wieder kam nur die sterile Frauenstimme, die mir empfahl, es später noch einmal zu versuchen. Ich wollte den schwarzen Knochen gerade vor Ärger aus dem Fenster werfen, da ertönte die typische Handy-Melodie, und das Display leuchtete auf. Ich stand immer noch an der roten Ampel.

»Rott.«

»Radermacher.«

»Wer?«

»Frau Dr. Radermacher. Das Epithel der Gans – erinnern Sie sich nicht?«

»Ja, doch.« Ich starrte auf die Ampel und hatte das Gefühl, mir würde ein Hummelschwarm durch die Adern fließen. Wann wurde das Ding endlich grün?

»Störe ich Sie bei irgendwas? Sie klingen so ungehalten.«

»Kein Problem. Ich bin nur gerade im Einsatz.«

»Ich fasse mich kurz. Ich habe noch mal über diesen seltsamen Begriff nachgedacht. Und mir ist eine Idee gekommen.«

In Zeitlupe gesellte sich zu dem roten Licht das gelbe, und noch bevor es Grün wurde, trat ich das Gaspedal durch.

»Und – was glauben Sie, was sich dahinter verbirgt?«

»Könnte es sein, daß es nicht das ›Epithel der Gans‹ heißt, sondern das ›Epithel der Glans‹?«

»Wie bitte? Ich verstehe sie nicht. Einen Moment.« Ich fuhr rechts ran, um besser telefonieren zu können. Angelika war sowieso weg, und ich hatte keine Ahnung, wo ich hinfahren sollte.

»Glans. Mit einem ›l‹.«

»Und was ist das?«

Frau Dr. Radermacher lachte.

»Sagen Sie schon!« beharrte ich.

»Als Glans bezeichnen Mediziner einen Teil des männlichen Geschlechtsorgans.«

»Was?«

»Genauer gesagt – den vorderen verdickten Teil. Im Volksmund auch Eichel genannt.«

»Eichel im Volksmund. Nettes Bild. Und was kann das bedeuten?«

»Wie Sie schon vermuteten: Sie werden wohl einen medizinischen Bericht vor sich gehabt haben. Nach dem, was Sie gesagt haben, ist es doch dabei auch um Sex gegangen. Das heißt, ich liege mit dem Verdacht, daß es um die Glans ging, gar nicht so falsch.«

»Hm.«

»Ich hoffe, das hilft Ihnen weiter. Ich dachte, ich sage es Ihnen mal einfach. Und Ihnen geht es weiterhin gut?«

»Ja, ja, mir geht es bestens.« Ich starrte auf die neonbeleuchtete Straße vor mir und versuchte, die Information in die vorhandenen Puzzleteile einzupassen. Ohne Erfolg.

»In welchem Zusammenhang schreibt man denn über so etwas als Mediziner?« fragte ich.

»In Operationsberichten zum Beispiel.«

Operationsberichte ...

In meinem Kopf drehte sich ein Räderwerk. Operationen. Sex. Beltaine feiern. Die Frau, die ich verfolgte, floh vielleicht gar nicht vor mir. Sie lockte mich. Wohin? Es gab nur einen Ort, der in Frage kam. Und er war ganz nah …

»Vielen Dank«, rief ich ins Telefon. »Sie haben mir sehr geholfen.«

Ohne zu schauen oder zu blinken, fuhr ich auf die Straße zurück und raste davon. Nur von Ferne sah ich die Lichthupe eines Lkw, der mich beinahe gerammt hätte.

Der grüne Ford Fiesta stand zwischen den Lastern auf dem Seitenstreifen. Ich fuhr weiter durch bis zu dem Wanderparkplatz, drehte und quetschte mich noch hinter den Fiesta. Ich stieg aus und stand sofort im tosenden Lärm der nahen Autobahn. Hier unten in Bergisch Gladbach war es deutlich wärmer als auf dem Lüderich. Dafür stank die Luft mehr nach Abgasen.

Ich kletterte über die Leitplanke und ging den Zaun entlang bis zu der Metalltür. Sie stand weit offen.

»Hallo?« rief ich in das dunkle Loch hinein, doch es kam keine Antwort.

Verdammt, du tappst mitten in die schönste Falle, dachte ich und tastete nervös nach meiner Neunmillimeter.

»Wo sind Sie?« rief ich.

Ich machte einen Schritt in den Wald. Alles wirkte verlassen.

Was sollte ich tun? Die Polizei anrufen und den Bullen eine irre Theorie auftischen? Sie den Wald absuchen lassen – vielleicht für nichts und wieder nichts?

Genau so ist Achim Diepeschrath auch in die Falle gegangen, sagte die eine Seite in mir. Mach es nicht.

Aber er war nicht gewarnt, sagte die andere. Du bist gewarnt und kannst dich schützen.

Ehe ich noch die beiden Seiten abgewogen hatte, lag die Metalltür schon hinter mir. Ich umschritt die Erdanhäufung dahinter und kam wieder auf den Asphaltweg, der als Rennweg in der Karte eingetragen war und in Richtung des Hexenteichs führte.

Vor mir lag nichts als Schwärze. Wenn ich mich anstrengte, konnte ich jedoch schemenhaft vor noch dunklerem Hintergrund die vorderen Bäume erkennen. Der stete Lärm von der Autobahn umgab mich wie ein Mantel. Stille wäre mir lieber gewesen – denn was immer dort auf mich lauerte, es machte Geräusche wie ich. So aber war ich praktisch taub.

Ich schaltete Bruchmanns Taschenlampe ein und marschierte den Weg entlang. Nach einer Weile hörte ich leises Gluckern, und der Lichtkegel der Lampe traf auf betonierte Seitenbegrenzungen. Ich befand mich auf der Brücke, wo man Achim Diepeschrath gefunden hatte. Mir kroch eine Gänsehaut den Rücken hinab.

Plötzlich mischte sich ein anderes Geräusch in das Gluckern. Schritte. Irgendwo vor mir. Sie kamen näher. Ich suchte mit der Lampe den Weg ab, und da sah ich sie. Wie vorhin stand sie mitten auf dem Weg und lächelte mich an.

Verdammt, sie muß sich hier gut auskennen, dachte ich. Und am Lüderich auch.

»Ich wußte, daß du kommen würdest«, sagte sie leise, und ihre Stimme klang wieder eigenartig raunend.

Mit einem Ruck zog ich die Waffe und zielte auf sie. »Kommen Sie her«, rief ich. »Ganz langsam.«

Sie tat es und lächelte mich an. Als sie nur noch drei Meter entfernt war, fragte ich mich, was ich eigentlich mit ihr machen sollte. Ich besaß keine Handschellen. Womit sollte ich sie fesseln?

Ich mußte sie irgendwie zum Wagen verfrachten. Aber wie? Am besten wäre es, wenn dort schon jemand auf uns warten würde. Ich mußte Sommer anrufen.

»Stehenbleiben«, sagte ich und kramte das Handy heraus. Als ich begann, die Einseinsnull zu wählen, war ich kurz unaufmerksam. Angelika Diepeschrath drehte sich um und rannte davon. Ich hob die Waffe, überlegte, ob ich in die Luft schießen sollte, doch dann lief ich ihr einfach nach. Dabei versuchte ich, sie im Kegel der Lampe zu behalten.

Ich erkannte ihre Gestalt vor der schwarzen Wand des Waldes, die sie nach und nach zu schlucken schien. Sie war verdammt schnell. Obwohl ich mir die größte Mühe gab, dranzubleiben, verschwand sie plötzlich. Ich versuchte mich zu erinnern, wie es hier am Tag ausgesehen hatte. Dort hinten waren die Büsche, hinter denen der Teich lag. Ich lief noch ein paar Schritte. Dann blieb ich stehen und lauschte.

Der Verkehrslärm war hier schon viel leiser. Von irgendwo kam ein aufgeregtes Quäken. Ein Vogel. Vielleicht eine Ente, von Angelika Diepeschrath aufgeschreckt. Dann war sie wohl irgendwo am Ufer. Dahinter erstreckte sich kilometerweit der Königsforst. Wenn ich ihre Spur verlor, hatte ich keine Chance mehr.

Langsam ging ich weiter Richtung Teich.

»Kommen Sie da heraus«, rief ich. »Sie haben doch keine Chance. Die Polizei ist unterwegs.« Ob sie sich davon beeindrucken ließ?

Es war nichts zu hören als fernes Rauschen. »Frau Diepeschrath, nun geben Sie schon auf. Sie können nicht die ganze Nacht hier draußen bleiben.« Schritt für Schritt lief ich weiter in den Wald hinein. Der Boden unter meinen Sohlen hatte sich eben noch hart angefühlt, jetzt wurde er weich. Mir wurde klar, daß ich den relativ sicheren Rennweg verließ.

Plötzlich war da ein Geräusch. Ein Kichern. Direkt neben mir. Ich drehte die Lampe und streifte in der Bewegung etwas. Angelika Diepeschrath grinste mich an und sprang zur Seite. Sie hatte keinen Meter von mir entfernt gewartet.

Ich warf mich instinktiv auf sie. Mein bandagierter Arm schmerzte, aber darauf konnte ich keine Rücksicht nehmen. Ihr Körper fühlte sich unerwartet hart an. Ich ließ Waffe und Taschenlampe fallen und faßte sie mit der rechten Hand um den Hals. Mit der linken packte ich ihre Haare. Sie gaben sofort nach, und ich hatte ein ganzes Büschel in der Hand.

Sie wehrte sich heftig. Ich tastete nach der Lampe, bekam sie zu fassen, dann dauerte es eine Ewigkeit, bis ich sie in die richtige Position bekam. Ich schloß die Zange meines eisernen Griffs noch fester und leuchtete in das Gesicht. Es war Gerd Diepeschrath.

Mit einem verzweifelten Aufbäumen wollte er sich losreißen. Ich versuchte, die Lampe nicht zu verlieren, und hatte deswegen nur eine Hand zur Verfügung. Er bekam plötzlich die Arme frei. Ich hörte ein Zischen, und im selben Moment hatte ich das Gefühl, mich hätte ein Flammenwerfer im Gesicht getroffen. Ich ließ los. Etwas traf mich hart am Kopf, und die Dunkelheit explodierte in einem Feuerwerk aus Lichtblitzen.

Als ich zu mir kam, war es schwarz um mich. Ich lag auf dem Asphaltboden, von dem Kälte aufstieg.

»Wo sind Sie?« gurgelte ich und versuchte mich hinzusetzen. Aber ich konnte meine Arme nicht gebrauchen. Sie waren taub und irgendwie lahm. Es dauerte eine Weile, bis ich begriff, daß meine Handgelenke auf dem Rücken zusammengebunden waren.

»Machen Sie mich los«, rief ich. »Sie haben keine Chance, Gerd.«

»Ich heiße Katharina«, raunte es aus dem Dunkel. »Hast du das immer noch nicht begriffen?«

Ich konnte ihn nicht sehen, erkannte aber seine Stimme wieder. Mir wurde klar, daß Diepeschrath seiner Mutter sehr ähnlich sah – bis auf die blonden Haare, die er von seinem Vater geerbt hatte. Mit der passenden Perücke und etwas Make-up glichen sich die beiden tatsächlich sehr. Von weitem konnte man sie für Geschwister oder sogar Zwillinge halten.

»Was haben Sie vor?« Ich zerrte an meinen Fesseln, doch es war sinnlos. Ich spürte Nässe auf dem Gesicht. Es mußten Tränen und Rotz sein – die Reaktion auf den Reizgasangriff. Während ich noch darüber nachdachte, begann Gerd Diepeschrath, etwas vor sich hin zu sagen. Es klang wie eine Litanei.

»Sechzehnhundertelf am Februar dem elften Scheuer Trein zu Nittum geklagt, welcher Maßen ihr Mann zu verschiedenen Malen ihr alles Eigentums und geringes Armut, so daß sie im Haus gehabt, mit Aufschlagung der Türen, Finsteren und Schlösser aus dem Haus, wider ihren Willen hinweggenommen ...«

»Was erzählen Sie da?« rief ich, aber ich wußte es genau. Gerd Diepeschrath zitierte aus fast vierhundert Jahre alten Akten – den Anklageakten der Katharina Scheuer.

»Nach der Zeugenvernehmung wurden der Angeklagten achtzehn Fragen zur Beantwortung vorgelegt: Wo und von wem sie die Zauberkunst gelernet? Nirgends und von niemandem. Wo und an welchem Ort solches geschehen? Nirgends. Wer ihre Mitgesellen gewesen? Niemand. Ob sie nicht ihrem Schöpfer abgesaget und sich dem leidigen Satan zugepflichtiget? Nein. Wo und wann solches geschehen? Nirgendwo und nirgendwann. Ob sie nicht vor und nach mit dem bösen Feind ihr Unzucht getrieben und buliert habe? Nein.«

»Gerd, was soll das? Kommen Sie zu sich!«

Er verstummte, und eine Weile hörte man nur das Rauschen der Autos.

»Ich bin Katharina«, sagte er. Dann ging die Litanei weiter: »Item bekennt, daß ihr Buhle Lucifer auch ein- oder fünfmal mit ihr allhier im Turm buliert ...«

»Welcher Turm?« fragte ich, aber ich wußte es. Er meinte den Bensberger Hexenturm.

»... seie in Gestalt eines feinen Mannes in schwarzen Kleidern zu ihr kommen und sei kalter Natur ...«

»Katharina, hören Sie auf.«

Die Litanei verstummte. »Ah, Sie lernen schnell«, sagte Gerd Diepeschrath mit normaler Stimme.

»Was haben Sie mit dieser Katharina zu tun?« fragte ich. »Warum haben Sie Ihren Vater umgebracht?«

»Sie war eine Frau«, sagte er.

»Und Sie sind ein Mann.«

»Ich bin eine Frau«, beharrte er. »Eine Frau im Körper eines Mannes.«

Nun war mir alles klar: Die Unterlagen in dem Haus waren ein Operationsbericht für eine Geschlechtsumwandlung gewesen. Ich klaubte zusammen, was ich jemals über Transsexuelle gehört, gelesen oder im Fernsehen gesehen hatte. Große psychische Probleme, Haß auf den eigenen Körper, der Wunsch nach einer Operation, Abschottung in irgendeinem Refugium, wo sie das andere Geschlecht ausleben konnten. Das Haus in Lückerath. Diepeschrath hatte in dieser einsamen Dachkammer sein Frauendasein erprobt. Er hatte Fotos von sich selbst gemacht, um sich sein Dasein als Frau auch optisch zu bestätigen. Und die historischen Romane in Gerd Diepeschraths Zimmer. Gerd/Katharina lebte anscheinend ein zweites Leben in der Vergangenheit …

»Ließ Ihr Vater Sie nicht Sie selbst sein?«

Diepeschrath lachte kurz.

»Was ist an diesem Abend passiert? Erzählen Sie es mir.«

»Warum wollen Sie das wissen?« sagte er, plötzlich aggressiv. »Sie wollen sich aufgeilen, stimmt's? Sie steigen mir doch seit langem nach.«

»Was war mit Ihrem Vater? Wie kam er hierher? Und Sie? Sie waren an dem Abend doch angeblich mit Ihrem Onkel zusammen.«

»Mein Onkel und mein Vater. Die haben nicht verdient zu leben.«

»Ihr Vater war hier. An diesem Abend. Er hat sich mit Volker Becker getroffen. Wo kamen Sie her? Was wollten Sie hier?«

»Das hier ist mein Platz«, sagte Diepeschrath. »Hier, wo sie gestorben ist. Sie, die Unterdrückte. Katharina. Hier haben ihre Henkersknechte gesiegt. Wie sie sie schon genannt haben. Triene oder Treine. Sie, die stolze Katharina. Der Name hat etwas Stolzes, finden Sie nicht?«

»Ja, ja«, sagte ich in die Dunkelheit hinein.

»Ich komme hierher, seit ich von ihrer Geschichte hörte. Schon als Kind war ich oft hier. Ich kenne jeden Winkel. Es ist mein Platz, verstehen Sie? Hier haben sie sie verbrannt. Was ist mit ihrer Asche geschehen? Man wird sie hier verstreut haben. Und so lebt sie in jedem Baum, jedem Strauch fort. Und ich lebe hier, und ich bin sie. Verstehen Sie das nicht?«

Ich schöpfte Atem. Mir war klar, daß ich Zeit gewinnen mußte. Er mußte weiterreden.

»Wo sind Sie an dem Abend hergekommen? Waren Sie mit Ihrem Vater verabredet?«

Gerd Diepeschrath lachte wieder auf. »Was glauben Sie? Daß ich mit diesem Schwein auch nur ein Wort geredet hätte? Haben Sie jemals unser Haus gesehen?«

Ich erinnerte mich an den häßlichen Bunker im Frankenforst.

»Ich war ein kleines Kind und spielte im Sandkasten. Mein Vater machte die Terrassentür zu, so daß ich draußen blieb. Als er sie zwei Stunden später wieder öffnete, war meine Mutter verquollen und hatte blaue Flecken an den Armen. Das passierte im Sommer mindestens einmal in der Woche. Im Winter mußte ich dann in meinem Zimmer bleiben und habe alles durch die Wand gehört.«

»Trotzdem haben Sie es lange dort ausgehalten. Sie haben sogar in der Firma Ihres Vaters gearbeitet –«

»Mein Vater zwang mich. Ich versuchte, da wegzukommen. Ich wollte eigentlich Geschichte studieren ...«

Er schwieg und schien nachzudenken.

»Dafür sind Sie begabt«, sagte ich. »So wie Sie die historischen Akten der Katharina Scheuer zitieren können.«

Diepeschrath ging nicht darauf ein. »Und dann habe ich Susanne kennengelernt. Sie hat mir den Job in der Salzmühle verschafft.«

»Sie hat gesagt, Sie seien befreundet. Ich meine, ein Paar ...«

»Hat sie das? Das war einmal. Heute weiß ich es besser. Ich weiß, daß ich selbst eine Frau bin.«

»Wußte Ihr Vater das auch?«

»O ja, sogar zu gut. Er mußte es lernen – und kam dabei um.«

»Er kam um, weil er Sie als Frau kennengelernt hat?«

»Er kam um, weil er mich nach seiner Art wie eine Frau behandelt hat.«

»Er wollte Sie mißbrauchen?«

Diepeschrath seufzte, dann ging das Seufzen in ein hektisches Atmen über. Ich hörte, daß er herumlief und irgend etwas Schweres über den Boden schrammen ließ.

»Sie ... fragen zu viel«, keuchte er. »Ich wußte, daß sie zu viel fragen würden. Sie haben mich schon so sehr bedrängt. Aber damit ist jetzt Schluß. Endgültig.«

»Was machen Sie da?«

»Das werden Sie gleich sehen.«

Wieder das schleifende Geräusch. Plastik auf Asphalt. Ein Glucksen. War es ein Eimer? Dann wurde mir klar, was es war. Diepeschrath schob einen Kanister heran. Plötzlich roch es nach Benzin. Der Schock nahm mir fast den Atem.

»Nein, tun Sie das nicht!«

»Sie flehen? Wie mag Katharina gefleht haben?«

»Ich habe nichts mit Katharina zu tun!«

»Sie sind ein Mann. Die Welt ist von den Männern männlich gemacht worden, obwohl es die Welt der Frauen ist. Verstehen Sie? Frauen sind die Schöpferinnen! Frauen besitzen die Weisheit! Die Welt ist eine Frau!«

Gerd Diepeschrath ging ein paar Schritte, dann spürte ich plötzlich Nässe auf meiner Brust. Kalte Nässe, die intensiv nach Benzin stank.

»Sie wollen es immer noch wissen, was?« rief er und schüttete weiter. »Ich war an dem Abend in Köln. Streifte durch die Straßen. Als Katharina. Als ich zurückkam, wollte ich noch etwas allein sein – hier. Ich ging an der Hauptstraße entlang, und ein Wagen hielt neben mir. Mein Vater stieg aus. Wissen Sie, was er dachte?«

Ich drehte das Gesicht zur Seite, um dem Benzin auszuweichen. Der Gestank drohte mir die Sinne zu rauben.

»Er hielt Sie für eine Frau.«

»Ich bin eine Frau.«

»Er hat Sie nicht erkannt?«

»Erst dachte er, ich sei Mutter. Er hielt mit dem Wagen an und sagte erstaunt: ›Angelika?‹.« Gerd Diepeschrath lachte irre. »Ist das nicht lächerlich?«

»Was ist dann passiert?«

»Er merkte, daß ich jemand anders war. Eine Frau eben, die abends allein unterwegs war. Und er grabschte mich an. Er hielt mich fest.«

Ich registrierte, daß er aufgehört hatte, mich mit Benzin zu übergießen. »Und dann?«

»Und dann, und dann«, äffte er mich nach. »Ich hab's ja gesagt, Sie wollen sich aufgeilen … Wie er. Das konnte er haben. Ich bin mit ihm in den Wald gegangen.« Er lachte irre auf. »Er wußte nicht, daß er damit in meiner Gewalt war.«

Ich stellte mir die Szene vor. Der verhaßte Vater, der seinen eigenen

Sohn nicht erkennt, weil er als Frau verkleidet ist. Der verhaßte Vater, der eine schutzlose Frau vermutet. Eine Frau, die auch noch seinem Typ entspricht, denn sie ähnelt seiner Ehefrau. Der Sohn, der sich in seiner Existenz als Frau endlich als das Individuum begreift, das er ist, und sich entsprechend stark fühlt. Der Sohn, in dem sich der gesamte Haß von Jahrzehnten auf einen Schlag entlädt. Das Zusammentreffen war Zufall gewesen, aber trotzdem war Diepeschrath in eine Falle gegangen.

»Und Sie haben ihn erwürgt?«

»Mit seinem eigenen Gürtel. Er hat ihn mir netterweise selbst gegeben. Er hat es für ein ausgefallenes Spielchen gehalten.«

»Was habe Sie dann gemacht?« keuchte ich. Ich bekam in dem Benzindunst kaum noch Luft.

Ein Feuerzeug flammte auf. In seinem gelben Schein sah ich Diepeschraths Gesicht. Die blonden Haare standen wirr ab, die Schminke war verlaufen. Sein Gesichtsausdruck war zu einer Fratze verzerrt.

»Etwas Benzin ... eine Flamme ... So eine wie diese hier.«

»Woher hatten Sie das Benzin?« rief ich, wobei ich verzweifelt versuchte, ihn weiter am Reden zu halten.

»Aus seinem Wagen ... Und alles brannte ... Alles verbrannte ... Es war ein schönes, hohes Feuer ... Er brannte eine Stunde lang.«

»Und Sie haben den Kanister hinterher bei Becker im Garten versteckt.«

»Alles brannte. Er ... und die Kanister ... Alles. Bis nur noch Asche übrig war.«

Mein Brustkorb schien sich mit Eis zu füllen, und gleichzeitig begann ich am ganzen Körper zu schwitzen, als hätte ich hohes Fieber. Mein Kopf wummerte vom rasenden Herzschlag, der so laut war, daß er den ganzen Wald zu beschallen schien. Ich hatte eigentlich immer geglaubt, ich wüßte, was Angst ist. In diesem Moment jedoch lernte ich es zum ersten Mal in meinem Leben.

»Ich habe ihn hingerichtet, wie Katharina hingerichtet wurde«, zischte Diepeschrath, das brennende Feuerzeug immer noch in der Hand. »Erwürgt und verbrannt. Den Scheiterhaufen bereitet und verbrannt. Seine Asche verstreut. Katharina gerächt ...«

Hinter dem Wummern in meinem Kopf schwoll ein anderes Geräusch immer mehr an. Es war eine Art Rauschen; wie zerplatzender Schaum, knisternd, nur viel, viel lauter.

»Katharina gerächt ... Scheiterhaufen ... Asche ...« Die Worte hallten wie ein Echo in meinem Kopf. Diepeschraths Gesicht im Schein der Flamme verschmolz zu einer gelben Fläche, und die Litanei begann wieder. Seine Stimme senkte sich; sie klang wie die eines Priesters, der eine Beerdigung zelebriert.

»Anno sechzehnhundertzwölf auf Samstag, den fünfzehnten Septembris zu Paffrath ist wegen Scheur Treinen, der berüchtigten Hexen peinlich und all noch bestehentlich Bekenntniß und sonstiger gehabter Inquisition dahin erkläret, daß es mit gedachter Scheuer Treine gehalten, daß sie durch das Feuer vom Leben zum Tode gebracht werden soll ... vom Leben zum Tode ... vom Leben zum Tode.«

13.

Als ich zu mir kam, lag ich auf der Seite. Menschen kamen herangelaufen. Plötzlich war die Waldlichtung hell beleuchtet. Ich sah Gerd Diepeschrath, wie er in gebückter Haltung geblendet die Hand vor die Augen hielt. Von seinem Arm tropfte Blut. Neben ihm stand etwas: ein Kanister. Jemand packte mich, und dann waren meine Arme frei. Sie sackten nach unten, und ich fiel auf den Rücken wie ein Sack. So mußte sich ein Gelähmter fühlen. Ich hustete und zwang mich, nach oben zu kommen. Kaum hatte ich mit den Anstrengungen begonnen, überfiel mich ein Zittern, als hätte ich starken Schüttelfrost.

»Hier rüber«, rief ein Mann neben mir, und es kamen noch mehr Menschen.

»Sind Sie verletzt? Sollen wir einen Krankenwagen holen?« Es war Sommer.

Ich bewegte meine Gliedmaßen, in die langsam das Leben zurückkehrte. Ich hatte keine Schmerzen. »Ich glaube nicht. Können Sie mir aufhelfen?« fragte ich.

Gemeinsam packten sie mich unter den Armen und zogen mich nach oben. Blaue Lichter kreisten hinter den Bäumen an der Straße. Langsam bewegten wir uns darauf zu. Eine Wagentür wurde aufgehalten, und ich ließ mich auf die Rückbank fallen. Das weiche Polster war eine Wohltat.

»Wirklich alles okay?« fragte Sommer.

»Nur einen Moment ausruhen«, murmelte ich.

»In Ordnung.«

Das Herumgelaufe ging weiter. Zwei uniformierte Polizisten kamen vorbei und führten Gerd Diepeschrath ab. In seinen schmutzigen Frauenkleidern sah er kläglich aus. Und er stand offensichtlich unter Schock.

Die kreisenden blauen Lichter stachen mir ins Hirn, und ich schloß eine Weile die Augen. Ich öffnete sie wieder, als mir jemand ins Gesicht patschte.

»Geht's wieder?« fragte Sommer. »Sind Sie ganz sicher, daß Sie keine ärztliche Hilfe brauchen?«

Ich reckte mich etwas. »Ganz sicher«, sagte ich. »Ich hatte nur ein bißchen Angst.«

Sommer stieg auf der Fahrerseite ein. »Wir müssen gleich in die Zentrale«, sagte er. »Dort wartet Frau Diepeschrath auf ihre Vernehmung.« Er wandte sich um. »Glauben Sie, Sie können dabei sein? Das wäre mir sehr recht.«

»Wenn ich mich auf der Hinfahrt noch ein bißchen ausruhen kann ... Wird schon gehen.«

»Gut.«

»Wo kommen Sie eigentlich so plötzlich her?« fragte ich. »Woher haben Sie gewußt, daß ich hier im Wald bin?«

Neben der Wagentür erschien eine Frau.

»Dieser Dame verdanken Sie Ihre Rettung. Sie hat uns auch auf die Fährte von Gerd Diepeschrath gebracht«, sagte Sommer. »Kommen Sie, Frau Voisbach.«

Susanne Voisbach nahm neben mir Platz, dann fuhren wir los. Hinter der Autoscheibe flog die nächtliche Stadt vorbei. Straßenlaternen, Neonreklamen. An manchen Mauern lehnten kleine Bäume. Maibäume. Irgend etwas machte einen Mordslärm. Das Martinshorn.

»Könnten Sie das bitte abstellen?« bat ich. Sommer betätigte irgend etwas am Armaturenbrett, und die Sirene erstarb. Die Stille tat gut.

»Ich habe gewußt, daß Gerd ... so ist«, sagte Susanne vor sich hin. »Ich meine, daß er lieber eine Frau wäre. Ich habe auch gewußt, daß er sich immer wieder an den Hexenteich zurückzog – einer der wenigen Plätze, wo er wirklich Frau sein konnte, verstehen Sie? Sie glauben nicht, wie viele Nächte wir darüber diskutiert haben.«

»Hatte er denn vor, sich operieren zu lassen?« fragte ich.

»Ja, aber das ist sehr teuer«, sagte Susanne. »Gerd hatte das Geld nicht. Seine Mutter auch nicht. Und seinen Vater konnte er danach nicht fragen – natürlich nicht. Der hat immer versucht, das aus ihm zu machen, was er für einen richtigen Mann hielt.«

»Hat Gerd Ihnen auch erzählt, daß er seinen Vater umgebracht hat?«

»Nein. Das wußte ich nicht. Erst als Sie zu mir kamen, hatte ich so einen Verdacht. Sie sprachen von dem Gartenhaus. Sie sagten, Sie hätten dort angeblich Andra gesehen.«

»Sie haben die Polizei gerufen. Sie haben mich gerettet.«

Sie nickte.

»Woher wußten Sie, was dort am Teich ablief?«

»Wir haben unser Beltaine-Fest gefeiert, und da wurden wir gestört.«

»Gestört?« Jutta und Bruchmann. Wo waren die eigentlich?

»Ja, von dieser Frau und dem Journalisten, der uns immer wieder bei unseren Zusammenkünften beobachtet. Die Frau hat sich öfter in Morganas Laden aufgehalten. Sie kam mir gleich verdächtig vor. Ich hätte aber nie gedacht, daß sie mit diesem Zeitungsmenschen zusammenarbeitet.«

»Tut sie auch nicht«, sagte ich. »Sie arbeitet mit mir zusammen. Wo ist sie?«

»Sie wartet im Präsidium auf uns«, sagte Sommer. »Bruchmann ist auch da. Den wird man schlecht wieder los, wenn er einmal Blut geleckt hat.«

»Also da waren diese Frau und der Journalist«, fing Susanne wieder an. »Und plötzlich hat es im Wald Lärm gegeben.«

»Und Sie wußten, daß Gerd Diepeschrath alias Katharina in der Nähe war?«

»Ja, das wußten wir alle. Er wäre gern in unseren Kreis aufgenommen worden. Für ihn hätte das bedeutet, voll und ganz als Frau anerkannt zu werden. Aber Morgana wollte das nicht.«

»Ich verstehe nur Bahnhof«, sagte Sommer. »Aber wir werden alles schön sauber und ordentlich zu Protokoll nehmen und dann weitersehen.«

Ich achtete nicht auf ihn. »Und was passierte dann, als der Lärm aus dem Wald kam?«

»Morgana brach das Fest ab, und wir bemerkten, daß wir belauscht wurden. Die Stimmung war dahin. Wir redeten mit dieser Frau und mit Bruchmann, und nach einer Weile fragten sie nach Ihnen. Wir suchten Sie im Wald – fanden aber weder Sie noch Gerd, ich meine Katharina. Und da ist mir wieder eingefallen, was Sie mir gesagt hatten. Daß ein Unschuldiger im Gefängnis sitzt. Und als Sie mir erzählten, daß Sie angeblich Angelika in diesem Haus in Lückerath gesehen haben, dämmerte mir, daß das Gerd gewesen sein mußte. Und ich dachte, wenn Sie ihn jetzt oben am Lüderich gesehen haben, sind Sie ihm sicher gefolgt. Daß sein Ziel der Hexenteich sein würde, muß einem einfach klar werden, wenn man Gerd so gut kennt wie ich.«

»Da haben Sie mehr Verstand bewiesen als ich«, sagte ich. »Und Sie haben ja Ihren Hexenschwestern gegenüber offenbar dicht gehalten.«

»Dicht gehalten?«

»Was meine Ermittlungen betraf. Sie haben nichts davon verraten.«

Susanne Voisbach nickte.

Kurz darauf fuhren wir eine kleine Anhöhe hinauf, die zu einem modernen weißen Gebäude führte. Wir durchquerten eine Glastür. Im Flur warteten Jutta und Bruchmann.

»Remi!« rief Jutta. »Ist dir auch nichts passiert? Iih – du stinkst.«

»Bin nur knapp an einem grausamen Verbrennungstod vorbeigeschrammt«, sagte ich so locker wie möglich. Es kam allerdings etwas gequält.

»Hier gibt's für Sie erst mal gar nichts zu sehen«, sagte Sommer zu Bruchmann. »Und Sie«, er wandte sich an mich, »kommen bitte hier entlang. Sie auch.« Damit meinte er Jutta.

»Ja und was ist jetzt mit der Exklusivstory?« fragte Bruchmann enttäuscht.

»Ich habe eine Idee«, sagte ich. »Fahren Sie in die Gierather Straße zu Theresa Heilig und bringen Sie mir ein paar frische Klamotten her. Danach sind wir ein Stück weiter, und Sie kriegen Ihre Infos. Ich nehme an, Herr Sommer stimmt dem zu.«

»Mal sehen«, sagte Sommer.

»Ja, aber –« begann Bruchmann, doch ich schnitt ihm das Wort ab.

»Machen Sie schon. In zehn Minuten können Sie wieder hier sein.«

Ich erzählte Sommer alles, was ich herausbekommen hatte. Er ließ mich reden, nickte nur zwischendurch und machte sich gewissenhaft Notizen.

»Alles klar«, sagte er, als ich fertig war. »Gehen wir nun nach nebenan und kümmern uns um den Rest. Ich will Sie und Ihre Mitarbeiterin bei der Vernehmung dabei haben, obwohl das nicht der Regel entspricht.«

»Welcher Regel?«

»Zeugen und Verdächtige hübsch auseinanderzuhalten. Sollten Sie eigentlich kennen.«

Als wir den Raum verließen, stand Bruchmann da, mit einer Reisetasche in der Hand.

»Mit einem schönen Gruß von Frau Heilig«, sagte er und hielt mir die Sachen hin. Ich ging ins Zimmer zurück und zog mich um. In der Ecke war ein Waschbecken, an dem ich mich notdürftig reinigen konnte. Um den Benzingeruch vollkommen loszuwerden, hätte ich duschen müssen. Aber das mußte warten. Als ich fertig war, begann Bruchmann das Versprechen einzuklagen.

»Sie haben gesagt, ich kriege Informationen, wenn ich wieder hier bin.«

»Ich habe gesagt: mal sehen. Wir wissen noch nichts«, sagte Sommer. »Es kann morgen früh werden.« Er sah auf die Uhr. »Es ist jetzt drei Uhr durch. Ihre nächste Zeitung erscheint doch sowieso erst am zweiten Mai. Also stellen Sie sich nicht so an.«

Bruchmann stapfte davon und fluchte vor sich hin. »Am Vormittag stehe ich hier wieder auf der Matte«, brummelte er grimmig, bevor er durch die Glastür verschwand. »Darauf können Sie Gift nehmen.«

Das Vernehmungszimmer war ziemlich ungemütlich. Das Neonlicht wirkte nicht besonders vorteilhaft. Angelika Diepeschrath, die zusammengesunken auf einem Stuhl saß, sah bleich und mitgenommen aus. Zwei Kripobeamte waren im Raum. Als wir reinkamen, gingen sie hinaus.

»Wo ist Morgana?« fragte ich.

»Wissen wir nicht«, sagte Jutta. »Sie ist abgehauen, als wir dich auf dem Lüderich gesucht haben.«

»Was ist mit meinem Sohn?« fragte Angelika Diepeschrath leise.

»Er wird im Moment ärztlich betreut«, antwortete Sommer. »Wir werden ihn später vernehmen.«

Sie sah auf den grauen Kunststoffboden. »Lassen Sie ihn bitte frei.«

»Das ist nicht Ihr Ernst«, sagte Sommer.

»Doch«, fuhr sie plötzlich auf. »Wenn Sie ihn nicht freilassen, werde ich nichts sagen. Gar nichts.«

»Das glaube ich nicht. Ich glaube eher, Sie wissen genau, daß Sie nur mit einer umfassenden Aussage sich und Ihren Sohn entlasten können Also: Was ist in der Nacht, in der Ihr Mann ermordet wurde, wirklich passiert? Ich meine, wo waren Sie? Übrigens – Sie haben als Mutter des Beschuldigten ein Zeugnisverweigerungsrecht. Sie müssen auf meine Fragen nicht antworten. Ich rate Ihnen aber trotzdem, uns zu unterstützen. Sie helfen damit auch Gerd. Sie sehen – wir kommen Ihnen entgegen.«

Sommers psychologischer Trick funktionierte.

»Ich war zu Hause«, sagte sie. »Morgana war bei mir, und wir haben uns unterhalten.«

»Sie waren also nicht in Köln im Kino, wie Sie zu Protokoll gegeben haben?«

Sie schüttelte den Kopf.

»Woher hatten Sie denn die Kinokarte?« fragte ich. »Lassen Sie mich raten – die hat Ihnen eine Ihrer Freundinnen gegeben.«

Sie antwortete nicht.

Sommer quittierte meine Einmischung mit einem langen Blick. »Erzählen Sie uns bitte weiter, was passiert ist.«

Angelika Diepeschrath hob den Kopf, sah mich an, dann Jutta und schließlich Sommer.

»Wie gesagt. Ich war an dem Abend mit Morgana zusammen. Irgendwann kam Gerd. Die Uhrzeit weiß ich nicht mehr.«

»War er in Frauenkleidern?«

Sie nickte. »Er ... machte manchmal Ausflüge. Als Frau. Meistens nach Köln.«

»Und an diesem Abend war er auch in Köln?«

»Ja.«

»Dann hat dieser Keller gar nicht Sie nach Hause kommen sehen, sondern Gerd«, sagte ich. »Er hat ihn mit Ihnen verwechselt. Genau wie ich.«

Angelikas Gesicht hellte sich auf. »Ja, wir könnten als Schwestern durchgehen, nicht wahr?« Ihre Miene verdüsterte sich wieder. »Ach, es ist furchtbar, daß solche Menschen so diskriminiert werden. Gerd konnte seine Identität als Frau noch nicht einmal zu Hause ausleben. Wenn die Kellers dahintergekommen wären, hätten sie uns sofort vor die Tür gesetzt. Und wir brauchten die Wohnung doch.«

»Bitte berichten Sie weiter von den Ereignissen der Mordnacht«, sagte Sommer.

»Ja, also – Gerd kam nach Hause, und ich wußte sofort, daß irgend etwas passiert sein mußte. Er war sehr aufgeregt.«

»Aber er hat nichts erzählt?«

»Zuerst nicht, aber dann gelang es mir, ihn zu beruhigen. Er ist so schüchtern, wissen Sie. So ... ängstlich.«

»War Frau Müller ... Morgana zu diesem Zeitpunkt noch da?«

»Nein. Sie ging, kurz nachdem Gerd gekommen war. Sie hat sich natürlich auch gewundert, was mit ihm los war, aber ich merkte, daß er kein Wort sagen würde, solange sie da war.«

»Und als Sie ihn dann zum Sprechen bringen konnten – was hat er gesagt?«

»Nur drei Worte: ›Vater ist tot.‹«

»Sonst nichts?«

»Erst nicht. Ich habe das zunächst auch gar nicht verstanden, und er hat immer nur diese drei Worte wiederholt. Nach und nach habe ich dann den

Rest aus ihm herausbekommen. Daß er ihn getroffen hat und daß er ihn in den Wald lockte. Und dann sagte er etwas, das mich richtig erschreckte. Er sagte: ›Katharina hat sich gerächt.‹«

»Wie haben Sie reagiert?«

»Ich sagte, das sei doch alles unmöglich, er sei doch gar nicht in der Lage, jemanden zu ermorden. Aber er sagte immer nur: ›Katharina hat sich gerächt.‹ Als sei er da im Wald gar nicht er selbst gewesen ...«

»Wußten Sie, daß er sich mit der historischen Katharina beschäftigte?«

»Natürlich«, sagte Angelika Diepeschrath. »Er hat sich ja schon immer für Geschichte interessiert. Und diese historische Hexe war ja auch ein interessantes Thema. Aber an diesem Abend hat er sich so sehr hineingesteigert, daß ich plötzlich schreckliche Angst bekam. Mir wurde klar, daß er Hilfe brauchte.«

Es entstand eine Pause.

»Erzählen Sie bitte weiter«, sagte Sommer.

»Was weiter? Ich habe fieberhaft darüber nachgedacht, wie man Gerd helfen könnte. Er brauchte ein Alibi. Ich habe meinen Schwager angerufen –«

»Nicht Ihre Freundinnen?«

»Nein, meinen Schwager.«

»Warum?«

Sie ging nicht darauf ein. »Gemeinsam haben wir uns die Sache mit dem Treffen von ihm und diesem Schmitz überlegt. Schmitz war leicht zu bestechen.«

»Wir haben ihn bereits festgenommen. Aber dazu kommen wir noch.« Sommer, der die ganze Zeit gestanden hatte, kramte eine Zigarette hervor und zündete sie sich an. »Sie haben Glück gehabt mit Ihrem angeblichen Kinobesuch. Was hätten Sie getan, wenn wir Zeugen dafür gefunden hätten, daß Sie zu Hause waren?«

»Weiß ich nicht. Ich habe es einfach versucht. Ich wollte Gerd schützen, verstehen Sie? Er braucht Schutz. Er ist kein Verbrecher. Notfalls wäre ich für ihn ins Gefängnis gegangen. Ich würde es auch jetzt noch tun. Lassen Sie ihn bitte frei. Sie können sich nicht vorstellen, was sein Vater für ein Mensch gewesen ist.«

»Haben Sie Frau Müller später erzählt, daß Ihr Sohn Ihren Mann ermordet hat?«

»Nein.«

Angelika starrte wieder den Fußboden an.

»Kommen wir jetzt zu der zweiten großen Frage, die uns beschäftigt.«

Sie sah auf. »Was? Welche Frage? Ich habe doch alles gesagt!«

Sommer sah sich nach einem Aschenbecher um. Als er keinen fand, schnippte er die Asche auf den Boden.

»Immerhin ist Ihr Schwager auch umgekommen. Schon vergessen? Sie werden mir doch nicht weismachen wollen, das sei zufällig so kurz nach dem Tod Ihres Mannes passiert.«

»Aber Sie haben mich doch schon verhört. Von dem Zigarettenschmuggel meines Schwagers habe ich nichts gewußt.«

»Ach – und das gilt jetzt noch immer?«

Angelika Diepeschrath sagte nichts.

»Frau Diepeschrath – ich kann mich nur wiederholen: Wenn Sie uns jetzt weiterhelfen, ist das viel besser für Sie.«

Sie schwieg weiter. Sommer ging zur Tür und öffnete sie. »Kann mal jemand kommen und Frau Diepeschrath abführen?« rief er.

»Nein«, schrie sie plötzlich. »Ich erzähle es Ihnen.«

Sommer schloß die Tür. »Ich höre«, sagte er.

Angelika Diepeschrath sammelte sich. Offenbar suchte sie nach einem Anfang.

»Ich wußte von der Sache mit dem Schmuggel«, begann sie. »Sie läuft schließlich schon seit Jahren. Ich habe mich aber nie darum gekümmert. Und als ich mit meinem Mann noch zusammenlebte, haben wir auch kaum darüber gesprochen.«

»Und jetzt wissen Sie natürlich auch nichts darüber, wie Ihr Schwager umkam.«

Sommer trat die Zigarettenkippe auf dem Boden aus.

»Ich habe Geld gebraucht.«

»Zum Leben?«

»Für meinen Sohn natürlich! Als die Sache mit meinem Mann passiert ist, habe ich mir gedacht: Jetzt ist es soweit. Jetzt muß die Operation gemacht werden. Wissen Sie, das war kein Leben mehr für Gerd. Können Sie sich vorstellen, was solche Menschen durchmachen? Von vielen werden sie als durchgedrehte Tunten verachtet. Manche Leute glauben auch, es seien Transvestiten. Aber das stimmt nicht. Es sind Menschen, bei denen Psyche und Körper nicht zusammenpassen. Selbst mir war lange nicht klar, was mit meinem Sohn los war. Er hat es selbst nicht gewußt und es dann jahrelang versteckt. Als er noch zu Hause lebte, hat Achim ihn überrascht, wie er in Frauenkleidern in seinem Zimmer stand. Er hat ihn halbtot geprügelt. Als ich dann die Wohnung in Moitzfeld fand, zog Gerd bei mir ein. Erst damals habe ich es erfahren. Später ist Gerd häufig zu dem Haus in Lückerath gefahren. Dort hatte er so was wie ein Refugium. Er konnte für sich sein.«

»Und Fotos von sich machen«, warf ich ein.

»Natürlich«, sagte Angelika. »Das ist ganz normal bei solchen Menschen. Sie fühlen sich ja selbst am Anfang unsicher in der Rolle, die die Natur ihnen aufzwingt. Sie müssen alle Aspekte, die das Leben in dem neuen Geschlecht mit sich bringt, nach und nach ausprobieren. Es ist ein bißchen wie in der Pubertät – nur eben später und gesellschaftlich viel riskanter.«

»Wir sollten darauf zurückkommen, was Sie unternommen haben, um Geld zu beschaffen«, sagte Sommer.

»Ich bin zu meinen Schwager gegangen und habe ihn um Geld gebeten. Geld aus seinen Geschäften mit den illegalen Zigaretten.«

»Was hat er getan?«

Sie zuckte mit den Achseln. »Er hat abgelehnt. Er hat gesagt, er habe zwar Geld, aber er brauche es, weil eine größere Lieferung kommen sollte. Er hätte natürlich auch andere Quellen gehabt, aber er stellte sich stur. Er war wie Achim.«

»Er war bereit, für Sie einen Mörder zu decken, aber nicht, Ihnen Geld zu leihen?«

»Er sah nicht ein, daß Gerd Geld für die Operation brauchte. Für ihn war alles in Ordnung, wenn Gerd mit heiler Haut davonkam –«

»Und sein Tabakprivathandel nicht herauskam. Jetzt verstehe ich, warum Sie Ihren Schwager um ein Alibi für Ihren Sohn fragten. Sie hätten ihn notfalls unter Druck setzen können. Ganz schön clever.«

Angelika Diepeschrath schwieg.

»Was haben Sie getan, um das Geld zu kriegen?« fuhr Sommer die Befragung fort.

»Ich habe ihn über die näheren Umstände ausgequetscht und herausgefunden, wann er sich in Lückerath mit seinen Lieferanten treffen wollte.«

»Und dann haben Sie ihm das Geld abgenommen?«

»Es blieb mir nichts anderes übrig. Ich dachte nur an meinen Sohn.«

»Und er hat Ihnen das Geld einfach gegeben?«

»Ich hatte eine Waffe. Sie hat meinem Mann gehört, und sie war noch in unserem Haus. Damit habe ich Rudolf bedroht. Er gab mir das Geld. Und dann war er gezwungen, zu dem Handel zu fahren, ohne bezahlen zu können. Das war mir aber egal. Gerd ging vor. Er ist kein Verbrecher, Rudolf dagegen war einer. Und Achim auch. Die haben ja unter einer Decke gesteckt.«

»Das hat ihm schließlich das Leben gekostet«, faßte Sommer zusammen. »Nach allem, was wir wissen, hat Ihr Schwager versucht, die Schmuggler hinzuhalten. Doch die ließen sich das nicht gefallen.«

»Wo ist das Geld jetzt?« fragte ich.

»Morgana hat es«, sagte Angelika Diepeschrath. »Ich habe es ihr gegeben, weil ich dachte, die Polizei könnte bei mir eine Hausdurchsuchung machen. Es sind fünfzigtausend Mark.«

»Hat Ihr Schwager eigentlich etwas davon gewußt, daß ich Ermittlungen durchführe?« fragte ich.

Sie nickte. »Als Sie in den Laden kamen, schöpfte ich gleich Verdacht. Das heißt, eigentlich kam Morgana darauf. Ich fuhr sofort zu Rudolf und erzählte ihm davon. Und es war ja wohl kein Zufall, daß Sie kurz darauf bei ihm auftauchten. Zuerst hat er geglaubt, Sie wollten auch ins Zigarettengeschäft einsteigen. Später hat er mir dann erzählt, er habe dafür gesorgt, daß Sie aus dem Rennen seien. Angeblich hätten Sie eine Warnung erhalten.«

»Dann waren die durchschnittenen Reifen ein Gruß von ihm«, sagte ich. »Und lassen Sie mich raten. Er hat auch am Morgen nach dem Mord die Polizei informiert, Becker als Verdächtigen genannt und später den anonymen Brief geschrieben, in dem es um Ihr Techtelmechtel mit Becker ging.«

Sie nickte. »Er wollte auf keinen Fall, daß die Zigarettensache auffliegt. Er hat gewußt, daß sich Achim Sonntagabend mit Becker getroffen hat. Becker war der ideale Verdächtige.«

»Und die Sache mit dem Kanister?« fragte Sommer. »Den haben Sie dann in Volker Beckers Garten versteckt, und Sie haben auch seine Frau angerufen, stimmt's?«

»Nein!« sagte Angelika, und sie klang ehrlich verwundert.

»Nun hören Sie auf. Wir wissen genau, daß eine Frau bei Ruth Becker angerufen hat. Ihr Sohn kann es nicht gewesen sein. Also los, das können Sie doch jetzt auch noch zugeben.«

»Warum? Wenn ich es doch nicht war!«

»Du meine Güte«, stöhnte Sommer. »Das hat mir gerade noch gefehlt. Das letzte Puzzlesteinchen, und Sie hören jetzt auf.«

»Ich glaube, sie sagt die Wahrheit«, wandte ich ein.

»Was? Wer soll es denn dann gewesen sein?«

»Es bleibt nur noch eine Person übrig.«

»Sie denken an Morgana?«

Ich nickte

»Aber warum? Sie hat doch gar nicht gewußt, was Gerd Diepeschrath getan hat. Und wenn – warum sollte sie ihn schützen?«

»Frauen halten manchmal zusammen.«

Sommer kratzte sich am Kopf. »Das ist mir zu hoch. Für mich ist Gerd Diepeschrath ein Mann.«

»Nur nach den Chromosomen«, sagte Jutta.

»Hm.« Sommer ging zur Tür und holte einen Polizisten, der Angelika Diepeschrath wegbrachte.

»Ich werde eine Fahndung nach dieser Morgana einleiten«, sagte er dann.

»Nein«, sagte ich. »Die kriegen Sie nicht. Lassen Sie mich das machen.«

Er grinste. »Sie? Wissen Sie etwa, wo sie sich befindet?«

»Vielleicht.«

Sommer sah mich mißtrauisch an. »Wissen Sie das erst seit eben?«

»Sagen wir mal so – mir ist eben eine Idee gekommen.«

»Ich komme mit«, sagte Jutta.

Ich schüttelte den Kopf. »Das wird zu kompliziert.« Ich wandte mich an Sommer. »Geben Sie mir zwei Stunden. Dann habe ich sie. Ich muß allein gehen, sonst entwischt sie uns. Wenn es nicht sowieso zu spät ist.«

14.

Mein Kopf war so schwer wie eine Betonkugel, als ich wieder Richtung Overath fuhr. Ich zwang mich, wach zu bleiben. Kaum ein Wagen war an dem frühen Feiertagmorgen auf der Straße. Das Bergische Land wirkte friedlich. Die Ampel in Untereschbach wechselte für mich ganz allein auf Grün.

Als ich nach Bleifeld hinaufkam, begann es zu dämmern. Der dunkle Himmel nahm ein milchiges Grau an. Am Frühlingsschacht, wo ich den Wagen parkte, herrschten ähnliche Lichtverhältnisse wie am Abend, als wir aufgebrochen waren. Nur daß es jetzt immer heller wurde statt dunkler.

Ich schritt so schnell ich konnte den einsamen Weg entlang, der den Berg hinaufführte und den wir bereits mit Bruchmann gegangen waren. Ich hatte bei der Wanderung in der Nacht nichts verpaßt. Es gab keine besonders schöne Aussicht zu bewundern. Der Weg war nur eine Schneise im Wald.

Ich konnte nicht erkennen, wo Bruchmann mit uns auf den kleinen, ins Abseits führenden Pfad abgebogen war. Es interessierte mich auch nicht. Ich blieb auf der Hauptstrecke, und als ich an eine Kreuzung kam, wählte ich einfach die Richtung, die weiter bergauf ging. Die Vögel zwitscherten und begrüßten den ersten Mai. Ich hatte das Gefühl, als erlebe ich einen Neujahrstag, so frisch erschien mir die frühlingshafte Welt. Warum war die offizielle Jahresgrenze eigentlich mitten im Winter?

Der Weg wurde immer steiler und kurviger. Dann ging es plötzlich abrupt geradeaus. Ich stand vor einer Gruppe von Bäumen, die so gleichmäßig wuchsen, als seien sie dort geplant angepflanzt worden. Bruchmann hatte zwar erwähnt, daß es hier oben nicht besonders hübsch war. Trotzdem hatte ich von dem Gipfel dieses sagenumwobenen Berges ein bißchen mehr erwartet. Ein schmaler Weg umrundete den kleinen Wald und zweigte auf verschiedenen Seiten wieder ins Tal ab.

Am Rand des Hains bemerkte ich einen Zaun; dahinter zeichnete sich ein kleiner Buckel vor dem mittlerweile ziemlich hellen Himmel ab. Das mußte das Wasserhäuschen sein, von dem Bruchmann gesprochen hatte.

Ich ging näher heran. Auf dem Hügel ragte noch ein kleinerer Schatten auf. Eine sitzende Gestalt. Ich mußte an die Worte von Bruchmann denken, der erklärt hatte, wie eine richtige Hexe die Nacht zum ersten Mai feierte. Auf dem Gipfel. Nicht auf irgendeinem Grundstück am Rande des Berges. Immer auf dem Gipfel – auch wenn er eingezäunt war und nur aus einem profanen Wasserhäuschen bestand.

Jemand hatte den Drahtzaun auseinandergebogen. Das Loch war gerade groß genug, daß ich mich hindurchzwängen konnte. Ich lief die Steigung hinauf. Morgana saß wie erstarrt da. Sie trug noch immer das weiße Gewand von der Maifeier und wirkte vollkommen ruhig. Mit ihrem kahlen Kopf sah sie aus wie ein meditierender fernöstlicher Mönch.

»Sie«, sagte sie, ohne mich anzusehen.

»Unverhofft kommt oft«, sagte ich.

»Was haben Sie mit Katharina gemacht?« fragte sie.

»Die Polizei hat sie festgenommen.« Das Gras war naß. Doch das merkte ich erst, als ich mich schon hingesetzt hatte. Gemeinsam blickten wir zum Himmel, der immer heller wurde. Noch nicht mal von hier oben aus konnte man weit sehen. Tannenspitzen verdeckten die Sicht ins Bergische Land, die vielleicht ganz schön gewesen wäre. Das Konzert der Vögel umgab uns wie eine Klangwolke. Die Luft war kühl und roch nach Erde und Laub. Ich verstand die romantischen Dichter, die immer wieder schrieben, man hätte am frühen Morgen das Gefühl, die Welt sei gerade erst neu erschaffen worden.

»Warum?« fragte sie.

»Das müßten Sie eigentlich am besten wissen.«

»Sie hat ihren Vater nicht umgebracht.«

»Ich weiß.«

Sie lachte. »Was wissen Sie schon?«

»Sie hat mir den Mord geschildert. Und dabei merkte ich, daß einiges nicht paßte. Sie hat sich so sehr in die Welt dieser Hexe hineingesteigert, daß sich Wunsch und Wirklichkeit verwischten. Sie hat sich gewünscht, ihn zu töten. Und das so sehr, daß sie am Ende glaubte, es getan zu haben. So wie sie sich wünschte, Katharina zu sein.«

»Schön ausgedrückt.«

»Sie waren es, nicht wahr?«

Sie schwieg.

»Sie haben an dem Abend in der Wohnung der Diepeschraths an der

Tür gelauscht oder sonstwie herausbekommen, was Gerd Diepeschrath getan hat, und sind noch mal hingefahren.«

Sie blieb in ihrer Erstarrung. »Wie kommen Sie darauf?« fragte sie schließlich.

»Haben Sie eigentlich mal erlebt, wie es ist, wenn Gerd Diepeschrath sich in Katharina verwandelt hat?«

»Worauf wollen Sie hinaus?«

»Ich habe es erlebt. Er steigert sich mit aller Macht in seine Rolle hinein. Die Realität verschwindet.«

»Was ist Realität?«

»Die Realität verschwindet«, beharrte ich. »Sie wird so nebensächlich wie der Rahmen von einem Bild.«

»Wieder schön gesagt.«

»Leider stimmen in so einem Bild dann die Details nicht mehr so genau. Als Gerd Diepeschrath die Verwandlung in Katharina vollzogen hatte, behauptete er, den Benzinkanister mit verbrannt zu haben. Sie wissen schon, der berühmte Kanister, der später in Beckers Gartenhaus auftauchte. Außerdem phantasierte er mir vor, er hätte die Asche seines Vaters verstreut. Das war eindeutig nicht der Fall.«

Sie schwieg und schien nachzudenken.

»Woher wollen Sie wissen, wann die Einbildung stattgefunden hat? Als sie ihren Vater umbrachte, oder als sie Ihnen davon erzählte?«

»Gerd ist nicht der Typ, der Intrigen spinnt. Zum Beispiel einen Kanister versteckt und ihn dann als Indiz gezielt wieder auftauchen läßt. Genau im richtigen Moment, damit eine betrogene Frau ihren Mann ans Messer liefert. Der Typ sind eher Sie. Was haben Sie getan, als Sie am Hexenteich ankamen?«

Sie wandte den Kopf und sah mich zum ersten Mal direkt an. Ihr Gesichtsausdruck war böse. »Als Gerd an dem Abend nach Hause kam, war mir klar, daß etwas passiert war. Ich habe tatsächlich gelauscht. Gerd rief immer wieder, daß Katharina sich gerächt habe. Ich wollte das nachprüfen und fuhr hinunter zum Teich.«

»Und Sie haben das Ganze zu Ende gebracht. Den Kanister aus dem Auto geholt und den Mann verbrannt.«

»Er hat es verdient.«

»Warum? Weil er seinen Sohn und seine Frau schlecht behandelt hat?«

Sie schüttelte den Kopf. »Sie machen es sich zu leicht.«

Die Farbe der Tannen vor uns war langsam von Schiefergrau in dunkles Grün übergegangen. »Wollen Sie es mir nicht erzählen?« fragte ich. »Sie wissen doch, ich bin nun mal ein neugieriger Mensch.«

Eine Weile blieb sie noch stumm. Dann begann sie zu berichten.

»Sie wissen wahrscheinlich gar nicht, warum ich am Sonntagabend bei Andra war.«

»Stimmt. Das weiß ich nicht.«

»Wir haben auf Achim gewartet. Er hatte sich für neun Uhr angekündigt.«

»Also wollte er nach Moitzfeld kommen, nachdem er mit Volker Becker fertig war.«

»So war es wohl.«

»Und was wollte er? Ich denke, seine Frau lebte von ihm getrennt?«

»Er hat es einfach nicht hingenommen, daß sie sich scheiden lassen wollte. Sie glauben nicht, wie er Andra terrorisiert hat. Er lauerte ihr auf, bedrohte sie, rief sie mitten in der Nacht an. Sie war völlig mit den Nerven runter. Nur in meinen Laden hat er sich nicht getraut. Da fand Andra ein bißchen Schutz. Als er am Sonntagabend kommen wollte, bekam sie große Angst, allein in der Wohnung zu sein. Natürlich hätte sie ihn nicht hereingelassen. Aber ihm war zuzutrauen, die Tür einzuschlagen.«

»Und das nur, um seine Frau nicht zu verlieren? Liebte er sie denn so sehr?«

Sie lachte kurz auf. »Damit hatte das nichts zu tun. Ihm ging es nur ums Geld. Grundstück samt Haus hatte Andra in die Ehe gebracht. Nach der Scheidung hätte sie es sofort verkauft; sie wollte es nie wieder betreten. Als er Sonntagmittag anrief und ankündigte, daß er kommen würde, wirkte er wie ein Sieger. Das hat Andra mir zumindest erzählt. Er hatte etwas gegen sie in der Hand. Das heißt gegen Gerd. Er wollte sie erpressen.«

»Und was war das? Hätte er publik gemacht, daß sein Sohn transsexuell ist?«

»So war es nicht. Wir warteten also auf Achim. Er kam aber nicht. Um zehn war er immer noch nicht da. Wir waren natürlich sehr erleichtert. Statt dessen jedoch kam Katharina nach Hause.«

»Gerd als Frau verkleidet.«

»Katharina«, beharrte sie. »Es war leicht zu spüren, daß etwas mit ihr nicht stimmte. Aber sie wollte es nicht sagen. Meine Anwesenheit war wohl irritierend. Sie wollte mit ihrer Mutter allein sein.«

»So sind Sie gegangen, haben aber trotzdem mitbekommen, was passiert ist.«

Sie nickte. »Ich konnte es zuerst nicht glauben. Also bin ich in den Wald gefahren, um nachzusehen.«

»Und Sie haben Achim Diepeschrath gefunden.«

»Ich bin mit einer Taschenlampe in den Wald, und da lag er. Er war nur bewußtlos; Katharina hatte ihn gar nicht erwürgt. Und die Verbrennung war eine Ausgeburt ihrer Phantasie. Ich wußte nicht, was ich machen sollte. Ich beugte mich hinunter. Und da kam er plötzlich zu sich – vielleicht durch den Schein der Taschenlampe. Ich war wie erstarrt vor Schreck. Er packte mich brutal und brach mir dabei fast das Genick. Ich glaube, er hat mich gar nicht erkannt. Ich wehrte mich, so gut ich konnte, er ließ aber nicht locker, und so schlug ich ihm die Lampe über den Kopf. Er sackte zusammen, und ich war der festen Überzeugung, ich hätte ihn erschlagen.«

»Mit einer Taschenlampe?«

»Es war eine schwere Stablampe.«

Sie zog die Beine an und umschlang sie mit den Armen. »Plötzlich war es totenstill im Wald. Die Lampe war kaputt, und so war es auch stockdunkel. Ich habe lange dagesessen. Zum ersten Mal ist mir klargeworden, an welchem Ort ich mich befand. Der Verkehr war an dem späten Abend nicht mehr so stark, und langsam wurden mir die Geräusche der Natur bewußt. Seit Jahrhunderten rauscht dort der Wald, und in den Bäumen, Gräsern und Büschen lebt der Geist der Ereignisse, die sich dort einmal abgespielt haben.«

Mittlerweile war das Sonnenlicht so stark geworden, daß der Himmel aus gleißendem Licht bestand. Ich mußte die Augen zusammenkneifen, weil es mich blendete. Morgana schien es nichts auszumachen.

»Irgendwann hatte ich das Gefühl, völlig mit der Natur zu verschmelzen, eins zu werden mit allem, was dort war. Alles verschwamm. Das Zeitgefühl verschwand. Ich weiß nicht, wie lange ich dort saß. Ich erinnere mich nur noch, daß ich irgendwann vor seinem Wagen stand, den Kanister aus dem Kofferraum holte und in den Wald brachte.«

»Und da haben Sie es zu Ende gebracht.«

»Ich wußte, daß es richtig war. Wäre dieser Mann wieder zum Bewußtsein gekommen, wäre er zu Andra gefahren und hätte das bißchen Freiheit, das sie mit Katharina aufgebaut hatte, zerstört.«

»Was hatte er denn gegen die beiden in der Hand?«

»Er hat herausgefunden, daß Katharina Drogen nahm. Amphetamine. Sie besorgte sich das Zeug in Köln und hortete es zu Hause. Der Besitz ist natürlich strafbar.«

»Hat Katharina deswegen die Verbrennung phantasiert? Weil sie unter Drogen stand?«

»Vielleicht. Diese Droge steigert das Selbstbewußtsein und gleichzeitig die Instinkte.«

»Jetzt werden Sie sich für den Mord verantworten müssen.«

Sie schüttelte den Kopf. »Die kriegen mich nicht.«

»Was wollen Sie machen? Auf einem Besen davonfliegen?«

Sie sagte nichts.

»Wo haben Sie das Geld von Angelika versteckt?« wollte ich wissen.

Sie zog von irgendwo unter ihrem Gewand einen braunen Umschlag hervor.

Ich griff danach. Er war dick gefüllt.

»Es gab nur zwei Möglichkeiten«, sagte sie.

»Wie meinen Sie das?«

»Entweder Katharina trifft mich hier oben. Dann hätte ich ihr das Geld gegeben. Oder einer von Ihnen kommt. Sie oder die Polizei. So ist es schon gut. Jetzt gebe ich es Ihnen. Bitte sorgen Sie dafür, daß es für die Operation verwendet wird.«

»Warum haben Sie Katharina eigentlich nicht gleich geholfen? Und sie bei Ihren Hexenspielchen mitmachen lassen?«

Sie sah mich böse an. »Sie brauchen sich nicht über mich lustig zu machen.«

»Entschuldigen Sie, das wollte ich nicht. Aber Sie wissen doch, was ich meine.«

»Katharina ist eine Frau. Aber sie ist keine von uns. Sie hat die falsche Energie. Es gibt auch normale Frauen, bei denen das vorkommt.«

»Klingt plausibel«, log ich. »Aber warum haben Sie nicht die Kosten für die Operation übernommen?«

»Ich habe das Geld auch nicht. Mein Vater hat mir ein paar Wertpapiere hinterlassen, die er gleich nach der Währungsreform von seinem Erbe gekauft hat. Mit der Rendite komme ich gerade so hin.«

Sie sprach nicht weiter. Mir war klar, daß nun alles gesagt war.

»Ich würde sagen, es ist Zeit«, sagte ich.

»Wofür?«

»Man hat mir nur wenig Zeit gegeben. Und die ist gleich um.«

»Lassen Sie mir noch ein paar Minuten.«

»Was haben Sie davon? Kommen Sie. Lassen Sie uns gehen.«

»Bitte.«

Ihr Blick hatte plötzlich etwas Flehendes. Zum ersten Mal wirkte Morgana auf mich weiblich.

»Ist gut. Ich gehe runter an den Zaun und warte. Aber ich warne Sie. In zehn Minuten rufe ich die Polizei an.«

Ich ging hinunter und vergewisserte mich, daß es nur das eine Loch im Zaun gab. Morgana saß auf dem Hügel des Wasserhäuschens wie in einem Käfig. Ein komisches Bild, aber trotzdem strahlte sie Würde aus. Kein Wunder: In ihrer Vorstellung befand sie sich an einem heiligen Ort. An dieser Stelle hatten Generationen von Menschen gelebt, gelitten, gearbeitet, gekämpft, geliebt und für ihr Land gesorgt. Ich wunderte mich, daß es noch nicht einmal ein Schild gab, das darauf hinwies.

Ich fröstelte. Die Müdigkeit drohte mich zu übermannen. Ich vertrat mir ein bißchen die Beine. Es war mittlerweile vollkommen hell, und es fiel mir nicht schwer, das Loch im Zaun im Auge zu behalten. Nach einer Weile ließ ich den Blick nach oben wandern. Dort mußte Morgana sitzen. Doch plötzlich fiel mir auf, daß ihre Umrisse nicht mehr zu sehen waren. Sie war verschwunden.

Ich arbeitete mich so schnell ich konnte durch den Zaun und rannte auf den Hügel. Morgana war auf die Seite gesunken. Ihre Augen waren starr geöffnet, aus ihrem Mund drang feiner Schaum. Ich packte sie an der Schulter, riß sie nach oben und schüttelte sie. Sofort umgab mich ein bitterer Geruch. Es hatte keinen Zweck mehr.

Ich rief Sommer an.

»Verdammt, Rott, Sie sind überfällig. Was ist los?«

»Ich habe sie gefunden«, sagte ich.

»Und?«

»Sie ist tot.«

»Tot? Was ist passiert?«

Ich blickte zu der Gestalt, die jetzt von dem weißen Gewand wie von einem Leichentuch bedeckt wurde.

»Zyankali«, sagte ich nur.

15.

»Der Meisterdetektiv kehrt siegreich in die Heimat zurück«, rief Manni theatralisch, als ich ihm den Golfschlüssel und die Papiere übergab.

Es war der zweite Mai, elf Uhr morgens. Volker Becker war frei und konnte sich um seine Frau kümmern, der es schon wieder besser ging, und ich hatte mein Honorar kassiert. Am Vorabend hatten wir bei Theresa noch einen draufgemacht. Es war eine eigenartige Veranstaltung gewesen: Auf der einen Seite waren Willi, Jutta und ich, auf der anderen Theresa, die im Laufe des Abends ganze Stapel von Notizblöcken vollschrieb, während wir uns unterhielten. Für sie als Krimiautorin war es natürlich ein Glücksfall, daß ihr ein derart spektakulärer Fall praktisch in den Schoß flog.

Und nun stand ich vor Mannis Wohnung, um ihm sein Eigentum zurückzugeben. Ich ging ins Wohnzimmer. Es sah immer noch so chaotisch aus wie vor einer Woche.

»Hier hast du drei Hunnis als Miete für den Wagen«, sagte ich und zählte das Geld auf einen Computerkarton, der den Flur blockierte.

»Danke.« Manni war wieder im Bademantel. Den ersten Mai hatte er wahrscheinlich mit Feiern und Videogucken verbracht.

»Ich habe den Wagen reparieren lassen. Er hatte rabiaten Ölverlust.«

»Schon gut.«

»Was Neues von unseren Aktien?«

»Weiß nicht. Schau mal in die Zeitung.«

»Werde ich machen. Tschüs.«

Ich verdrückte mich und nahm die Schwebebahn Richtung Elberfeld. Ein Mann, der neben mir saß, las gerade die FAZ.

»Darf ich mal was nachsehen?« fragte ich. »Nur einen Aktienkurs.«

»Wie heißt denn das Papier?«

»Money-from-nowhere-com.«

»Sie wollen mich wohl auf den Arm nehmen, was?«

»Nein – schauen Sie doch nach! Es steht beim Neuen Markt!«

Gemeinsam suchten wir. Zwei Euro. Gut verdoppelt. Aber dafür konnte ich mir trotzdem nichts kaufen.

In meinem Büro fand ich ein Fax. Zwei eng bedruckte Seiten aus dem

Bergisch Gladbacher evangelischen Krankenhaus. »Sieglinde Radermacher« stand auf dem Deckblatt im Absenderfeld. Es war ein OP-Bericht über eine, wie es hieß, »geschlechtsangleichende Operation Mann zur Frau«. Eine Passage war unterstrichen. »Die peripheren Enden der Schwellkörper werden nun von der Glans abpräpariert und das Harnröhrenepithel im Glansbereich reseziert. Nach Verschluß des Meathus urethrae durch fortlaufende Naht wird das Epithel der Glans bis auf ein zentrales ellipsenförmiges Areal, das etwa der Größe der Klitoris entspricht, entfernt.«

Ich las nicht weiter und versuchte die Bilder, die sich mir bei der Lektüre aufdrängten, beiseite zu schieben. Nachdenklich öffnete ich die oberste Schreibtisch-Schublade. Da lagen immer noch die bunten Autoprospekte. Das war schon ein schönerer Anblick.

Das Telefon klingelte.

»Detektei Rott.«

»Guten Morgen, Herr Rott. Sommer hier, von der Kreispolizeistelle Bergisch Gladbach. Alles klar bei Ihnen?«

»Alles klar. Bei Ihnen läuft doch auch alles auf dem richtigen Gleis, oder?«

»Wie man's nimmt.«

»Wieso?«

»Die Vernehmung von Gerd Diepeschrath liegt vor. Er hat zugegeben, daß er den Anschlag auf Sie geplant hatte. Er hat gemerkt, wie Sie ihm im Laufe Ihrer Ermittlungen immer mehr auf die Pelle rückten. Gleichzeitig war er, wie er sagte, über seinen Ausschluß bei dem Walpurgisnachtfest enttäuscht. Sie waren dann ein willkommenes Racheopfer, und er hat sie regelrecht in den Wald gelockt. Er hatte alles vorbereitet. Sogar das Benzin hatte er extra gekauft.«

Ich atmete tief durch. »Reden wir besser nicht mehr drüber.«

»Eine Sache ist aber immer noch nicht geklärt.«

»Welche?«

»Was aus dem Geld geworden ist. Angelika Diepeschrath behauptet steif und fest, Frau Müller alias Morgana hätte es gehabt. Wir haben die Wohnung und den Laden von oben bis unten durchsucht, wir haben ihre Konten überprüft und den Banksafe öffnen lassen. Dort fanden wir nur ein paar Wertpapiere, aber kein Bargeld. Erst recht keine fünfzigtausend Mark.«

»Vielleicht hat Morgana das Geld ja versteckt. Suchen Sie doch mal auf dem Grundstück am Lüderich.«

»Meinen Sie wirklich?«

»Klar. Das war doch der Mittelpunkt dieses sogenannten Hexenkultes. Vielleicht hat sie es dort vergraben.«

»Sie verscheißern mich, oder?«

»Herr Sommer, ich mußte im Zuge meiner Ermittlungen auch allerhand über Hexen lernen. Ich kann Ihnen da ein Buch empfehlen ...«

»Verschonen Sie mich. Wir finden das Geld schon.«

»Denke ich auch.«

»Na ja, vielen Dank jedenfalls.«

Ich legte auf und widmete mich wieder der Schublade. Unter den Prospekten lag der dicke Umschlag von Morgana. Ich holte ihn hervor und wog ihn in der Hand. Mein Blick schweifte erst über die Dächer von Elberfeld, dann blieb er auf dem Fax von Frau Dr. Radermacher hängen. Ich dachte an Morganas letzte Worte. Und was sie mir aufgetragen hatte ...

Epilog

Es war stockdunkel, als sie erwachte. Sie starrte zur Decke, doch sie konnte nichts erkennen, so sehr sie sich auch anstrengte.

Geduld. Nur Geduld, sagte sie sich, und das Wort wiederholte sich so oft in ihrem Kopf, bis es seine Bedeutung wie eine tote Hülle abgestreift hatte und nur noch ein Klang war.

Geduld, Geduld, Geduld ...

Sie hatte sich jahrelang in Geduld geübt, und sie hatte sich dabei fast schon aufgegeben. Manchmal hatte sie sich in den Gedanken geflüchtet, daß es vielleicht besser sei zu sterben, weil im Jenseits alles seine Ordnung bekommen würde. Doch dann hatte sie sich auch davon wieder gelöst.

Sie wollte nicht auf den Tod vertröstet werden. Sie wollte sich nicht aufgeben. Sie wollte sie selbst sein. Sie wollte sich endlich gesund fühlen.

Und vor diesem starken Wunsch verblaßte alles, was in den letzten Monaten geschehen war. Im Gegenteil – es hatte diesen Wunsch sogar noch stärker werden lassen.

Was sie im Wald getan hatte, hatte sie als sie selbst getan. Es war fast das einzige in ihrem Leben, das sie als sie selbst getan hatte – und nicht als der andere, in dem sie unglücklicherweise seit ihrer Geburt steckte und den sie abgrundtief haßte ...

Und nun, irgendwann, war die Nachricht gekommen, daß alles anders werden würde. Andra hatte ihr die Nachricht gebracht, und sie hatte kaum verstanden, warum und wieso – sie hatte nur begriffen, daß ihr Leben endlich beginnen würde. Sie hatte das Gefühl gehabt, etwas sehr Schweres sei von ihrer Seele abgefallen und sie sei nun frei wie ein Vogel – obwohl sie in einer kleinen, häßlichen Zelle lebte und Gitterstäbe vor den Fenstern waren.

Langsam wurde es dämmrig. Die Geräusche auf den Fluren wurden lauter.

Geduld, Geduld, Geduld, ermahnte sie sich.

Der Tag brach an.

Es wurde hell im Zimmer, und die Ungeduld verwandelte sich in immer stärkere Aufregung.

Ihr Herz klopfte stark, doch sie zwang sich, nicht auf die Uhr zu sehen.
Geduld, Geduld, Geduld ...
Geduld, bis die Sonne wieder unterging.
Sie würde erwachen und endlich die sein, die sie sein wollte.
Die, die sie immer war.
Katharina.

Dank

Ich danke meinen vielen Helfern, deren Vorschläge und Hinweise dieses Buch ermöglicht haben: allen voran meiner Frau Claudia Nitsche, mit der ich abendelang die Story diskutierte und die das Manuskript als erste las. Dann Klaus Steinhoff für spezielle psychologische Hinweise. Für historisches Fachwissen Dr. Thomas Becker aus Bonn. Für polizeiliche Hintergründe danke ich der Polizei Bergisch Gladbach sowie Wolfgang Schmitz von der Pressestelle des Zollkriminalamtes in Köln-Dellbrück. Rebecca Dern vom Grandhotel Schloß Bensberg für einen gezielten Blick in Gladbachs luxuriöseste Hotelzimmer. Außerdem Jürgen Kramer für allerlei Inspirationen und Birgit Schroeder für Einblicke in juristische Details.

Besonderen Dank schulde ich meinen geduldigen Testleserinnen und Testlesern Eva Krautter, Nicole Dorweiler, Philipp Scharrenberg, Carsten Dürer, Carolin Sturm sowie Norbert und Winnie Bluhm. Und natürlich dem überaus hilfreichen und professionellen Team vom Emons Verlag – vor allem Stefanie Rahnfeld und Dr. Christel Steinmetz.

Das »Asenborngedicht« sowie einige erwähnte Sagen und Legenden stammen aus dem Buch »Die Bergische Truhe« von Paul Weitershagen (Köln, 1955). Die zitierten Anklageakten der Katharina Scheuer sind dem Buch »Odenthal. Geschichte einer Bergischen Gemeinde« (Odenthal, 1976) von Dr. Gerd Müller entnommen. Manche weitere Legende, die ebenfalls Verwendung fand, steht in »Die schwarzen Führer. Bergisches Land« von Stephan Nuding (Freiburg, 1997). Außerdem war ein OP-Bericht aus dem Zentralklinikum Augsburg hilfreich, den ich im Internet gefunden habe.